btb

Buch

Als die 25jährige Charlotte Dumas das Büro des Privatdetektivs Dag Leroy betritt, ahnt er nicht, was ihn erwartet. Denn auf den ersten Blick scheint Charlottes Anliegen eine Routinesache zu sein: Sie beauftragt Dag, ihren Vater ausfindig zu machen, der verschollen ist, seit Charlotte ein kleines Mädchen war. Aber Dags neue Klientin weiß noch anderes aus ihrer Kindheit zu berichten. Denn kurz nachdem ihr Vater fortgegangen war, nahm sich ihre Mutter Lorraine das Leben. Man fand sie erhängt auf ihrer Veranda, zu ihren Füßen die kleine Charlotte. Dag beginnt, das Mosaik von Charlottes Vorgeschichte zusammenzufügen, um die Identität ihres Vaters zu enträtseln. Doch schon bald muß er feststellen, daß der eigentliche Fall um Lorraines Selbstmord kreist. Und seine Nachforschungen führen ihn immer tiefer in ein Labyrinth finsterer Machenschaften und psychologischer Abgründe ...

»Karibisches Requiem« enthält die Markenzeichen von Brigitte Aubert, die ihr zu ihrem großen Erfolg verholfen haben: ein ausgeprägtes Gefühl für die dunklen Seiten der menschlichen Seele, die Fähigkeit, temporeich und spannungsvoll zu erzählen, aber auch der Sinn für Humor und ironische Distanz.

Autorin

Brigitte Aubert, 1956 geboren, zählt zu den profiliertesten Krimiautorinnen Frankreichs. Sie schreibt neben Romanen auch Drehbücher und ist Produzentin der erfolgreichen »Série noire«, einer Koproduktion von Gallimard und dem französischen Femsehen TF1. 1996 wurde sie für »Im Dunkel der Wälder« mit dem französischen Krimipreis ausgezeichnet. Auch ihre nachfolgenden Romane, alle bei btb erschienen, begeisterten Leser wie Kritiker. Brigitte Aubert lebt heute in Cannes.

Außerdem von Brigitte Aubert bei btb

Im Dunkel der Wälder. Roman (72163) · Die vier Söhne des Doktor March. Roman (72240) · Marthas Geheimnis. Roman (72341) · Sein anderes Gesicht. Roman (72603)

Brigitte Aubert

Karibisches Requiem
Roman

*Aus dem Französischen von
Gabrielle und Georges Hausemer*

btb

Die französische Originalausgabe erschien unter dem Titel
»Requiem Caraïbe« bei Éditions du Seuil, Paris

Umwelthinweis:
Alle bedruckten Materialien dieses Taschenbuches
sind chlorfrei und umweltschonend.

btb Taschenbücher erscheinen im Goldmann Verlag,
einem Unternehmen der Verlagsgruppe Bertelsmann GmbH.

1. Auflage
Genehmigte Taschenbuchausgabe Januar 2001
Copyright © der Originalausgabe 1997
by Éditions du Seuil
Copyright © der deutschsprachigen Ausgabe 1999
by Wilhelm Goldmann Verlag, München
in der Verlagsgruppe Bertelsmann GmbH
Umschlaggestaltung: Design Team München
Umschlagfoto: Stone/Borredon
Satz: IBV Satz- und Datentechnik GmbH, Berlin
CN · Herstellung: Augustin Wiesbeck
Made in Germany
ISBN 3-442-72310-8
www.btb-verlag.de

Mein Gott, mein Gott, warum hast du mich verlassen?
Stöhnend klage ich, aber Hilfe bleibt fern.
»Mein Gott«, ruf ich bei Tag, doch du antwortest nicht,
auch in der Nacht,
und finde keine Ruhe.

Psalm 21

1. KAPITEL

Die junge Frau, die Dag gegenübersaß, trug ein eng anliegendes, wassergrünes Kleid, das die Farbe ihrer Augen hatte. Ihre grellrot lackierten Fingernägel hingegen hoben sich scharf von ihrer dunklen Haut ab. Mit verächtlichem Blick schaute sie sich um. Dag folgte ihrem Blick und stellte wieder einmal fest, daß die blaßgrünen Wände dringend einen neuen Anstrich benötigten und der klapprige Metallschrank demnächst seinen Dienst versagen würde. Die Klimaanlage hinter ihm rang surrend nach Luft. Dag beugte sich vor, um eine mit Wasser gefüllte Schüssel aus dem Fenster zu leeren. Dann stellte er sie erneut unter die undichte Stelle. Als er das angeekelte Naserümpfen der jungen Frau bemerkte, fühlte er sich zu einer Entschuldigung verpflichtet:

»Diese Klimaanlage ist fast so alt wie ich...«

»Und hat bereits ein Leck?«

Dag zwang sich zu einem Lächeln. Was bildete sich dieses wichtigtuerische Ding eigentlich ein? Glaubte sie etwa, er würde ihretwegen den Fußboden sauberlecken, nur weil sie wie ein Topmodel aussah? Er schaute ihr in die Augen: schöne grüne Augen, schmal wie die einer Katze.

»Ich nehme an, Sie sind nicht hergekommen, um sich mit mir über meine Klimaanlage zu unterhalten.«

»Ihr Scharfsinn ist wirklich umwerfend«, erwiderte sie und betrachtete ihre Fingernägel.

Dann fuhr sie ungeduldig fort:

»Ich bin zu Ihnen gekommen, weil ich jemanden wiederfinden möchte.«

»Um wen handelt es sich?« wollte Dag wissen und sann gleichzeitig darüber nach, ob die Wellen am späten Nachmittag wohl zum Surfen geeignet wären.

»Um meinen Vater«, antwortete die junge Frau mit ernster Miene.

Damit hatte Dag gerechnet. Nahezu dreißig Prozent der Fälle, um die er sich kümmerte, hatten mit Männern zu tun, die ihre Familien im Stich gelassen hatten. Leider blieben die meisten Nachforschungen ohne Erfolg. Diese Leute verstanden es großartig, auf Nimmerwiedersehen zu verschwinden.

»Haben Sie eine Ahnung, wo er sich aufhalten könnte?« fragte Dag ohne große Begeisterung.

»Nein, nicht die geringste. Ich weiß weder, wie er heißt, noch, wie er aussieht. Nachdem meine Mutter schwanger geworden war, ließ er nie wieder von sich hören.«

Das fing ja gut an. Dag vergegenwärtigte sich noch einmal die paar Informationen, die sie ihm gegeben hatte: sie hieß Charlotte Dumas und wohnte in Marigot, im französischen Teil der Insel Saint-Martin. Das Detektivbüro McGregor befand sich in Philipsburg, im holländischen Teil. Als die junge Frau das Büro betreten hatte, hatte Dag sie auf niederländisch gefragt, ob sie es vorziehen würde, das Gespräch auf englisch zu führen, und sie hatte auf englisch geantwortet, daß sie sich ebensogerne auf französisch mit ihm unterhalten würde. »Falls Ihnen das nichts ausmacht«, hatte sie hinzugefügt und ihr Kleid zurechtgezupft. Nein, das war für Dag überhaupt kein Problem. Sein Vater, ein Cajun aus New Orleans, hatte eine karibische Schwarze aus Saint-Vincent geheiratet, und zusammen hatten sie sich auf der Insel La Désirade, auf französischem Territorium, niedergelassen.

»Nun, obwohl ich einen amerikanischen Paß besitze, war ich

vor meinem achtzehnten Geburtstag nie in den USA«, hatte er ihr erklärt.

Sie hatte höflich gelächelt und gesagt:

»Wie aufregend...«

Dag war sich wie ein Idiot vorgekommen.

Er nahm ein weißes Blatt Papier, seinen Lieblingsfüller – einen Parker mit breiter Feder – und schrieb: »Montag, 26. Juli«, während Charlotte ihn vorwurfsvoll anstarrte. War es eine gute Idee gewesen, hierherzukommen? Zwar genoß das Ermittlungsbüro McGregor einen ausgezeichneten Ruf, doch dieser Kerl entsprach kaum ihren Vorstellungen von einem Privatdetektiv: Er trug ein weites T-Shirt mit dem bunten Aufdruck *Quick Silver*, eine zerknitterte Leinenhose und dreckige Ranger-Schuhe. Zudem ließen seine vom Nacken bis zu den Schläfen geschorenen Haare und die auffälligen Tätowierungen an seinen kräftigen Vorderarmen ihn eher wie einen Ganoven aus der Bronx aussehen als einen zuverlässigen Detektiv.

Dag hob die Feder und fragte sich, warum sie ihn derart fixierte. Ohne übertriebene Freundlichkeit sah er sie an.

»Und wenn wir mit dem Anfang beginnen würden?«

Der Anfang, das war fünfundzwanzig Jahre vorher auf Sainte-Marie gewesen.

Dag seufzte innerlich. Wie viele Jahre waren seit seinem letzten Aufenthalt auf Sainte-Marie vergangen? Zwanzig? Fünfundzwanzig? Dennoch hätte er das Faltblatt des Tourismusbüros auswendig zitieren können. »...Eine gebirgige Insel mit paradiesischen Stränden, ein grün-weißer Diamant im karibischen Meer, etwa 50 Kilometer nordwestlich von Guadeloupe gelegen, 15 000 Einwohner auf 140 Quadratkilometern.« Sainte-Marie repräsentierte genau das, was in den Reiseführern als »karibische Vielfalt« bezeichnet wird. Er hörte, wie er sagte:

»Die Schwester meiner Mutter besaß einen Souvenirladen in

Vieux-Fort. Als Kind verbrachte ich dort regelmäßig die Ferien.«

»Ich wurde dort geboren.«

Dag war auf La Désirade zur Welt gekommen, vor fünfundvierzig Jahren. Fünfundvierzig Jahre? Unmöglich, sein Ausweis mußte lügen. Er fühlte sich wie neugeboren.

»Ein eher unbedeutendes Kaff, dieses Vieux-Fort«, fügte Charlotte hinzu und verzog verächtlich den Mund.

Nun, Dag konnte sich nicht erinnern, in seiner Kindheit einen schöneren Ort gekannt zu haben als dieses kleine, verschlafene Dorf. Doch warum war er eigentlich nie wieder dorthin zurückgekehrt? Mit einem Mal erinnerte er sich an den aufsässigen Jugendlichen, der er gewesen war, und an die Verachtung, die er dann für dieses »Rattenloch« empfunden hatte. Nach dem Tod seines Vaters war er zum letzten Mal dort gewesen, um seine Tante zu besuchen. Sie war ihm als einzige Familienangehörige geblieben und hatte ihm weiterhin Briefe geschickt, die nach Veilchen dufteten und sorgfältig in Schönschrift auf kariertem Papier geschrieben waren. Zwei Jahre später hatte auch sie sich in eine bessere Welt verabschiedet. Man fand sie zusammengekrümmt hinter der Registrierkasse ihres Ladens, wo sie sich mit einer Hand an einem ausgestopften Leguan festhielt. Als Dag merkte, daß er gerade runde, starre Leguanaugen auf sein Papier kritzelte, tat er so, als würde er das Geschriebene unterstreichen.

»So, jetzt stehe ich voll und ganz zu Ihrer Verfügung«, sagte er munter.

Sie musterte ihn, als hätte er ihr etwas Unanständiges vorgeschlagen, und fuhr mit ihrer Erzählung fort:

Ihre Mutter Lorraine, eine Französin, hatte einen hohen Beamten aus Sainte-Marie geheiratet, einen pensionierten Postangestellten. Er war viel älter als sie, doch sehr reich, und sie lebten in einer prachtvollen Villa. Fast wie im Märchen. In jenem Jahr, 1970, herrschte zur Fastenzeit, von Dezember bis

April, drückende Hitze auf der Insel. Lorraine verbrachte ihre Nachmittage allein am Strand und langweilte sich entsetzlich. Schließlich machte sie die Bekanntschaft eines Einheimischen. Die Kokospalmen von Folle Anse, die kleinen Buchten und der weiße Strand boten auf zehn Kilometern Länge etliche ruhige Plätzchen. Das Resultat: neun Monate und fünfzehn Tage später kam Charlotte zur Welt. Nachdem Lorraine ihr hübsches braunhäutiges Baby geboren hatte, wurde sie von ihrem Mann kurzerhand vor die Tür gesetzt. Da sie über kein persönliches Vermögen verfügte, mietete sie eine Baracke in der Nähe der Kleinstadt Vieux-Fort, wo sie fortan mehr schlecht als recht von dem wenigen Geld lebte, das sie gespart hatte. Sie begann unvernünftig viel zu trinken und erhängte sich schließlich auf ihrer Veranda. Das war im Herbst 1976, während der Regenzeit. Ende des Märchens.

Die kleine Charlotte, die damals fünf Jahr alt war – und von der der alte Pensionär nichts wissen wollte –, wurde in ein Nonnenheim gesteckt. Nun, zwanzig Jahre später, machte sie sich auf die Suche nach ihrem leiblichen Vater. Alles, was Charlotte wußte, hatte sie von ihrer Mutter erfahren, die stundenlang Selbstgespräche geführt und dabei ihre billigen Ti'-Punch-Cocktails geschlürft hatte.

Während Dag sich Notizen machte, dachte er, daß Miss Dumas nicht ahnen konnte, welch empfindliche Stellen sie mit ihrer Geschichte in ihm berührte. Er war ungefähr im gleichen Alter gewesen wie sie, als seine Mutter, eine von den amerikanischen Jungferninseln stammende schwarze Karibin, an Brustkrebs gestorben war. Geschwister hatte er keine. Sein Vater, ein »kleiner Weißer«, der das Elend seiner Heimat Louisiana gegen die scheinbare Paradieswelt der Inseln eingetauscht hatte, ein zwergenhafter, spindeldürrer Mann mit blauen, entzündeten Augen, bärtigen Wangen und einem eisigen Humor, hatte nie viel Liebe für seinen Sohn gezeigt. Als Kind fühlte Dag sich eingeschüchtert von diesem Vater, dem er so überhaupt nicht ähnelte und der ihn stets ansah, als würde er ihm diese mangelnde Ähnlichkeit zum Vorwurf machen – zumal Dag hier in der Karibik, wo jeder feine Unterschied in der Hautfarbe von großer Bedeutung ist, zu jenen zählte, die man »Kongoneger« nannte und deren Teint am dunkelsten war. Wie Charlotte hatte auch er unter der Farbe seiner Haut gelitten und nie verstanden, warum sie bei den Beziehungen zu seinen Mitmenschen ein Hindernis darstellen konnte. Erst nach dem Tod seines Vaters hatte er begriffen, daß dieser ihm nicht seinen dunklen Teint zum Vorwurf gemacht hatte, sondern seine Existenz.

Ein schrilles Hupkonzert auf der Straße ließ Dag auffahren. Wieso erinnerte er sich nun an all das? Ein Anfall verfrühter Alterssentimentalität?

Als er sich der Stille im Raum bewußt wurde, sah er Charlotte an. Sie lächelte spöttisch.

»Ich dachte schon, Sie seien eingeschlafen...«

Diese kleine Giftkröte war wahrlich nicht auf den Mund gefallen. Dag schüttelte seinen Füller.

»Entschuldigung, ein kleines Problem mit der Tinte.«

Sie seufzte geräuschvoll, als würde sie sich fragen: »Mein Gott, was habe ich hier bloß verloren?« Doch selbst wenn die Agentur in der Tat nicht besonders vertrauenerweckend aussah, waren Lester und Dag die besten ihres Fachs, und das hatte sich überall herumgesprochen. Wie ein Schauspieler in einem Film zeigte er nun mit dem Füller auf die junge Frau.

»Falls ich Ihren Vater wiederfinde, was gedenken Sie dann zu tun?«

»Ich werde ihm die Eier abreißen.«

»Reizender Plan«, erwiderte Dag und preßte unwillkürlich die Oberschenkel zusammen. »Ich dachte eher an etwas Nettes.«

»Ein anonymer Samenspritzer ist auch nicht gerade nett.«

Das reichte Dag. Er brachte das Gespräch auf ein neutraleres Thema zurück.

»Haben Sie bereits Kontakt zum Ehemann Ihrer Mutter aufgenommen?«

»Der ist vor acht Jahren an einem Herzinfarkt gestorben. Ich bin ihm nie begegnet.«

»Wieso glauben Sie, daß Ihr Vater nach wie vor hier in der Karibik lebt?«

»Keine Ahnung. Aber irgendwo muß man schließlich anfangen.«

»Warum haben Sie sich nicht an eine Agentur vor Ort gewandt?«

»Man sagte mir, Ihr Büro sei das beste. Ich möchte Resultate sehen und habe keine Lust, mein Geld zum Fenster rauszuschmeißen«, erwiderte Miss Dumas.

Dag warf einen kurzen Blick auf seine Notizen. Was dort geschrieben stand, ließ sich in einem einzigen Wort zusammenfassen: nichts. Diese junge, wenig liebenswürdige Person war in der Tat auf dem besten Weg, ihr Geld zum Fenster hinauszuwerfen.

»Wenn ich Sie richtig verstehe, wissen Sie über den Mann, der Sie gezeugt hat, nur, daß er sich zur Fastenzeit des Jahres 1970 auf Saint-Marie aufhielt und schwarz ist, wie übrigens neunzig Prozent der dort lebenden Bevölkerung... Was noch? Hätte er beispielsweise vier Arme, so würde uns das die Sache erheblich erleichtern...«

»Was soll das? Sparen Sie sich die Mühe, sich über mich lustig zu machen. Wenn Sie nicht an dem Fall interessiert sind, suche ich mir jemand anderen.«

»Wie Sie wollen.«

Allmählich ging Miss Dumas Dag gehörig auf die Nerven. In seinem Alter hatte er es schließlich nicht nötig, sich von einer ungezogenen Göre anöden zu lassen.

»Wenn Sie alle Ihre Geschäfte auf diese Art und Weise abzuwickeln pflegen...«, sagte sie mit verärgerter Miene.

»Ich weiß nicht, wovon Sie reden.«

Sie warf ihm einen wütenden Blick zu.

»Ach nein? Und das da, das gehört wohl zur Dekoration?« zischte sie und zeigte auf die Kupferplatte an der offenstehenden Tür: »McGregor, Ermittlungen aller Art«.

»Das ist das Schild einer Privatdetektei«, erwiderte Dag einfältig lächelnd.

»Und?«

»Nun, wenn ich Privatdetektiv wäre, würde ich mich natürlich angesprochen fühlen, aber da ich lediglich hier bin, um die Kaffeemaschine zu reparieren...«

»Sie sind wohl völlig übergeschnappt, oder was?«

Sie hatte sich erhoben und in ihrer Wut kräftig mit der Handtasche auf den Schreibtisch geschlagen.

»Sie kamen mir so hilflos vor, und da dachte ich, ich könnte Sie in Ihrer Verzweiflung unmöglich allein lassen...«, fuhr Dag mit sanfter Stimme fort.

»Das gibt's doch nicht! Dieser Kerl ist völlig verrückt! Ich werde...«

»Was ist denn hier los?« fragte Lester plötzlich auf englisch und mit rauher Stimme, während er, über seinen roten Schnurrbart streichend, seine hundertzehn Kilo Muskeln an den Türrahmen lehnte.

»Madame möchte mit dir sprechen«, ließ Dag ihn freundlich wissen. »Sie kommt aus Marigot«, fügte er hinzu, als sei das eine Entschuldigung.

Mit der Schnelligkeit einer gereizten Viper drehte Charlotte ihren hübschen Kopf Lester zu.

»Und wer sind Sie? Die Putzfrau?«

»Lester McGregor...«, erwiderte Lester mit seiner wundervollen Baßstimme.

Dann fuhr er in schwerfälligem Französisch fort.

»Womit kann ich Ihnen behilflich sein, Mademoiselle...«

»Dumas. Charlotte Dumas. Sind Sie tatsächlich Lester McGregor?«

»Wie er leibt und lebt.«

»Und der Kerl da, wird der von Ihnen dafür bezahlt, die Kundschaft zu amüsieren?«

»Das ist mein Partner«, antwortete Lester und klopfte Dag auf die Schulter. »Unser kleiner Spaßvogel.«

Zufrieden lächelte Dag Charlotte an. Eine junge Frau, die ihrem Vater die Eier abreißen wollte, verdiente durchaus eine etwas gröbere Behandlung.

Im Moment hatte sie jedoch nur Augen für Lester, so wie das bei den meisten Frauen der Fall war. Dag seufzte. Er hatte noch nie begriffen, was an diesem blassen Fleischberg mit den roten Haaren und Sommersprossen derart bewundernswert war. Lag es doch an seinem Schnurrbart? Lester fuhr fort:

»Sie haben einen Superdetektiv vor sich, der die Karibik kennt wie seine Westentasche. Sie können sich auf ihn verlassen. Ich muß jetzt gehen. Ich habe noch eine Verabredung. Würde mich freuen, Sie wiederzusehen, Mademoiselle.«

Es fehlte nicht viel, und er hätte Miss Dumas die Hand geküßt, bevor er das Zimmer unter ihrem aufmerksamen Blick verließ. Mit argwöhnischen Augen wandte er sich erneut Dag zu.

»Ein Superdetektiv... Na hoffentlich!«

»Zufrieden oder Geld zurück, so lautet die Devise unseres Hauses.«

»Und wie lautet Ihr Name, Herr Superdetektiv?« fragte Charlotte resigniert.

»Leroy, Dag.«

»Dag?«

»Dagobert.«

Sie sah ihn entgeistert an.

»Sie heißen tatsächlich Dagobert?«

»Dagobert Leroy. Zu Ihren Diensten.«

»Noch einer Ihrer blöden Witze?«

»Nein, in diesem Fall ist mein Vater der Schuldige. Er hatte einen sehr eigenen Sinn für Humor.«

»Ich gebe einem Kerl, der Leroy Dagobert heißt, einen Auftrag, der mich sehr viel Geld kosten wird.«
»Dagobert war ein sehr guter König.«
»Das ist mir scheißegal! Gut, hören Sie zu, wir machen einen Versuch, Superdetektiv Dagobert, aber ich warne Sie: Tun Sie Ihre Arbeit gewissenhaft.«
Ein reizendes Mädchen. Dag setzte sein verführerischstes Lächeln auf, doch sie schien diese Taktik zu kennen, denn sie wirkte keineswegs besänftigt. Also beschloß er, sich unverzüglich an die Arbeit zu machen.
Und das war ein Fehler.

Gemeinsam verließen Sie das Büro. Es war Zeit, zum Mittagessen zu gehen. Dag lud sie nicht ein. Sie hätte die Einladung abgelehnt, und er wollte ohnehin allein sein. Die Sonne schien. Es war warm, zu warm, wie gewohnt. Mit prüfendem Blick sah Charlotte sich auf der Straße um. Die Ringroad war menschenleer. Lagerhallen und Tanksäulen glitzerten unter dem blauen Himmel. In den Ruinen eines Gebäudes, das der Orkan Louis zum Einsturz gebracht hatte, räkelten sich Katzen.
»Kein verfluchtes Taxi weit und breit! Scheiße. Wie kann man sich bloß in einem derart miesen Viertel niederlassen?«
»Es ist ruhig hier«, erwiderte Dag und streckte sich ausgiebigst. »Entschuldigen Sie die Frage, aber haben Sie Ihre Ausdrucksweise bei den Nonnen gelernt?«
»Und Sie, arbeiten Sie für den Tugendwächterverband? Nein, Vasco Paquirri hat sie mir beigebracht, falls es Sie interessiert.«
Das interessierte ihn durchaus. Nachdem Vasco Paquirri aus Venezuela, wo ein Kopfgeld auf ihn ausgesetzt war, verschwunden war, hatte er sich zu einem der Bosse des Rauschgifthandels in der Karibik hochgearbeitet. Eine Kapazität auf seinem Gebiet. Sein griechisch-römischer Athletenkörper und seine schwarze, oft zu einem Zopf geflochtene Mähne, die ihm bis auf die Hüften reichte, verliehen ihm den Ruf, ein unwider-

stehlicher Frauenheld zu sein. Vor allem aber war er steinreich. Das Geld rieselte ihm förmlich aus der Nase, genau wie das Kokainpulver.

»Sie kennen Vasco gut?« erkundigte sich Dag, während Charlotte weiterhin die verlassene Straße anstarrte, als würde im nächsten Augenblick ein Taxi auftauchen, hier, mitten im armseligsten Viertel von Philipsburg, um die Mittagszeit und bei dreißig Grad im Schatten, nur um ihr eine Freude zu bereiten.

»Wir treffen uns ab und zu. Er ist ein Freund von Joe, dem Fotografen der Agentur, für die ich arbeite.«

Aha, also doch ein Model, hatte er es sich doch gleich gedacht. Kokospalmen, weißer Sand, blaue Lagune und ein hübscher runder, karamelfarbener Po. Mit ihren sorgsam gepflegten Fingernägeln klopfte sie auf Dags Handgelenk:

»Und Sie, haben Sie sich im Priesterseminar tätowieren lassen? Was ist das überhaupt?«

Sie deutete auf den maskierten Surfer auf seinem linken Unterarm.

»Der Silbersurfer«, antwortete Dag. »Der Held eines Comicstrips aus den fünfziger Jahren, ein intergalaktischer Wellenreiter. Ein kosmischer Kämpfer für die Gerechtigkeit.«

»Sie zählen wohl eher zur Kategorie der *komischen* Gerechtigkeitskämpfer«, prustete sie, um gleich wieder mit ernster Stimme zu fragen:

»Surfen Sie?«

»Ein bißchen. Aber ich komme ganz ordentlich zurecht«, murmelte Dag gekränkt.

»In Puerto Rico habe ich einmal Fotos von Surfern gemacht. Großartige Kerle. Man hatte Vasco das Autoradio gestohlen, er war so wütend... Und das da«, fuhr sie fort, »dieser Dolch mit der Schlange? Ist das ein Voodoo-Zeichen? Die Große Schlange des Universums?«

Sie machte sich eindeutig über Dag lustig. Um sie zu provozieren, erwiderte er:

»Nein, das hat mit der SS zu tun.«

Ungläubig richteten sich ihre smaragdgrünen Augen auf Dags halbrasierten Schädel.

»Sie waren bei der SS?«

Er spürte, wie es ihn reizte, sie zu provozieren. In dem Moment, in dem er ihr eine entsprechende Antwort geben wollte, erblickte er ein Taxi – schäbig und völlig verschrammt, aber unzweifelhaft ein Taxi. Charlotte mußte über Zauberkräfte verfügen. Seit Monaten hatte er kein Taxi in dieser Gegend gesehen. Sie stieg ein wie Dornröschen in ihre Goldkarosse. Dann rief sie ihm ein »*ciao*« zu, das so herzlich klang wie die Fünfundzwanzig-Cents-Münze, die man einem Bettler hinwirft.

Dag sah dem Wagen hinterher. Paquirri... Der Dealer wohnte auf seiner Yacht *Maximo*, einem prachtvollen Trawler, der in Barbuda vor Anker lag, eine Insel, die zu Antigua gehörte und wo es wunderschöne, einsame Strände gab. Und die – wie Antigua – zu einer Drehscheibe des Drogenhandels geworden war. Er betrachtete seine Notizen und zerknüllte das Papier zwischen seinen feuchten Fingern. Die Telefonnummer, die ihm die bezaubernde Charlotte gegeben hatte, begann mit der Vorwahl von Barbuda. Der schöne Vasco, nur ein guter Freund? Dag zuckte mit den Schultern und beschloß, zu T'iou ins Restaurant zu gehen. Mit ein wenig Glück würde der spanische Pfeffer ihn ins Schwitzen bringen und der Schweiß ihm Kühlung verschaffen.

Er ging gerne dorthin, weil T'iou ein schweigsamer Mann war. Er brachte das Essen und kehrte unverzüglich an sein Radio zurück. Mit seinem Radio verbrachte er vierundzwanzig Stunden am Tag. Es war zu einem Bestandteil seines Körpers geworden, vergleichbar mit einer künstlichen Niere, die ihm Nachrichten aus aller Welt übermittelte. Nachdem Dag seine Bestellung aufgegeben hatte, wählte er auf seinem Mobiltelefon die Nummer der Detektei.

»Ermittlungsbüro McGregor, zu Ihren Diensten«, meldete sich die samtige Stimme der treuen Sekretärin Zoé, die ihrem imposanten Chef mit Leib und Seele ergeben war.

»Verbinde mich mit Lester«, sagte Dag, während er den Blick über den Horizont schweifen ließ. Zoé ging ihm mit ihrem Getue einer beleidigten James-Bond-Sekretärin gehörig auf die Nerven.

»Verbinde mich *bitte* mit Lester«, flüsterte sie.

»Bitte. Danke.«

»Etwas bessere Manieren würden dir nicht schaden, Dagobert.«

Zoé, ein Produkt der heimlichen Beziehung zwischen dem Pfarrer von San Felipe und seiner Köchin, war sehr auf gute Umgangsformen bedacht.

»*Yeah*?« fragte Lester ungeduldig.

»Ich muß nach Sainte-Marie. Wird 'ne teure Angelegenheit werden.«

»Kann sie zahlen?«

»Ja. Sie hat mir als Vorschuß einen Scheck über fünfhundert US-Dollar in die Tasche gesteckt. Bitte Zoé, bei der Bank zu prüfen, ob das Konto in Ordnung ist.«

»Okay.«

Dag wartete einige Minuten, dann meldete sich wieder Lesters Stimme:

»Kein Problem. Übrigens... eine Luftveränderung wird dir guttun. Es heißt, Frankie sei hinter dir her.«

»Du hast seit jeher ein ausgesprochenes Talent, einem stets im falschen Moment die guten Nachrichten zu verkünden. Gut, ich halte dich auf dem laufenden.«

Nachdenklich legte Dag auf. Frankie Voort war ein festangestellter Auftragskiller von Don Philip Moraes und hatte ihn also immer noch nicht vergessen. Er war ein sehr cleverer Gangster, den er sechs Jahre zuvor ins Gefängnis gebracht hatte, ohne es eigentlich gewollt zu haben. Damals arbeitete

Dag im Auftrag eines gehörnten Ehemannes. Nach tagelanger Beschattung war es ihm gelungen, das Stundenhotel ausfindig zu machen, in dem die untreue Gattin ihren Geliebten empfing. Eine billige Absteige im chinesischen Viertel. Nach stundenlangem Warten hatte er es endlich geschafft, das unschuldige Objekt der Begierde von Madame zu fotografieren: einen kleinen, dicken, pausbäckigen Kerl mit Schnurrbart und Stupsnase.

Ohne es zu wissen, hatte Dag Frankie Voort aufgespürt, der wegen eines Mordes und organisierter Erpressung gesucht wurde. Ein mißlungener Vergeltungsanschlag gegen die Hindus aus der Frontstreet, ein wahres Massaker. Voort gehörte zur Kategorie jener todessüchtigen Ganoven, die allzeit bereit sind, abzudrücken. Dag hatte keinerlei Skrupel gehabt, ihn der niederländischen Polizei auszuliefern. Kein Wunder, daß Voort ihn nicht in sein Herz geschlossen hatte. Aber darum ging es jetzt nicht. Im Moment ging es um Miss Charlotte Dumas. Es war besser, sich ganz auf sie zu konzentrieren.

Dag konzentrierte sich, indem er das Meer betrachtete. Die Wellen trugen weiße Schaumkronen und rollten regelmäßig an den Strand, wie in einem Werbespot. Genau der richtige Tag, um nicht ins Büro zurückzukehren, sondern surfen zu gehen. Mit einem Schluck Bier verjagte Dag diesen verführerischen Gedanken.

So mußte er sich also wegen der schönen Lorraine Dumas, die sich fünfundzwanzig Jahre zuvor in einen schwarzen Charmeur verliebt hatte, ein Ticket nach Sainte-Marie kaufen, wo er seit seinem Militärdienst nicht mehr gewesen war. Die Wahrscheinlichkeit, Charlottes Vater wiederzufinden, lag bei eins zu einer Million. Kein Name, keine Personenbeschreibung, lediglich ein Phantom, das in den USA, in Frankreich, in Großbritannien oder sonstwo leben konnte... Und wozu das Ganze? Der Kerl wußte nicht einmal, daß er eine Tochter hatte. Doch wie pflegte dieser Puritaner von Lester zu sagen: »Wenn man für eine Arbeit bezahlt wird, so tut man diese Arbeit auch, und zwar mit allem Engagement.« Also beendete Dag schwitzend seine Mahlzeit und kaufte sich ein Ticket nach Sainte-Marie.

Dags Vater war 1969 gestorben; im selben Jahr hatte ein Wirbelsturm die Insel verwüstet. Damals wohnte Dag bereits nicht mehr auf La Désirade. Er hielt es nie lange irgendwo aus. Folglich war es für ihn nie in Frage gekommen, bis zu seinem Tod im Lebensmittelgeschäft der Familie auszuharren, zwischen Dosen mit Tomatensauce, deren Verfallsdatum abgelaufen war, und Kartons mit lauwarmer Cola. Als Kind wollte er Seemann werden, am Ruder stehen, sich vom Sprühwasser bespritzen lassen und in die Ferne blicken. Doch alles war ganz anders gekommen. Nachdem er sich an verschiedenen Surfertreffs herumgetrieben hatte, meldete er sich freiwillig zu den *Marines*. Hätte man ihn gefragt, was ihn mitten in der Hippie-Zeit zu dieser Entscheidung veranlaßt hatte, er wäre zu keiner Antwort fähig gewesen. Der Wunsch, sich einer Elitetruppe anzuschließen? Teil einer Gemeinschaft zu sein? Seinem Vater zu beweisen, daß er ein Mann war? Jedenfalls war er viel herumgereist. Zehn Jahre lang, von der Küste Miamis bis zu den Falkland-Inseln. Bis er eines Tages beschloß, den Dienst zu quittieren.

Nach einem tagelangen Besäufnis fand er sich eines Morgens in Philipsburg wieder, mit seinem Matrosensack auf dem Rücken und den Tressen eines Oberfeldmarschalls, die lose an seinem besudelten Hemd baumelten. Er fand Arbeit im Hafen, auf der Schiffswerft. Und dort blieb er. So lernte er Lester kennen – als er dessen Segelboot aufpolierte. Eine zehn Meter lange Ketsch-Yacht namens *Kamikaze*, eine Rarität, die im gesamten Golf von Mexiko herumgekommen war. Lester, ein ehemaliger Polizist, hatte gerade die Agentur McGregor gegründet, doch er versuchte sich ebenfalls als Schmuggler und benötigte einen verschwiegenen Seemann. Dag war sofort einverstanden gewesen. Nach und nach hatte Lester aber dann mit den illegalen

Transporten und den nächtlichen Ausfahrten aufgehört, Dag jedoch in seiner Firma behalten.

Während er seinen alten Erinnerungen weiter nachhing, bahnte er sich einen Weg durch das übliche Gedränge in der Frontstreet. Mit gierigen Blicken betrachteten Touristen die Schaufenster der *Tax-free*-Läden. Dag ging an der Spielhalle *Rouge et Noir* vorbei, wo sich Trauben von Leuten um die Glücksautomaten drängten, und gelangte schließlich zu dem Haus, in dem er wohnte, ein Gebäude aus den siebziger Jahren. Im Erdgeschoß befanden sich ein italienisches Restaurant und ein indisches Lebensmittelgeschäft, im ersten Stock war eine Peepshow.

Mit einem lauten Krächzen hielt der asthmatische Aufzug auf der dritten Etage. Dag öffnete die braune Tür, die lediglich seine Initialen trug, und seufzte. Es war höchste Zeit, ein wenig sauberzumachen: Das Bett war zerwühlt, überall lagen Klamotten herum, der Tisch war unter Papierbergen begraben, in der winzigen Badewanne ruhte Dags Surfbrett. Selbst die Plakate von Boxkämpfen an den Wänden sahen verdreckt aus. Zuerst staubte er »Muhammed Ali gegen Joe Frazier« ab, dann entfernte er rasch die beiden leeren Gläser vom Fernseher, die Kaffeetassen von der Klospülung, den vollen Aschenbecher vom Kopfkissen seines Bettes. Der Anrufbeantworter blinkte. Während Dag die Mitteilungen abhörte, stopfte er ein paar saubere Kleidungsstücke in seine Reisetasche. Ein Anruf seines Freundes Max, der ihn auf eine Partie Poker einlud, ein Geschirrspülmaschinenvertreter, der Aufschrei des kleinen Jed, der ihm mitteilte, daß ihm endlich ein *spin air* geglückt war, und jemand, der gleich wieder aufgelegt hatte. Keine Nachricht von Helen.

Er ließ seinen Blick durch die unordentliche Wohnung schweifen und sagte sich, daß Helen wohl nie wieder anrufen würde. Sie konnte Durcheinander nicht ausstehen. Poker übrigens auch nicht. Von Glücksautomaten, Sportzeitungen, Tätowierungen und fluoreszierenden Präservativen ganz zu schweigen. Helen hatte an allem etwas auszusetzen. Aber ficken, das konnte sie, wie Dag sich eingestehen mußte, als er nach seiner automatischen Waffe griff, einer Cougar 8000. Obwohl Dag kein Waffennarr war, zwang er sich, in einem Klub in der Nähe des Surferstrands Oyster Pond regelmäßig zu üben. Waffenschein, Reisepaß; er schloß seine Tasche, warf einen letzten Blick in das halbdunkle Zimmer, und nachdem er sich vergewissert hatte, daß der Gashahn richtig zugedreht war, verließ er die Wohnung.

Die Motoren dröhnten, als die Maschine vom Flughafen von Espérance-Grand Case abhob und über das glitzernde, türkisfarbene offene Meer schwebte. Dag blickte durch das kleine runde Fenster, ohne etwas zu sehen. Erinnerungen an Sainte-Marie gingen ihm durch den Kopf. Als Kind hatte er dort fast jedes Jahr die Ferien bei seiner Tante verbracht. Ihm war, als könnte er ihr nach Vanille duftendes Parfüm riechen und das Rascheln ihrer Samtkleider hören. Auf seiner Zunge lag der Geschmack der weißen Kokosnußbällchen, die sie ihm jeden Sonntag nach der Messe kaufte. Die mehrheitlich schwarze Bevölkerung der Insel war zu neunzig Prozent katholisch. Die indischen Geschäftsleute, die »Kulis«, besaßen ihre eigenen Kultstätten und hatten sich nicht wirklich in die Bevölkerung integriert. Nachdem die Insel nacheinander den Spaniern, den Franzosen, den Engländern, den Dänen und dann erneut den Franzosen gehört hatte, wurde sie anschließend Mitglied der französischen Union und später der Europäischen Gemeinschaft. 1966 war die Insel unabhängig und zum Ziel zahlreicher Einwanderer aus Kuba und Haiti geworden. Mehrere Traditionen prallten aufeinander, ohne ihre Eigenheiten aufgeben zu müssen. Das Gerichts- und Strafwesen richtete sich nach dem französischen Modell, aber man fuhr auf der linken Straßenseite. Neben der offiziellen französischen Sprache wurde häufig auch spanisch und englisch gesprochen. Da die Sitten und Bräuche von den Kleinen Antillen hier ebenfalls fest verwurzelt waren, sprach die Mehrheit der Bevölkerung weiterhin kreolisch. Dag lächelte, als er an seine Tante dachte, die gegen Französisch stets eine heftige Abneigung gehegt hatte. Schließlich gab er sich einen Ruck und zog die Unterlagen aus einer Mappe. Das kleine Flugzeug schwankte im stürmischen Wind hin und her, Dags Sitznachbarin roch nach Zitronenkraut, alles war in bester Ordnung. Er war beruflich unterwegs.

2. KAPITEL

Sanft setzte das Flugzeug auf der Piste des Inselflughafens von Grand-Bourg auf Sainte-Marie auf. Dag wartete geduldig, bis seine Nachbarin ihre neunzig Kilo in Bewegung gesetzt hatte, um seinerseits festen Boden unter die Füße zu bekommen. Man hätte glauben können, das Flugzeug hätte sich nie von der Stelle bewegt: die gleiche Hitze, die gleichen Bäume, der gleiche Himmel, die gleichen Baracken. Nur die im Wind knatternde Landesflagge – gelber Stern auf azurblauem Hintergrund – und der Zöllner, der gelangweilt einen Stempel in Dags Reisepaß drückte, verrieten, daß man in einem anderen Staat angekommen war.

Draußen, im Schatten der Palmen, wartete eine Kolonne verbeulter Taxis. Der geliebte Präsident Macario, dessen Sohn der einzige Autohändler mit behördlicher Genehmigung auf der Insel war, hatte mit ausländischen Herstellern eine Vereinbarung getroffen, die ihm zu äußerst günstigen Preisen die Lieferung fabrikneuer Fahrzeuge mit kleinen Konstruktionsfehlern sicherte. So wurde der Fahrzeugpark mit den jeweilgen Restposten erweitert, und diesmal stieg Dag in einen R9, der offensichtlich zu einer der ersten Lieferungen gehört hatte. Er nannte dem Fahrer die Adresse des Waisenhauses, in dem Charlotte aufgewachsen war.

Zum Glück war die Rue du Petit-Bourg nur wenig befahren, denn allem Anschein nach hatte der Fahrer einen Kompromiß geschlossen zwischen seinem Lenkrad, das zum Rechtsfahren bestimmt war, und dem Gesetz, das ihn zum Linksfahren verpflichtete: er fuhr konsequent in der Straßenmitte. Zu Dags großer Erleichterung begegneten sie lediglich einem wohlweislich auf dem Seitenstreifen dahinrollenden Ochsengespann. Im Gegensatz zu einigen Nachbarinseln, die fieberhaft nach Modernisierung strebten, lebte Sainte-Marie hauptsächlich vom Zuckerrohranbau sowie vom Bananen- und Rumexport. Man begegnete hier immer noch mit Zuckerrohr beladenen Karren, und bei einem Besuch der Brennerei glaubte man sich um hundert Jahre zurückversetzt.

Die Landschaft zog vorbei, und Dag spürte ein leichtes Kribbeln im Bauch, als er die Straßenschilder wiedererkannte. »Morne Saint-Jean«, die Bohnenfelder, »Anse Marigot«, wo er Krabben gefischt hatte... Allein der Geruch der Insel, der herbe durchdringliche Duft von Blumen und Jod, rief in ihm eine Flut von Erinnerungen wach: das wütende Brodeln des Wassers am Fuße der Steilküste, der dunkle, kühle Laden seiner Tante, wo die Fliegenfänger in langen, bunten Spiralen von der Decke hingen, der Geschmack der *Bélélé*-Suppe, die sie für ihn zubereitet hatte – eine Suppe aus Krabbenfleisch, Erbsen, Brotfrucht und Bananen –, das Gackern der Hühner im kleinen Hühnerstall. Indem Charlotte ihn auf die Suche nach ihrem Vater geschickt hatte, hatte sie ihn unwissentlich auf die Spuren seiner eigenen Vergangenheit angesetzt.

»Wir sind da, Chef!«

Dag bat den Fahrer, auf ihn zu warten, und ging auf das Waisenhaus zu. Ein großes, weißes Gebäude, das vor kurzem neu gekalkt worden war. Nüchtern und stattlich. Während Dag vor dem Portal darauf wartete, daß jemand ihm öffnete, betrachtete er den gepflegten Garten.

Schließlich kam eine kurzbeinige Nonne auf ihn zugetrippelt und fragte aufgeregt: »*Ka sa yé?*« Er gab ihr sein mit der Devise »*vitum impendere vero*« (sein Leben der Wahrheit widmen) versehenes Ausweiskärtchen und erklärte ihr, daß er die Oberin zu sprechen wünsche. Sie musterte kritisch seine Kleidung, bevor sie sich entfernte. Dabei wiegte sie ihren Kopf hin und her und streckte seinen Ausweis wie ein loderndes Zündholz weit von sich.

Erneutes Warten am Portal. Um sich die Zeit zu vertreiben, versuchte Dag, die Pflanzen und Sträucher in dem Garten zu benennen. Keine besonders amüsante Beschäftigung, und außerdem verspürte er allmählich heftigen Durst. Endlich kam die Pförtnernonne, völlig außer Atem, zurück und teilte ihm mit daß – »*pani problem*« – Mutter Marie-Dominique ihn erwarten würde. Er folgte ihr durch kühle Flure mit rotem Fliesenboden und träumte von Getränkeautomaten. Eine Lehrerin hielt irgendwo ihren Unterricht, und schrille Stimmchen antworteten ihr in singendem Ton.

Die Oberin saß an ihrem Schreibtisch, einem ausgeblichenen Möbelstück aus Rosenholz mit kunstvoll gearbeiteten Schubladen. Sie war eine schöne, etwa sechzigjährige Frau mit rötlichbraunem Teint und dunklen, kalten Augen, die ohne Umschweife zu sagen schienen: »Beeil dich, mein Sohn, ich habe noch eine Menge zu tun!« Dag wartete, bis sie ihm bedeutete, Platz zu nehmen. Dann sagte er:

»Es tut mir leid, daß ich Sie störe, aber ich habe einen Auftrag von einer Ihrer früheren Schülerinnen, Charlotte Dumas...«

»Dumas... Ja, ich kann mich erinnern«, unterbrach ihn die Ordensschwester und gab ihm seinen Detektivausweis zurück.

Mit dem Gefühl, in das Innere eines Kühlschranks zu schauen, betrachtete Dag ihre vollen Lippen und die tadellos weißen Zähne. Mühsam fuhr er fort:

»Mademoiselle Dumas hat mich beauftragt, ihren Vater wiederzufinden, das heißt... ihren richtigen Vater.«

»Was hat das mit uns zu tun?« fragte die Oberin und kreuzte in aller Ruhe die Hände.

Dag deutete ein Lächeln an.

»Nun, da sie hier bei Ihnen aufwuchs, dachte ich, Sie könnten mir möglicherweise einige Auskünfte erteilen...«
»Ehrlich gesagt, Monsieur...«
»Leroy.«
»Monsieur Leroy. Bevor Charlotte uns verließ, bat sie mich, ihr ihre Akte auszuhändigen. Ich bin seit jeher der Ansicht, daß jedes Kind das Recht hat, die Wahrheit zu erfahren. Ich habe ihr also alles erzählt, was ich wußte. Hier bitte – Dumas, Charlotte.«
Sie reichte ihm eine Karteikarte.
»Ich wußte, daß Sie kommen würden. Charlotte hat mir Bescheid gesagt. Eine ganz ausgezeichnete Schülerin war sie, aber starrköpfig, ein schlechter Charakter. Aufsässig und rachsüchtig. Das führt zu nichts Gutem.«
Dag nahm die Karte und las sie rasch durch:

DUMAS Charlotte:
– geboren am 3. Januar 1971 in Vieux-Fort, Sainte-Marie
– Vater: unbekannt
– Mutter: Lorraine Malevoy, Mädchenname Dumas, geboren am 8. Februar 1943 in Pau, Gironde; gestorben am 4. Oktober 1976 in Vieux-Fort, Sainte-Marie.

Vieux-Fort. Die schwarzen, an Kokospalmen angebundenen Schweine. Der Duft der wilden Flamingoblumen, welche die Fassade des Ladens von Tante Amélie schmückten...

– Eintritt ins Foyer der Heiligen Familie: November 1976
– Austritt: Januar 1989.

Das war alles. Ratlos starrte Dag Mutter Marie-Dominique an. Dann räusperte er sich:
»Das alles wußte ich bereits. Von Mademoiselle Dumas. Ich hoffte, auf wesentlichere Angaben zu stoßen.«
»Zum Beispiel?«
»Zum Beispiel auf die genauen Todesumstände ihrer Mut-

ter. Oder auf das, was damals über den vermeintlichen Vater erzählt wurde. In solchen Fällen gibt es doch meistens irgendwelches Geschwätz. Ich weiß nicht, in welcher Funktion Sie damals hier tätig waren...«

Sie lächelte gutmütig.

»Klatsch und Tratsch sollten Sie nicht von mir erwarten. Ich höre mir solche Geschichten nicht an. Nie. Was den Selbstmord der Mutter betrifft, so weiß ich lediglich das, was die damalige Sozialarbeiterin mir erzählte, eine gewisse Madame Martinet, wenn ich mich nicht irre. Ich habe keine Ahnung, ob sie noch lebt.«

»Zwanzig Jahre sind seither vergangen, und Sie erinnern sich immer noch an den Namen dieser Frau? Wieso?«

»Vielleicht weil ich ganz einfach ein gutes Namensgedächtnis habe, Monsieur. Oder weil sie ein unvergeßliches Gesicht hatte. Oder aber weil es in meinen Augen auf der Welt nichts Traurigeres gibt als ein kleines Mädchen, das seine Mutter an einem regnerischen Tag an einem Balken unter der Veranda hängen sieht und so lange zu ihren Füßen hocken bleibt, bis jemand vorbeikommt und sie entdeckt. Falls Sie weitere Einzelheiten erfahren möchten, setzen Sie sich mit Madame Martinet in Verbindung. Mehr kann ich Ihnen nicht sagen. Sie arbeitete im Amt für Sozialfürsorge.«

»Ich danke Ihnen für Ihre Hilfe«, sagte Dag und erhob sich, um sich zu verabschieden.

Mit einem ironischen Blick sah sie ihn an.

»Sie sind nicht zufrieden, nicht wahr? Sie hatten gehofft, ich würde sein Foto aus meiner Tasche zaubern? Leider ist Charlottes Vater kein Kaninchen, das man einfach aus einem Hut ziehen kann. Nein, Monsieur, ich fürchte, es erwarten Sie noch etliche Anstrengungen. Oder wie es bei uns heißt: ›Si ou haï moin, ou ka ba moin pagnien pou poté dleau‹.«

Man geht nicht mit einem Strohkorb zum Brunnen, ich weiß, dachte Dag.

»Vielen Dank für Ihre Ermutigung. Nein, bemühen Sie sich nicht, ich kenne den Weg.«

Dags Hand lag bereits auf dem Türknauf, als sie hinzufügte: »Man nannte ihn Jimi. Charlotte hat es mir gesagt. Ihre Mutter sprach immer von Jimi. Ich wünsche Ihnen eine gute Reise.«

»Und ich Ihnen einen schönen Tag«, antwortete Dag, der kindischen Freude wegen, ihr keine Antwort schuldig zu bleiben.

Kopfschüttelnd schloß er hinter sich die Tür. Alle Achtung. Er brauchte nur noch Madame Martinet aufzutreiben, die 1976 als Sozialarbeiterin tätig gewesen war. Also auf zum Amt für Sozialfürsorge und all den behördlichen Schikanen ins Auge geblickt, die den größten Teil seiner Arbeit ausmachten.

Jimi... Jimi. Zu jener Zeit gab eine Menge Jimis... und ebenso viele Bobs. Erstere hatten Afromähnen von einem Meter Durchmesser und eine Gitarre um den Hals, letztere trugen Rastazöpfe von einen Meter Länge und hatten ebenfalls eine Gitarre um den Hals. Alle nannten sich Bob oder Jimi. Das war besser als Toussaint, Rodriguez oder Dagobert, damals, als alle Mädchen in Ekstase gerieten, wenn sie das Album von Woodstock anhörten. Wie sollte er also jemals diesen einen Jimi wiederfinden?

Eine gute Viertelstunde lang schwitzte Dag im Taxi, bevor er an seinem Ziel ankam. Auf einem Schild waren die Öffnungszeiten zu lesen. Es reichte für zwei Bier, ein Sandwich und drei Zigaretten, die er während des Wartens im Schatten eines zerzausten Sonnenschirms genoß. Der Inhaber des kleinen Lokals hörte Zouk-Musik und summte die Melodie mit. Das einheimische Bier mit dem vielversprechenden Namen *Diablesse* schmeckte bitter; Dag trank es in kleinen Schlucken, während er noch einmal an die bewegte Zeit der Jimis und Bobs zurückdachte, an die mehrtägigen Trips und an die Mädchen, die einem das Gefühl gaben, der bedeutendste Mann im ganzen Universum zu sein, in Wirklichkeit aber nur ein wenig Haschisch ergattern wollten.

Auch Dag hatte an den riesigen Stränden von Sainte-Marie eine – wie die Franzosen sagen – »Metro« kennengelernt, eine junge Frau aus dem europäischen Mutterland. Doch sie war weder reich noch verheiratet. Sie war ein Mädchen für alles und hieß Françoise. Er wollte ihr nicht gestehen, daß er sich gerade freiwillig zur Marine gemeldet hatte, das kam damals nicht so gut an. Statt dessen hatte er behauptet, einfach nur unterwegs zu sein. Françoise... Er spürte das aufkommende Bedauern über die allzu schnell vergehende Zeit und schaute auf seine Uhr. Der Gongschlag rettete ihn: es war soweit. Er machte sich auf zu den klimatisierten Büroräumen.

Allzu klimatisiert, wie er feststellte. Man hätte am Eingang Parkas verteilen sollen. Ihm war, als würde allmählich eine Eisschicht seinen Körper überziehen. Die junge Frau am Empfang, eine Weiße mit krebsrotem Teint, starrte ihn mit ihren grauen, gleichgültigen Augen an und tat so, als würde sie ihm zuhören. Er beugte sich zu ihr.

»Hören Sie, würden Sie bitte so nett sein und den Abteilungsleiter rufen? Das würde uns eine Menge Zeit ersparen, bevor ich mich in einen Eisberg verwandle.«

»Monsieur Baker ist beschäftigt.«

»Ach so! Und Sie können ihm nicht Bescheid geben?«

Verlegen rutschte sie auf ihrem Stuhl hin und her.

»Er darf nicht gestört werden.«

Gut, er trank Kaffee. Oder saß auf dem Klo. Oder war gerade dabei, sich mit seiner Sekretärin zu amüsieren.

»Wann könnte ich denn mit ihm sprechen?«

»Sie müssen sich einen Termin geben lassen.«

In diesem Moment betrat ein Dicker mit nervösen Schritten die Halle. Das Hemd, das sich um seinen Oberkörper spannte, war genauso weiß wie seine Hängebacken.

»Monsieur Baker!« rief das Mädchen erleichtert.

»Was ist? Bin in Eile!« stieß der Dickwanst hervor und wischte sich die Stirn ab.

»Dieser Herr hier möchte gerne einen Termin mit Ihnen vereinbaren.«

Baker versuchte, Dag einen scharfen Blick zuzuwerfen, doch in Wirklichkeit verrieten seine Augen allzu eifrigen Alkoholkonsum.

»Was wollen Sie denn von mir?« brummte er.

»Ermittlungsbüro McGregor«, erwiderte Dag und zeigte ungefragt seinen Ausweis. »Ich benötige einige Auskünfte über eine Ihrer Angestellten.«

»Jetzt gleich?«

»Das wäre schön. Es dauert nur ein paar Minuten.«

Diese Erklärung schien Baker sichtlich zu erleichtern. Er deutete Dag an, ihm zu folgen, und schwankte zu seinem Büro.

»Treten Sie ein, McGregor.«

Dag unterließ es, ihn über seinen Irrtum aufzuklären, es wäre zu aufwendig gewesen. Baker ließ sich schwerfällig in einen Sessel fallen und schaute Dag starr in die Augen, bevor er sich nach vorne beugte und murmelte:

»Finden Sie nicht auch, daß diese Klimaanlage ziemlich schwach ist?«

»Fürs Einfrieren vielleicht, aber für ein einfaches Tiefkühlen scheint sie mir genau richtig.«

Einen Moment lang kaute Baker an dieser Bemerkung, doch dann stimmte er vorsichtshalber mit einem Nicken zu.

»Ja, ja ... Und? In welcher Angelegenheit ermitteln Sie?«

»Ich suche eine Dame namens Martinet, die 1976 hier gearbeitet hat.«

»Ach! Ja, ja. Wir prüfen das in der Kartei.«

Er drückte auf einen Knopf seines Telefons Modell Obere Chefetage und gab, fast ohne zu stottern, eine Reihe Befehle durch.

Voller Bewunderung betrachtete Dag die vielen Hängemappen und die metallenen Aktenschränke.

»Viel Arbeit, das alles hier.«

»Ja, ja.«

Baker warf sich in die Brust.

»Sie können sich das gar nicht vorstellen! Wir kümmern uns um mehr als zweitausend Akten, und das nur im Bezirk von Grand-Bourg, wohlverstanden. Vieux-Fort, das ist wieder was ganz anderes.«

»Tatsächlich?«

»Ja, ja, das ist nicht dasselbe. Hier ist Grand-Bourg. Und drüben ist Vieux-Fort, ja, ja.«

Erschreckend. Dag wußte nicht mehr, wie er seinen Lippen ein Lächeln für diesen betrunkenen Fleischberg abringen sollte, als die Sekretärin eintrat. Eine große Mulattin mit kurzen braunen Haaren. Es tat gut, einen nüchternen Menschen vor sich zu haben.

»Guten Tag. Hier ist die Karteikarte von Madame Martinet.«

»Danke, Betty, vielen Dank. Ja, ja... Aber, hören Sie, haben Sie überhaupt eine offizielle Vollmacht?«

»Nein, ich brauche bloß eine Auskunft, nichts Offizielles.«

»Ach, ja, ja, allerdings bin ich mir nicht sicher, ob ich Ihnen ohne offizielle Vollmacht nähere Angaben über eine unserer Angestellten erteilen kann. Das sind immerhin persönliche Daten, Monsieur.«

Dag nickte.

»Ich soll mich wegen einer Familienangelegenheit mit Madame Martinet in Verbindung setzen. Eine Neffe von ihr, der in den USA lebt, würde sie gerne besuchen, aber er hat ihre Adresse verloren.«

Das war ihm einfach so in den Sinn gekommen: er hatte ein Talent für Lügen aus dem Stegreif.

»Ach, ja, ja... Was meinen Sie, Betty?« fragte der Dicke und schüttelte seine Hängebacken.

Offensichtlich meinte Betty, daß sie nun schon lange genug gewartet hatte und ihre Füße in den fünfzehn Zentimeter hohen Stöckelschuhen allmählich zu schmerzen begannen.

»Ich glaube nicht, daß Madame Martinet uns böse sein wird, weil wir ihrem Neffen geholfen haben, sie ausfindig zu machen.«

»Ja, ja... Hören Sie, Monsieur McGregor, Sie klären die Sache am besten mit Betty. Ich habe eine Verabredung, ich muß jetzt gehen.«

Eine Verabredung mit seiner ruinierten Prostata, diagnostizierte Dag, während Baker davonstampfte. Lächelnd wandte er sich an Betty.

»Gut, kann ich jetzt diese Karteikarte sehen?«

»Sind Sie von der Polizei?«

»Ermittlungsbüro McGregor«, seufzte Dag und zog erneut seinen Ausweis hervor.

»Ein Bluff, nicht wahr? Und was wollen Sie tatsächlich von der armen Martinet?«

»Das habe ich Ihnen doch schon gesagt.«

Sie grinste ungläubig und sah Dag mit ihren hübschen nußbraunen Augen an.

»Gut, einverstanden. Eloise Martinet, ledig, geboren 1915 auf der Insel Dominica. Seit 1985 im Ruhestand. Wohnt auf der Insel Saintes, in Terre-de-Haut. 115, Avenue de Caye Plate. Ich hoffe, Sie sind nicht jemand, der alte Damen vergewaltigt.«

»Sehe ich danach aus?«

Sie lächelte:

»Ehrlich gesagt, weiß ich nicht so recht, wonach Sie aussehen.«

Dag dachte noch eine Weile über diesen Satz nach, als er die Treppe hinunterging, die nach draußen in die Hitze führte. Auf der Straße angekommen, stellte er sich in den Passatwind, um auf ein Taxi zu warten und weiter nachzudenken. Bisher hatte er stets von sich geglaubt, er sei ein gut gebauter Vierziger ohne ein einziges graues Haar und mit einem Gesicht, das an den Kaiser von Äthiopien erinnerte – und nun stellte dieses unschuldige Geschöpf das alles plötzlich in Frage. Entsprach das

Bild, das er von sich selbst hatte, eigentlich der Wirklichkeit? Auf diese beunruhigende Frage hin beschloß er, den Weg zum Hauptplatz, wo er vielleicht ein Taxi erwischen könnte, zu Fuß zurückzulegen.

Die Tasche schlug gegen seinen Rücken, genau wie damals zur schönen Zeit der Jimis. Da er das Gefühl hatte, verfolgt zu werden, drehte er sich mehrmals um, doch er stellte nichts Ungewöhnliches fest. Berufsparanoia, schlußfolgerte er und beschleunigte seine Schritte.

Schon wieder ein hin und her rüttelnder Rumpf, schon wieder diese knallroten, schwitzenden Touristen, schon wieder ein kleiner Flughafen, in dem es so heiß war wie in einem Backofen. Die Inselgruppe Saintes. Ein winziges Archipel, 240 Kilometer von Saint-Martin entfernt. Terre-de-Haut, sechs Kilometer lang und drei Kilometer breit, eine einzige befahrbare Straße, fast keine Autos.

Wie alle anderen auch ging Dag als erstes zu dem Vermieter von Motorrollern. Eine Viertelstunde später bremste er vor einem kleinen, massiv gebauten Haus ab. Es war von Hibiskus umgeben, rosa und blau gestrichen – blaue Wände, rosarote Fensterläden. Am Straßenrand parkte ein alter, schäbiger Peugeot 404. Eloise Martinet schien keine besonders leidenschaftliche *Auto-Journal*-Leserin zu sein. Dag stellte den Motorroller unter eine Palme und klingelte an der Tür, von der die Farbe abblätterte.

Keine Antwort. Er ging um das Haus herum, die Vorhänge waren zugezogen. Erneutes Klingeln. Eloise Martinet war achtzig Jahre alt. Es war fast neunzehn Uhr, es wurde allmählich dunkel, und Eloise konnte sich nicht allzu weit entfernt haben, da ihr Wagen vor dem Haus parkte. Dag schaute sich um: In zweihundert Metern Entfernung, auf der rechten Seite, befand sich eine wurmstichige mit Bougainvillea bewachsene Hütte, vor der sich die ganze Familie zum Kartenspiel versammelt hatte; linker Hand ein Holzhaus mit geschlossenen Fensterläden, das fast vollständig von der Vegetation überwuchert war. Dag blieb nichts anderes übrig, als zu warten. Er lehnte sich an die Tür und wäre um ein Haar der Länge nach hingefallen, als sie unter seinem Gewicht nachgab und sich weit öffnete.

Doch es war nicht Eloise Martinet, die ihm aufgemacht hatte. Niemand war zu sehen. Dag tastete nach dem Lichtschalter. Es wurde hell, und er sah ein großes Zimmer voller Korbmöbel: ein geblümtes Sofa, mit Nippsachen überhäufte Regale, ein niedriges Tischchen, eine Vase mit einem leuchtendgelben Hibiskusstrauß, an den Wänden gerahmte Fotos, ein Reklameplakat für Zahncreme, auf dem ein braungebrannter, Wasserski fahrender Schönling abgebildet war. Von Eloise Martinet weit und breit keine Spur.

Aber dann plötzlich entdeckte er sie. Sie lag hinter dem Sofa und klopfte mit ihren in weißen Sandalen steckenden Füßen krampfartig auf den Fußboden. Er eilte zu ihr hin. Eine kleine, zierliche Frau mit grauen Haaren. Mit bereits glasigen Augen starrte sie ihn an und murmelte:

»...Pillen...«

Er folgte der Richtung ihres Blickes, griff nach dem Pillenfläschchen auf einem der Regale und öffnete es hastig. Seine Hände schwitzten, die alte Dame zitterte wie Espenlaub. Es gelang ihm, zwei Pillen aus dem Fläschchen zu fischen und sie der Frau in den Mund zu stecken. Sie blinzelte, als wollte sie sich bedanken, doch dann erstarrte sie. Ihre blauen Augen waren weit aufgerissen. Zu spät. Völlig sprachlos fixierte Dag ihren halb geöffneten Mund, ihr gelbliches Gebiß, ihre starren Pupillen, ihr graues Haar, das sich im Luftzug leicht bewegte. Vorsichtig hob er sie hoch, befühlte ihren Puls. Nichts. Sie war tot, eindeutig tot.

So ein Pech! Kein Blut, keine Verletzung – ein Herzanfall, und das ausgerechnet in seinen Armen. Zweifellos hatte sie Dag klingeln gehört und auf Hilfe gehofft. Scheiße. Hätte er sie ein paar Minuten früher gefunden, wäre sie jetzt nicht tot. Es war idiotisch, aber er fühlte sich schuldig.

Er richtete sich auf, wütend auf sich selbst und auf das Leben. Er brauchte unbedingt eine kleine Stärkung. Die Frau einfach so sterben zu sehen, in seinen Armen – das war hart, auch wenn er sie gar nicht gekannt hatte. Sein Blick fiel auf einen Schrank, der einige Flaschen enthielt, und er bückte sich. Rum natürlich, und noch mehr Rum, doch er hatte dieses verfluchte Rumzeug satt. Aber da! Eine Flasche Sherry. Er öffnete sie und wollte gerade zu einem kräftigen Schluck ansetzen, als lautes Hupen die Stille zerriß, so nah, daß er zusammenzuckte. Eine gehörige Portion Sherry besudelte sein Hemd. Ratternd setzte der Wagen, der gehupt hatte, seinen Weg fort, inmitten junger Stimmen, die aus Leibeskräften grölten. Rechter Hand entdeckte Dag die winzige Küche; er drehte den Wasserhahn auf, um sein Hemd zu säubern.

Als er den Hahn wieder zudrehte, bemerkte er zwei benutzte Gläser. Er roch daran. Sie hatten Rum enthalten. Guten Rum. An einem der beiden Gläser war hellroter Lippenstift. Dag ging zu der Leiche zurück. Eloise Martinets Lippen waren in diskretem Rosa geschminkt. Sie hatte aus einem der Gläser getrunken, und ein unbekannter Gast aus dem anderen. Eine Bekannte? Ein Freund? Ein Liebhaber? Er zuckte mit den Schultern: Was ging es ihn an? Sie durfte empfangen, wen sie wollte. Erneut hatte er reagiert wie ein Polizist. Apropos Polizei, es wurde Zeit, sie zu benachrichtigen. Zuvor jedoch empfahl sich eine kleine Hausdurchsuchung. Man konnte nie wissen...

Als erstes warf Dag einen Blick auf die gerahmten Fotos. Er erkannte Madame Martinet sofort wieder: an ihren hellen Augen und dem spitzen Gesicht, als Dreißig-, Vierzig- und Fünfzigjährige, jedesmal von einer Kinderschar umgeben. Die jüngsten Aufnahmen schaute er sich genauer an, vor allem die Kinder, die darauf zu sehen waren. Er wurde nicht enttäuscht. Auf einem der Fotos entdeckte er tatsächlich Charlotte. Ein völlig verschüchtert wirkendes Mädchen mit langen, sorgfältig zu Zöpfen geflochtenen Haaren, grünen Augen und einem katzenhaften Gesichtsausdruck, das sich am Rock der Sozialarbeiterin festhielt. Was noch? Er entfernte sich von den Fotos und nahm einen im hinteren Teil des Zimmers stehenden Schreibtisch auf Rollen in Augenschein. Vorsichtig ging er um die Leiche herum und näherte sich dem Möbelstück. Darauf befanden sich lediglich ein Glasbecher mit Füllfedern und ein Heft mit Kreuzworträtseln. In den Schubladen fand er kartonierte Dossiers, die gewissenhaft geordnet und mit fetten Druckbuchstaben beschriftet waren: »Strom«, »Wasser«, »Steuern«, »Rente«, »Privat«.

Neugierig griff er nach dem Ordner »Privat«.

Briefe. Auseinandergefaltete und in chronologischer Reihenfolge sortierte Briefe. Nachrichten von der Familie aus Frankreich, Briefe von Freundinnen. Es hätte Stunden gedauert, um alles genau durchzusehen. Dag beschränkte sich darauf, sie durchzublättern und sich flüchtig die Unterschriften anzusehen. Bei einem allerdings hielt er inne: er war nicht unterschrieben. Ein kariertes Blatt aus einem Heft, auf das ein paar Worte gekritzelt waren: »*Sie hat nicht Selbstmord begangen. Der Teufel hat sie umgebracht. Erzählen Sie es niemandem, sonst wird er auch die Kleine töten.*« Kein Datum, eine beinahe unleserliche, zittrige Schrift.

Eloise Martinet hatte das Blatt zwischen die Briefe vom Winter 1976 gelegt. Folglich hatte sie es nach dem Tod von Lorraine Dumas erhalten. Ja, dieser Brief hatte zwangsläufig mit Lorraine zu tun. Das Brummen eines Motors riß Dag aus seinen Überlegungen. War es notwendig, noch länger hierzubleiben? Für Eloise Martinet konnte er ohnehin nichts mehr tun. Er faltete den Brief, steckte ihn in seine Hosentasche und verabschiedete sich mit einem Kopfnicken von der Leiche. Dann stieg er zum Fenster hinaus, schlich geräuschlos in die Dunkelheit davon und gelangte zur Straße. Hunderte von Krebsen krochen bei ihrem nächtlichen Spaziergang über den Asphalt. Dag spürte ihre knirschenden Panzer unter seinen Sohlen. Und wie zu erwarten, funktionierte der Scheinwerfer des Motorrollers nicht.

Langsam fuhr er die von Mandelbäumen gesäumte Straße zurück ins Stadtzentrum, betrat ein kleines Restaurant und bestellte, tief in Gedanken versunken, ein Bier und ein Reisgericht.

Jemand war also der Meinung gewesen, daß Lorraine nicht Selbstmord begangen hatte, sondern umgebracht worden war. Wer würde ihm das jetzt noch sagen können? Eloise Martinet war unerwartet gestorben. So wie die Dinge momentan standen, blieb Dag nichts anderes übrig, als nach Philipsburg zurückzufahren, Lester mitzuteilen, daß die Sache schiefgegangen war, und Charlotte ihr Geld zurückzugeben. Oder wäre es besser, sie zuvor anzurufen und zu fragen, was er tun solle? Er wühlte in seiner zerschlissenen Brieftasche und zog den Zettel hervor, auf dem er sich die Telefonnummer von Miss Dumas notiert hatte. Es war neun Uhr. Möglicherweise war sie gerade zu Hause. Und, was für ein Glück, er hatte sogar daran gedacht, sein Mobiltelefon einzustecken. Doch als er die Nummer wählte, stellte er fest, daß das Warnsignal der Batterie aufleuchtete, und ihm fiel ein, daß er das Ladegerät im Büro vergessen hatte.

»Hallo?«

Ein Mann mit rauher Stimme.

»Ich möchte bitte mit Charlotte Dumas sprechen.«

»Wer ist am Apparat?«

Südamerikanischer Akzent.

»Leroy, Dag Leroy, es ist dringend. Die Batterien meines Telefons gehen zu Ende und ...«

Leises Tuscheln am anderen Ende der Leitung. Heftigeres Blinken des Warnsignals.

»Hallo, Leroy?«

Charlotte. Er verzichtete auf eine Begrüßung.
»Ich bin auf Sainte-Marie. Ich werde Ihnen später alles erklären. Hören Sie, die Spur scheint abzureißen. Ich kann weitermachen, doch viel Hoffnung habe ich nicht. Ich wollte Sie nach Ihrer Meinung fragen.«
Im Hintergrund eine Männerstimme:
»Wer ist dieser Kerl?«
»Halt den Mund. Sind Sie noch dran?«
»Ich fürchte, die Verbindung wird...«
»Ich will ihn unbedingt wiederfinden, es ist sehr wichtig für mich, verstehen Sie?«
»Ja oder nein?«
»Machen Sie weiter. Noch vier Tage. Keinen Tag länger. Ich habe nicht genug Geld...«
Die Verbindung brach ab.
Dag verstaute den von nun an nutzlosen Apparat in seiner Tasche. Vier Tage – um was zu tun? Er wandte sich seinem kaum gewürzten und mittlerweile kalt gewordenen Reisteller zu. Offenbar pflegte Charlotte weitaus engere Kontakte zu Vasco Paquirri, als sie Dag gegenüber zugegeben hatte. Doch das änderte nichts an der Tatsache, daß Eloise Martinet gestorben und er selbst todmüde war. Im Moment blieb ihm nichts anderes, als ein Hotel zu suchen und zu hoffen, daß ihm am nächsten Morgen etwas einfallen würde.

Mit einem rätselhaften Gesichtsausdruck legte Charlotte auf. Der Mann hinter ihr zuckte mit den Schultern.
»Es hat doch keinen Zweck, du verplemperst nur dein Geld, Schatz!«
»Es ist mein Geld, und ich tue damit, was ich will.«
Vasco Paquirri hob die Augen zum Himmel. Diese Frau war völlig übergeschnappt! Ihr ganzes Geld zu vergeuden, bloß um einen Kerl wiederzufinden, der schnell einmal ihre Mutter gebumst und sich anschließend aus dem Staub gemacht hatte! Als

wüßte er, wer sein Vater ist... Er bewegte seine fünfundvierzig Kilo braungebrannter Muskeln zur Friseurkommode, die in einer Ecke der weiträumigen und mit Mahagoniholz ausgekleideten Kabine stand, und setzte sich auf den kleinen Puff aus cremefarbenem Satin. Währenddessen stand Charlotte regungslos neben dem großen Bett, das ebenfalls mit cremefarbenem Satin bedeckt war, und kaute nervös an ihren Fingernägeln. Träge plätscherte das Wasser um den weißen Rumpf der Grand Banks 58.

»Du quälst dich und quälst dich, aber wozu eigentlich?«
»Das kapierst du nicht. Du bist bloß ein blödes Arschloch von Gangster, dem alles scheißegal ist. Deine Mutter war eine Nutte, kein Wunder also...«

Vasco grinste breit in den Spiegel, bevor er auf spanisch antwortete:
»Versuch nicht, mich wütend zu machen, dazu habe ich heute abend absolut keine Lust.«

Er ergriff eine Bürste und begann, seine dichten schwarzen Haare zu kämmen. Gleichzeitig betrachtete er wohlgefällig das Spiel seiner Muskeln, seine dunkle schimmernde Haut und sein schönes Gesicht, das an einen aztekischen Würdenträger erinnerte.

»Du Hurensohn! Du weißt nicht einmal, was es bedeutet, wütend zu werden. Du bist gar kein Mann, du bist bloß ein impotentes Arschloch!«

Charlotte hatte sich ihm genähert und musterte ihn voller Verachtung.

»Wenn du Streit mit mir suchst, Charlotte, bitte schön!«
»Los, fang an, komm doch! Beweg dich ein bißchen, du Fettsack!«

Sie verpaßte ihm einen kräftigen Stoß, doch er bewegte sich keinen Millimeter von der Stelle. Statt dessen schlug er ihr, ohne sein selbstzufriedenes Lächeln aufzugeben, die Bürste mit aller Wucht ins Gesicht. Sie fiel nach hinten auf das Bett, wobei ihr Kimono aus weißer Seide ihre nackten Schenkel entblößte. Immer noch lächelnd ging er auf sie zu.

»Scher dich zum Teufel! Ich habe morgen einen Fototermin. Sieh dir das an! Wegen dir werde ich völlig verunstaltet sein!« schrie sie ihn an und befühlte mit der Hand den bläulichen Bluterguß, der sich zwischen dem Auge und der Schläfe zu bilden begann.

Während Vasco die Bürste in der einen Hand langsam hin und her bewegte, näherte er sich Charlotte und zwang sie mit der anderen Hand, sich umzudrehen. Dann schob er ihren Kimono beiseite, beugte sich über sie, ließ die harten Bürstenhaare über ihr zartes Fleisch gleiten und flüsterte ihr ins Ohr:

»Wieviel?«

»Mindestens fünfzig...«, murmelte Charlotte und vergrub das Gesicht in den Laken.

Vasco richtete sich auf, schwang seine üppige Haarpracht mit einer anmutigen Geste nach hinten, hob den Arm und begann, auf Charlotte einzuschlagen.

3. KAPITEL

Dag fuhr aus dem Schlaf hoch. In seinem Traum war Eloise Martinet vor ihm gestanden. Sie hatte ihm zugelächelt, ihre leblosen Augen hatten ihn angestarrt, ohne ihn zu erkennen, und ihre faltige Hand war sanft über sein krauses Haar gestrichen. Und mit mitleidiger Stimme hatte sie zu ihm gesagt: »Wie dumm du manchmal bist, mein armer Dagobert...« Er hatte sich gewehrt, um ihrer Liebkosung zu entkommen.

Quietschend drehte sich der Ventilator an der Decke. Es war stockfinster, doch er wußte ganz genau, wo er sich befand: in der *Auberge de l'Arbre à pain*, in der Nähe des Strandes. Er hörte, wie die Wellen auf dem Strand ausliefen. Er hatte keine Lust, Licht zu machen. Tastend suchte er nach seinen Zigaretten und hätte um ein Haar das Glas Wasser umgestoßen, das auf dem Nachttisch stand. Warum, zum Teufel, hatte Madame Martinet ihm einen nächtlichen Besuch abgestattet? Daß sie in seinen Armen gestorben war, hatte ihm offensichtlich stärker zugesetzt, als er geglaubt hatte. Dabei war er an den Tod gewöhnt. Als er seine zur Hälfte gerauchte Zigarette ausgedrückt hatte, beschloß er weiterzuschlafen. Das Laken kam ihm feucht und schwer vor, und er warf es weit von sich. Dennoch wälzte er sich von einer Seite auf die andere, und erst im Morgengrauen schlief er erneut ein.

Gegen neun Uhr wurde er wach, mit schwerem Kopf, geschwollenen Augen und einem Gähnen, das seinen Kiefer auszurenken drohte. Er trank eine Tasse Kaffee auf der Terrasse vor seinem Zimmer. Lester würde sich freuen, seine Spesenrechnung in Empfang zu nehmen. Bei einem Zimmerpreis von fünfhundert Francs pro Nacht würde er froh sein, ihn so rasch wie möglich wieder bei sich zu haben. Am Strand tummelten sich schreiende Mädchen in knappen Bikinis. Dag kam sich richtig alt vor, als er sie bei ihrem koketten Gehabe beobachtete. Er mußte daran denken, wie er sich am Strand von St. Kitts an Helen herangemacht hatte. Helen kümmerte sich damals um den Wassersport-Klub einer Hotelanlage. Täglich hatte Dag ein Surfbrett gemietet und die schwierigsten Figuren vollbracht, um ihr zu imponieren. Eines Nachmittags sagte sie zu ihm: »Hören Sie, warum laden Sie mich nicht einfach zum Abendessen ein? Das ist weniger anstrengend.«

Als sie – eine große, auffällige Erscheinung in einem eng anliegenden, silbrigen Sarong – das Restaurant des Hotels betreten hatte, fühlte Dag sich verpflichtet, das einheimische Bier abzulehnen und statt dessen kalifornischen Champagner zu bestellen. Wie lange hatten sie sich nun nicht mehr gesehen? Zwei Monate? Ihre Beziehung war ein wahres Fiasko gewesen. Zwei Jahre lang nur Streitereien, komplizierte Verabredungen und astronomische Telefonrechnungen. Zweifellos war sie längst mit einem anderen zusammen. Mit dem vornehmen, weißhaarigen Direktor des vornehmen Hotels wahrscheinlich. Dag seufzte und suchte nach dem Päckchen mit den filterlosen Camel-Zigaretten.

»Wie dumm du manchmal bist, mein armer Dagobert...«
Verdammt, warum hatte diese alte Schachtel es gerade auf ihn abgesehen? Sie erinnerte ihn an eine Lehrerin, die er einmal gehabt hatte, Mademoiselle Rose Toussaint. Rose Toussaint war schwarz, doch sie hatte die gleiche Stimme und den gleichen mitfühlenden Blick gehabt, wenn sie mit ihm sprach. Er zwang sich, sich zusammenzureißen: Was war bloß in ihn gefahren, daß er als erwachsener Mann von seiner ehemaligen Lehrerin

in Gestalt einer alten Dame träumte, die er nur wenige Augenblicke gesehen hatte? Er sprang unter die eiskalte Dusche, ein Erfolgsrezept aus amerikanischen Krimis, zwar zitterte er am ganzen Körper, doch er mußte zugeben, daß es half. Zum Glück hatte er daran gedacht, einen Adapter für seinen Elektrorasierer einzupacken. Frisch rasiert fühlte Dagobert sich gleich anders, als er in seine Jeans und ein graues T-Shirt schlüpfte und sich dabei im Spiegel betrachtete. Nicht schlecht, muskulös, kein Gramm Fett. Er konnte durchaus zufrieden mit sich sein. Schade nur, daß Helen diese Meinung nicht teilte.

Draußen beschloß er, sich zunächst einmal im Archiv der Lokalzeitung von Grand-Bourg umzusehen. Dort würde er hoffentlich auf einige Details über das zwanzig Jahre zurückliegende Drama stoßen. Erneut schleppte er seine Tasche zum Flughafen von Terre-de-Haut. Es wurde allmählich langweilig, und die Zollbeamten würden demnächst beginnen, sich Fragen zu stellen.

Fünfundzwanzig Flugminuten in einer überhitzten Maschine. Um sich die Zeit zu vertreiben, blätterte Dag in dem Reiseprospekt, der den Passagieren kostenlos zur Verfügung gestellt wurde. »Die Karibik – ein buntes Mosaik von Völkern, ein Ort, an dem sich die verschiedensten Kulturen begegnen.« Das stimmte. War nicht er selbst ein wahres menschliches Patchwork: karibische, afrikanische und normannische Vorfahren, mit einem Schuß chinesischen Blutes, das er seiner Ururgroßmutter mütterlicherseits zu verdanken hatte?

Grand-Bourg hatte sich seit dem Vortag nicht verändert. Dag begab sich ins Gebäude der Tageszeitung und ging in das Archiv, wo eine Sekretärin ihm die entsprechende Abteilung zeigte. Er war diese Art von Recherche gewohnt und ließ die Mikrofilme rasch auf dem Bildschirm vorbeiziehen. September, Oktober, der fünfte – da war es, es stand auf der fünften Seite in den Lokalnachrichten aus Vieux-Fort: »*Selbstmord in Grand-Mare. Junge Frau erhängte sich auf ihrer Veranda.*«

Er betrachtete das Foto, das den Artikel begleitete. Eine schlechte, ziemlich verschwommene Schwarzweißaufnahme, auf der eine dickliche weiße Frau ein kleines Mädchen an ihre Brust drückte. Die Frau kam ihm vage vertraut vor, vermutlich weil sie Charlotte ähnlich sah. Sie lächelte nicht, sondern starrte auf einen unbestimmten Punkt in der Ferne. Dag richtete seine Aufmerksamkeit erneut auf den Text: »*Das Opfer, Lorraine Dumas-Malevoy, litt an Depressionen. Sie lebte allein mit ihrer fünfjährigen Tochter Charlotte in der Route de Grand-Mare 45. Das Kind entdeckte die Leiche seiner Mutter am frühen Morgen und blieb neben ihr sitzen, bis Monsieur Loiseau eintraf, 65 Jahre alt, ein pensionierter Fischer, der im Nebenhaus wohnt.*«

Dann folgte ein Interview mit besagtem Loiseau. »*Ich habe sie gefunden. Sie hatte sich erhängt, genau hier, ihr Gesicht war ganz blau, die Zunge hing ihr aus dem Mund, und die Kleine saß am Boden. Sie weinte nicht, nein, sie starrte ihre Mutter an, die am Ende des Seils leise hin und her baumelte. Ich hatte mir Sorgen gemacht, weil ich die beiden auf ihrem Weg zum Kindergarten gewöhnlich an meinem Haus vorbeigehen sah. Selbst wenn sie sternhagelvoll war, vergaß sie nie, die Kleine zum Kindergarten zu bringen. Darauf legte sie großen Wert. Sie war eine gute Frau, zwar ein wenig zu sehr dem Alkohol zugetan, aber trotzdem eine gute Mutter, verstehen Sie? Sie hatte es nicht einfach im Leben, ihr Mann hatte sie wegen der Kleinen aus dem Haus gejagt... Und da dachte ich mir, vielleicht ist sie krank, und so bin ich einfach rübergegangen, um nachzusehen...*‹ *Die Aussagen von Monsieur Loiseau wurden von anderen Leuten aus der Nachbarschaft bestätigt. Allem Anschein nach haben wir ein weiteres Mal mit einer Alkohol-Tragödie zu tun, dem großen Übel auf unserer schönen Insel.*«

Die nächste Ausgabe der Zeitung kündigte die für den darauffolgenden Tag vorgesehene Beerdigung an und berichtete, daß sich fortan und in Ermangelung naher Familienangehöriger Mademoiselle Eloise Martinet, von Beruf Sozialarbeiterin, um Charlotte kümmern würde.

Zwei Tage später, ein Foto der Beerdigung mit folgender Bildzeile: »*Ein kleines Mädchen ohne Mutter, das seinen Vater wiederfinden möchte.*« Offenbar war der Vater diesem Aufruf nicht gefolgt. Der Zeitung zufolge wollte Eloise Martinet das Kind dem Erziehungsheim der Heiligen Familie übergeben, wo es bis zu seiner Volljährigkeit bleiben würde. Dag beugte sich über das Foto der Beerdigung. Darauf waren Eloise Martinet in einem grauen Kleid und die kleine Charlotte an ihrer Hand zu erkennen, ein Mann mit graumelierten Haaren, der einen zu engen dunklen Anzug trug – zweifellos Loiseau – und ein paar dicke Frauen in Sonntagskleidung sowie der seines Amtes waltende Priester, ein kleingewachsener Mann von ungefähr vierzig Jahren: Pfarrer Honoré Léger. Kein einziger Weißer, mit Ausnahme von Eloise Martinet. Ihre weißen Mitmenschen hatten Lorraine Dumas tatsächlich verstoßen. Und das alles wegen der kleinen Charlotte, die damals bereits sehr niedlich aussah. Ein wegen Ehebruch und falscher Hautfarbe verpfuschtes Leben, dachte Dag. Wäre Lorraine mit einem Weißen ins Bett gegangen, hätte sie ihren Alten so oft betrügen können, wie sie wollte. Er hätte geglaubt, das Kind stamme von ihm, Charlotte wäre in die besten Schulen geschickt worden und würde heute über ein kleines Vermögen verfügen.

Die nächste Ausgabe ließ Dag schnell an sich vorbeiziehen. Er zog sein Notizheft hervor und schrieb sich den Namen »John Loiseau« auf, für den Fall, daß der alte Fischer noch lebte. Zudem notierte er den Namen des Pfarrers: Honoré Léger. Der Geistliche mußte mittlerweile weit über sechzig sein. Dag versuchte sich an die Messen zu erinnern, die er mit seiner Tante besucht hatte. Nein, der damalige Pfarrer war weitaus dicker gewesen.

Anschließend sah er noch das Jahr 1987 durch, in dem Lorraines Mann Malevoy das Zeitliche gesegnet hatte. Er fand seinen Namen unter der Rubrik »Todesanzeigen«: Christopher Malevoy, Ritter des Verdienstordens, ehemaliger stellvertretender Direktor bei der Post, ehemaliger Verwalter der Zuckerfabrik, »*wohlbekannt in der Region, in der er als Vorsitzender verschiedener Wohltätigkeitsvereine tätig war*« – und was war mit dem Waisenhaus, in das man Charlotte gesteckt hatte? »*Sein Tod ist ein großer Verlust.*« Schwer vorstellbar – man brauchte sich bloß sein Foto anzusehen: wäßrige Augen, wenige, nach hinten gekämmte graue Haare, ein strenges, glattrasiertes, mageres Gesicht mit zusammengepreßten Kiefern. Kein Wunder, daß er nicht gezögert hatte, Lorraine sitzenzulassen. »*Im Alter von 74 Jahren verstorben.*« Er war also mindestens zwanzig Jahre älter gewesen als seine Ex-Frau. Todesursache: Herzstillstand.

Dag schaltete den Bildschirm aus, bedankte sich bei der hilfsbereiten Sekretärin und sprang in einen der kleinen Autobusse, die in Richtung Vieux-Fort fuhren. Das Gefährt legte die Strecke in einer Rekordzeit zurück, ohne daß der Fahrer die Hand auch nur ein einziges Mal von der Hupe nahm. Dag war erleichtert, als er endlich aussteigen konnte. Nachdem eine Geldmünze – Kopf oder Zahl? – darüber entschieden hatte, ob er sich zuerst zu Loiseau oder zum Pfarrer begeben sollte, bestieg er ein Taxi, das ihn in die Avenue de Grand-Mare zum Haus Nummer 43 brachte. Er hatte das Gefühl, an einer nicht sehr ausgeklügelten Schnitzeljagd teilzunehmen. Gewöhnlich stellt man sich vor, daß Privatdetektive ein aufregendes Leben zwischen Morden und Scotchexzessen verbringen, aber in Wirklichkeit tun sie nichts anderes, als sich auf mühsamen Hin- und Rückfahrten zu langweilen und winzige Stückchen anonymer und völlig uninteressanter Leben zusammenzutragen.

Das Taxi fuhr durch Vieux-Fort, und wieder kam es Dag vor, als würde er in eine längst vergangene Zeit zurückversetzt. Nichts hatte sich verändert. Die grellen Farben der Häuser, das türkisfarbene Meer, die Männer in ihren weißen Hemden, die auf der Straße zusammenstanden und rauchten. Als der Wagen in die Hauptstraße einbog, rutschte Dag plötzlich unruhig auf seinem Sitz hin und her. Da, Nummer 18, der grüngestrichene Laden. Genau dort hatte seine Tante ihre Souvenirs verkauft. Bevor das Taxi abbog, konnte er gerade noch das mit Fotoapparaten, Reiseführern und riesigen Muscheln vollgestopfte Schaufenster erkennen. Offensichtlich handelten Tante Amélies Nachfolger noch mit den gleichen Waren. Die ganze Stadt schien verzaubert zu sein, und Dag glaubte sogar, eine der alten Frauen wiederzuerkennen, die auf dem Markt Wassermelonen verkauften.

Anhalten, zahlen, aussteigen. Loiseau wohnte in einem typischen Fischerhaus, mit ausbesserungsbedürftigen Reusen im Garten und gespannten Netzen unter dem Dach. Die Mischung aus Wellblech, Holz und Zement verlieh dem Ganzen ein etwas wackeliges Aussehen. Dag ging um einen imposanten Bananenbaum herum und klopfte an die Tür.

»Es ist niemand im Haus«, sagte eine Stimme hinter ihm.

Er drehte sich um. Im Schatten eines Mangobaumes saß ein sehr alter Mann auf einem löchrigen Boot, kaute an einem Zigarettenstummel und schaute in die Ferne.

»Ich suche Monsieur Loiseau.«

»Das bin ich«, erwiderte der Mann.

»Aber soeben sagten Sie, es sei niemand zu Hause.«

»Ich sagte, es sei niemand im Haus, was ja stimmt, weil ich hier draußen sitze.«

So ein Witzbold. Dag lächelte ihm dennoch freundlich zu.

»Natürlich. Guten Tag. Gestatten Sie, daß ich mich vorstelle: Dag Leroy. Ich bin ein Freund von Charlotte Dumas.«

»Kenne ich nicht. Wohnt sie hier in der Gegend?«

»Charlotte Dumas ist die Tochter von Lorraine Dumas, einer Weißen, die 1976 hier lebte. Erinnern Sie sich an sie?«

Der Alte spuckte auf die Erde, bevor er antwortete:

»Eine Weiße? Eine weiße Frau, die 1976 hier lebte?«
»Ja.«
»Nein, ich kann mich nicht erinnern.«
Dag verspürte eine unbändige Lust, seine Hände um den alten runzligen Hals des Mannes zu legen und fest zuzudrücken. John Loiseau machte sich offensichtlich über ihn lustig. Dag betonte seine Worte genau, als er fortfuhr:
»Sie haben sie gefunden, auf der Veranda, wo sie sich erhängt hatte.«
»Ach die! Ja. Es war kein schöner Anblick! Sie war ganz blau im Gesicht, die Zunge hing ihr aus dem Mund, und die Kleine, die da hockte, das war auch kein schöner Anblick... Der Herr gibt, der Herr nimmt...«
Rasch unterbrach ihn Dag:
»Ich bin ein Freund von Charlotte, der Tochter dieser Frau. Sie möchte wissen, woran Sie sich im Zusammenhang mit ihrer Mutter erinnern können. Ob sie Freunde hatte, die sie besuchten, ob Sie etwas über ihren Vater wissen...«
»Den Vater der weißen Frau?«
»Nein, über den Vater des kleinen Mädchens«, erwiderte Dag geduldig. »Über den Mann, mit dem Lorraine zusammen war.«
»Alsace-Lorraine. Ich war dort im Krieg, in Elsaß-Lothringen. Es war kalt dort.«
Gut, er hatte begriffen. Der Alte war verkalkt. Dag war umsonst hergekommen. Also beschloß er, ihm noch weitere fünf Minuten zuzuhören und es dann aufzugeben.
»Wissen Sie, warum sie sich erhängt hat?«
»Die weiße Frau?«
»Ja.«
»Sie hat sich nicht erhängt. Der Teufel hat sie aufgehängt.«
Der Teufel! Zweifellos war er derjenige, der Eloise Martinet jenen Brief geschrieben hatte. Mystisch-alkoholischer Wahn.
»Ihr Mann setzte sie vor die Tür, weil sie böse war«, fuhr Loiseau fort und bekreuzigte sich. »Deshalb mußte sie sterben.

Weil sie mit den falschen Leuten verkehrte. Mit schlechten Leuten. Die Geister haben ihre Seele genommen. Der Herr hat gesagt...«

»Sie verkehrte vor allem mit einem bestimmten Mann, nicht wahr?« unterbrach ihn Dag.

»Sie hatte viele Männer, sehr viele. Die Männer bezahlten ihr den Rum. Ich wußte, daß das nicht gut war, daß sie Ärger bekommen würde. Halte dich fern von der Sünde und Versuchung...«

Es wurde immer besser: Lorraine hatte sich für Schnaps prostituiert. Charlotte würde begeistert sein, das zu erfahren. Dag fuhr fort:

»Was ist mit dem Mann, der sie schwängerte – kannten Sie ihn? Wissen Sie etwas über ihn?«

»Dieser Sünder? Derjenige, der sie ihrem Ehemann wegnahm? Nein, ich weiß nichts über ihn. Er war nicht von hier. Er hat sie nie besucht. Er war schlecht. Er hat seinen Samen in alle Winde verstreut und ist anschließend einfach verschwunden. Daraufhin kam der Rächer, der Rächer mit den gespaltenen Füßen...«

Es hatte keinen Sinn.

»Vielen Dank, Monsieur Loiseau. Sie haben mir sehr geholfen. Sie verstanden sich gut mit ihr, nicht wahr, ich meine, mit der Frau, die sich erhängt hat?«

»Natürlich. Ein nettes Mädchen. Auch die Kleine war sehr lieb, immer mit Marmelade beschmiert... Ich sagte zu ihrer Mutter, sie solle weniger trinken. Und ich paßte auf die Kleine auf, zeigte ihr, wie man Fische ausnimmt... Was für ein Jammer! Der Herr gibt, der Herr nimmt...«

Käme der Herr doch jetzt gleich und würde auch dich mitnehmen!, dachte Dag boshaft.

»Nochmals vielen Dank und auf Wiedersehen.«

»Sie gehen schon?«

»Ich darf das Flugzeug nicht versäumen.«

»Nein, das Schiff.«

»Wie bitte?«

»Nehmen Sie ein Schiff, das ist besser. Fliegen ist schlecht. Die Flugzeuge durchlöchern den Himmel. Das Schiff ist besser. Schiffe streicheln das Meer.«

»Sie haben recht. Auf Wiedersehen.«

Mit großen Schritten ging Dag zur Straße, als die Stimme des Alten ihn abrupt innehalten ließ:

»Der Mann hieß Jimi, er war von hier. Er trug ein Zeichen. Das Zeichen des Teufels, wie sie sagte. Aber ich kann mich nicht mehr genau erinnern. Ich glaube, es waren Spaltfüße.«

Falscher Alarm. Dag zuckte mit den Schultern und ließ den Alten mit halblauter Stimme weiterbrabbeln.

Das Haus Nummer 45 befand sich etwa fünfzig Meter weit entfernt. Zwei verwischte Ziffern, mit blauer Farbe auf das Portal gemalt. Die winzige Hütte war immer noch so, wie sie zwanzig Jahre zuvor ausgesehen haben mußte, aus braunem Holz, mit einer mittlerweile löchrigen Veranda aus losen Latten. Die Stützpfosten waren früher einmal grün gewesen. Fensterläden gab es keine mehr. In einer Ecke rostete ein Kinderwagen vor sich hin. Wahrscheinlich hatte niemand in ein Haus einziehen wollen, in dem jemand eines gewaltsamen Todes gestorben war. Das verfallene Haus bot einen traurigen Anblick. Dag stellte sich Lorraine Dumas vor, wie sie an einem Balken sanft hin und her schaukelte, und die großen grünen Augen von Charlotte, die die geschwollenen Füße ihrer Mutter anstarrten. Ein schreckliches Bild. Dag ging um das Haus herum. Dort herrschte der reinste Urwald. Er stapfte über die schwammige Erde und gelangte an ein Fenster mit zerbrochenen Scheiben, durch das er in ein staubiges, leeres Zimmer sehen konnte. Unbewußt hatte er begonnen, die Melodie des alten Liedes *Boulevard of Broken Dreams* von Nat King Cole zu summen. Der Boulevard der zerbrochenen Träume.

Dann riß er sich von diesem tristen Anblick los. Er mußte noch zu Pfarrer Léger. Als er sich umdrehte, hielt er erschrocken inne: zwei Männer beobachteten ihn. Ein kleiner Dünner mit grauen Haaren und spitzem Gesicht voller Sommersprossen und ein großer, sonnengebräunter Kerl mit breiten, kreuzförmigen Narben auf den Wangen, die langen grauen Haare zu einem Knoten zusammengebunden wie ein Stierkämpfer. Der kleine Weiße schwitzte heftig in seinem beigen Anzug, dessen Jackenärmel zu lang waren, und kaute mit durchtriebener Miene an einem Avocadoblatt. Der große Gebräunte, der sich anmutig in den Hüften wiegte, trug eine himmelblaue Hose und ein Unterhemd, das seine kräftigen Muskeln betonte. Beide machten einen ungemütlichen Eindruck. Als Dag nach seinem Pistolenhalfter tastete, fiel ihm sogleich ein, daß er ihn gar nicht trug. Seine Waffe lag in seiner Tasche, und die Tasche trug er über der Schulter.

Der Kleine, der aussah wie eine mißlungene Kopie von Peter Pan, öffnete den Mund, entblößte häßliche, ungepflegte Zähne und spuckte einen langen Strahl gelblichen Speichels auf die Erde. Dann zog er seinen Gürtel höher und lächelte Dag zu.

»Na, Arschloch, wie geht's?« sagte er in einer Mischung aus Niederländisch und Englisch.

»Guten Tag auch«, sagte sein Partner.

Nette Kerle, dachte Dag und sah die beiden ungerührt an.

»Ich hab's ziemlich eilig.«

»Du gefällst uns, wir wollten mal einen genaueren Blick auf dich werfen«, fuhr Peter Pan auf niederländisch fort.

»Was ist los? Fick dich ins Knie«, erwiderte Dag. Er ließ ihre Hände nicht aus den Augen, denn er wußte, daß solche Diskussionen stets heikel sind.

Der Kerl wurde rot im Gesicht, und wie durch ein Wunder tauchte plötzlich eine Klinge in seiner Hand auf.

»Sehr witzig. Ich werde dir ein Lächeln ins Gesicht ritzen, das dir bis ans Ende deiner Tage bleibt«, schrie der Kleine. Ein brutaler Kerl, der durchaus bereit schien, sich seiner Waffe zu bedienen.

Dag warf einen kurzen Blick auf den Narbengesichtigen, der seine langen, von schmutzigen Schürfwunden bedeckten Finger knacken ließ. Er verspürte eine Mischung aus Angst und Erregung, wie man sie im Boxring verspürt, kurz bevor der Schiedsrichter den Kampf freigibt. Dann holte er tief Luft und sammelte all seine Energie.

Mit aufrechter Klinge schoß Peter Pan auf ihn zu. Dag konzentrierte sich auf jede seiner Bewegungen. Dieser Spinner war in der Lage, ihm den Bauch aufzuschlitzen.

»Schönen Gruß von Frankie Voort«, schrie der Mann und zielte mit dem rechten Arm auf Dags Unterleib.

Dag war gespannt wie eine Feder und konnte gerade noch ausweichen, doch die Stahlklinge streifte ihn, zerschnitt sein Hemd und ritzte seine Haut auf. Er verspürte ein seltsam eisiges Brennen. Aus den Augenwinkeln sah er, wie der andere Kerl sich ihm näherte, um ihn zu umklammern. Mit aller Wucht schleuderte er ihm seine Tasche ins Gesicht.

Der große Narbengesichtige geriet ins Taumeln, und während Dag ein weiteres Mal mit der schweren Tasche auf ihn einschlug, sprang er hoch und rammte die Spitze seines linken Fußes in Peter Pans trauriges Gesicht. Manchmal erweisen sich Bleiplättchen in der Schuhsohle als überaus nützlich. Mit einem kurzen Knacken zerdrückte das verstärkte Ende seines Schuhs die Nase seines Gegners. Nasenbeinbruch, diagnostizierte Dag und verpaßte ihm vorsichtshalber noch einen zweiten Fußtritt zwischen die Beine. Peter Pan wand sich auf dem Boden und stöhnte.

Außer Atem drehte Dag sich um, doch ihm blieb lediglich Zeit, eine gewaltige, aufgeschürfte Faust zu erkennen, bevor er zu Boden geschleudert wurde. Ihm blieb die Luft weg, und er hatte das Gefühl, in seinem Magen sei eine Granate explodiert. Um den erbarmungslosen Fußtritten des Narbengesichtigen zu entgehen, versuchte er, sich zu einer Kugel zusammenzurollen. Doch ein gut gezielter Tritt ließ ihm die Galle hochkommen, und beim nächsten Schlag hatte er den Eindruck, seine Kniescheibe sei herausgesprungen. Dieser Dreckskerl mußte ein *handkiller* sein, ein Mörder, der sich ausschließlich der blanken Hände bediente.

Zusammengekrümmt auf dem Boden liegend, den Mund voller Speichel und Gras, spürte Dag, wie sein Kopf unter einem besonders heftigen Schlag zu vibrieren begann. Der Schmerz bohrte sich in seinen gesamten Körper, ließ ihn wie unter Stromstößen zusammenzucken und löste gleichzeitig ein Echo der wütenden Stimme seines Überlebenstrainings aus: »Nie zulassen, daß der Feind dich belagert. Du bist keine verdammte Festung in einem verdammten Scheißfilm. Du mußt angreifen! Wenn du nicht angreifst, bist du ein toter Mann.«

Wieder zu sich kommen. Abrollen. Das Geräusch eines Absatzes, der einen Millimeter neben seinem linken Ohr auf die Erde aufschlug. Über dem Absatz eine weiße Socke. In der Socke eine Wade. Mit ganzer Kraft biß Dag zu. Er hörte, wie der Kerl auf spanisch fluchte. Das Bein wurde hin und her geschüttelt. Der Mann bückte sich, bot Dag unvorsichtigerweise den Kopf dar. Dags verbleiter Schuh traf ihn an der Wange, riß sie bis zum Knochen auf. Ein Aufschrei. Es gelang Dag, sich einen Meter zu entfernen. Voller Wut und mit Fingern so starr wie Klauen stürzte der Mann sich auf ihn. Verzweifelt tastete Dags Hand den feuchten Boden nach einer Waffe ab, hielt inne. Da, im Schatten, der zitternde Leib einer ungeheuer großen, haarigen, rot-schwarzen Spinne. Eine Matutu aus der Familie der Vogelspinne, groß wie ein Tennisball, ungefährlich trotz ihres beeindruckenden Aussehens. Um ein Haar hätte er die Hand in ihr Netz gelegt.

Dag roch den bitteren Atem des Mannes über ihm und griff nach der Spinne. Zu seiner Überraschung fühlte sich die Berührung keineswegs widerwärtig an, es war eher ein sanftes

Gefühl an seinen Fingern. Die gedrungenen Beine des Tiers bewegten sich wütend hin und her, bevor er sie in das Gesicht seines Gegenübers warf. Reflexartig klammerte sich die Spinne daran fest, grub ihre Zähne in das Kinn des Mannes, der vor Ekel laut aufschrie und mit den Armen zu fuchteln begann, als die haarigen Beine der Spinne sich an seinen Lippen festkrallten.

Das Messer. Das Messer von Peter Pan. Es lag auf dem Boden, neben seinem nach wie vor benommenen Eigentümer. Der Narbengesichtige war noch dabei, die Spinne mit rasenden Bewegungen unter seinem Schuhabsatz zu zermalmen. Dann wandte er sich erneut Dag zu, schloß seine riesigen Fäuste und lächelte dabei wie ein Kannibale. Das Messer. Er hätte darauf achten müssen, bevor er Dag angriff. Als die spitze Klinge ihn am Schenkel erwischte, hielt er verblüfft inne. Dag lächelte ihm freundlich zu und rammte ihm die Faust ins Gesicht. Mit gebrochener Nase sank der Kerl auf die Knie, betrachtete das in seinem Fleisch steckende Messer.

»Entschuldigung, aber ich brauche es möglicherweise noch«, sagte Dag, als er das Messer mit einer Drehung des Handgelenks wieder herauszog.

Der Mann jaulte vor Schmerz, preßte seine langen Finger auf die stark blutende Wunde. Dag versetzte ihm mit der Handkante einen letzten Schlag auf die Wange, der so heftig war, daß der Mann zur Seite kippte.

Eine Bewegung zu seiner Rechten deutete Dag an, daß Peter Pan sich halb aufgerichtet hatte und sich ihm näherte, während er mit einer Hand nach seinem Knöchel griff. Dag erkannte den glänzenden Kolben eines winzigen Revolvers.

»Achtung, Zähne«, rief er ihm zu und versetzte ihm einen Fußtritt mitten auf den Mund.

Mit Genugtuung hörte Dag, wie die häßlichen Zähne des Kerls zersplitterten. Die Rippen taten ihm weh, als er sich bückte, um den kleinen, mit Klebeband befestigten Revolver von Peter Pans Knöchel loszureißen. Er packte ihn am Lauf und verpaßte seinem Besitzer einen gewaltigen Schlag auf den Schädel. Sofort verlor der Mann das Bewußtsein.

Dann wandte Dag sich erneut dem Narbengesichtigen zu, der leise wimmerte. Doch Dag hatte die Klinge so in das Fett des Oberschenkels gebohrt, daß der Mann außer einer häßlichen Narbe keine bleibenden Schäden davontragen würde.

»Frank hat euch also geschickt?« fragte er auf englisch.

»Voort ist hinter dir her. Du bist bereits so gut wie tot«, erwiderte der Kerl mit schmerzverzerrtem Gesicht.

»Und wo ist Voort im Moment?«

Der große Narbengesichtige schüttelte heftig den Kopf.

»Du meinst doch nicht etwa, daß ich meinen Kumpel verrate?«

Dag fragte sich, aus welchem schlechten Film diese Kerle ihren Text geklaut hatten. Er richtete das Messer auf die Kehle des Mannes:

»Ich warne dich! Ich habe große Lust, dir die Ohren zu spitzen. Würde dir das gefallen?«

»Mach keinen Mist, Mann!«

»Ich meine es verdammt ernst!«

Langsam ließ Dag die Klinge am Hals des Kerls entlanggleiten, wobei eine tiefrote Furche entstand. Er flüsterte ihm ins Ohr:

»Du weißt, wie es ist, wenn man langsam verblutet? Zuerst kommen die Fliegen... dann die Ameisen...«

»Verflucht, hör auf damit!«

»Wo ist Voort? Ich frage dich nicht noch einmal!«

»Verdammte Scheiße! Er ist auf Saint-Barth. Wir hatten den Auftrag, dich umzulegen.«

»Wo auf Saint-Barth?«

»Im Tropicana Palace. Er wird mich umbringen, wenn er erfährt...«

»Halt's Maul! Wenn wir uns das nächste Mal begegnen,

werde ich dich umbringen. Gib diese Warnung an deinen Freund weiter.«

Der Mann nickte, während sein Adamsapfel sich krampfartig auf und ab bewegte. Dag hielt den Revolver an die Schläfe des Kerls, der die Augen schloß und vor Angst zu frösteln begann.

»Bist du müde?« fragte Dag unvermittelt.

»Was?« stotterte der andere, fassungslos.

»Du bist müde«, bestätigte Dag und streckte ihn mit einem kurzen Schlag nieder. »Träum was Süßes.«

Leise seufzend brach der Mann zusammen. Dag atmete tief durch. Sein ganzer Körper schmerzte. Er befühlte seine brennenden Rippen und versuchte, seine rasenden Herzschläge zu beruhigen.

Voort machte es sich also auf Saint-Barth bequem, auf einer der reichsten Inseln der Kleinen Antillen. Aber Dag hatte im Moment keine Zeit, sich darüber Gedanken zu machen. Er mußte zu Pfarrer Léger. Das war sein nächstes Ziel. Nachdem er den kleinen Revolver und das Messer in seine Tasche gesteckt hatte, ging er entschlossen die Straße entlang und versuchte, den Schmerz zu ignorieren.

Die Passatwinde erfrischten ihn auf angenehme Weise. Große schwarze Schweine, die vor den Hütten angebunden waren und an Wurzeln kauten, beäugten ihn, als er vorbeiging. Über Soufrière hingen mächtige Wolken. Das Meer schien stillzustehen. Kein einziges Geräusch weit und breit, außer von Zeit zu Zeit das ohrenbetäubende Getöse eines mit Zuckerrohr beladenen Traktors. Ein Fischerboot schaukelte träge auf offener See. Dag ging raschen Schrittes, doch die Avenue de Grand-Mare schien nie zu enden. Mit einem Seufzer der Erleichterung erreichte er schließlich das Stadtzentrum.

4. KAPITEL

Als Dag in einem Schaufenster flüchtig sein Spiegelbild wahrnahm, wurde ihm klar, daß er dem Pfarrer in diesem Zustand unmöglich einen Besuch abstatten konnte. Sein T-Shirt war blutverschmiert, ebenso seine Hände, sein Gesicht und seine Schuhe. Nun verstand er auch die besorgten Blicke der wenigen Passanten, die ihm begegnet waren. Er überquerte die Straße, ging am Fischerkai entlang und stieg zu dem mit Algen bedeckten Strand hinunter. Er mußte sich waschen und etwas anderes anziehen. Obwohl das Salz in seinen Wunden brannte, hatte das lauwarme Wasser die Wirkung eines besänftigenden Balsams. Rasch zog er ein frisches T-Shirt aus seiner Tasche und fühlte sich gleich bedeutend besser.

Er konnte sich noch deutlich an die Kirche Pfarrer Légers erinnern, an ihre blau-weiße Fassade. Nichts hatte sich verändert. Sogar der auf den Stufen hockende Krüppel glich dem aus seinem Gedächtnis. Der Kerl war dabei, eine Flasche Bier zu leeren, und in dem Moment wurde Dag bewußt, wie durstig er selbst war. Dennoch zögerte er, sich vor der Fortsetzung seiner Nachforschung ein Glas eisgekühltes Bier zu gönnen. Nein, es kam nicht in Frage, dieser Versuchung zu erliegen. Je rascher er diesen Fall abschließen würde, um so eher könnte er sich Voort vorknöpfen. Dann stieß er die schwere Holztür auf.

Im Kirchenschiff war es kühl und dunkel. Leise glitt Dag

durch die Bankreihen. Schließlich bemerkte er eine alte Frau, die vor der Statue des rotwangigen heiligen Antonius kniete.

»Entschuldigen Sie...«

Die Frau zuckte erschrocken zusammen.

»Was wollen Sie?«

»Ich suche Pfarrer Léger.«

Sie sah Dag entgeistert an.

»Heute ist Dienstag, und dienstags ist er im neuen Hospiz.«

»Ist das weit?«

»Ich bitte Sie, Monsieur, ich arbeite nicht fürs Fremdenverkehrsamt. Wie Sie vielleicht bemerkt haben, bete ich gerade zum heiligen Antonius, damit er mir hilft, das Armband wiederzufinden, das meine arme Mutter mir geschenkt hat und das ich verloren habe.«

Dag tat einige Schritte nach hinten.

»Tut mir leid, aber ich muß unbedingt mit ihm sprechen. Es ist sehr dringend. Ist es weit bis zum Hospiz?«

Sie seufzte und bat den heiligen Antonius, der mit seinem verzückten, lackierten Blick geduldig ins Leere starrte, mit einer kurzen Geste um Vergebung.

»Sie nehmen die erste Straße nach rechts, dann die zweite nach links, gehen bis zum Friseurladen, wo Sie erneut nach links abbiegen, und dann sind Sie da. Darf ich jetzt vielleicht weiterbeten?«

»Danke, auf Wiedersehen und viel Glück.«

Da Dag die Anweisungen der Alten gewissenhaft befolgte, gelangte er wenig später vor die graue Tür des neuen Hospizes. Nach weiteren zehn Minuten stand er Pfarrer Léger gegenüber, der seine Krankenbesuche beendet und gerade drei Greise mit den Sterbesakramenten versehen hatte. Pfarrer Léger war klein und kräftig, hatte leicht ergrautes, kurzgeschorenes Haar, einen flachen Bauch und breite Schultern. Er trug eine schwarze Hose und ein schwarzes Polohemd, an dessen Kragen ein kleines, silbernes Kreuz befestigt war. Der Mann erinnerte Dag unwillkürlich an einen afrikanischen Gene Kelly. Er stellte sich vor. Pfarrer Léger runzelte die Stirn.

»Ein privater Ermittler... ein Detektiv, wenn ich recht verstehe. Sie haben einen erstaunlichen Beruf, Monsieur Leroy.«

»Sie ebenfalls, Herr Pfarrer«, erwiderte Dag und deutete auf die violette Stola in seinen Händen und das Fläschchen Salböl.

»Ach...«, seufzte Pfarrer Léger und küßte die Stola, die er soeben abgelegt hatte. »Reden wir draußen weiter. Ich bin hier fertig für heute.«

Nachdem er sein Zubehör in ein Köfferchen verstaut hatte, gingen sie hinaus. Pfarrer Léger deutete auf eine kleine Terrasse. Als sie Platz genommen hatten, bestellte er ein Bier. Dag tat dasselbe. Sie tranken, ohne ein Wort zu sagen.

»Gut, Sie wollten mich sprechen«, begann der Pfarrer schließlich und setzte sein fast leeres Glas auf das Tischchen. »Ein theologisches Rätsel, das gelöst sein will?«

Er wirkte müde und desillusioniert. Dag hob die Hände, als wollte er sich entschuldigen.

»Nein, meine Auftraggeberin heißt Charlotte Dumas. Sie ist die Tochter von Lorraine Dumas, die sich 1976 hier in der Avenue de Grand-Mare erhängt hat. Eine junge weiße Frau. Sie haben sie damals beerdigt.«

Pfarrer Léger kratzte sich mit seinen dunklen Fingern gemächlich am Kinn.

»Lorraine Dumas, ja, ich erinnere mich, eine junge Frau, die allein mit ihrer kleinen Tochter lebte. Eine sehr traurige Geschichte. Aber ich verstehe nicht...«

»Nun, Charlotte, ihre Tochter, ist heute fünfundzwanzig Jahre alt. Und sie will ihren richtigen Vater wiederfinden. Deshalb bin ich hier.«

»Ich verstehe. Aber ich glaube nicht, daß ich Ihnen dabei eine große Hilfe sein kann. Ich schaute gelegentlich bei den beiden vorbei, brachte ihnen Zucker, Nudeln, Kleider für die Kleine, solche Dinge. Sie wissen sicherlich, daß Lorraine sehr viel trank. Doch sie kümmerte sich gewissenhaft um das Kind, in dieser Hinsicht konnte man ihr nichts vorwerfen. Aber vom Vater der Kleinen war nie die Rede, dieses Thema war tabu. Anfangs versuchte ich zwar, sie dazu zu bewegen, ihm zu schreiben, ihm zu erklären, was passiert war, daß ihr Mann sie fortgejagt hatte, doch sie weigerte sich. Sie behauptete, sie wüßte nichts über ihn, sie könnte ihn nirgendwo erreichen, er sei weggegangen, weit weg. Schade. Wenn dieser Mann gewußt hätte...«

Wäre er dann nicht noch weiter weggegangen?, dachte Dag zynisch.

»Hat sie seinen Namen nie erwähnt?«

»Sie nannte ihn ein oder zwei Mal Jimi, aber ich hatte den Eindruck, daß das eine Art Spitzname war. Das alles ist schon so lange her... Aber ich kann mich noch gut daran erinnern, weil ich damals voller Enthusiasmus war, eine ›Kämpfernatur‹, würde man heute sagen. Ich wollte etwas bewirken. Den Leuten helfen. Und dann hat sie sich das Leben genommen. Das ist nicht spurlos an mir vorbeigegangen. Nun«, sagte er abschließend und leerte sein Bierglas, »ich glaube nicht, daß Sie viel herausfinden werden. Haben Sie es schon bei der Sozialarbeiterin versucht? Eine gewisse Madame Moineau oder so ähnlich?«

»Martinet. Ja. Leider ist sie verstorben.«

»Ach ja! Da gibt es auch noch diesen Nachbarn, Loiseau, aber der ist völlig senil geworden.«

»Ich weiß, ich habe vorhin mit ihm gesprochen.«

»Alle Achtung, Sie haben Ihre Zeit tatsächlich nicht vertrödelt.«

Nein, Dag hatte sogar noch Zeit gefunden, zwei Gaunern eine Tracht Prügel zu verpassen, wie ein richtiger Detektiv. Höflich antwortete er:

»Und ich möchte Ihnen Ihre Zeit nicht stehlen.«

»Ach, ich habe keine besonders dringenden Verpflichtungen, und Ihre Geschichte interessiert mich. Ich bin ein begeisterter Krimileser. Mir scheint, Kriminalromane versuchen, das fundamentale Rätsel des Todes zu lösen, ganz gleich, um welche Todesart es sich handelt. Wie Sie wissen, können viele Naturvölker sich nicht mit der Vorstellung abfinden, daß der Tod zufallsbedingt ist. Sie suchen stets nach dem Schuldigen. Nun, auch in Kriminalromanen steckt hinter jedem Tod eine Absicht. Das fasziniert mich. Fast könnte man behaupten, der Kriminalroman und die Spannung, die er beim Leser erzeugt, seien zu einem großen Teil auf dieses primitive Gefühl, auf dieses Verlangen nach rationalen Erklärungen zurückzuführen. Ein sehr menschliches Verlangen, finden Sie nicht?«

»Hm...«

Dag trank einen Schluck und suchte nach einer passenden Antwort, doch es fiel ihm nichts Gescheites ein. Den Tod rational erklären... Nichts anderes tun heute Gerichtsmedizin und Autopsien. Apropos Autopsie... Dag schnalzte mit den Fingern.

»Da es sich nicht um einen natürlichen Tod handelte, wurde doch bestimmt ein Arzt hinzugezogen, um die Leiche zu untersuchen und sie für die Bestattung freizugeben... Wissen Sie vielleicht, an wen man sich damals wandte?«

»Soweit ich mich erinnere, muß es sich um Doktor Jones, Henry Jones, gehandelt haben. Er war der einzige Arzt am Ort. Unsere Insel ist seit jeher von jeglichem Fortschritt abgeschnitten...«

Dag unterbrach ihn:

»Ich weiß. Als Kind war ich oft auf Sainte-Marie. Meine Tante führte dort einen Souvenirladen, in der Rue du 22 juillet. Sie starb 1974.«

»Ach, dann habe ich sie nicht gekannt. Ich bin erst 1975 hierher versetzt worden, nach dem Tod meines Vorgängers. Jones praktizierte von 1956 bis 1990.«

»In dem Fall zählte mit Sicherheit auch die kleine Charlotte zu seinen Patienten. Und falls es stimmt, daß die Leute sich ebenso häufig ihrem Arzt wie ihrem Beichtvater anvertrauen, dann besteht die Möglichkeit, daß Jones mir nützliche Informationen geben kann. Sofern er sich immer noch auf der Insel aufhält...«

Pfarrer Léger lächelte:

»Er lebt tatsächlich auf Sainte-Marie, in einer Villa unweit von Folle Anse. Sie werden ihn problemlos finden. Aber wissen Sie, er ist ein sehr sonderbarer Mensch. Er trinkt gerne einen über den Durst. Man kann sich nicht wirklich auf das verlassen, was er erzählt. Und sagen Sie ihm nicht, ich hätte Sie zu ihm geschickt, er mag mich nämlich nicht. Er hält mich für einen Gegner von Aufklärung und Fortschritt, für ein Überbleibsel aus dem Mittelalter. So, das wär's wohl«, schloß der Pfarrer und erhob sich, »mehr weiß ich nicht. Ich muß jetzt gehen, bei den bedürftigen Familien vorbeischauen, und davon gibt es hier weiß Gott genug...«, fügte er hinzu und hob die Augen zum Himmel.

Dag gab ihm die Hand.

»Es freut mich, Sie kennengelernt zu haben, Vater.«

»Ganz meinerseits. Falls Sie noch irgend etwas benötigen, zögern Sie nicht, sich an mich zu wenden.«

Dag bedankte sich noch einmal und blickte dem Pfarrer, der mit schnellen Schritten davoneilte, hinterher. Ein netter Mann, dieser Léger. Und nun ein Arztbesuch. Dag betrat eine mit obszönen Sprüchen bekritzelte Telefonzelle und blätterte in einem alten Telefonbuch, aus dem die hintere Hälfte der Seiten herausgerissen war. Zum Glück hatten die Namen mit dem Anfangsbuchstaben J überlebt. Mühelos fand er die Adresse und die Rufnummer von Dr. Jones. Mehr als zehn Minuten würde er zu Fuß nicht benötigen. Kein Grund, zusätzliche Ausgaben zu machen.

Der Arzt wohnte in einer ockergelben Villa hoch über dem Meer. Dag trat durch ein großes, offenstehendes Portal und ging eine mit Kies bedeckte Allee entlang. Er gelangte zu einer weitläufigen, mit roten Steinplatten ausgelegten Terrasse, auf der ein Herr in einem weißen Anzug an einem bläulichen Getränk nippte. Die ideale Reklame für Frankreich, dachte Dag, als er sich dem Mann näherte. Er räusperte sich. Der alte Herr, der in einem Schaukelstuhl saß, wandte sich nach ihm um. Seine dichten, weißen Haare fielen ihm auf die Schultern, und sein sorgfältig geschnittener Schnurrbart hob sich auffällig von seinem rötlichen Gesicht ab.

»Hat man Sie eingeladen?« fragte der Alte mit rauher Stimme.

Aha, einer mit trockenem Humor. Dag faßte sich ein Herz.

»Nicht wirklich. Gestatten Sie, daß ich mich vorstelle. Dag Leroy vom Ermittlungsbüro McGregor. Ich komme in einer sehr vertraulichen Angelegenheit.«

»Falls Sie Staubsauger oder Mobiltelefone verkaufen, so sollten Sie wissen, daß ich damit nichts anfangen kann.«

Eine nette Unterhaltung stellte sich hier in Aussicht. Dag trat einen Schritt vor.

»Ich bin kein Vertreter. Darf ich mich setzen?«

»Nein. *Bugger off*!«

›Scheren Sie sich zum Teufel!‹ – welch herzlicher Empfang! Dag bemühte sich, höflich zu bleiben.

»Ich will Ihnen, wie ich bereits sagte, nichts verkaufen. Ich bin Privatdetektiv und komme im Auftrag von Mademoiselle Dumas, der Tochter von Lorraine Dumas, die sich 1976 in der Route de Grand-Mare das Leben nahm.«

Es kam Dag vor, als würde er unentwegt den gleichen Satz wiederholen. Der alte Mann nahm einen Schluck seines blauen Getränks. Dann antwortete er:

»1976, *Twenty years*. Eine lange Zeit, zwanzig Jahre. Ich bin im Ruhestand.«

»Hatten Sie als Arzt mit jenem Todesfall zu tun?«
»Vielleicht. Das geht Sie nichts an.«
Er füllte sein Glas bis an den Rand und leerte es in einem Zug. Anschließend wischte er sich den Schnurrbart mit dem Handrücken ab.
»Taugt nichts mehr, der Schnaps von heute. Sind Sie Franzose?«
»Nein, ich bin Amerikaner.«
»*Marines*?« fragte Jones und deutete mit seinem Glas auf die Tätowierungen auf Dags Arm.
»Ja. Wir können auch englisch miteinander reden, falls Ihnen das lieber ist.«
»*I don't care*! Warum interessiert sich ein amerikanischer Privatdetektiv für einen zwanzig Jahre zurückliegenden Selbstmord?«
»Eine Erbschaftsangelegenheit. Anscheinend hatte Lorraine Dumas eine Tochter.«
»Ein Mädchen von vier, fünf Jahren, ja«, sagte Jones und biß sich auf die Lippen. »Okay, ich höre Ihnen zu. Legen Sie los!« sprudelte er plötzlich hervor und beugte sich nach vorne.
Am liebsten würde ich dich umlegen, dachte Dag.
»Wer hat die Leiche zur Bestattung freigegeben?«
Mit zittriger Hand griff Jones nach der Flasche, füllte langsam das Glas und leerte es in einem Zug. Nach einer kurzen Pause sagte er:
»Ich habe mir nichts vorzuwerfen, *nothing, nada*!«
Was war bloß in ihn gefahren? Dag trat einen weiteren Schritt näher, gab sich zuvorkommend, doch der Alte brüllte ihn an:
»Treten Sie zurück. Sie riechen nach Schweiß, das mag ich nicht.«
Dieser greise Trümmerhaufen gab die perfekte Karikatur eines Kolonialisten ab! Trotzdem lächelte Dag ihn an.
»Hören Sie, Sir, ich bin weder hergekommen, um Sie zu belä-

stigen, noch um mich von Ihnen beschimpfen zu lassen. Pfarrer Léger hat mir Ihre Adresse gegeben.«

»Der Mistkerl? Steckt dauernd mit diesen alten Betschwestern zusammen... Setzen Sie sich, Sie stehen mir im Licht.«

Endlich! Dag ging auf einen sichtlich unbequemen Korbsessel zu.

»Möchten Sie einen Curaçao?«

Dag nickte, und der Alte schenkte ihm eine Portion ein, die einen Ochsen umgehauen hätte.

»*Ice*?«

»Nein danke, geht so.«

»Sie sind also eine Art Hilfspolizist. Und Sie arbeiten für die Tochter der Dumas. *So, what's the problem*? Ich warne Sie: Falls die Kleine Streit mit mir sucht, bemüht sie sich umsonst. Ich habe meine Arbeit immer korrekt getan. Immer, Monsieur!«

Dag war völlig ratlos.

»Aber sie wirft Ihnen doch gar nichts vor! Sie sucht lediglich nach ihrem Vater.«

»Malevoy? Der ist tot.«

»Nein, nach ihrem richtigen Vater.«

»Ach, den! Und warum, zum Teufel? Geht's um Geld?«

»Das weiß ich nicht. Sie möchte ihn finden, und dafür bezahlt sie mich. Ich dachte, Sie könnten mir vielleicht weiterhelfen.«

Jones grinste über sein Glas hinweg:

»Nein, Sie dachten überhaupt nichts. Sie schnuppern bloß an jeder Fährte, wie ein Köter. Worauf warten Sie? Los! Stellen Sie mir eine Frage.«

Er schenkte sich einen weiteren Curaçao ein, während Dag vorsichtig an seinem Glas nippte.

»Nun... Hat Lorraine Dumas Ihnen irgend etwas über diesen Mann, ihren Liebhaber erzählt?«

»Berufsgeheimnis, mein Lieber, selbst wenn die Patientin tot ist«, erwiderte Jones mit einem zufriedenen Lächeln.

Wie unsympathisch dieser alte Sack war! Dag bemühte sich, seine zunehmende Verärgerung im Zaum zu halten.

»Sie hätte doch auch über medizinische Belange hinaus mit Ihnen sprechen können.«

»Ich verstehe nicht, worauf Sie hinauswollen. Aber nein, sie hat mir nie etwas erzählt. Guten Tag, guten Abend, mehr nicht. Ich war damals verheiratet, und sie lebte allein, mehr oder weniger von ihren Reizen... Ich vermied es, mich allzu lange bei ihr aufzuhalten, *follow me*? Noch einen Drink?«

Er hielt Dag die fast leere Flasche vors Gesicht, doch Dag lehnte ab.

»Nein, danke. Nach diesem Glas gehe ich.«

»Endlich! Gehen Sie und belästigen Sie jemand anderen. Ich habe Besseres zu tun, als über Lorraine Dumas zu sprechen angesichts des Ärgers, den sie mir eingebrockt hat.«

»Welchen Ärger?« erkundigte sich Dag, plötzlich wieder ganz hellhörig.

»Als ob Sie das nicht wüßten! Was bildet sie sich eigentlich ein, die kleine Dumas? Hätte man Beweise dafür gefunden, daß die Autopsie nicht den Regeln entsprechend durchgeführt wurde, ich wäre sofort gefeuert worden. Es war dieser *fucking bastard* von Rodriguez, der versuchte, mir die Sache in die Schuhe zu schieben, um meinen Platz einnehmen zu können. Ein rachsüchtiger, hinterhältiger Neger. Geschieht ihm recht, daß er vorgestern abgekratzt ist. Es war nicht genug Platz hier für uns beide, was er übrigens sehr wohl begriffen hat. Er verließ die Insel und lebte als Gesundheitsinspektor in Basse-Terre, doch vor zwei Jahren kehrte er zurück, nach seiner Pensionierung, ein dreckiges altes Lästermaul... Als hätte jemand diese alte Hure töten wollen...«

Dag hielt den Atem an, sorgsam darauf bedacht, Jones' sintflutartigen Wortschwall nicht zu unterbrechen. Der Alte schenkte sich den Rest der Flasche ein, ehe er fortfuhr. Offensichtlich war er plötzlich entzückt, einen Zuhörer gefunden zu haben:

»Können Sie sich vorstellen, daß dieser Idiot allen Ernstes behauptete, sie sei erwürgt und anschließend aufgehängt worden! Er verlangte eine vollständige Autopsie! Bei all der Arbeit, die wir ohnehin auf dem Buckel hatten! Als hätten wir nichts Besseres zu tun gehabt. Dann hatte sie eben eine Prellung hier und dort, na und? Wenn eine Frau sich prostituiert und trinkt, ist es doch nur normal, daß sie blaue Flecken hat, oder? Nun, ich warf seinen Bericht jedenfalls auf den Müll. Die Frau mußte begraben werden, es war warm, und schließlich war sie nach wie vor mit Malevoy verheiratet. Stellen Sie sich den Skandal vor! Nein, ich hatte keine Lust, mich mit all dem Papierkram rumzuschlagen. Ich sag's Ihnen klipp und klar: Ich lasse mich nicht erpressen, nein, ich nicht!«

Dag sah zu, wie der Alte mit der Flasche Curaçao herumfuchtelte: seine dicke rote Nase krauste sich vor Entrüstung, und sein Schnurrbart zitterte. Ein schlampig abgefaßter oder gar gefälschter Autopsiebericht – das war der zweite Hinweis auf einen möglichen Mord. Leider war dieser Rodriguez, der um die Wahrheit bemühte und eifrige Assistent, offenbar kürzlich verstorben. Aber Ermittlungen in Seniorenkreisen haben nun mal den Nachteil, daß sich die Gesuchten mitunter in Luft auflösen. Jones schien mit einem Mal völlig weggetreten. Der Alkohol hatte sein Gesicht gerötet, seine Augen waren glasig geworden. Er stand völlig unter dem Eindruck seiner Erinnerungen und seiner Wut, die ihn Tag und Nacht zu beherrschen schien. Dag beugte sich nach vorne, versuchte, dem sauren Atem des alten Mannes auszuweichen.

»Und was ist mit Rodriguez? Hat er Ihnen keine Schwierigkeiten bereitet?«

»Und ob! Er wollte eine Beförderung, und dazu brauchte er meine Unterstützung. In Wahrheit hätte er mich am liebsten in der Versenkung verschwinden gesehen, aber er hatte Schiß... Hat schließlich um eine Versetzung nach Guadeloupe gebeten, multilaterale Abkommen und so, eine gute Idee, denn ich kann nicht mit Strebern zusammenarbeiten. Dauernd widersprach er mir, glaubte, alles besser zu wissen, hielt sich für einen Weißen. Ich sage das nicht Ihretwegen, aber Sie wissen, was ich meine...«

Dag wußte vor allem, daß er ihn am liebsten zum Schweigen gebracht hätte. Nervös knackte er mit den Fingergelenken, während der alte Arzt fortfuhr:

»Anscheinend schickte er sogar eine Kopie seines Berichts an die Abteilung für Gesundheit und soziale Angelegenheiten – wer war das noch gleich, der sich damals um diese Dinge kümmerte? Ach ja, Longuet, wir waren zusammen beim Militär gewesen. Er warf den Denunziantenwisch einfach in den Papierkorb! Und selbst wenn jemand Lorraine Dumas ermordet hatte, irgendein Saufbold, der mit ihr rumgebumst hatte – na und...? Kein Grund, die ganze Insel in Aufruhr zu versetzen, zumal nicht 1976, als es hier beinahe zu einem Bürgerkrieg gekommen war, verstehen Sie?«

Mit vorgetäuschter Anteilnahme nickte Dag. Der Alte war nun richtig in Fahrt und schien so bald noch nicht innehalten zu wollen. In Gedanken notierte sich Dag, daß er Erkundigungen über Longuet einholen mußte. Vielleicht gab es noch irgendwo eine Kopie des Briefes, den besagter Rodriguez geschrieben hatte.

»Rodriguez, war das sein Familienname oder sein Vorname?«

»Was? Ach ja, es war sein Familienname. Louis Rodriguez. Keine Ahnung, warum er so hieß. Bestimmt einer dieser verfluchten Kubaner, ein verdammter Kommunist... Louis Rodriguez, auf dein Wohl, *bastard*, hoffentlich verfaulst du in der Hölle!« schrie Jones, schwang das Glas über seinem Kopf und besudelte seinen Anzug mit Alkohol.

Geräuschlos tauchte plötzlich ein korpulenter Mann in einem blauen Arbeitsanzug auf der Türschwelle auf, besah sich den Schaden und verschwand wieder, offenbar beruhigt und ohne ein Wort gesagt zu haben.

Dag war der Meinung, daß er genug erfahren hatte, und Jones' Gesellschaft ging ihm allmählich gehörig auf die Nerven. Er erhob sich.

»Ich danke Ihnen für dieses Gespräch. Ich möchte Sie nicht länger belästigen.«

»Quatsch! Sie haben es bloß eilig, von hier zu verschwinden, weiter nichts. Sie wollten mich erpressen und haben gemerkt, daß das mit mir nicht klappt. Schon gut, auf Wiedersehen, Herr Hilfspolizist, gute Reise und viel Glück! Und passen Sie gut auf sich auf. Im Ernst! Ich habe noch Freunde, und ich bin jemand, den man respektiert, müssen Sie wissen!«

Dag stand bereits am Portal und ließ Jones weiterschwadronieren, während die im Schatten eines riesigen Bananenbaums hockende Gestalt einen resignierten Seufzer von sich gab.

19 Uhr. Der Kellner in der weißen Weste überquerte die geräumige Terrasse des *Saint Barth' Palace*, beugte sich zu einem kleinen Mann mit verschlagenem Gesichtsausdruck hinunter und reichte ihm lächelnd das Telefon.

»Ein Gespräch für Sie, Monsieur Voort.«

Ohne die Blondine in dem rosaroten Bikini, die ihre einwandfrei lackierten Zehenspitzen vorsichtig ins Wasser des Schwimmbeckens tauchte, aus den Augen zu lassen, griff Frankie nach dem Apparat und knurrte ein kurzes »Ja?« Währenddessen ließ sich die Blondine mit einem leisen Aufschrei ins Wasser gleiten.

Voorts Gesprächspartner schien große Kommunikationsschwierigkeiten zu haben. Nachdem Frankie ihm eine Weile ungeduldig zugehört hatte, brach er die Verbindung wortlos und verärgert ab. Die beiden Hampelmänner hatten sich nach allen Regeln der Kunst die Fresse polieren lassen. Fortan wäre dieser Blödmann von Leroy auf der Hut. Voort gab dem Kellner ein Zeichen und befahl ihm, dem blonden Fräulein ein Glas Champagner zu servieren.

Dann wählte er eine Nummer und sagte rasch auf niederländisch:

»Tony? Soeben haben Lucas und Rico mich angerufen. Ich hatte sie um einen kleinen Gefallen gebeten, aber sie haben schlechte Arbeit abgeliefert. Sie werden heute abend mit der Maschine um 18 Uhr 30 nach Dominica zurückkehren. Du bist doch noch nicht in Rente gegangen? ...Gut, einverstanden. Dann möchte ich, daß du die Sache für mich übernimmst... Gegen eine nette Gage natürlich. Wir hatten uns auf dreitausend geeinigt... Nun wirst du sie bekommen... Und einen Tausender zusätzlich. Bis später, und grüß deine Frau und die Kinder von mir.«

Zufrieden legte er auf. Die beiden Idioten würden sich bestens als Humus für die Mangrovenbäume eignen. Frankie Voort ertrug es nicht, durch die Unfähigkeit anderer lächerlich gemacht zu werden. Er hatte eine Position und einen guten Ruf zu verteidigen. »Der gefräßige Frank« ...Er konnte sich ein kurzes Lächeln nicht verkneifen.

Auf der anderen Seite des Schwimmbeckens hob die Blondine ihr Glas und bedankte sich mit einem Kopfnicken in Voorts Richtung. Dieser Kerl hatte ein widerliches Gesicht, aber er preßte seinen fetten Leib in Armani-Anzüge, und an seinem Handgelenk schimmerte eine platinierte Cartier-Armbanduhr. Das Angeln nach dem großen Fisch ließ sich verheißungsvoll an.

5. KAPITEL

Dag erwachte im Morgengrauen. Auf dem Fenstersims saß ein lautstark schmetternder Vogel. Dag richtete sich in seinem Bett auf und betrachtete den Horizont. Das Meer war unruhig, dicke Wellen überschlugen sich mit einem ohrenbetäubenden Grollen. 5 Uhr 45. Im Hotel herrschte noch Ruhe, doch er nahm erste Anzeichen von Bewegung wahr: leise wurden Türen geöffnet, das Geräusch eines Lastenaufzugs, Geschirrklappern... Dag gähnte. Er hatte tief geschlafen, aber dennoch fühlte er sich nicht wirklich ausgeruht.

Er stand auf und stützte sich auf das Fensterbrett. Der salzige Wind auf seinem Gesicht tat gut. Das Hotel Touloulou lag direkt am Strand. Nach dem Gespräch mit Doktor Jones hatte er sich dort ein Zimmer genommen. In Gedanken versunken hatte er eine gegrillte Meerbrasse gegessen und war anschließend sofort zu Bett gegangen, das Dröhnen sämtlicher Gespräche in den Ohren, die er in den letzten beiden Tagen geführt hatte. So war es immer: in seinem Kopf ging alles drunter und drüber, als würde ihm eine schnelle Serie von Filmausschnitten vorgeführt werden. Und dann kam mit einem Mal alles wieder in Ordnung, und der Film lief ab wie am Schnürchen. Momentan jedoch war er erst beim Schnelldurchgang. Jones, Pfarrer Léger, John Loiseau, Madame Martinet, Lorraine, Charlotte, alle wirbelten durcheinander und quasselten unter seiner Schädeldecke um die Wette.

Er sah, wie eine Möwe sich auf ihre Beute stürzte, hörte ihren gellenden Schrei, während sie die Wasseroberfläche im Flug streifte, bevor sie frohlockend emporsegelte und sogleich von ihren kreischenden Artgenossen verfolgt wurde. Das Meer war zu aufgewühlt, die Fischer würden nicht hinausfahren. Auf offener See bildeten sich herrliche Wasserröhren: ideale Bedingungen zum Surfen. Dag streckte sich, ließ seine Finger knacken – eine Angewohnheit, die seinen Vater stets zur Verzweiflung getrieben hatte. Auf der tiefer gelegenen Terrasse scherzten die Kellner auf kreolisch miteinander, während sie die Tische zum Frühstück deckten. Dag hatte Kreolisch bei seiner Tante, Amerikanisch bei seinen Eltern, Französisch in der Schule und Niederländisch auf Sint Maarten gelernt. Seine Kindheit auf der Insel La Désirade war nur mehr eine vage Erinnerung. Da er die meiste Zeit auf den englischsprachigen Antillen verbracht hatte, hatte er seine französischen Wurzeln mehr und mehr verloren, so daß er sich neuerdings als Besucher fühlte, wenn er sich in die französischen Übersee-Departments begab.

Sein Programm für den heutigen Tag war alles andere als kompliziert: Erkundigungen über Louis Rodriguez und die Umstände seines Todes einziehen und dann mit diesem Kerl in der Sozialabteilung, Longuet, Kontakt aufnehmen. Anschließend, falls das zu keinem Ergebnis führen würde, nach Hause fahren und Lester informieren, daß er mit seinen Ermittlungen in eine Sackgasse geraten war. Aber hinter dieser Geschichte verbarg sich noch etwas anderes, etwas, das Dag riechen konnte, ein kaum wahrnehmbarer Geruch nach Fäulnis, Lüge und Betrug. Alte Wandschränke bergen alte Skelette, doch da war noch mehr. Wie bei Gemälden, auf denen eine kürzlich aufgetragene Farbschicht das Originalbild überdeckt. Jemand hatte sich eine schöne Geschichte zusammengereimt, und dennoch...

Ein anonymer Brief sprach von Mord, und ein eifriger Assistent hatte die gleiche Hypothese vorgebracht.

Der Empfänger des Briefes und der eifrige Assistent waren innerhalb sehr kurzer Zeit gestorben. Also?

Dag schüttelte den Kopf. Zuerst eine Dusche, dann Rodriguez und Longuet. Und danach, erst danach, die Hypothesen.

Unter der Dusche, mit der Seife in der Hand, hielt Dag plötzlich inne. Wieso wußten Voorts Ganoven, wo er sich aufhielt? Hatten sie ihn etwa von Anfang an verfolgt, ohne daß er es bemerkt hatte? »Du läßt nach, mein Lieber«, sagte er zu sich selbst, während er sich den Oberkörper abrubbelte, »du läßt nach, wirst alt und dämlich.«

Doch der kaum wahrnehmbare Fäulnisgeruch war immer noch da.

Rasch zog Dag sich an und beschloß, daß es für ein Jackett zu warm sei. Doch ohne Jackett müßte er auch auf das Tragen einer Waffe verzichten. Aber sein kleiner Finger sagte ihm, daß Voort es sich zweimal überlegte, bevor er ein weiteres Killerkommando auf ihn ansetzen würde. Hungrig ging er nach unten, um zu frühstücken. Auf der Terrasse saß nur ein Liebespärchen, das auf deutsch turtelte, und eine blonde Frau mit schwarzer Sonnenbrille und zwei kleinen, zankenden Buben. Dag grüßte die Mama höflich, bevor er an einem der Tische Platz nahm, doch die Blondine antwortete lediglich mit einem angedeuteten Lächeln. Sie war gerade damit beschäftigt, ihre Söhne, die die Butter zu Boden geschmissen hatten, zu ohrfeigen. Sie trug einen ärmellosen Pullover, der ihren stattlichen Busen bestens zur Geltung brachte, und Dag senkte scheinheilig den Blick. Ihre Beine, die in schwarzen Baumwollshorts steckten, waren schlank und muskulös. Nachdem der Kellner ihn aus seinen Betrachtungen gerissen hatte, konzentrierte sich Dag auf sein Frühstück.

Er verschlang sein Schinkenomelett und die Toasts und trank mehrere Tassen schwarzen, überzuckerten Kaffee. Als er sich endlich gesättigt fühlte, ertappte er die Frau dabei, wie sie ihn hinter ihrer Sonnenbrille mit ernster Miene beobachtete. Er zögerte, bevor er sich eine Zigarette anzündete, doch dann stand sein Entschluß fest: Er würde sich nicht länger von sämtlichen Frauen, denen er begegnete, terrorisieren lassen! Einer der Buben streckte ihm die Zunge heraus, woraufhin Dag ihm den Mittelfinger zeigte.

Als er seine Zigarette zu Ende geraucht hatte, bat er den Mann an der Rezeption, ihm einen Platz in der Maschine nach Basse-Terre auf Guadeloupe zu reservieren. Dann ging er in aller Ruhe in den nächsten Laden und kaufte die Zeitungen der beiden letzten Tage, was den Verkäufer keineswegs verwunderte. Häufig kamen die Leute nur zweimal pro Woche aus ihrem Dorf heraus, und die Nachrichten, die sie interessierten, waren nicht zwangsläufig die aktuellsten.

Auf dem Pier setzte sich Dag neben einen Fischer, der mit der Angel in der Hand eingeschlafen zu sein schien. Rodriguez, Rodriguez... Dort stand es, in der Ausgabe von vorgestern: »*Tödlicher Unfall in Capesterre. Ein Wagen kam von der Straße ab und zerschellte am Fuße der Felsen. Der Fahrer, Louis Rodriguez, war auf der Stelle tot.*« Dann folgten die Details. Der Unfall hatte sich bei Einbruch der Dunkelheit und aus bislang ungeklärter Ursache ereignet. Dag schlug in der Zeitung des darauffolgenden Tages nach, suchte rasch nach den Meldungen aus Vieux-Fort und fand, was er suchte, auf der Seite mit den Todesanzeigen: »*Teresa Rodriguez, ihre Kinder Louisa und Martial, seine Verwandten und Freunde haben die traurige Pflicht, den Tod von Louis Rodriguez, dem geliebten Ehemann und Vater, mitzuteilen. Gestorben im Alter von einundsechzig Jahren. Die Beisetzung findet am Mittwoch, 28. Juli, um 9 Uhr 30 in der Kirche Notre-Dame-de-Bon-Voyage in Saint-Louis statt. Betet für ihn.*«

Mittwoch, 28. Juli, also heute. Dag blickte auf seine Uhr: 9 Uhr 57. Er müßte sich beeilen, doch mit ein wenig Glück würde er noch vor dem Ende der Trauerfeier eintreffen. Mit einem Satz sprang er auf, entlockte dem Fischer, der zusammenfuhr, ein verärgertes Brummen und begann zu laufen.

Schweißgebadet erreichte er die Kirche. Der Himmel war finster geworden, Regen kündigte sich an. Dag wischte sich die Stirn ab, bevor er die Stufen hinaufrannte.

Wieder umfing ihn die Kühle der Kirche auf angenehme Weise. Pfarrer Léger stand vor dem Altar und las die Messe; seine tiefe Stimme hallte laut unter dem Gewölbe wider. Ungefähr dreißig Personen hatten sich in dem kleinen Kirchenschiff versammelt. Im Chor sangen sie einen Psalm. Dag nahm in der hintersten Reihe Platz. Die stattliche Frau in Schwarz, die in der ersten Reihe in ihr Taschentuch weinte, war zweifellos die trauernde Witwe. Neben ihr standen ein kräftiger Mann in einem grauen Anzug und eine zierliche junge Frau, die ein dunkles Kostüm trug: Martial und Louisa, die in der Todesanzeige erwähnten Kinder. Plötzlich drehte die junge Frau den Kopf. Dag schätzte sie auf ungefähr Mitte Dreißig, bemerkte ihr eigensinniges Profil, die kleine Habichtnase und das dreieckige Kinn. Eine hübsche Person mit karibischem Blut, befand er. Der jüngere Bruder hingegen schien wie aus Stein gemeißelt. Ein Typ, dem man besser nicht auf die Füße trat.

Dag war froh, daß er ein marineblaues Hemd und eine graue Leinenhose angezogen hatte. Es lag ihm fern, in dieser Gesellschaft auf sich aufmerksam zu machen. Der Psalm ging zu Ende. Mit erhobenen Händen leitete Pfarrer Léger den Schlußakkord ein, bevor er die Trauergemeinde mit einer weit ausholenden Geste verabschiedete. Vier Männer erhoben sich, luden den Sarg auf ihre Schultern und schritten langsam durch den Mittelgang. Ihnen folgten die weinenden Familienangehörigen. Als sie an Dag vorbeikamen, fiel ihm der energische Gesichtsausdruck der Tochter auf, ihre großen, tiefschwarzen Augen, ihr intelligenter Blick, ihre hohen Wangenknochen, die sanften, vollen Lippen. Eine verheißungsvolle Mischung aus Zärtlichkeit und Stolz. Dag schlängelte sich nach draußen und ging auf die junge Frau zu.

»Entschuldigung«, sagte er, »sind Sie die Tochter von Louis?«

Unverzüglich drehte sie sich um; ihr hübsches Gesicht war schmerzverzerrt.

»Ja, warum fragen Sie?«

»Ich war ein Freund Ihres Vaters. Ich arbeitete eine Zeitlang mit ihm zusammen, vor vielen Jahren, und dann zog ich auf das Festland. Ich bin soeben zurückgekehrt und habe von dem furchtbaren Unglück erfahren. Ich möchte Ihnen sagen, wie leid es mir tut... Wie konnte das nur passieren?«

»Ich verstehe auch nicht, wie es dazu kommen konnte. Vater war ein sehr vorsichtiger Fahrer. Er fuhr nie zu schnell...«

»Eine plötzliche Kreislaufschwäche vielleicht?«

»Er war bei bester Gesundheit. Und den Wagen hatte er auch erst kürzlich überprüfen lassen. Bestimmt sind diese verdammten Straßen schuld! Überall diese Schlaglöcher. Vielleicht ist ein Reifen geplatzt...«

»Louisa, kommst du bitte!«

Ihr Bruder rief etwas gereizt nach ihr, während er versuchte, die in Tränen aufgelöste Mutter in den Kleinbus zu bewegen, mit dem sie zum Friedhof fahren sollten. Louisa machte eine knappe Geste.

»Entschuldigen Sie mich bitte... Aber wenn Sie Vater gekannt haben, dann schauen Sie doch heute abend bei uns zu Hause vorbei. Mutter hat ein Trauermahl vorbereitet.«

»Gerne, aber ich kann mich nicht mehr an die Adresse erinnern...«

»T'-Bout, vis-à-vis vom Taucherklub. Bis heute abend also, gegen 19 Uhr.«

Dag stellte sich in den Schatten einer Palme. Eine bezaubernde Frau, diese Louisa Rodriguez. Und offenbar kam für sie die Möglichkeit, daß ihrem Vater am Steuer schlecht geworden sein könnte, nicht in Betracht. Ein Gespräch mit ihr verhieß interessant zu werden. Doch zuerst mußte Dag nach Basse-Terre fliegen und diesen Monsieur Longuet aufsuchen. Lester würde der Schlag treffen, wenn er die Flugkostenaufstellung zu Gesicht bekäme.

Als Dag Pfarrer Léger in der Vorhalle stehen sah, ging er auf ihn zu.

»Guten Tag.«

»Ach, der Detektiv. Guten Tag, junger Mann. Wie steht es um Ihre Ermittlungen?«

»Doktor Jones hat mich auf die Spur eines gewissen Longuet gesetzt, der früher für die Gesundheitsbehörde verantwortlich war und heute in Basse-Terre auf Guadeloupe tätig ist. Nun, es kann sein, daß der Selbstmord von Lorraine Dumas in Wirklichkeit ein getarnter Mord war... Ich werde Sie später über die Einzelheiten informieren, doch nun muß ich mich beeilen. Könnte ich Ihnen meine Tasche anvertrauen, ich hole sie heute abend wieder ab...«

»Kein Problem. Unter der Bedingung, daß Sie mir dann alles erzählen!«

»Einverstanden. Bis heute abend.«

Nachdem Dag den kleinen Flughafen von Baillif verlassen und ein weiteres Mal die kurzen Zollformalitäten hinter sich gebracht hatte, eilte er an den mit Gepäck beladenen Reisenden vorbei und winkte einem Taxi. Als der Fahrer losfuhr, drehte er das Audoradio auf volle Lautstärke. Dröhnende karibische Musik erfüllte den Wagen, während Dag sich durch das offene Fenster die Gegend betrachtete. Da waren Kinder, die kreischend hintereinander herrannten und die Passanten zur Seite stießen. Mühsam schleppte ein kleiner Mann einen riesigen, mit Aufklebern übersäten Koffer, der sorgfältig mit Schnüren festgezurrt war. Ein Dackel pißte in aller Ruhe auf die elegante, lederne Reisetasche einer jungen Stewardeß, der das Herrchen des Hundes den Hof machte. Dag lächelte. Kurz darauf erblickte er eine Frau, die er zu kennen glaubte, doch er erinnerte sich nicht, wo er ihr begegnet sein könnte. Eine etwa vierzigjährige Weiße mit halblangen blonden Haaren. Sie trug eine blaue Caprihose und einen dazu passenden ärmellosen Pulli. Über ihrer Schulter hing eine marineblaue Tasche. Schade, daß er sie nicht einordnen konnte, aber es war ohnehin nicht von Bedeutung.

Er ließ sich in seinem Sitz zurückfallen und rekapitulierte noch einmal seinen Fall.

Erstens: 1970 auf der Insel Sainte-Marie. Lorraine Dumas-Malevoy, eine junge weiße Frau, die mit dem zwanzig Jahre älteren Monsieur Malevoy verheiratet ist, begegnet einem jungen Schwarzen. Sie lieben sich unter Kokospalmen. Neun Monate später wird ein uneheliches Kind geboren. Malevoy wirft Lorraine und das Baby hinaus.

Zweitens: Lorraine läßt sich im Armenviertel von Vieux-Fort nieder, lebt von der Sozialhilfe und von ihren Reizen. Sie trinkt immer mehr, bringt sich 1976 schließlich um und hinterläßt ihre fünfjährige Tochter Charlotte. Loiseau, ein Nachbar, findet die Leiche.

Drittens: Trotz der Bedenken seines Assistenten Louis Rodriguez, dem dieser Todesfall verdächtig vorkommt, gibt Doktor Jones die Leiche zur Bestattung frei. Pfarrer Léger nimmt die Trauerfeier vor.

Viertens: Charlotte kommt zuerst in die Obhut von Madame Martinet und wird dann ins Waisenhaus gesteckt, wo sie bis zu ihrem achtzehnten Lebensjahr bleibt.

Bis hierhin keinerlei Probleme. Dag hatte die Augen halb geschlossen und trommelte mit den Fingern auf das rissige Leder des Autositzes.

Fünftens: Charlotte verläßt das Waisenhaus, wird Fotomodell, und als sie erwachsen ist und ihr eigenes Geld verdient, beschließt sie, ihren Vater ausfindig zu machen. Hier beginnen die Fragen:

Warum bewahrte Madame Martinet in ihren Papieren einen

fast zwanzig Jahre alten Brief auf, in dem von einem Verbrechen die Rede ist? Warum warf sie ihn nicht weg, wenn es sich nur um das Geschwafel eines Säufers handelte?

Warum zweifelte Rodriguez an einem Selbstmord?

Warum hatte Doktor Jones es so eilig, die Angelegenheit zu vertuschen?

Mit einem Mal hatte Dag die Idee, Jones könnte Lorraine während eines sado-masochistischen Beischlafs erwürgt haben. Genau das war nämlich das Problem an diesem Fall – alles war möglich. Doch dann hielt er sich vor Augen, daß er nicht den Auftrag hatte, den vermeintlichen Mord an der armen Lorraine aufzuklären, sondern Charlottes Vater wiederzufinden.

Das Taxi bremste und riß ihn aus seinen Gedanken.

»Wir sind da, Chef. Viel Glück.«

Dag bezahlte, stieg aus und betrachtete die Fassade aus Fliesen und getöntem Glas. Scheußlich, kalt und prätentiös, befand er, als er das Gebäude betrat.

Und wieder ein Mädchen am Empfang, und wieder die gleiche Diskussion.

»Professor Longuet kann Sie im Moment nicht empfangen. Er ist in einer Besprechung.«

»Ich werde warten, danke.«

»Ich weiß nicht, ob Sie ihn heute noch sprechen können, er ist sehr beschäftigt.«

Und er hat Besseres zu tun, als wildfremde Leute ohne Empfehlungsschreiben zu empfangen, fügte ihr arrogantes, spitzes Kinn hinzu.

»Richten Sie ihm aus, daß es wichtig ist. Es geht um einen Mord«, sagte Dag lässig.

Im Handumdrehen verlor die Dame ihren Hochmut.

»Um einen Mord! In dem Fall müssen Sie sich an die Polizei wenden, Monsieur!«

»Ich bin Polizist, Mademoiselle. Und ich muß mit Professor Longuet sprechen. Okay?«

»Warten Sie einen Augenblick.«

Dag nahm auf einer orangegelben Ledercouch Platz, über der das Hinweisschild *Rauchen verboten* hing, und zündete sich eine Zigarette an. Mit leiser Stimme sprach die Empfangsdame in die Sprechanlage. Gleichzeitig wies sie mit dem Finger in Dags Richtung und deutete auf das Schild. Dag schenkte ihr sein entzückendstes Lächeln und drückte die Zigarette auf der Couch aus.

»Sind Sie verrückt?« schrie das Mädchen. »Verzeihung, Monsieur, ich sagte bloß zu Monsieur, äh...«

»Leroy. Dagobert Leroy.«

»Nein, Monsieur Dagobert Leroy hat eben seine Zigarette... Wie bitte? Nein, ich mache keine Witze, wieso? Jawohl, Monsieur. Sofort, Monsieur.«

Die Sprechanlage hörte auf zu surren, und das Mädchen starrte Dag mit hochrotem Gesicht an.

»Der Herr Professor erwartet Sie in seinem Büro. Dritter Stock, rechts. Haben Sie gesehen, was Sie angerichtet haben?«

»Es gibt keinen Aschenbecher hier.«

»In öffentlichen Gebäuden ist Rauchen verboten. Können Sie nicht lesen?«

»Nein. Und schließlich konnte ich die Kippe nicht einfach auf Ihrer Hand ausdrücken... Guten Tag«, sagte Dag mit zuckersüßer Stimme, ging an ihr vorbei und trat in den Aufzug.

Professor Longuet war ein alter, hagerer Herr mit spärlichen grauen Haaren. Das violette Lacoste-Hemd und die dazu passende karierte Hose waren dem Mann, der mit zorniger Miene hinter seinem Schreibtisch stand, mindestens zwei Nummern zu groß.

»Was soll dieser Quatsch?« schrie er, als Dag in der Tür erschien. Seine laute Stimme wollte nicht recht zu seinem zerbrechlichen Aussehen passen.

»Ich konnte keinen Aschenbecher finden...«

»Wie bitte? Ich spreche nicht von Aschenbechern, ich spreche von diesem dämlichen Scherz mit König Dagobert, den Sie sich hier erlaubt haben.«

»Leroy Dagobert.«

»Genau! Sind Sie nicht ganz richtig im Kopf, oder was?«

»Nein, ich heiße so, Monsieur. Dagobert Leroy.«

Überrascht sah Longuet ihn an.

»Ach. Sie heißen so. Hm, gut, gut, und? Diese Mordsache? Könnten Sie mir bitte erklären, was es damit auf sich hat?«

»Das ist eine längere Geschichte. Darf ich Platz nehmen?«

»Wie Sie wollen«, erwiderte Longuet sichtlich unwillig, ehe er sich ebenfalls setzte. »Aber fassen Sie sich kurz, ich bin erst heute morgen von einer Reise zurückgekehrt und habe eine Menge liegengebliebener Akten zu bearbeiten«, fügte er hinzu, indem er nervös auf einen Stapel Dokumente klopfte.

»Es täte mir sehr leid, wenn ich Ihnen Ihre kostbare Zeit stehlen würde, Monsieur Longuet. Aber waren Sie in den siebziger Jahren nicht für die Gesundheitsbehörde von Sainte-Marie verantwortlich?«

»Professor Longuet, wenn ich bitten darf. Ja, das stimmt.«

»Und wenn ich richtig verstanden habe, Herr Professor, wanderten Sie nach Guadeloupe aus?«

»Im Dezember 1976. Meine Eltern hatten die französische Nationalität. Ich beantragte meine Einbürgerung und zog hierher. Wo liegt das Problem?«

»Im Oktober 1976 wurde eine junge Frau namens Lorraine Dumas in Vieux-Fort erhängt aufgefunden.«

»Gut möglich. Aber was soll das heißen? Nimmt die Polizei den Fall erneut auf?«

»Genau, Herr Professor. Anscheinend war es kein Selbstmord, sondern Mord.«

»Tut mir leid für die Unglückliche, aber ich weiß wirklich nicht, was ich mit dieser Geschichte zu tun haben könnte...«

»Sie könnten mir möglicherweise von einem Brief erzählen, den Sie damals erhielten und der den Autopsiebericht von

Doktor Jones in Frage stellte. Erinnern Sie sich an Jones, Ihren hervorragenden Kollegen und Militärkameraden? Ein gewisser Louis Rodriguez hatte diesen Autopsiebericht damals verfaßt.«

Longuet war sehr still geworden, seine Gesichtszüge wirkten schlaff. Mit großer Aufmerksamkeit betrachtete er seine fleckigen Hände. Dann hob er den Kopf und richtete seine grauen Augen auf Dag.

»Ich wußte, daß diese Geschichte irgendwann wieder ans Licht kommen würde. Ich wollte Jones einen Gefallen tun, doch das hätte ich lieber unterlassen sollen.«

»Was genau ist damals passiert?«

»Jones hatte voreilig auf Selbstmord geschlossen. Aber Rodriguez war mit seinem Bericht nicht einverstanden. Seiner Meinung nach waren die Spuren am Hals der Toten Würgemale. Die beiden stritten sich. Rodriguez schrieb mir einen Brief, in dem er das Verhalten seines Vorgesetzten anprangerte. Jones rief mich an und sagte, die Frau sei Alkoholikerin gewesen, eine Prostituierte, und er habe nichts Anormales feststellen können. Ich warf Rodriguez' Bericht in den Papierkorb und verschaffte ihm einen Posten in Basse-Terre. Genauso war's.«

»Und dieser Bericht von Rodriguez, war er überzeugend?«

»Nun, ich bin kein Gerichtsmediziner. Jones übrigens auch nicht.«

»Und offiziell war Lorraine nach wie vor die Ehefrau des ehrwürdigen Monsieur Malevoy. Es war demnach nicht angebracht, für unnötige Aufregung zu sorgen, nicht wahr, Herr Professor?«

Longuet warf Dag einen eisigen Blick zu.

»Das wollte ich damit nicht sagen... Übrigens haben Sie mir Ihren Ausweis noch gar nicht gezeigt.«

»Welchen Ausweis?«

»Was heißt hier ›welchen Ausweis‹? Ihren Polizeiausweis. Polizisten müssen sich doch ausweisen können, oder?«

»Ja.«

»Und?«

»Was und?«

Longuet erhob sich und schien Dag drohen zu wollen.

»Ich weiß wirklich nicht, was Sie beabsichtigen...«

Da stand auch Dag von seinem Stuhl auf.

»Ich auch nicht, Herr Professor. Sie bitten mich, Ihnen meinen Polizeiausweis zu zeigen. Das finde ich sehr seltsam.«

»Und warum?«

»Weil Sie wissen sollten, daß man Polizist sein muß, um im Besitz eines Polizeiausweises zu sein. Nochmals vielen Dank für dieses Gespräch und bis bald.«

»Aber Sie haben der Empfangsdame doch gesagt...«

»Da muß sie mich falsch verstanden haben. Guten Tag.«

»Sie Schweinehund!«

In dem Moment, als Longuet hinter seinem Schreibtisch hervorsprang, schlug Dag die Tür hinter sich zu. Und als der Professor sie wieder aufriß, eilte Dag bereits die Treppe hinunter.

»Haltet ihn, er ist ein Betrüger!« schrie Longuet.

Dag rannte an der sprachlosen Empfangsdame vorbei zur Tür.

»Rufen Sie den Notdienst! Ihr Chef wird einen Herzanfall bekommen«, rief Dag ihr zu, bevor er hinausstürmte.

Dag bog in die erste Straße nach rechts ein und verschwand mit einem triumphierenden Lächeln in einem Geschäft. Indem er Longuet zu einem Wutausbruch gebracht hatte, hatte er sich für das Benehmen des alten Jones gerächt. Eine Weile schlenderte er zwischen den Regalen umher, und um ein Haar hätte er sich zum Kauf bunter Shorts mit lauter Mädchen in Badeanzügen verführen lassen. Schließlich schlenderte er in aller Ruhe aus dem Laden und machte sich auf den Weg in die lebhafte Rue du Docteur-Cabre.

Nun waren sämtliche Möglichkeiten ausgeschöpft. Hier brach die Spur ab. Am einfachsten wäre es vermutlich, wenn

Charlotte eine Kleinanzeige aufgeben würde: »Junge Frau sucht ihren Vater. Anrufe erbeten unter der Nummer...« Dag jedenfalls war mit seinem Latein am Ende.

Er kaufte Zigaretten und begab sich anschließend in eine Telefonzelle vor dem Schaufenster eines Reisebüros, das erfrischende Kreuzfahrten nach Spitzbergen anbot. Er wählte die Nummer von Lester.

»Hallo, Zoé, kannst-du-mich-bitte-mit-dem-Chef-verbinden-danke?«

»Mit dir wird es noch ein schlimmes Ende nehmen, Dagobert, das kannst du mir glauben.«

»Amen.«

Er hörte, wie sie vorwurfsvoll seufzte, bevor Lesters tiefe Stimme sich mit einem klangvollen »Hello!« meldete.

»Hi! Big Boss! Hier spricht dein Lieblingspartner, direkt aus Basse-Terre«, sagte Dag.

»Ich dachte, du seist auf Sainte-Marie. Kleine Rundreise, oder was?« spöttelte Lester.

»Von wegen! Ich stecke in einer Sackgasse. Der Kerl ist für immer verschwunden, er muß sich vor zwanzig Jahren in Luft aufgelöst haben.«

In wenigen Sätzen faßte Dag die Ereignisse der letzten Tage zusammen. Lester seufzte:

»Na ja, klingt nicht gerade vielversprechend. Soll ich Zoé bitten, einen Blick in den Go-2-Hell zu werfen?«

»Vergiß es!«

»Go-2-Hell« war der Spitzname des Mac-Computers, der ans Internet angeschlossen war und in Lesters Büro stand. Lester war geradezu versessen darauf, stundenlang im Net zu surfen. Ohne den gelegentlichen Nutzen des Computers in Zweifel zu stellen, zog Dag es jedoch vor, sich weiterhin in einer dreidimensionalen Welt zu bewegen.

Plötzlich fiel ihm Francis Go ein, einer jener Polizisten, mit denen Lester regelmäßig auf den Antillen in Verbindung stand.

Seine »Perle«, wie er sagte. Go war Hauptkommissar bei der Mordkommission.

»Ich werde versuchen, mit Francis Go in Grand-Bourg Kontakt aufzunehmen. Gib mir mal seine Nummer, ich habe mein Adreßbuch vergessen«, sagte er, während er einen zerrissenen Briefumschlag und einen Füller aus der Tasche zog.

»Kannst du nicht wie jedermann ein Mobiltelefon mit erweiterter Speicherkapazität benutzen?«

»Dann müßtest du mein Gehalt aufbessern, Les. Komm schon, gib mir die Nummer. Man kann nie wissen. Ich werd's noch in diese Richtung versuchen, und dann ist Schluß, dann komme ich heim.«

Er notierte sich die Nummer, die Lester ihm diktierte, und hängte ein. Gut, jetzt bräuchte er nur noch Go anzurufen... Nachdem Dag sich einige Minuten lang gräßlich verstümmelte Vivaldi-Musik hatte anhören müssen, stellte man ihn endlich durch.

»Hallo, Kommissar Go.«

»Guten Tag, ich rufe im Auftrag von Lester McGregor an. Ich bin sein Geschäftspartner, Dag Leroy, und würde mich gerne ein paar Minuten mit Ihnen unterhalten.«

»Ich bin ziemlich beschäftigt. Ist es dringend?«

»Es wäre mir lieb, wenn ich den Fall abschließen könnte. Ich bin nur noch bis morgen hier.«

Francis Go seufzte. Dag hörte, wie er eilig Seiten umblätterte.

»Sehen wir mal nach... Gut, kommen Sie um 17 Uhr ins Polizeipräsidium.«

Noch bevor Dag sich verabschieden konnte, hatte der Kommissar aufgelegt. Dieser Go hatte es wirklich eilig.

Dag bahnte sich einen Weg durch die Menge, die über den Cours Nolivos in Richtung Busbahnhof spazierte.

Während er die Landschaft betrachtete, die am Fenster des Busses zum Flughafen vorbeizog, fischte er ein paar Kekse aus der Tüte, die er einem Jungen am Hafen abgekauft hatte. Die

Fahrt dauerte fünfzehn Minuten. Zeit genug für ein Nickerchen. Er zerknitterte die leere Türe und machte es sich zum Schlafen bequem.

Brav zuckelte der Fiat Uno hinter dem Bus her. Und als der Busfahrer anhalten mußte, um ein Rad zu wechseln, blieb auch der Fiat am Straßenrand stehen, in etwa hundert Metern Entfernung: ein kleiner roter Punkt unter der Sonne.

Eine halbe Stunde später rannte Dag zur Tür des Flughafengebäudes. Wegen des geplatzten Reifens hatte der Bus eine ordentliche Verspätung! Im Kino kam so was nie vor. Außerdem fuhren Privatdetektive in Filmen stets in offenen Wagen rum, mit Hintergrundmusik von Miles Davis.

Dag war völlig außer Atem und trat genau in dem Moment an den Aufnahmeschalter, als die Stewardeß sich erhob.

»Sie kommen zu spät, Monsieur, das Flugzeug ist soeben gestartet.«

»Großartig. Ich nehme an, es war das einzige, das heute nachmittag geht.«

»Richtig, die nächste Möglichkeit ist morgen früh um sieben.«

»Und wie sieht's mit einem Schiff aus?«

»Nach Sainte-Marie? In dem Fall müssen Sie sich nach Trois-Rivières oder nach Pointe-à-Pitre begeben.«

»Hervorragend. Stört es Sie, wenn ich heute nacht hier vor Ihrem Schalter schlafe?«

»Sie können immer noch ein Flugtaxi nehmen. Oder ein Schiff«, schlug die hilfsbereite Stewardeß vor.

Dag bedankte sich. Das war natürlich die Lösung. Zumal alles auf Lesters Kosten ging.

Eine halbe Stunde später saß Dag am Deck eines Motorbootes, das auf der stürmischen See kräftig hin und her geschüttelt wurde.

Er hockte zusammengesunken auf einer Holzbank und ließ sich die Kaskaden aufsprühenden Wassers über sich ergehen. Auf das Motorschnellboot, das einige hundert Meter weiter hinten dieselbe Richtung eingeschlagen hatte, achtete er nicht.

Als das Schiff in Grand-Bourg anlegte, war Dag von Kopf bis Fuß durchnäßt. Er bezahlte den schweigsamen Fischer, der das Boot gesteuert hatte, und schaute auf die Uhr: 16 Uhr 10. Ihm blieb also eine Dreiviertelstunde. In Gedanken vertieft, erreichte er den Independance Square, wo er sich auf einer von lauter Musik beschallten Terrasse niederließ. Er bestellte sich ein Bier, das er langsam und genußvoll leerte, ohne seine Uhr aus den Augen zu lassen. Die Minuten zogen sich träge dahin. Er bestellte ein weiteres Bier und ein Päckchen einheimischer Knight-Zigaretten ohne Filter, ging zur Toilette, beobachtete eine Ameisenkolonne, die mit dem Transport eines Zuckerstückchens beschäftigt war, hörte einer Gruppe Jugendlicher zu, die über einen bevorstehenden Hahnenkampf stritten, wischte sich den Nacken mit einer Papierserviette trocken – und dann war es endlich 16 Uhr 45.

Das Kommissariat lag nur etwa einen Häuserblock entfernt. Als er um die Ecke eines alten, verfallenen Häuserblocks bog, klopfte ihm jemand auf die Schulter. Blitzartig drehte er sich um, falls es sich erneut um einen von Voorts Schwachköpfen handeln sollte. Es war die blonde Frau, die er schon einmal wiedererkannt zu haben glaubte, die er aber nicht einordnen konnte. Sie lächelte ihn an.

»Guten Tag«, sagte sie auf französisch, mit undefinierbarem Akzent.

»Hm, guten Tag... Kennen wir uns?«

»Na, hören Sie mal! Sie haben aber kein gutes Personengedächtnis! Im Hotel, heute morgen. Beim Frühstück.«

Dort also hatte er sie gesehen! Aber am Morgen war sie eher schlecht gelaunt gewesen, hatte eine Brille getragen und das Haar im Nacken zusammengebunden... Er zwang sich zu einem Lächeln.

»Ach ja, Entschuldigung. Ich bin sehr zerstreut...«

16 Uhr 50.

»Kennen Sie die Rue des Petites-Abîmes? Ich bin zum erstenmal hier in Grand-Bourg und fürchte, ich habe mich verlaufen...«

Hübsche blaue Augen und ein beachtlicher Busen, doch dafür war jetzt nicht der passende Moment.

»Nun, das ist überhaupt nicht hier in der Gegend, aber ich kann Ihnen den Weg leider nicht zeigen. Ich habe eine Verabredung und bin zu spät dran. Fragen Sie doch den Polizisten da drüben...«

Dag wandte sich um, um der Frau den Polizisten auf der anderen Seite des Parks zu zeigen – und genau in diesem Augenblick traf ihn ein Fußball mitten ins Gesicht. Er verlor das Gleichgewicht, stieß gegen die Frau und prallte mit dem Ellbogen gegen einen harten Gegenstand. Während er sich fragte, was die Frau wohl in ihrer Handtasche mit sich herumschleppte, betastete er seine schmerzende Nase. Keuchend tauchte ein Junge vor ihm auf:

»Verzeihen Sie, Monsieur, ich war's nicht, es war Bono. Der schießt wie ein Verrückter.«

»Nichts passiert, ist schon in Ordnung.«

Der Junge hob den Ball auf und rannte davon.

Dag blickte sich nach der Frau um. Ihre eine Hand steckte in der Tasche, die an einem Riemen über ihrer Schulter hing. Mit einem verkrampften Lächeln starrte sie ihn an.

16 Uhr 55. Er würde zu spät kommen.

»Tut mir leid, aber ich muß jetzt wirklich gehen.«

»Dreckschwein!«

Völlig verdutzt sah Dag die Frau an. Ihre Pupillen bewegten sich nicht, ihre Lippen waren weiß. Eine Fixerin?

»Was ist los mit Ihnen?«

»*Llama una ambulancia, cabrón!*«
»Einen Krankenwagen? Ist Ihnen nicht gut?«
»Mich hat's erwischt, kapierst du das nicht?«
Ihre Stimme zitterte. Dag trat einen Schritt zurück. Diese Frau mußte verrückt sein. Dann betrachtete er sie aufmerksamer. Und bemerkte den Blutfleck auf ihrem Pullover, unterhalb der Rippen. Er vergrößerte sich zusehends. Dag trat einen weiteren Schritt zurück. Jetzt sah er das Loch in der Handtasche und den Lauf des schallgedämpften Revolvers, der hervorlugte. Instinktiv streckte er die Hand aus und griff nach der Tasche, die die Frau sich gegen den Bauch preßte. Sie geriet ins Taumeln, suchte Halt an der Mauer. Wie benommen starrte Dag sie an. Das Blut floß nun in Strömen über ihre Hose. Dag stammelte:

»Ich werde Hilfe holen. Rühren Sie sich nicht von der Stelle.«

Langsam glitt sie zu Boden und hinterließ eine blutige Spur auf dem Stein.

»Nicht mehr nötig... Es ist zu spät.«

Dag kam sich vor wie in einem Traum. Diese Frau... die an der Mauer lehnte... mit einer Kugel im Bauch... Er kniete sich neben sie.

»Was ist passiert?«

Böse, mit schmerzverzerrtem Gesicht sah sie ihn an.

»Wegen eines Trottels wie dir zu sterben... Zu dumm!«

Sie kam wieder zu Atem und fügte hinzu:

»Dein Ellbogen, Scheiße! Du hast mich mit dem Ellbogen zur Seite gestoßen, das hat den Schuß umgeleitet, so daß ich die Kugel abbekommen habe.«

»Sie wollten mich umbringen?« fragte Dag ungläubig und schluckte.

»Wen denn sonst, du Idiot?« erwiderte sie verächtlich.

Ihn umbringen? Aus welchem Grund?

Ein feines Rinnsal Blut lief der Frau aus einem Mundwinkel. Die ganze Situation war vollkommen irreal, diese hübsche junge Frau, die hier, in einer friedlichen Gegend, im Sterben lag, während in zweihundert Metern Entfernung ein Polizist stand und Kinder mit einem Ball spielten... Dag legte ihr eine Hand auf die Schulter.

»Warum?«

»Fünftausend Dollar. Ein echt guter Job.«

Diese vermeintliche Mutter im Urlaub war eine Auftragskillerin?

»Wer hat Sie dafür bezahlt?«

»Berufsgeheimnis.«

Sie schien fast zu lächeln.

»Adios, Schätzchen...«

Sie lehnte den Kopf gegen die Mauer, das Blut floß weiter aus ihrem Mund.

»Warten Sie!«

Dag legte der Frau eine Hand in den Nacken, beugte sich über ihr Gesicht und blickte tief in ihre schönen blauen Augen. Sie hatten bereits einen glasigen Ausdruck angenommen. Ein kurzes Schaudern, dann drückte sie plötzlich Dags Hand, und er spürte ihre Angst. Dag hielt ihre Hand und flüsterte:

»Nur Mut. Es wird schon wieder...«

»*Fuck you*...«, stammelte die Frau. »Du kannst mich mal, die ganze Welt kann mich mal«, preßte sie hervor, doch das Blut erstickte ihre Stimme.

Sie riß die Augen auf, stieß einen kurzen Entsetzensschrei aus und starb. Dag sah, wie ihr Blick sich brach. Sanft bettete er sie gegen die Hausmauer und erhob sich. Die Handtasche mit der Waffe hängte er sich über die Schulter. Der Polizist pfiff von der anderen Seite des Platzes herüber.

»He, was ist los da drüben?«

»Ihr ist schlecht geworden, man muß einen Krankenwagen rufen, schnell!«

Mit langen Schritten eilte der Polizist herbei. Noch einige wenige Meter, und er würde das Blut bemerken. Er hielt plötzlich inne, um in sein Walkie-Talkie zu sprechen. Noch konnte der Polizist die tote Frau nicht sehen, weil Dag vor der Leiche stand. Ein schneller Blick – niemand auf der rechten, niemand auf der linken Seite. Dag atmete tief durch und rannte los, so schnell er konnte.

»He, halt! Stehenbleiben!« schrie der Polizist und zog seine Waffe.

Dag war bereits um die Ecke gebogen und lief in eine Nebenstraße. Er konnte gerade noch hören, wie der Polizist rief »Oh, nein! Nein!«, dann nichts mehr. Er verlangsamte sein Tempo, als er in eine belebte Straße gelangte, schlängelte sich an den Verkaufsständen vorbei und betrat um 17 Uhr 15 das Kommissariat, schweißüberströmt und völlig außer Atem. Große Blutflecken beschmutzten sein marineblaues Hemd. Mit etwas Glück würde man sie für Schweißflecken auf dunklem Stoff halten, sagte er sich und versuchte ruhig durchzuatmen. Der diensttuende Wachtposten hob den Kopf.

»Ich möchte zu Kommissar Go.«

»Er ist eben gegangen.«

»Scheiße!«

»Ein Notfall. Eine junge Frau wurde auf offener Straße erschossen.«

Verflucht. Dag ließ sich auf einer Holzbank nieder, die übersät war mit provozierenden Sprüchen.

»Ich werde hier auf ihn warten, danke.«

Der Beamte nickte geistesabwesend und wandte sich erneut seinen Papieren zu.

Es war kühl und dunkel im Kommissariat. Ein großer Ventilator kreiselte langsam und mit beruhigendem Surren. Dag schloß die Augen. Ein Mordversuch. Man hatte ihn umbringen wollen. Und es waren nicht etwa miese Gangster gewesen, sondern ein richtiger Profi. War Voort sein Tod tatsächlich fünftausend Dollar wert? Das war eher unwahrscheinlich. Er verfügte gewiß nicht über das nötige Geld, um sich eine derart kostspielige Rache zu leisten. Doch wer dann? Und jetzt mußte er Kommissar Go erklären, weshalb er die Tasche und den Revolver der Toten mit sich herumtrug – vor allem aber mußte er ihn davon überzeugen, daß er die junge Frau nicht umgebracht hatte. Und das würde ziemlich anstrengend werden... Dag setzte sich bequemer hin und versuchte, sich zu entspannen. Er stellte sich vor, er würde in der Meeresgischt schwimmen, einen salzigen Geschmack im Mund und mit einem Körper so geschmeidig wie der eines Tümmlers. Der Ventilator sandte eine sanfte Brise über sein Gesicht. Langsam, sehr langsam glitt Dag in den Schlaf.

Im Traum betrat er Madame Martinets Haus. Es war dunkel, er suchte nach dem Schalter. Als er das Licht anmachte, stand er der Killerin gegenüber, die einen Revolver auf seinen Bauch richtete. Sie lachte laut auf, bevor sie einen kräftigen Schluck aus einem Wasserglas nahm, das sie anschließend ins Spülbecken warf. Er sah, wie ihr Zeigefinger sich um den Abzug krümmte, und hörte sie gleichzeitig sagen: »Steh auf, Dreckskerl!« Er fuhr aus dem Schlaf hoch.

Der Wachtposten rüttelte ihn.

»Inspektor Go ist wieder da. Er erwartet Sie in seinem Büro.«

»Ja, vielen Dank«, murmelte Dag und kam wieder in die Wirklichkeit zurück.

Er erhob sich und streckte seine schmerzenden Glieder. Mit der Tasche der Frau unter dem Arm ging er zu dem Büro, das man ihm angegeben hatte, und klopfte an die Tür.

»Herein!«

Das Zimmer war winzig klein und Francis Go riesig groß. Wie ein Bronzebuddha, den man in ein himmelblaues Hemd gestopft hatte, thronte er hinter seinem von Termiten angefressenen Schreibtisch. Sein Computer wirkte zwischen seinen gewaltigen Händen wie ein lächerliches Kinderspielzeug. Mit einer einladenden Geste deutete er auf einen ramponierten Stuhl.

»Nehmen Sie Platz. Was kann ich für Sie tun?«

Seine Stimme klang angenehm, er sprach mit einem leicht kreolischen Akzent.

»Nun, ich bin gekommen, um Ihnen ein paar Fragen über eine Geschichte zu stellen, die sehr weit zurückliegt. Aber vielleicht ist dies nicht der passende Moment?«

»Es ist nie der passende Moment. Wir haben nicht genug Personal, wir hetzen von einem Notruf zum nächsten. Stellen Sie sich vor, eben haben wir auf der Straße eine Frau mit einer Kugel im Bauch gefunden. Ein Kerl hat mit ihr gesprochen, und zwei Sekunden später war sie tot. Vor der Nase eines unserer Beamten. Unbegreiflich. Nun, Ihnen kann das egal sein... Also, was wollen Sie wissen?«

Dag zog eine Zigarette aus seiner Hemdtasche, doch Go hob abwehrend eine seiner Pranken.

»Tut mir leid, hier wird nicht geraucht. Ich lege Wert auf meine Gesundheit.«

Dag legte die Zigarette nieder und vermied es, an die schwere Ledertasche zu denken, die auf seinen Schenkeln lastete. Er sagte:

»Erinnern Sie sich an Lorraine Dumas-Malevoy, eine junge Frau, die man 1976 in Vieux-Fort erhängt auffand?«

»76? Das ist 'ne Weile her... Warum interessieren Sie sich für diese Dumas?«

»Ich möchte wissen, ob zu diesem Fall irgendwelche Unterlagen existieren.«

Mühsam drehte sich Go mit seinem knarrenden Stuhl um und enthüllte einen zweiten Computer, der hinter ihm auf einem kleinen Tisch stand. Er tippte etwas ein, schimpfte über das Gerät, tippte weiter und wandte sich wieder Dag zu.

»Im Archiv gibt's scheinbar was darüber. Aber ich habe keine Zeit, Sie dorthin zu begleiten.«

Er kritzelte ein paar Notizen auf ein Blatt Papier.

»Geben Sie das dem Beamten draußen, er wird Sie hinführen.

Bei diesen Zahlen handelt es sich um die Aktennummern. Und wie geht's Lester?«

»Blendend. Die Geschäfte laufen gut. Er läßt Sie herzlich grüßen.«

Nach dem, was Lester ihm erzählt hatte, hatten die beiden sich auf Haiti kennengelernt, zu der Zeit, als Lester sich auf dunkle Geschäfte mit der CIA eingelassen hatte. Go war einer der im Untergrund lebenden Gegner des Duvalier-Regimes gewesen, und Lester hatte ihm bei seiner Flucht geholfen.

»Ich will Sie nicht länger aufhalten, und außerdem habe ich alle Hände voll zu tun.«

Dag bedankte sich für seine Hilfe.

Kommissar Go sah, wie sich die Tür hinter Lesters Kompagnon schloß. Ihm war, als würde er ersticken. Er knöpfte seinen Hemdkragen auf und holte tief Luft. In diesem Drecksloch herrschte eine Bruthitze. Er öffnete eine Schublade und kramte ein kleines Plastikfläschchen hervor, das mit grünem Pulver gefüllte Kapseln enthielt. Auf dem Etikett stand »fucus vesiculus« – Entgiftungsalgen. Er öffnete das Fläschchen und schluckte zwei Kapseln. Sogleich fühlte er sich besser. Die Kapseln enthielten natürlich keine Algen, sondern Pulver aus den Geschlechtsdrüsen von Schlangen, das er für teures Geld in einem alten Kräuterladen gekauft hatte. Die Python war sein Loa, sein Schutzengel, und wann immer er dieses Pulver zu sich nahm, kam er sogleich wieder zu Kräften. Auch wenn Go nicht wirklich an all diese Voodoo-Praktiken glaubte, so befolgte er sie manchmal dennoch.

In die Archive gelangte man durch eine Tür, auf der »Für Unbefugte verboten« stand. Sie befand sich neben der Toilette, am Ende eines dunklen Flurs. Der Beamte begleitete Dag eine Treppe hinunter ins Untergeschoß, in einen mit staubigen Regalen vollgestopften Raum.

»Hier dürften Sie alles finden, was Sie suchen. Sie müssen mich entschuldigen, aber ich muß wieder hoch. Die Akten sind nach Jahren und in alphabetischer Reihenfolge geordnet.«

Dag näherte sich den überladenen Regalen. Die Reihe, die das Jahr 1976 betraf, hatte er gleich gefunden. Rasch ging er die Namensetiketten durch. Da war es – »Dumas-Malevoy«. Er griff in die Mappe und zog ein Blatt Papier hervor, auf dem mit Schreibmaschine geschrieben stand: »Akte Ref. 4 670/JF. Bearb. von Komm. Darras. Abgeschl. Nummer X«.

Er ging zu dem diensttuenden Polizisten nach oben und hielt ihm das Blatt vor die Nase.

»Was heißt das?«

Der Beamte warf einen gelangweilten Blick auf das Papier.

»Keine Ahnung... He, Inspektor!« rief er plötzlich.

Ein junger, gutgebauter Mann in einem makellos weißen Hemd näherte sich ihnen.

»Vielleicht können Sie diesem Herrn weiterhelfen«, sagte der Polizist und kratzte sich am Kopf.

»Worum handelt es sich?«

Dag reichte ihm seinen Ausweis.

»Dag Leroy vom Ermittlungsbüro McGregor. Ich suche nach einem alten Dossier, und Kommissar Go gab mir die Aktennummern, unter denen ich nachsehen soll.«

Er reichte dem Inspektor das Blatt Papier. Dieser warf durch seine Hornbrille einen flüchtigen Blick darauf und zuckte mit den Achseln.

»Darras... Darras ist längst im Ruhestand. Im Périgord, in Frankreich. Irgendwo muß seine genaue Adresse noch aufzutreiben sein, falls es Sie interessiert.«

»Aber wo ist die Akte?«

»Nummer X. Das heißt, sie ist verlorengegangen.«

»Verlorengegangen?«

»Wahrscheinlich hat sie jemand ausgeliehen. Sie wissen doch, wie das ist mit abgeschlossenen Fällen: niemand achtet mehr darauf. Worum ging's denn?«

»Um einen Selbstmord, der möglicherweise keiner war. Die Frau wurde erhängt aufgefunden. Doktor Jones, der diensttuende Arzt, schloß auf Freitod. Sein Assistent jedoch vermutete einen getarnten Mord. Man hat ihn zum Schweigen gebracht.«

»Und was geht Sie das alles an?«

»Die Tochter des Opfers hat mich damit beauftragt, ihren Vater zu suchen. Bei meinen Ermittlungen bin ich dann auf diese zweifelhafte Selbstmordgeschichte gestoßen.«

»Und was ist mit dem Vater?«

»Unbekannt. Vielleicht heißt er Jimi. Vielleicht stammt er von Sainte-Marie, niemand weiß etwas über ihn, niemand hat ihn je zu Gesicht gekriegt.«

»Erzählen Sie doch mal ein bißchen...«

Der junge Inspektor hörte Dags Bericht aufmerksam zu und unterbrach ihn kein einziges Mal.

»Seltsam, das erinnert mich an eine andere Geschichte... Eine Frau, die sich ebenfalls erhängt hatte, 1977, glaube ich, in Trois-Rivières, eine hübsche, junge weiße Frau. Sie hieß, hm... Johnson, ja, Jennifer Johnson. Eine Frau aus Sainte-Marie, die auf Guadeloupe wohnte. Aus dem Grund wurde die Akte an uns weitergeleitet. Als die französischen Kollegen die Leiche fanden, glaubten sie, es handle sich um Selbstmord, doch weil der Gerichtsmediziner verdächtige Spuren entdeckte, nahm er eine Autopsie vor. Die Frau war mit einem spitzen Gegenstand, etwas in der Art einer Stricknadel, vergewaltigt und anschließend erdrosselt worden.

»Mit einer Stricknadel vergewaltigt?« wiederholte Dag verblüfft.

»Gefoltert, wenn Sie so wollen. Ausgiebig und auf brutale Weise gefoltert«, fügte der Inspektor angewidert hinzu. »Der Mörder hatte die Spuren seines Verbrechens sorgfältig verwischt und seine Inszenierung bis ins letzte Detail geplant, doch er hatte vergessen, einen winzigen Blutspritzer vom Kleid zu entfernen. Und genau dieser Fleck machte den Gerichtsmediziner stutzig. Überdies stellte er fest, daß die Frau geschützten Geschlechtsverkehr hatte, bevor sie umgebracht wurde. Dabei war nicht bekannt, daß die Frau einen Liebhaber hatte, seit dem Tod ihres Gatten lebte sie allein. Wir befragten ihre Freunde, ihre Bekannten, kamen jedoch zu keinem Ergebnis.«

»Es gibt keinen Beweis dafür, daß der Mann, mit dem sie geschlafen hat, und der Mörder mit der Stricknadel ein und dieselbe Person sind«, schlußfolgerte Dag.

»Stimmt. Doch von dieser Hypothese ging das Team, das die Untersuchung leitete, aus. Andernfalls wäre die Frau mit einem Unbekannten ins Bett gegangen und zwei Stunden später von einem weiteren Unbekannten aufgesucht und ermordet worden. Ziemlich unwahrscheinlich.«

»Aber durchaus möglich. Wie auch immer, vielen Dank für Ihre Auskunft. Sie arbeiteten damals noch nicht hier?«

»Nein, doch als ich hierher versetzt wurde, steckte man mich zunächst ins Archiv. Diese Zeit nutzte ich, um ein wenig herumzustöbern, und dabei stieß ich dann auf diesen nie aufgeklärten Fall«, erklärte der Inspektor. Er versäumte es jedoch zu erwähnen, daß die Akte Johnson ihm rein zufällig in die Hände gefallen war. Daß sie ihm auf den Kopf gefallen war, um genau zu sein, vom Regal herunter. Als er sie an ihren Platz zurücklegen wollte, wurde er auf die Fotos aufmerksam und ging die Unterlagen durch.

»Sie sollten mit Kommissar Go darüber sprechen«, fuhr er fort und nahm seine Brille ab. »Ich glaube, er hat diesen Fall damals bearbeitet. Entschuldigen Sie, aber ich muß jetzt gehen.«

Unter dem trübseligen Blick des Wachtpostens steuerte Dag auf Gos Büro zu. Der Kommissar war vertieft in ein Dokument, das er in Händen hielt. Er hob rasch den Kopf, zeigte sich von der Liebenswürdigkeit eines beim Weiden gestörten Bisons und knöpfte eiligst seinen Hemdkragen zu. Dennoch hatte Dag die kleine runde Narbe an Gos Halsansatz sehen können. Er ließ sich jedoch nichts anmerken, sondern reichte Go das Blatt Papier.

»Tut mir leid, daß ich Sie noch einmal stören muß, aber das Dossier ist leer. Bis auf dieses Blatt hier.«

»Zeigen Sie mal her. Ach ja, die verlorengegangene Akte. Hier herrscht wirklich ein Durcheinander...«

»Ich bin einem Ihrer jungen Inspektoren begegnet, und er hat mir von einem ähnlichen Fall erzählt.«

»Tatsächlich?«

»Jennifer Johnson.«

Gemächlich faltete Go seine riesigen Würgerhände auseinander und lächelte Dag freundlich zu.

»Der Fall wurde als abgeschlossen erklärt. Und was den Inspektor betrifft, Sie wissen ja, wie junge Leute so sind. Immer möchten sie sich hervortun. Dieser Fall hat wirklich nichts mit dem von Lorraine Dumas zu tun. Kann ich Ihnen sonstwie behilflich sein? Denn andernfalls... Ich stecke momentan bis über beide Ohren in Arbeit.«

»Ich will Sie nicht länger aufhalten, und nochmals vielen Dank.«

Im allerletzten Moment erinnerte sich Dag an die Tasche, griff nach ihr und verdeckte den Riß mit der Hand. Er hatte wirklich keine Lust, sich mit Francis Go darüber zu unterhalten. Doch wer Beweise unterschlägt, erschwert die Untersuchung... und das könnte weitreichende Konsequenzen haben. Zögernd fragte er:

»Und was ist mit der Frau, die auf der Straße gefunden wurde? Sind Sie mit Ihren Ermittlungen bereits vorangekommen?«

»Sie trug nichts bei sich, außer einer Halskette mit einem Medaillon der Heiligen Jungfrau und den Initialen A. J. Wir werden ihr Foto veröffentlichen, für den Fall, daß jemand sie kennt. Sie wissen, was das heißt. Pure Routine. Wenn ich bloß den Kerl finden könnte, der bei ihr war...«

»Haben Sie eine Personenbeschreibung?«

»Dem Polizisten zufolge handelt es sich um einen Schwarzen mit kurzgeschorenen Haaren. Die Kinder behaupten, es sei ein großer, stämmiger Kerl gewesen, so eine Art amerikanischer Basketballspieler. Das heißt: nichts unbedingt Brauchbares.«

»Und die Verletzung?«

»Eine 45 ACP, damit ist nicht zu spaßen, professionelles Kaliber. Seltsam, nicht wahr? Bei Eifersuchtsdramen wird gemeinhin auf Messer oder Jagdgewehre zurückgegriffen, aber doch nicht auf Knarren, wie Polizisten oder Gangster sie benutzen. Und warum sollte ein Gangster aus Saint-Martin eine weiße Touristin umlegen wollen? Noch so ein Fall, der mich monatelang beschäftigen wird, ohne daß etwas dabei herauskommt!« schloß Go und schlug so heftig mit der Faust auf den Tisch, daß das Möbelstück erzitterte.

Als Go sich erhob, schien seine massige Gestalt den ganzen Raum auszufüllen.

Dag gab ihm die Hand.

»Es war mir ein Vergnügen.«

Go umklammerte Dags Hand, schüttelte sie freundlich und ließ erst los, bevor Dags Finger abzufallen drohten. Dag trat hinaus auf den Korridor und hielt sich die Hand. Lorraine Dumas war also nicht die einzige erhängte Frau gewesen. Und Go hatte sich ausgesprochen vage über diesen Fall geäußert.

Der Wachtposten war gerade mit einer alten Dame beschäftigt, der man die Handtasche gestohlen hatte und die ihn lauthals beschimpfte. In dem Moment gab Dag einer plötzlichen Eingebung nach und begab sich unauffällig in den dunklen Flur, der zum Archiv führte. Falls jemand ihn ansprechen sollte, würde er einfach behaupten, er suchte nach der Toilette.

Er stieß die nach wie vor offene Metalltür auf und stieg rasch die Treppe hinunter. Geräuschlos trat er ein: niemand anwesend. Er eilte zum Regal des Jahres 1977 und ließ seinen Finger über die Aktenkanten gleiten...«Johnson, Ref. 5 478, Anh. 2/38«. Na also! Etwa zwanzig Seiten in einer beigen Sammelmappe. Er blätterte sie rasch durch: Autopsiebericht, Fotos, Ermittlungsbericht, abgestempelt mit »R. F.«, »Vertraulich«, »Beglaubigte Abschrift«, »Zur Information«. Großartig.

Ein paar Sekunden lang starrte er auf die alte Mappe. Irgend etwas störte ihn. »Ref. 64 78, Anh. 2/38«. Ahn.: Anhang? Es fehlte ein Schriftstück. Er sah die Blätter bis zum Schlußbericht noch einmal durch. Letzterer war an Kommissar Cornet gerichtet. Wenig wahrscheinlich, daß er immer noch im Amt war. Aber warum war eine Unterlage aus diesem Dossier herausgenommen worden? Handelte es sich um ein weiteres verlorengegangenes Schriftstück?

Er griff nach der nächsten Akte: kein »Anh.«. Im Gegensatz zur übernächsten, ein finsterer Streitfall zwischen Nachbarn, der mit einer Machete gelöst worden war. Sie enthielt einen »Anh.«, eine interne Notiz von Inspektor Go an Kommissar Cornet. Dag griff sich einige weitere Mappen. Als »Anh.« wurden offenbar die interne Korrespondenz und die zwischen den ermittelnden Beamten ausgetauschten vertraulichen Informationen bezeichnet.

Schnellen Schrittes ging Dag durch den großen, dunklen Raum und sah sich die Bezeichnungen der verschiedenen Abteilungen genauer an. Durch ein vergittertes Fenster fiel ein Lichtstrahl, Mondschein auf dem Papierfriedhof. Die in der hintersten Ecke stehenden Regale ächzten unter der Last der nachlässig gestapelten Kartons, auf denen mit Filzstift geschrieben stand: »Buchhaltung«, »Säuberungsarbeiten«, »Personal«. Aha! Schon interessanter. Als er in den aufgeschichteten Dossiers zu wühlen begann, versetzte er eine Schabenkolonie in Aufruhr. Die Tierchen stoben nach allen Seiten davon.

Alles war in alphabetischer Reihenfolge geordnet. »DARRAS René«: Lebensdaten, Dienststellen, amtliche Briefe, Verwaltungsformulare, interne Korrespondenz. Nach Jahren abgelegt. Der junge Inspektor hatte gute Arbeit geleistet. Gierig schnappte Dag nach dem Jahr 1977. Belanglosigkeiten, nichts als Belanglosigkeiten. Dag vergeudete nur seine Zeit. Er wollte die Akte bereits schließen, als sein Blick auf einen Zettel fiel – eine Notiz vom 18. September 1977, unterzeichnet von Kommissar Cornet, der den Empfang des Anh. 2/38 bestätigt. Und die Hauptkommissar Darras zu verstehen gibt, daß kein Grund besteht, der Sache weiter nachzugehen. Welcher Sache? Dag griff nach einem weiteren Dossier: »CORNET Raymond«. Der gleiche vergilbte Papierkram: Verdienstorden, Karriere, Korrespondenz. Als Dag sich der fraglichen Zeitspanne näherte, spürte er, wie eine seltsame Ungeduld in ihm aufkam. Und wenn dort nichts zu finden wäre? 20. August 1977. Er war da. Der Anh. 2/38. Ein auf einer alten Maschine getippter und von Kommissar Darras unterzeichneter Brief. An den Brief war ein Umschlag geheftet.

Plötzlich das Geräusch von Schritten über ihm. Beunruhigt blickte Dag nach oben. Sein heimliches Eindringen ins Untergeschoß würde ihm Ärger bereiten. Er riß den Brief und den Umschlag aus dem Dossier und stellte den Karton eiligst an seinen Platz zurück. Die Johnson-Akte steckte er in die Tasche, die er Miss A.J. entrissen hatte. Auf ein Vergehen mehr oder weniger kam es jetzt auch nicht mehr an... Auf Zehenspitzen stieg er die Stufen hoch, stieß leise die Eisentür auf. Bahn frei. Eine Tür schlug zu, plötzlich war Gos dröhnende Stimme zu hören: »Scheiße! Ich ersaufe hier in Arbeit.« Dag trat auf den Flur, tat so, als würde er den Reißverschluß seiner Hose hochziehen. Wenn nötig, könnte er immer noch eine Magenverstimmung vortäuschen.

Mit entspannter Miene ging er am Wachtposten vorbei, der nicht einmal von seinem Papierkram aufblickte. Das war's dann, ein Kinderspiel! Dag stieg in eines der auf dem Platz wartenden Taxis. Doch eine leise, beharrliche Stimme in seinem Kopf ließ nicht locker: »Findest du es klug, diese Tasche und die Knarre, mit der die Frau umgebracht wurde, weiterhin mit dir herumzutragen?« – »Und was, bitte schön, soll ich mit ihr tun? Soll ich sie Go auf den Tisch legen und die Nacht hinter Gittern verbringen? Ihm erzählen, daß eine Blondine mich grundlos abknallen wollte, einfach so?« Als Dag mit den Fingern knackte, drehte sich der Fahrer, ein schweigsamer Alter, nach ihm um.

Sein Blick fiel auf die durchlöcherte Tasche, bevor er sich erneut der Straße zuwandte.

Dag setzte seinen inneren Dialog fort.

»Und was gedenkst du mit der Tasche und dem Revolver zu tun?« – »Ich werde sie am Flughafen in eine Mülltonne werfen.« – »Und die Polizei auf eine falsche Spur führen, bravo!«

Bremsen quietschten. Er hob den Kopf: der Alte starrte ihn an.

»Steigen Sie aus!«

»Wie bitte?«

»Steigen Sie unverzüglich aus meinem Wagen!«

Was war denn nun los? Dag beugte sich vor und sah einen altertümlichen, aber gut geölten Revolver vor seiner Nase.

Der Alte deutete auf die Ledertasche.

»Nehmen Sie Ihre Tasche, und hauen Sie ab! Und versuchen Sie bloß nicht, Ihre Waffe zu ziehen, sonst knall' ich Sie ab.«

In diesem Moment bemerkte Dag erst das krächzende Autoradio. Der Alte fuchtelte mit seinem Schießeisen:

»Eben wurde durchgegeben, daß im Stadtzentrum ein Mann eine Frau getötet hat und mit ihrer Tasche geflohen ist, einer blauen Ledertasche, und Ihre Tasche ist aus blauem Leder, und in der Tasche steckt eine Knarre, ich weiß, was eine Knarre ist, und diese Tasche ist die Tasche einer Frau, und Ihr Hemd hat dunkle Flecken, die nach getrocknetem Blut stinken, und Sie, Sie werden jetzt auf der Stelle meinen Wagen verlassen.«

Es hatte keinen Sinn, sich auf eine Diskussion einzulassen.

Dag nahm die Tasche und öffnete die Wagentür. Zum Glück war der Alte nicht gleich mit ihm zur Polizei gefahren!

»Wie weit ist es bis nach Vieux-Fort?«

»Sechs Kilometer.«

Der Alte zielte zwischen Dags Augen, mit dem Finger am Abzug, ganz und gar nicht zum Spaßen aufgelegt.

Dag schlug die Tür zu. Ihm blieb nichts anderes übrig, als zu Fuß zu gehen und zu hoffen, daß ihn unterwegs niemand verhaften würde. Mit einer Staubwolke hinter sich düste das Taxi davon und ließ Dag allein in der lauen Dämmerung zurück. Die Straße war menschenleer und lag friedlich vor ihm. Dag beschleunigte seine Schritte. Im Schein des aufgehenden Mondes glänzte ein verrostetes Autowrack. Dag zog die gestohlene Akte aus der Tasche und steckte sie sich unter das Hemd. Dann warf er die verräterische Tasche in das Wrack, nachdem er sie ein letztes Mal gründlich durchsucht hatte. Allerdings hatte er sich kaum Hoffnungen gemacht. Die Frau war bestimmt nicht so dumm gewesen, ihren Taschenkalender oder ihre Adresse mit sich herumzutragen. In der Tat, außer dem Revolver fand Dag nur einen rosafarbenen Badeanzug, einen Schlüssel und eine Zeitschrift. Der kleine Schlüssel hing an einem Schlüsselring, der die Form eines Delphins hatte. Dag steckte ihn ein. Die Zeitschrift war ein englischsprachiges Magazin über Tauchen und Wassersport. Dag faltete sie zusammen und steckte auch sie in die Hosentasche. Eine sportliche Killerin.

Wehmütig betrachtete er die Sig-Sauer P 220. Eine Schande, eine so schöne Waffe wegzuwerfen. Er wischte die Spuren vom Kolben, schleuderte sie in das verbrannte Wrack und setzte seinen Weg fort.

Und die Kinder? Was war mit ihren Kindern? Sie hatte sie sich doch nicht extra für diesen Morgen ausgeliehen? Und seit wann hatte sie ihn verfolgt? Er versuchte sich daran zu erinnern, ob sie bereits im Hotel gewesen war, als er am Abend zuvor dort eingetroffen war, doch es gelang ihm nicht.

Aber da war noch etwas anderes, was ihn beschäftigte, das vernarbte Hautgewebe, das er am Halsansatz von Francis Go entdeckt hatte. Er würde wetten, daß man an jener Stelle versucht hatte, eine Tätowierung zu entfernen. Eine verräterische Tätowierung, wie sie nur sehr wenige Männer trugen. Dag hatte bei einem Streifzug durch ein von haitianischen Flüchtlingen bewohntes Elendsviertel einmal eine solche Tätowierung auf einer zerstückelten Leiche gesehen. Der Mann war mit einer Machete zerstückelt worden, und der gestampfte Lehmboden um ihn herum hatte sein Blut literweise aufgesogen und sich in ein rosafarbenes, schwammiges Loch verwandelt. Ein junger Kerl in ausgefransten Shorts hatte Dag auf das Zeichen hingewiesen, dessentwegen der Mann umgebracht worden war: ein Auge mit drei Pupillen. Dieses Zeichen trugen die Eingeweihten des Ordens der »Diener von Dambala«, die man vor allem aus der Elite der haitianischen Miliz rekrutiert hatte. Nach dem Sturz des Duvalier-Regimes hatten viele von ihnen versucht, sich des entehrenden Mals zu entledigen, um sich vor der Rache ihrer ehemaligen Opfer zu schützen.

Hatte Francis Go Lester etwa belogen, als er sich für einen im Untergrund lebenden Regimegegner ausgab?

6. KAPITEL

Schweißgebadet und mit brennenden Füßen traf Dag gegen 20 Uhr 30 in Vieux-Fort ein. Die Stadt schien bereits zu schlafen. Er erinnerte sich daran, wie erstaunt er als Kind gewesen war, als er erfuhr, daß es in Europa im Sommer bis 22 Uhr taghell sein kann. Hier ging die Sonne das ganze Jahr über um sechs Uhr morgens auf und um sieben Uhr abends unter. Dag verzichtete im Moment darauf, die gestohlene Akte zu lesen. Sein Ziel: sich umzuziehen und zur Familie Rodriguez zu eilen.

Pfarrer Léger empfing ihn mit einem fröhlichen Lächeln. Er saß an seinem Schreibtisch in der Sakristei und stöberte in Papieren.

»Hochzeiten, Taufen, Todesfälle, ich bringe etwas Ordnung in mein Durcheinander«, erklärte er. »Wie sehen Sie denn aus? Sind Sie ins Wasser gefallen?«

»So könnte man es auch nennen. Ich habe mich verspätet und werde bei der Familie Rodriguez zum Totenschmaus erwartet.«

»Sie kennen die Familie Rodriguez?« fragte der Pfarrer erstaunt.

»Nein. Ich sagte Louisa Rodriguez, ich sei ein Freund ihres Vaters gewesen, doch das ist gelogen«, erwiderte Dag und suchte in seiner Reisetasche nach einem sauberen schwarzen T-Shirt.

»Und weshalb?«

»Louis Rodriguez war derjenige, der glaubte, Lorraine Dumas sei umgebracht worden. Möglicherweise hat er seinen Kindern davon erzählt, man kann nie wissen.«

Pfarrer Léger runzelte die Stirn.

»Ich habe den Eindruck, Ihre Nachforschungen haben die Richtung gewechselt. Ich dachte, Sie würden nach dem Vater von Charlotte suchen, und nun ist es der Mörder ihrer Mutter.«

»Vielleicht handelt es sich um ein und dieselbe Person. Und Lorraine ist möglicherweise nicht das einzige Opfer.«

Der Pfarrer wurde hellhörig und richtete sich auf.

»Wie denn das?«

»Wenn ich zurückkomme und Sie noch wach sind, werde ich Ihnen alles erzählen«, antwortete Dag, während er seine schmutzige Hose gegen frische Jeans vertauschte.

»Ich werde im Pfarrhaus gleich nebenan auf Sie warten!«

Doch Dag war bereits draußen. Der Taucherklub lag in der Nähe des Piers, und mit weit ausholenden Schritten machte Dag sich auf den Weg.

Das Haus der Familie Rodriguez befand sich genau gegenüber. Ein schlichtes weißes Gebäude, das von einem gepflegten Garten umgeben war. Schon von ferne vernahm Dag lautes Stimmengewirr. Durch die weit geöffneten Fenster konnte er erkennen, daß zahlreiche Leute anwesend waren. Louisa öffnete ihm die Tür. Sie trug ein elegantes schwarzes Rüschenkleid. Auch die übrigen Gäste waren allesamt äußerst vornehm gekleidet, so daß Dag sich in seiner Jeans und seinem T-Shirt ziemlich fehl am Platz vorkam. Louisa reichte ihm die Hand, ihre Haut war warm und weich.

»Treten Sie ein. Trinken Sie etwas«, sagte sie mit ihrer melodischen Stimme.

Dag folgte ihr zu dem üppigen Büfett, das in der Mitte des Raumes aufgebaut war: Lammkoteletts, gegrillte *balaous*, süßes Brot, Papayas, Guajaven und viele andere Köstlichkeiten.

Mit Kennermiene schnupperte er den Duft, der einem großen *Chellou*-Topf entstieg. Er liebte dieses Gericht aus Innereien und Reis, das man nur selten auf Saint-Martin zu essen bekam. Louisa reichte ihm einen Becher mit eisgekühltem Punch.

»Bitte sehr. Nun, Sie sind also ein Freund meines Vaters?«

»Ach, ich kannte ihn vor langer Zeit. Ich habe damals im Labor gearbeitet, und wir waren einander sehr sympathisch.«

»Er hat uns nie von Ihnen erzählt.«

»Wir waren nicht eng miteinander befreundet, wissen Sie, bloß gute Kollegen.«

»Aber Sie sind jünger als er...«

Ein starkes Stück! In der Tat war der Tote zwanzig Jahre älter als Dag! Er reagierte nicht auf Louisas Bemerkung, sondern nahm einen Schluck des starken Punchs. Dag wußte nicht, wie er endlich auf jenes Thema zu sprechen kommen sollte, das ihm so sehr am Herzen lag. Als Louisa sich umblickte, fragte er hastig:

»Arbeiten Sie in Vieux-Fort?«

»Ich bin Volksschullehrerin. Ich unterrichte die erste Grundschulklasse.«

»Die Kinder haben Glück! Bestimmt haben die Kleinen nicht jedes Jahr eine so reizende Lehrerin wie Sie.«

Warum gab er solch dummes Zeug von sich? Er hätte sich ohrfeigen können. Verlegen wandte Louisa sich ab.

»Entschuldigen Sie bitte, aber ich muß mich um die übrigen Gäste kümmern... Bedienen Sie sich, tun Sie sich keinen Zwang an.«

Wie dumm er sich manchmal anstellte.

»Ihr Vater hat mir von Ihnen erzählt, er liebte Sie sehr«, beeilte Dag sich zu sagen.

»Ach ja? Das hätte man nicht gedacht«, erwiderte die junge Frau. »Ständig schimpfte er mit mir... weil ich noch nicht verheiratet bin, weil ich zu schnell Auto fahre, weil ich rauche... Alles, was ich tat, ärgerte ihn.«

»Das schien nur so. In Wirklichkeit war er sehr stolz auf Sie«, wagte Dag zu sagen. Dabei wußte er ganz genau, wie riskant solche Bemerkungen waren. Schließlich wußte er überhaupt nichts über diese junge Frau.

»Das sagen Sie doch nur, um mir zu schmeicheln. Sie sind einer dieser ewigen Charmeure.«

Dag lächelte.

»Jetzt bin ich entlarvt! Was muß ich tun, damit Sie mir verzeihen?«

»Helfen Sie mir, den Punch zu servieren. Kommen Sie. Nehmen Sie den Schöpflöffel hier, und füllen Sie die Becher.«

Dag gehorchte wie ein schuldbewußter Junge. Louisa lächelte ihm zu. Er konnte durchaus nett sein, wenn er nur wollte.

»Sie machen das sehr schön. Ach, da kommt Mutter. Ich werde Sie ihr vorstellen...«

Das hatte gerade noch gefehlt!

»Mutter, ich möchte dir Dag Leroy vorstellen, ein Freund von Papa. Sie haben früher zusammen gearbeitet.«

»Ah! Sie haben meinen armen Louis gekannt? Was für eine Tragödie! Nun, der Herr hat gegeben, der Herr hat genommen...«

Teresa Rodriguez bekreuzigte sich, bevor sie Dag am Arm packte.

»Er war ein guter Mensch! Und ein gerechter Mensch! Er hat nie Glück gehabt, sie haben ihn mit dieser Geschichte um seine Karriere betrogen, doch er hatte recht!«

»Ach, Mutter, fang nicht schon wieder damit an!« protestierte Louisa. »Das ist doch eine alte Geschichte.«

»Eine alte Geschichte? Aber mein liebes Mädchen, um ein Haar hätte dein Vater wegen dieses Dreckskerls seine Arbeit verloren, und du sagst, das sei eine alte Geschichte! Und wenn schon! Eine Ungerechtigkeit bleibt eine Ungerechtigkeit, nicht wahr, Monsieur?«

»Sie haben völlig recht, daran kann auch die Zeit nichts ändern«, erwiderte Dag und befreite seinen Arm aus dem Zugriff der alten Dame. »Ich habe nie richtig verstanden, was da eigentlich passiert ist. Ihr Gatte weigerte sich, darüber zu sprechen...«, fuhr er ungeachtet Louisas wütender Blicke fort.

»Er wußte, daß die junge Frau ermordet worden war, er hat es mir gesagt. Er selbst hat die Autopsie vorgenommen. Der Arzt war zu betrunken, um ordentliche Arbeit leisten zu können, aber da sie keinen Ärger haben wollten, wurde die Angelegenheit einfach vertuscht. Louis' Bericht flog in den Abfalleimer, und er wurde versetzt. Wir hatten gerade dieses Haus hier gekauft, die Kinder waren noch klein. Dann mußte er fort, sich mit einem winzigen Appartement bescheiden. Und das alles nur, um ihrem Ehemann Schwierigkeiten zu ersparen...«

»Wessen Ehemann?« fragte Dag, mit dem Schöpflöffel über einer Trinkschale innehaltend.

»Dem Mann des Opfers, ein stinkreicher Alter. Die junge Frau hatte ein Kind von einem Einheimischen bekommen, woraufhin der Alte sie vor die Tür setzte. Sie lebte im Elend, aber sie war eine schöne Frau, Louis hat mir von ihr erzählt. Eine blonde, noch ganz junge Frau – sie wurde vergewaltigt und erwürgt!«

Was? Dag zuckte zusammen und verschüttete ein wenig Punch auf den Tisch.

»Vergewaltigt? Aber ich dachte...«

»Vergewaltigt, ich sag's Ihnen«, flüsterte Teresa mit bebender Stimme ganz nahe an Dags Ohr. »Können Sie sich vorstellen, was das für einen Skandal gegeben hätte? Selbstverständlich wollte niemand auf meinen armen Louis hören. Das hat ihn krankgemacht, danach war er nie wieder derselbe, er hatte kein Vertrauen mehr. Anfangs war in seinen Briefen von nichts anderem die Rede...«

Dag legte den Schöpflöffel nieder.

»Haben Sie diese Briefe aufgehoben?«

»O ja, Monsieur, alle! Sie liegen dort in der Anrichte, in einer Perlmuttschachtel, die meine Mutter mir vererbt hat. Mein armer Louis!«

Sie tupfte sich die Augen ab, und Dag wandte sich hilflos Louisa zu. Doch Louisa stand nicht mehr neben ihm. Sie unterhielt sich gerade mit einem etwa vierzigjährigen schlanken Mann, der sehr elegant gekleidet war. Er hatte eine ziemlich helle Hautfarbe und sein Haar zu zahlreichen kleinen Zöpfen geflochten. Der Mann hatte Louisa eine Hand auf die Schulter gelegt und lächelte. Während Dag sich nach jemandem umsah, der sich um Louisas Mutter kümmern könnte, fragte er sich, wer dieser Schönling wohl sein mochte. Wie gerufen tauchte in dem Moment eine kleine alte Frau mit aschgrauen Haaren auf.

»Weine nicht, mein Kind, weine nicht, du wirst deinen geliebten Mann im Himmel wiedersehen. Komm, wir werden für ihn singen. Na, komm jetzt...«, murmelte sie auf kreolisch und legte einen Arm um die Schulter der Weinenden. Sie führte Teresa in eine Ecke, in der die beiden Frauen sich niederließen.

Dag füllte sich ein Glas mit Punch und leerte es in einem Zug. Die Briefe. Er mußte an diese Briefe herankommen. Niemand hatte jemals erwähnt, daß Lorraine möglicherweise vergewaltigt worden war. Genau wie diese Jennifer Johnson, deren Akte in Dags Reisetasche lag. Er spürte es, er war einer gewaltigen Sache auf der Spur. Zwanzig Jahre zuvor hatte jemand in dieser Gegend Morde begangen, Morde, die bis heute nicht aufgeklärt worden waren. Wie könnte er es anstellen, sich dieser Briefe zu bemächtigten? Unmöglich, hier und jetzt etwas zu unternehmen. Er würde gezwungen sein, in das Haus einzubrechen oder einen Vorwand zu finden, damit Teresa ihm erlaubte, die Briefe zu lesen... Er schaute sich nach Louisa um. Der elegante Schönling unterhielt sich mit einem anderen Kerl, und irgendwie war Dag froh darüber.

Jemand klopfte ihm auf die Schulter.

»Wer sind Sie?«

Es war Louisas barsche Stimme. Er drehte sich zu ihr um.

»Wie bitte?«

»Ich fragte: ›Wer sind Sie?‹ Sind Sie taub oder was?«

»So ungefähr.«

»Beantworten Sie meine Frage!«

Ihre schwarzen Augen funkelten. Dag ahnte, daß es Schereien geben würde. Er versuchte, ihrer Frage auszuweichen.

»Ich verstehe nicht, worauf Sie hinauswollen. Ich sagte Ihnen doch bereits, daß ich Dagobert Leroy heiße.«

»Dagobert oder Ludwig XIV., das ist mir völlig egal. Ich möchte wissen, warum Sie hier sind.«

»Weil ich mit Ihrer Mutter sprechen will, weiter nichts.«

Louisa packte ihn am T-Shirt und zog ihn näher zu sich.

»Hören Sie mir gut zu. Mein Vetter Francisque, mit dem ich mich eben unterhalten habe, hat Sie vorgestern bei John Loiseau gesehen, und John Loiseau war derjenige, der diese tote Frau fand, über die Sie mit Maman gesprochen haben. Sie brauchen mir nichts mehr vorzumachen. Sagen Sie mir lieber gleich, was Sie hier suchen.«

Streng musterte sie sein Gesicht. Dag schwieg, mit einem leisen Lächeln auf den Lippen. Am liebsten hätte Louisa ihm eine schallende Ohrfeige verpaßt. Dieser Kerl schien sich seiner selbst ungemein sicher zu sein! Und diese machomäßigen Tätowierungen! Wütend fuhr Louisa fort:

»Sie sind Polizist, nicht wahr? Wenn ich meinem Bruder verrate, daß Sie ein Schwindler sind, wird er Sie in weniger als zwei...«

Mit dem Kinn deutete sie auf Martial. Der junge Mann steckte in einem Anzug, dessen Nähte an den Schultern zu platzen drohten, und schüttelte Hände. Tränen standen ihm in den Augen.

Dag seufzte und hob zum Zeichen seiner guten Absichten beide Hände.

»Das ist eine lange Geschichte. Könnten wir uns draußen darüber unterhalten?«

Mißtrauisch sah Louisa ihn an.

»Draußen kann ich Sie nicht daran hindern, die Flucht zu ergreifen...«

»Warum sollte ich die Absicht haben, die Flucht zu ergreifen, solange ich in Ihrer Nähe bin?«

»Sie halten sich wohl für sehr witzig?«

»Manchmal schon. Soll ich Ihnen nun alles erzählen oder weiterhin hier das Serviermädchen für Sie spielen?«

Mit der flachen Hand schlug sie ihn auf die Brust.

»He, ich verbiete Ihnen, so mit mir zu reden, kapiert? Los, gehen wir nach draußen.«

Dag hob beide Hände über den Kopf und ging auf die Tür zu.

Sie kniff ihn heftig in den Oberarm und murmelte:

»Mein Gott, nehmen Sie doch die Hände runter!«

»Aua! Sind Sie verrückt?« sagte Dag, als er durch die Tür trat.

»Ich mag es nicht, wenn man sich über mich lustig macht.«

Aus den Augenwinkeln beobachtete Francisque, wie die beiden hinausgingen. Wer war dieser Kerl? Worüber unterhielt Louisa sich mit ihm? Ein wenig verärgert fuhr er sich durch seine Zöpfe. Er haßte es, wenn Fremde um Louisa schwirrten. Zu gerne wäre er den beiden gefolgt, doch sein Gesprächspartner, der Geschäftsführer der Island Car Rental-Gesellschaft, bei der Francisque angestellt war, erzählte ihm gerade voller Begeisterung von seinen Kampfhähnen.

Der Garten lag im Dunkeln. Dag hob den Kopf zum Sternenhimmel. Es wehte ein angenehmer, lauwarmer Wind. Diese Frau gefiel ihm. Sehr sogar.

Dieser Kerl mißfiel ihr. Ganz und gar.

Louisa kreuzte die Arme vor der Brust und setzte eine eisige Miene auf.

»Nun? Ich warte auf Ihre Erklärungen.«

Dag trat einen Schritt nach vorne; sogleich wich Louisa zurück.

»Bleiben Sie, wo Sie sind.«

»Keine Sorge, ich werde Ihnen nichts antun.«

»Wer weiß? Immerhin könnten Sie der Mörder dieser Frau sein. Das richtige Alter hätten Sie ja, nicht wahr?«

Verblüfft hielt Dag inne. In der Tat, der Kerl mußte zwischen vierzig und achtzig Jahre alt sein. Louisa starrte ihn unverwandt an. Er ließ sich auf einem Stapel alter Autoreifen nieder.

»Ich werde Ihnen alles erklären. Aber Sie müssen mir versprechen, mit niemandem darüber zu reden. Das könnte sehr gefährlich werden.«

Er begann, ihr die ganze Geschichte zu erzählen, auch wenn er befürchtete, daß auf diese Weise bald die ganze Insel Bescheid wüßte. Doch er war angewiesen auf ihre Hilfe.

Louisa hörte ihm aufmerksam zu, und als er fertig war, schwieg auch sie eine Weile.

»Und das alles ist wirklich wahr? Sie erzählen mir keine Lügengeschichten?«

»Ehrenwort...«

Sie zuckte mit den Schultern. Vielleicht konnte dieser Kerl es einfach nicht lassen, sich wichtig zu machen. Ein Privatdetektiv mit dem lächerlichen Aussehen eines amerikanischen Surferstars und einem Hundert-Volt-Lächeln. Konnte sie ihm wirklich glauben?

»Was wollen Sie von meiner Mutter?«

»Die Briefe Ihres Vaters. Diejenigen, in denen von Lorraine Dumas die Rede ist.«

»Sonst nichts? Bescheiden sind Sie ja nicht gerade. Einfach so zu den Leuten zu gehen und...«

Dag erhob sich und ging auf sie zu. Sie schien in Gedanken versunken. Aus einem plötzlichen Impuls heraus beugte er sich nach vorne und küßte sie. Die Ohrfeige knallte gehörig. Louisa fackelte nicht lange!

»Das ist doch wohl die Höhe! Für wen halten Sie sich eigentlich?«

»Entschuldigung, aber ich weiß auch nicht, was in mich gefahren ist. Es muß der Mondschein sein...«

Louisa sah ihn genau an.

»Hören Sie, Napoleon, ich weiß, daß Sie sich für ein äußerst schlaues und attraktives Bürschchen halten, aber Sie sind absolut nicht mein Typ.«

»Ach ja? Und wie sieht er denn aus, Ihr Typ?«

»Wie Francisque. Wir sind verlobt. Ich werde ihn im kommenden Herbst heiraten.«

Rasende Wut stieg in Dag auf. Es war lächerlich. Er kannte diese junge Frau noch nicht einmal vierundzwanzig Stunden. Und außerdem war sie zu jung für ihn. Dennoch... Dieser eitle Affe mit seinen gezierten Manieren, seinen albernen Zöpfen und seinem perfekten dunkelgrünen Anzug... Dag sah, wie Louisa sich umdrehte und davonging.

»He, warten Sie!«

»Was noch? Sie wollen die Briefe haben? Kommen Sie heute nacht um drei. Warten Sie hier«, fügte Louisa hinzu und deutete auf die Autoreifen, »und machen Sie keinen Lärm.«

Dag berührte flüchtig ihr Handgelenk.

»Danke.«

»Nichts zu danken«, erwiderte sie und trat rasch einige Schritte nach hinten. »Ich bin neugierig auf das, was folgen wird, mehr nicht.«

Sie drehte sich um und ging ins Haus zurück. Dag sah, wie ihre Silhouette im Türrahmen auftauchte. Francisque kam auf sie zu und flüsterte ihr etwas ins Ohr, während er den Blick über den dunklen Garten schweifen ließ. Dag, der unsichtbar im Schatten stand, zeigte ihm den erhobenen Mittelfinger, bevor er sich entfernte. Die reizende Louisa war genauso liebenswürdig wie Charlotte und die meisten anderen Frauen, denen er in letzter Zeit begegnet war. Traurig, aber wahr.

Pfarrer Léger saß in einem bequemen alten Ledersessel und war in die Lektüre des neuen Romans von Stephen King vertieft. Als Dag eintrat, hob er den Kopf.

»Nun, war die Jagd erfolgreich?«

»Ich denke schon. Heute nacht bin ich mit der Tochter von Louis Rodriguez verabredet. Sie wird mir Briefe ihres Vaters aushändigen, die etwas mit dieser Geschichte zu tun haben.«

»Oh, oh, ich sehe, Sie sind kein Faulpelz. Darf ich Sie daran erinnern, daß Sie mir versprochen haben, mir alles zu berichten?«

»Kein Problem!«

Dag ließ sich auf das abgenutzte Sofa gegenüber fallen, und zum zweiten Mal an diesem Abend erzählte er die ganze Geschichte.

Pfarrer Léger begleitete seine Schilderung mit zustimmendem Brummen, doch als Dag ihm den Mordversuch durch die mysteriöse A. J. schilderte, konnte er sich einer Zwischenbemerkung nicht mehr enthalten:

»Aber das ist ja ein richtiger Roman! Und wenn ich daran denke, daß ich mir in derselben Zeit die langweiligen Beichten meiner braven Pfarrkinder anhören mußte...«

»Jedem seine Berufung. Sie sind der Pfarrer, und ich bin der Ritter. Doch lassen Sie mich weitererzählen, es kommt noch besser.«

Die Erwähnung von Kommissar Go schien Pfarrer Léger sehr zu belustigen, ebenso der Zwischenfall im Taxi. Doch ganz besonders faszinierte ihn die Johnson-Akte und der außerordentliche Zufall, der Dag diese Unterlagen zugespielt hatte.

»Und Sie haben sie tatsächlich gestohlen?«

»Ich hatte noch nicht die Zeit, einen Blick hineinzuwerfen. Wenn Sie gestatten...«

»Aber ich bitte Sie.«

Während Dag sich erhob, um die Akte zu holen, fuhr der Pfarrer fort:

»Wenn ich Sie richtig verstanden habe, glauben Sie, daß jemand die beiden Frauen ermordet hat, ohne jemals von der Polizei behelligt worden zu sein... *Anguis in herba*...«

»Genau, die Schlange im Gras...«, erwiderte Dag.

Mit einem gewissen Erstaunen sah Pfarrer Léger ihn an.

»Sie können Latein?«

»Ein paar Wörter. Auf See hat man eine Menge Zeit. Der Schiffsgeistliche hat mir ein paar Redewendungen beigebracht. Schwierig, sie bei gewöhnlichen Unterhaltungen anzubringen... Gut, schauen wir uns meine Beute an.«

Unter dem neugierigen Blick des Pfarrers öffnete Dag die Akte und las sie schnell durch, während er seinem Gegenüber die wichtigsten Punkte zusammenfaßte:

Jennifer Johnson. Zweiunddreißig Jahre alt. Witwe. Lebte vom Vermögen, das ihr Mann – ein Bankier aus Sainte-Marie, der vier Jahre zuvor an einem Herzinfarkt gestorben war – ihr hinterlassen hatte. Pendelte zwischen ihrem Hauptwohnsitz Sainte-Marie und Trois-Rivières, wo sie seit acht Jahren regelmäßig eine Villa mietete, hin und her. Wurde im März 1977 tot aufgefunden, erhängt am Ventilator in ihrem Eßzimmer. Der Ventilator war eingeschaltet, so daß sich die Leiche wie bei einem makabren Walzer in anderthalb Metern Höhe über einem umgestoßenen Stuhl im Kreis drehte. Das Sachverständigengutachten der Gerichtsmedizin war drei eng beschriebene Seiten lang und von einem gewissen Léon Andrevon, Chefarzt in Baillif, unterschrieben worden.

»Ich kannte Doktor Andrevon. Er ist 1981 verstorben, Herzversagen.«

Damit hatte Dag gerechnet. In der Karibik führten offensichtlich alle Wege auf den Friedhof. Er setzte seine Lektüre fort. Bei der Autopsie stellte sich klar und deutlich heraus, daß Jennifers Mörder sie vergewaltigt und mit einem spitzen Gegenstand gefoltert hatte. Vagina und Gebärmutter waren völlig zerfetzt worden. Keine Anzeichen eines Kampfes. Das Opfer hatte weder Alkohol noch Psychopharmaka zu sich genommen. Ihre letzte Mahlzeit, die aus Fisch, getrockneten Erbsen und einem Joghurt bestanden hatte, hatte die Frau zwei Stunden vor ihrem Tod eingenommen. Wäre nicht dieser winzige Blutfleck auf dem Kleid gewesen, die Leiche wäre mit dem Vermerk »Selbstmord« anstandslos zur Bestattung freigegeben worden.

Das Opfer stammte von der Insel Sainte-Marie, Hauptkommissar Darras und dessen junger Kollege, Kommissar Go, leiteten in Zusammenarbeit mit der französischen Polizei die Ermittlungen. Sie führten zu keinem Ergebnis. Darras hatte sämtliche Nachbarn vernommen, alle Freunde und Bekannte der jungen Frau überprüft, ohne Resultat. Sie lebte allein und war eine begeisterte Taucherin. Gerüchten zufolge hatte sie allerdings zahlreiche flüchtige Affären.

Tauchsport. Dag dachte an die Zeitschrift, die er in der Tasche der mysteriösen A. J. gefunden hatte. Und an den Liebhaber von Lorraine Dumas, dem sie am Strand begegnet war. Der französische Amtskollege von Darras, Hauptkommissar Richetti, schloß auf Mord, begangen von einer ihrer Zufallsbekanntschaften.

Dag reichte Pfarrer Léger den Bericht und sah anschließend die übrigen Dokumente durch. Eine Kopie der Laboranalyse: Fingerabdrücke, Fasern, abgeschnittene Fingernägel, Haare. Resultat null. Die grauenhaften Fotos des Opfers. Auf dem ersten Bild, das am Tatort aufgenommen worden war, konnte man die Gesichtszüge aufgrund der blauroten Verfärbung, der hervortretenden Augen und der heraushängenden Zunge gar nicht richtig erkennen. Auf den folgenden Aufnahmen, die im Leichenschauhaus gemacht worden waren, sah man, daß Jennifer eine schöne brünette Frau mit energischem Gesichtsausdruck und harmonischem Körperbau gewesen sein mußte. Die Augen waren geöffnet, starr und leer, und am Hals war ein gewaltiger blauer Fleck zu erkennen.

Bei einem weiteren Foto verzog Dag entsetzt das Gesicht:

Doktor Andrevon hatte den Unterleib der jungen Frau fotografiert, um die Verstümmelungen festzuhalten. Der Mann, der über Jennifer hergefallen war, mußte schwer krank sein. Der Bericht präzisierte, daß ihr sämtliche Verletzungen während der Strangulation zugefügt worden waren, als sie noch am Leben war. Eine Frau mit einer Hand zu erwürgen und sie gleichzeitig mit der anderen Hand grausam zu verstümmeln, setzte eine gewisse Kraft voraus. Oder war Jennifer ohnmächtig geworden und hatte aufgehört, sich zu wehren? Hoffentlich, dachte Dag und legte die Bilder nieder, hoffentlich hat sie schnell das Bewußtsein verloren.

Die Notiz von Kommissar Darras trug den Stempel »vertraulich«. Sie bestand nur aus wenigen Zeilen:

Sehr geehrter Herr Hauptkommissar,
Ich habe die Ehre Ihnen mitzuteilen, daß meine Informanten mich auf ähnliche Todesfälle wie den der Witwe Johnson hingewiesen haben. Die Verbrechen geschahen sowohl auf St. Kitts als auch auf Antigua und auf St. Vincent. Da wir nicht über die erforderlichen territorialen Vorrechte verfügen, um auf diesen Gebieten unsere Ermittlungen durchzuführen, erlaube ich mir, Sie dringend um eine Absprache mit den lokalen Behörden zu bitten, damit wir unsere Nachforschungen fortsetzen können.
Falls die obenerwähnten Informationen stimmen, scheint es immer wahrscheinlicher, daß wir es mit einem organisierten Verbrecher zu tun haben, der in der gesamten Karibik sein Unwesen treibt.
Ich danke Ihnen für die Aufmerksamkeit, die Sie meinem Gesuch entgegenzubringen gedenken.
Hochachtungsvoll...

Es folgten Daten und Namen:

– 11. März 1975, Antigua: *Elisabeth Martin, Schwarze, 34 Jahre alt, erhängt. Depressionen seit ihrer Scheidung. Keine Autopsie.*
– 16. Dezember 1975, Saint Vincent: *Irène Kaufman, Weiße, 31 Jahre alt, ledig, erhängt. Wurde kurz zuvor unter dem Verdacht entlassen, aus der Firmenkasse Geld gestohlen zu haben. Keine Autopsie.*
– 3. Juli 1976, St. Kitts: *Kim Locarno, Asiatin, 32 Jahre alt, Witwe, erhängt. Alkoholabhängig seit dem Tod ihres Mannes, von Beruf Jagdflieger. Keine Autopsie.*
– 10. Oktober 1976, Sainte-Marie: *Lorraine Dumas, Weiße, 34 Jahre alt, getrennt von ihrem Mann. Erhängt. Alkoholabhängig und Prostituierte. Mutter einer kleinen Tochter schwarzer Hautfarbe, Charlotte. Autopsie schloß auf Selbstmord.*
– März 1977, Trois-Rivières, Guadeloupe: *Jennifer Johnson.*

»Ich hatte recht! Schauen Sie sich das an!«
Dag reichte dem Pfarrer den Brief.
Das letzte Schriftstück der Akte war ein einfaches, maschinengeschriebenes Blatt, das von Kommissar Marchand aus Baillif stammte:

Lieber Freund,
Ich habe Ihr Schreiben vom 28. dieses Monats erhalten. Ich glaube nicht, daß die von Kommissar Darras angeführte These die Mühe lohnt, unsere ohnehin mit Arbeit überlasteten Beamten zu mobilisieren. Schließlich deutet alles darauf hin, daß es sich lediglich um Zufälle handelt. Sie wissen so gut wie ich, daß man zwischen beliebigen Fällen Zusammenhänge herstellen kann, sofern man sich nur die erforderliche Mühe gibt. »Scheinbeweise« nennt man das, und mein Budget ist allergisch darauf.

*Vergessen Sie nicht, daß wir Sie demnächst zum Abendessen einladen möchten.
Mit besten Grüßen...*

Der hochtrabende Brief von Darras hatte demnach nichts bewirkt. Die Antillen waren in so viele Inseln aufgesplittert, die unter amerikanischer, französischer, spanischer oder niederländischer Verwaltung standen, daß Kommissar Cornet, anders als sich sein Kollege es erhofft hatte, offenbar keine Lust verspürte, sich Gedanken über einen Phantomverbrecher zu machen, der sich überall in der Karibik aufhalten konnte. Folglich hatte er ganz einfach mit roter Tinte quer über das Blatt geschrieben: ZU DEN AKTEN.

Gewiß, die Liste bewies noch gar nichts. Jeden Tag begehen Frauen Selbstmord. Doch Darras mußte ebenfalls diesen Geruch einer düsteren Affäre wahrgenommen haben, den Dag seit dem Tag, an dem er sich erstmals mit diesem Fall beschäftigt hatte, nicht mehr los wurde. Und er war sogar auf den Fall von Lorraine Dumas aufmerksam geworden. Wenn dieser Jones Louis Rodriguez nicht daran gehindert hätte, seine Arbeit zu tun, hätte das Rätsel möglicherweise schneller gelöst werden können. Oder zumindest hätte Kommissar Cornet es für nützlich erachtet, seinen Kollegen zu unterstützen.

»Unglaublich...«, murmelte Pfarrer Léger, der ehrlich erschüttert zu sein schien, als er das Blatt niederlegte. »Wenn Sie nicht zufällig auf diesen jungen Inspektor gestoßen wären, hätten Sie dieses Schreiben nie zu Gesicht bekommen.«

»Das Verrückte an der Sache ist, daß all unsere Bemühungen am heutigen Tag zu dieser aufschlußreichen Akte geführt haben, zu genau diesem Augenblick«, erwiderte Dag. »Fast drei Viertel aller Verbrechen werden aufgrund einer Denunziation aufgeklärt. In Wirklichkeit sind wir also keine Ermittler, sondern eher Faktensammler.«

»Na, na, keine falsche Bescheidenheit. Glauben Sie tatsächlich, daß ein und derselbe Mörder all diese Frauen getötet hat?«

»Leider denke ich, daß das zu neunzig Prozent wahrscheinlich ist«, antwortete Dag und öffnete den beiliegenden Umschlag. Ein Bündel vergilbter Blätter fiel heraus. Sorgfältig ausgeschnittene Zeitungsartikel der Rubrik »Vermischtes«, die Elisabeth, Irène, Kim, Lorraine und Jennifer mit Totenbildchen zeigten. Ausgiebig betrachtete Dag die Zeitungsausschnitte, ehe er sie einen nach dem anderen an Pfarrer Léger weiterreichte. Keine erhellenden Kommentare, eine bloße Wiedergabe der Geschehnisse: »*Zu Hause aufgefunden... Anscheinend Selbstmord begangen... Finanzielle Probleme... Wegen nervöser Depression in Behandlung... Alkoholismus...*«

»Alle diese Frauen lebten allein und waren unglücklich«, stellte Dag fest, »so daß Selbstmord logisch erschien. Der Kerl ist sehr schlau, er hat seine Opfer sorgfältig ausgewählt. Drei Weiße, eine Schwarze, eine Asiatin. Die Hautfarbe war ihm gleichgültig. Nicht jedoch das Alter, seine Opfer waren alle zwischen dreißig und vierzig Jahre alt.«

»Welche Schlußfolgerung ziehen Sie daraus?«

»Vorerst keine. Morgen werde ich Darras anrufen«, seufzte Dag und erhob sich.

»Aber Ihre Auftraggeberin, Charlotte Dumas, bezahlt Sie doch für etwas ganz anderes, oder?«

»Ja, das hier geht auf meine eigene Rechnung. Ich werde ihr mitteilen, daß ich die Suche nach ihrem Vater einstelle. Es ist einfach unmöglich, ihn wiederzufinden, es sei denn...«

»Das wäre grauenvoll«, unterbrach ihn der Pfarrer. »All diese Mühen, nur um schließlich den Vater wiederzufinden und dann feststellen zu müssen, daß es sich um einen sadistischen Verbrecher handelt.«

»Aber Sie müßten doch am besten wissen, daß alles möglich ist, oder? Habe ich Ihnen schon erzählt, daß ich einen anonymen Brief bei Madame Martinet gefunden habe?«

»Nein, davon weiß ich nichts.«

»Ich glaube, er stammte von Loiseau, dem Nachbarn. Er beschuldigte den Teufel, Lorraine umgebracht zu haben. Ich dachte, es handle sich bloß um die Wahnvorstellungen eines Säufers, doch vielleicht war das ein Spitzname. Der Spitzname eines Bekannten von Lorraine, den er für außerordentlich gefährlich hielt.«

»Ich will Loiseau nichts Schlechtes nachsagen, aber er ist seit sechzig Jahren im Dauerrausch. Da fällt mir ein...«

»Was?«

»Wenn wir von Charlottes Geburtsdatum ausgehen, muß dieser geheimnisvolle Jimi sich etwa ab April mit Lorraine Dumas eingelassen haben. Er war also während der Fastenzeit des Jahres 1970 auf Sainte-Marie, und wie Sie wissen, findet jährlich am 15. August ein großes Fest statt. Die Prozession, natürlich, aber auch das Preisfischen, der Gesangswettbewerb und die Riesengrillparty am Strand von Grande Anse.«

Dag nickte, denn er konnte sich ganz genau daran erinnern: vier Tage Fiesta, und jeder stank auf hundert Schritte nach Rum.

»Nun frage ich mich«, fuhr der Pfarrer fort, »ob unsere Turteltäubchen nicht zufällig fotografiert worden sein könnten, sofern sie am bunten Treiben teilnahmen. Man müßte in den Tageszeitungen jenes Jahres nachschauen, man kann nie wissen.«

»Möglicherweise war unser Mann damals bereits abgereist, was erklären würde, daß er nie etwas von Lorraines Schwangerschaft erfuhr. Aber Sie bringen mich auf eine Idee!« sagte Dag. »Ich erinnere mich an diesen Kerl, wie hieß er noch? Ach ja, Mango der Baumfäller. Er hatte ein Fotogeschäft in der Nähe des Drugstores; er klapperte die ganze Insel ab und fotografierte alles, was sich nicht wehrte. Er drückte einem eine Visitenkarte in die Hand, und wenn man das Bild haben wollte, mußte man es am nächsten Tag in seinem Geschäft abholen.«

»Und Sie glauben, daß Mango die Fotos aufbewahrt hat?«

»Keine Ahnung. Aber man sollte es zumindest versuchen.«
Pfarrer Léger war skeptisch.

»Na ja, zu verlieren haben wir nichts. Aber was ist mit Louisa? Glauben Sie nicht, daß sie ihrem Verlobten Francisque alles erzählen wird?«

»Schon möglich. Doch was bedeutet das schon? Probleme wird es nur dann geben, wenn sie mit dem Mörder darüber spricht...«

»Oder wenn er davon erfährt. Falls dieser Mann die Morde tatsächlich begangen hat, wird er mit Sicherheit keinen Wert darauf legen, daß die ganze Geschichte neu aufgerollt wird. Und zweifellos wird er alles unternehmen, um das zu verhindern.«

»Vielleicht ist er längst tot«, entgegnete Dag.

»Ich glaube eher, daß er sehr wohl am Leben ist, daß er sich bedroht fühlt und nicht lange gefackelt hat, eine Profikillerin auf Sie zu hetzen... Ich glaube, Sie haben sich da auf ein äußerst gefährliches Spiel eingelassen, Monsieur Leroy.«

»So leicht lasse ich mich nicht einschüchtern. Ist Ihnen aufgefallen, daß sich die Morde über eine ziemlich kurze Zeitspanne erstrecken – zwei Jahre ungefähr?«

Pfarrer Léger runzelte die Stirn.

»Wir wissen nicht, ob Kommissar Darras über alle erforderlichen Informationen verfügte. Und außerdem war dieser Mann möglicherweise gar nicht imstande, die Morde zu einem früheren Zeitpunkt zu begehen. Vielleicht weil er einfach noch zu jung war.«

»Eine andere Sache«, überlegte Dag weiter, »gesetzt den Fall, es handelt sich um den mysteriösen Jimi, den Geliebten von Lorraine, warum wartete er fünf Jahre, um sie zu töten?«

»Vielleicht hat irgendein anderer Vorfall den Mann um den Verstand gebracht und die Tat nach sich gezogen. Sie verfügen in der Tat über sehr wenige Anhaltspunkte. Meiner Meinung nach besteht keinerlei Hoffnung. Die Zeit hat zu viele Schichten undurchdringlichen Staubs auf diese Geschichte gelegt. Sie kommen mir vor wie ein Archäologe, der im Sand nach einer versunkenen Stadt sucht und keinen einzigen Hinweis darauf hat, wo sie sich befinden könnte...«

»Ich finde, Sie sind zu pessimistisch, Vater«, erwiderte Dag und schenkte sich ein Glas Wasser ein. »Ich dachte, man solle den Teufel mit ganzer Kraft bekämpfen, und ein Kerl, der imstande ist, das Innere einer jungen Frau zu zerfetzen, hat doch etwas Teuflisches, oder nicht?«

Warnend hob Pfarrer Léger den Zeigefinger.

»Sie machen sich über mich lustig. Sie halten mich für einen alten, verkalkten Trottel, doch eins sollten Sie mir, falls ich ganz offen zu Ihnen reden darf, glauben: Sie werden eine Menge Schwierigkeiten bekommen.«

»Ich weiß.«

Nachdenklich spülte Dag sein Glas unter dem Wasserhahn. Pfarrer Léger hatte zweifellos recht. Allein schon Miss A. J. Wer hatte sie auf ihn gehetzt, wenn nicht der Mörder? Doch wie konnte der Mörder wissen, daß Dag damit begonnen hatte, Ermittlungen über ihn anzustellen? Wußte er nach wie vor über alles Bescheid, was auf der Insel geschah? Nach all den Jahren? Und war Dag ihm bereits begegnet?

Pfarrer Léger zündete sich eine geschmuggelte kubanische Zigarre an und zog genüßlich daran.

»Wollen Sie auch eine? Ohne den Herrn lästern zu wollen, aber diese Montecristo-Zigarren sind geradezu göttlich...«

»Einer Sache möchte ich sicher sein«, unterbrach ihn Dag.

»Ich bitte Sie...«

»Können Sie mir schwören, daß nie jemand etwas gebeichtet hat, was mit dieser Geschichte in Verbindung steht?«

Pfarrer Léger blies eine dichte Rauchspirale aus, bevor er antwortete:

»Ich darf nicht schwören, aber ich kann es Ihnen versichern.«

Noch einmal las Dag den kurzen Bericht von Doktor Léon

Andrevon. Zum Glück hatte nicht Jones sich darum gekümmert, denn wahrscheinlich hätte der überhaupt nichts bemerkt. Eine erhängte Frau und noch eine Erhängte, so ist eben das Leben, Totenschein, die Nächste bitte. Gut. Nicht nötig, weiterhin ins Ungewisse hinein zu spekulieren.

Dag blickte auf seine Uhr.

»Ich werde versuchen, ein oder zwei Stunden zu schlafen. Gehen Sie nicht zu Bett?«

»Ich schlafe nur sehr wenig, ich leide an Schlaflosigkeit. Gewöhnlich sitze ich in diesem Sessel und lese so lange, bis ich einschlafe. Sorgen Sie sich nicht um mich. Machen Sie es sich im Schlafzimmer bequem.«

»Danke. Ich bin Ihnen wirklich sehr dankbar für Ihre Hilfe.«

»Na, reden Sie keinen Unsinn. Sie sind derjenige, der mir hilft, Langeweile und Routine ein wenig zu vergessen. Sie müssen gut ausgeruht sein, wenn Sie diesem Drachen Louisa nachher die Stirn bieten wollen.«

Dag nickte und schloß die Tür hinter sich. Er glaubte, in den Augen des Pfarrers tatsächlich einen Funken Spottlust erkannt zu haben.

Das Zimmer war schlicht möbliert: ein mit einem weißen Laken bezogenes Feldbett, ein kleiner Nachttisch, ein Schrank, vor dem Fenster ein Tisch und ein Stuhl. Auf dem Tisch standen ein paar Bücher – theologische Werke, das *De Natura Rerum* von Lukrez, eine lateinische Grammatik, eine Hagiographie der Heiligen Theresa von Lisieux. Und darunter lag keine Pornozeitschrift versteckt.

Dag legte sich mit Kleidern aufs Bett. Er zog lediglich seine Schuhe aus und stellte den Wecker auf 2 Uhr 30. Dann starrte er die weißen Wände an, ohne sie zu sehen, und versuchte abzuschalten. Ein Mann, der alleinlebende, zwischen dreißig und vierzig Jahre alte Frauen verfolgt, sie erwürgt und foltert, ohne Spuren zu hinterlassen, leise und schnell wie ein Wolf, ein Räuber, der sich jahrelang versteckt hält, falls er nicht bereits tot ist. Aber was ist mit A.J., der Frau, die ihn umbringen sollte? Wo kam sie her? Hatte sie einen Fehler begangen? Hatte sie das falsche Ziel gewählt? Wenig wahrscheinlich. Also? Fragen über Fragen, wie die Waggons eines vorbeifahrenden Zuges. Eines ratternden Zuges... der durch öde Ebenen auf ein unbekanntes Ziel zusteuert...

Seufzend stützte sich Frankie Voort auf einen Ellbogen. Das blonde Mädchen, das bäuchlings unter ihm lag, stöhnte im Takt. Es klang sehr überzeugend. Ohne seine Stöße zu unterbrechen, zündete er sich eine Zigarette an und sog den Rauch tief ein. Ein netter Abend, alles in allem. Die beiden Hampelmänner hatten für ihre Dummheit bezahlt. Und Vasco Paquirri hatte sich bei ihm gemeldet. Ein interessantes Geschäftsgespräch stand bevor. Der alte Don Moraes, Frankies Boß, wurde senil. Er würde den Drogenhandel nicht mehr allzu lange unter Kontrolle haben. Paquirri war ehrgeizig und konnte sich durchaus vorstellen, Moraes' Nachfolger zu werden. Und er, Frankie, müßte sich genau überlegen, auf wessen Seite er sich im bevorstehenden Bandenkrieg stellen wollte.

Energisch vögelte er das Mädchen, das sich am Kopfkissen festklammerte und so laut schrie, daß Frankie es am liebsten mit dem Kopf an die Wand geschleudert hätte. »*Shut up, you dirty bitch*«, schrie er sie an und zog sie an ihren Haaren, »*shut up!*« Sie gehorchte und verstummte auf der Stelle. »Gut«, flüsterte Frankie und lockerte seinen Griff. »Gut«, murmelte er noch einmal, für sich selbst. Ja, alles war in bester Ordnung. Er würde die Welt beherrschen, wie er diese Hure beherrschte, und wehe dem, der versuchen würde, sich ihm in den Weg zu stellen.

7. KAPITEL

Dag zuckte zusammen. Ein schrilles Klingeln in der Nacht. Er drückte auf den Knopf, und der kleine Wecker verstummte. Schließlich war es ihm doch noch gelungen einzuschlafen. Er stand auf, öffnete die Tür und ging auf Zehenspitzen durch das Wohnzimmer. Pfarrer Léger lag schnarchend in seinem Sessel, auf den Knien ein aufgeschlagenes Buch.

Draußen wehte ein lauer Wind, die Sterne funkelten. Dag fuhr sich mit der Hand durch das Haar, und als er einen Brunnen entdeckte, wusch er sich rasch das Gesicht und spülte sich den Mund aus. Auf uns beide, meine kleine Louisa, dachte er lächelnd.

Dunkelheit umgab das still daliegende Haus. Dag setzte sich auf den Stapel Autoreifen und wartete. Nichts passierte. Wasser plätscherte gegen die Pontons, eine Katze maunzte wütend, irgend etwas raschelte im Gebüsch. Dag widerstand der Versuchung, sich eine Zigarette anzuzünden. Punkt drei Uhr wurde die Tür einen Spaltbreit geöffnet, und eine kleine Gestalt kam auf ihn zugelaufen.

»Sind Sie da?« flüsterte Louisa und versuchte, ihn in der Dunkelheit auszumachen.

Statt zu antworten, streckte Dag den Arm aus und packte sie am Handgelenk. Sie zog ihren Arm zurück, als hätte eine Schlange sie berührt, und überreichte ihm einen dicken Umschlag.

»Hier, die Briefe. Übernachten Sie im Pfarrhaus?«
»Da ich nicht bei Ihnen schlafen kann...«
»Lassen Sie die Briefe dort. Ich werde sie morgen wieder abholen«, erwiderte Louisa, ohne Dags Bemerkung Beachtung zu schenken. »Und jetzt hauen Sie ab! Ich muß ins Haus zurück.«
»Was für ein reizender Abschied! Bekomme ich keinen Kuß?«
»Ich glaube, Sie täuschen sich in mir. Ich bin keines dieser Häschen, die Sie offensichtlich gewöhnlich zu vernaschen pflegen. Es hat also keinen Sinn, in Zukunft weiterhin hier herumzuschleichen. Andernfalls muß ich Francisques bitten, Ihnen eine Ladung Schrot in den Hintern zu jagen.«
»Ein traditioneller Brauch, nehme ich an? Louisa, ich möchte Sie wiedersehen.«
»Sind Sie schwerhörig? Sie gefallen mir nicht, absolut nicht. Ich finde Sie zum Kotzen, kapiert? Und nun gehen Sie, und lassen Sie mich in Frieden.«
»Gut, ich habe verstanden, danke für die Briefe, und adieu... Ich gehe, doch mein Herz weint, Sie können es nicht hören, aber es weint...«, murmelte Dag und trat einen Schritt nach vorne.

Louisa wich zurück, stieß gegen einen Rechen und wäre um ein Haar gestürzt. Im letzten Moment fing Dag sie auf und zog sie an sich. Er spürte ihre Brüste an seinem Oberkörper.

»Nicht weglaufen, schönes Kind.«
»Lassen Sie mich los, oder ich schreie!«
»Oh! Ich hatte immer schon eine Schwäche für diese Art von Gespräch, und jetzt muß ich wohl sagen: ›Du gehörst mir, ob du willst oder nicht‹!«
»Arschloch!«

In diesem Moment ging Licht im Haus an, und eine männliche Stimme, die er als die des muskulösen Martial identifizierte, fragte:

»Louisa? Bist du's?«

»Ja, ich dachte, ich hätte ein Geräusch gehört, ich komme!«

»Lügnerin«, flüsterte Dag und drückte sie an sich.

»Geh wieder schlafen«, rief Louisa ihrem Bruder zu, während sie gleichzeitig versuchte, sich Dag vom Leib zu halten.

»Bist du sicher?«

Der Junge schien zu zögern.

»Aber ja doch. Du wirst Mutter noch aufwecken...«

»Wer ist bei dir? Francisque?«

»Nein. Ich komme, hab ich dir gesagt.«

Mit aller Kraft versuchte sie, sich zu befreien. Als Dag sie plötzlich losließ, stolperte sie über einen großen Stein und fiel ins Gras.

»Louisa?«

Der Kopf ihres Bruders tauchte in der Türöffnung auf.

»Ich bin hingefallen, Scheiße! Halt jetzt endlich den Mund, okay?«

Dag war in den Schatten der Bäume zurückgetreten. Lächelnd beobachtete er, wie Louisa sich erhob und ihm mit der Faust drohte, ehe sie ins Haus zurückging und die Tür hinter sich schloß. Eine nette Begegnung.

Und nun zu den Briefen.

Pfarrer Léger schlief noch immer. Dag schlich ins Schlafzimmer, ließ sich auf das Bett fallen und betrachtete seine Beute: ein dicker Umschlag mit ungefähr dreißig Briefen in einer großen, eckigen Schrift. Rechts oben stand jeweils das Datum. Dag suchte rasch vier Briefe heraus, welche die fragliche Zeitspanne betrafen.

Liebling,
hier ist alles in Ordnung, die Arbeit ist leicht, die Kollegen sind nett, der Laborchef ist eher sympathisch, du brauchst dich also nicht um mich zu sorgen. Ich hoffe, daß es dir und den Kindern gutgeht.
Neulich ist dieses Arschloch von Jones zu Longuet (dem

obersten Chef) gekommen, und ich bin ihm im Flur begegnet. Er hat mich nicht einmal gegrüßt. Stell dir vor, ich hab fast vier Jahre für ihn gearbeitet, und dieser Mistkerl sagt mir nicht einmal guten Tag, dabei lag der Fehler bei ihm, und er hätte sich in aller Form bei mir entschuldigen müssen, weil diese Frau in der Tat vergewaltigt und ermordet wurde. Ich weiß es ganz genau, das ist die reine Wahrheit, und weil ich die Wahrheit gesagt habe, kann ich nun nicht bei dir und den Kindern sein. Wäre ich ein Weißer, so hätte Jones es niemals gewagt, meinen Bericht in den Abfalleimer zu werfen. Nun, ich will nicht in Bitterkeit versinken und dir Kummer bereiten. Ja, ich esse anständig und schlafe genug. Sei unbesorgt.

Aber wenn ich bedenke, daß dieser armselige Säufer über die blauen Flecken und die Verstümmelungen am Körper der Frau hinwegsah und behauptete, sie hätte sich bei einem Sturz verletzt! Worauf hätte sie in dem Fall denn stürzen müssen? Auf einen Schraubenzieher? Verzeih mir, aber ich bin so wütend.

Ich muß jetzt Schluß machen, denn bald kommt der Briefträger vorbei. Sei fest umarmt, gib den Kindern einen Kuß von mir, und sag ihnen, sie sollen brav sein, sonst gibt's Ärger.

Dein dich liebender Louis

In den beiden nächsten Briefen war erneut vom selben Thema die Rede, doch genauere Angaben fehlten. Man spürte deutlich, daß Louis seine Versetzung schlecht verdaut hatte.

Er hatte recht, seufzte Dag und richtete sich auf. Wenn man auf ihn gehört hätte, hätte man den Mord an Jennifer Johnson möglicherweise verhindern können. Dag nahm den vierten Brief, der im April 1977 verfaßt worden war. Als er ihn rasch durchlas, hielt er plötzlich wie gelähmt inne.

Soeben habe ich in der Zeitung gelesen, daß eine Frau aus unserem Ort in Basse-Terre erhängt aufgefunden wurde. Andrevon hat die Autopsie vorgenommen und sofort erkannt, daß es sich um Mord handelt! Das beweist, daß ich recht hatte! Ich will nicht riskieren, meinen Job zu verlieren, denn wir sind zu sehr auf das Geld angewiesen, aber ich kann auch nicht ewig schweigen. Deshalb habe ich mich mit den Beamten in Verbindung gesetzt, die die Ermittlungen leiten, und ihnen alles erzählt. Natürlich habe ich sie darauf hingewiesen, daß ich an das Berufsgeheimnis gebunden bin und mein Name oder sonstige Details unter keinen Umständen erwähnt werden dürfen, sei unbesorgt. Ich wollte lediglich die Ermittlungen vorantreiben. Jetzt kümmere ich mich nicht mehr darum. Jetzt ist es an der Polizei, die Sache in die Hand zu nehmen. Ich will bloß soviel Geld wie möglich für uns beide herausschlagen...

Dag stieß einen leisen Pfiff zwischen den Zähnen hervor. Rodriguez hatte also mit Darras und Go Kontakt aufgenommen. Go, dieser Halunke, wußte demnach sehr wohl, daß Lorraine Dumas ermordet worden war. Aber warum hatte er so getan, als hätte er keine Ahnung davon? Es sei denn... – Mit weit ausholenden Schritten ging Dag im Zimmer auf und ab und überlegte. Es sei denn, Go wußte Einzelheiten über diese Geschichte, die er nicht bekanntzumachen wagte. Wie undurchdringlich das alles war! Nicht nur aufgrund der langen Zeit, die inzwischen verstrichen war, sondern weil man das perfide Vorgehen eines äußerst intelligenten und kaltblütigen Mörders erahnte. Der Mann, der diese Frauen getötet hatte, handelte weder aus Wut noch unter Alkoholeinfluß. Nein, Dag war sicher, daß er es aus Freude am Töten tat, wie ein Kind, das ein Insekt quält.

Dag war es unmöglich, zu schlafen. Also beschloß er, noch einmal einen Blick in die Akte von Jennifer Johnson zu werfen.

Leise öffnete er die Tür und ging zu Pfarrer Léger, der keinen Ton von sich gab. Ein hübscher Schlummer für jemanden, der unter Schlaflosigkeit leidet! Dag suchte nach dem Dossier. Wo hatte er es bloß hingelegt? Vielleicht hatte Pfarrer Léger die Akte ein zweites Mal lesen wollen. Er näherte sich dem Pfarrer. Nichts auf seinen Knien, nichts auf dem Sessel und dem Schreibtisch. Was hatte er bloß damit angestellt? Dag inspizierte das Sofa, die kleine Küche, er schaute in die Regale, bückte sich unter die Anrichte: nichts. Er zögerte, den Schlafenden zu wecken. Irgendwo müßte die Akte doch zu finden sein. Dag ging ins Schlafzimmer zurück: Vielleicht hatte er sie selbst mitgenommen und konnte sich nicht mehr daran erinnern. Fehlanzeige. Scheiße. Er ging ins Wohnzimmer zurück, kratzte sich nachdenklich an der Wange. Pfarrer Léger schlief immer noch, trotz des Radaus, den Dag beim Stöbern machte.

Allmählich machte er sich Sorgen. Diese verfluchte Akte war verschwunden, und der Pfarrer schien niemals wieder aufwachen zu wollen. Vorsichtig näherte er sich dem alten Mann, der völlig erschlafft in seinem Sessel hing, das Kinn auf die Brust gesunken. War er... nein, das war unmöglich. Dag schrie ihn an:

»He! Aufwachen! Los, aufwachen!«

Pfarrer Léger rührte sich nicht.

»Hallo!«

Keine Reaktion. Dag eilte zu ihm, und jetzt sah er, daß eine bläulich rote Wunde den Schädel des alten Mannes zierte. Blut lief ihm über das Gesicht. Er atmete mühsam durch den Mund. Dag fluchte leise und rannte in die Küche. Er nahm ein Tuch, befeuchtete es mit kaltem Wasser und wusch das Gesicht des leise stöhnenden Pfarrers ab. Dann nahm er einige Eiswürfel aus dem Kühlschrank, wickelte sie in die Plastiktüte, die am Türgriff hing, und legte den Eisbeutel auf Légers Kopf, der plötzlich die Augen öffnete.

»Was ist passiert?«

»Jemand hat Sie niedergeschlagen.«
»Was?«
Er hob die Hand an seinen Kopf.
»Oh, mir brummt der Schädel...«
»Die Wunde ist fingerbreit. Sie können von Glück sagen, daß Sie noch am Leben sind. Wie konnte das nur geschehen?«
»Keine Ahnung!« erwiderte Pfarrer Léger mit schmerzverzerrtem Gesicht. »Ich habe geschlafen. Ich habe nicht bemerkt, daß jemand hier war! Unglaublich! Ich werde niedergeschlagen und weiß nicht mal etwas davon!«
Dag beugte sich über ihn.
»Vielleicht wäre es besser, die Wunde im Krankenhaus nähen zu lassen.«
»Nein, nein, das ist nicht nötig. Schauen Sie, es blutet nicht einmal mehr. Das gibt es doch nicht, ich kann es nicht fassen! In zwanzig Jahren wurde kein einziges Mal bei mir eingebrochen! Niemand schließt hier eine Tür ab! Also wirklich, das Unglück weicht Ihnen nicht von der Seite!«
»Stimmt genau«, erwiderte Dag, »die Akte Jennifer Johnson ist ebenfalls nicht mehr da.«
»Wie bitte? Sie müssen verzeihen, aber ich habe Sie nicht richtig verstanden.«
»Die Akte über Jennifer ist verschwunden. Sie wurden niedergeschlagen, und die Akte ist nicht mehr da. Dabei war ich bloß eine Stunde weg.«
»Vermutlich sah man Sie weggehen und dachte, ich sei allein im Haus und könnte mich nicht wehren.«
»Aber wer kann denn an dieser Akte interessiert sein? Scheiße, sie lag seit zwanzig Jahren im Archiv«, entgegnete Dag und ließ sich auf das Sofa fallen.
Vorsichtig schob Pfarrer Léger den Eisbeutel auf seinem Kopf hin und her.
»Tut verdammt weh, diese Sauerei! Gut, lassen Sie uns überlegen. Allerdings muß ich zugeben, daß ich etwas überfordert

bin: Plötzlich habe ich mit einem Mordfall zu tun, werde niedergeschlagen und soll eine Lösung dieser rätselhaften Vorgänge aus dem Ärmel schütteln – nein, das gehört nun wahrlich nicht zu meinem Alltag.«

»Zu meinem auch nicht. Normalerweise kümmere ich mich um betrogene Ehemänner oder um Kinder, die von zu Hause ausgerissen sind. Haben Sie Alkohol im Haus?«

»O nein, das brennt zu sehr!«

»Nicht für Ihren Kopf, für mich. Ich brauche eine kleine Stärkung.«

»Ach so. In der Anrichte steht eine Flasche Rum, ein Geschenk. Holen Sie sie, und schenken Sie mir auch ein Gläschen ein.«

Dag füllte zwei Gläser. Eines davon reichte er Pfarrer Léger, der mit Kennermiene daran nippte.

»Ah! Wirklich gut!« stellte er fest und schnalzte mit der Zunge. »Sehr gut. Es gibt nichts Besseres in einer solch abenteuerlichen Nacht. Nun, wo waren wir stehengeblieben?«

»Während ich die Briefe bei Louisa abholte, hat jemand Sie niedergeschlagen und das Dossier gestohlen«, stellte Dag fest und nahm einen kräftigen Schluck Rum.

»Nein. Vorher. Zurück zum Anfang. Wenn wir den Knoten lösen wollen, müssen wir mit dem Anfang des Fadens beginnen.«

»Einverstanden. Montag, 26. Juli: Ich sitze in meinem gemütlichen Büro und denke darüber nach, was ich als Aperitif trinken soll. Da tritt eine wunderschöne Frau durch die Tür und sagt mir, sie heiße Charlotte Dumas und wolle ihren unbekannten Vater wiederfinden. Sie erzählt mir, daß ihre Mutter, Lorraine Dumas-Malevoy, vor zwanzig Jahren verstorben ist – Selbstmord. Ich statte zuerst dem Waisenhaus, dann der Sozialarbeiterin einen Besuch ab.«

»Nicht so schnell! Nehmen Sie einen Kugelschreiber und ein Blatt Papier. Wir werden die Namen sämtlicher Leute aufschreiben, denen Sie seit dem Beginn Ihrer Ermittlungen begegnet sind«, schlug Pfarrer Léger vor, heftig erregt. »Mein Gott, was mir das für einen höllischen Spaß bereitet!«

»Wie schön für Sie. So, das haben wir. Ich fahre fort. Ich gehe zu Madame Martinet, der Sozialarbeiterin. Sie stirbt in meinen Armen an Herzversagen. Ich rufe Charlotte an. Sie bittet mich, noch vier Tage weiterzumachen, bis Freitag also. Am nächsten Tag, Dienstag, dem 27., spreche ich mit John Loiseau. Er ist völlig verkalkt. Zwei erbärmliche Ganoven überfallen mich im Auftrag von Frankie Voort...«

»Haben Sie sämtliche Namen notiert?« unterbrach ihn Pfarrer Léger.

»Ja. Ich komme zu Ihnen, anschließend suche ich Jones auf. Jones bringt mich auf die Spur von Rodriguez, der soeben verstorben ist. Mittwoch, der 28.: Ich gehe zur Beerdigung und besuche Longuet. Dann rufe ich Lester an und bitte ihn um Gos Telefonnummer. Eine Frau mit den Initialen A. J. versucht mich umzubringen, wobei sie versehentlich selbst ums Leben kommt. Ich unterhalte mich mit Go, begegne einem jungen Polizisten, der mir von Jennifer Johnson erzählt. Ich stehle die Johnson-Akte. Abends gehe ich zur Familie Rodriguez und vereinbare ein Treffen mit Louisa. In der Nacht von Mittwoch auf Donnerstag gehe ich zu dieser Verabredung. Währenddessen werden Sie niedergeschlagen, und jemand entwendet das Dossier.«

»Haben Sie niemanden vergessen?«

»Nein... Doch, Louisas Vetter, Francisque. Er behauptet, mich bei Loiseau gesehen zu haben. Was wissen Sie über ihn?«

»Ich kenne ihn seit seiner Jugend. Ein sehr ernster, sehr verschlossener junger Mann, der hart arbeitet. Ein Dickkopf. Er war immer schon in Louisa verliebt, und als sie die Beziehung zu ihrem früheren Freund abgebrochen hatte, warb er um sie. Mit Erfolg übrigens. Er muß Anfang Vierzig sein. Wir schreiben ihn als möglichen Verdächtigen hinzu«, beschloß der Pfarrer. »Unter all diesen Personen ist zwangsläufig jemand, der Sie belügt«, fügte er hinzu und schaute sich die Liste noch einmal an.

»Go hat mich belogen. Ich habe die Briefe von Louis Rodriguez gelesen – er hatte die Polizei über den Mord an Lorraine informiert. Demnach wußte Go, daß Lorraine Dumas umgebracht worden war, doch er hat sich wohlweislich davor gehütet, mir davon zu erzählen. Auch Longuet hat nicht die Wahrheit gesagt: In dem Bericht von Louis Rodriguez war von Vergewaltigung die Rede, doch Longuet hat das mit keinem Wort erwähnt.«

»Gut. Aber warum haben sie gelogen. Um einen Mörder zu decken?«

»Möglicherweise haben sie Angst«, sagte Dag nachdenklich.

»Und möglicherweise hat Longuet den wahren Bericht von Rodriguez nie gesehen«, entgegnete Pfarrer Léger mit einem genießerischen Lächeln.

»Sie machen mir angst, mit diesem Eisbeutel auf dem Kopf und dieser Mordlust in den Augen! Sie müßten Krimis schreiben.«

»Das wollte ich immer schon tun. Ein alter Jugendtraum.«

»Es ist nie zu spät.«

»Nein, nein. Sie haben mich vor ein richtiges Rätsel gestellt, das ist viel spannender. Fahren wir fort, wir werden alles herausfinden, davon bin ich überzeugt!«

»Vorhin haben Sie mir geraten, die Sache aufzugeben«, erwiderte Dag erstaunt und leerte sein Glas.

»Nun, in der Zwischenzeit habe ich die Feuertaufe erhalten und bin vom Virus angesteckt worden.«

»Willkommen im Klub! Doch leider kennen wir die Zusammenhänge nicht«, sagte Dag und schenkte sich reichlich Rum nach. »Hervorragend, dieser Rum ... Sollten wir nicht versuchen, ein wenig zu schlafen?«

»Legen Sie sich ruhig hin, Sie sind noch jung, und lassen

Sie mich nachdenken!« sagte der Pfarrer mit schmetternder Stimme und ließ sich, mit der Liste in der Hand, noch tiefer in seinen Sessel sinken.

Schmunzelnd schüttelte Dag den Kopf. Ein verrückter Pfarrer war zu seinem Verbündeten geworden! Er gähnte. Bald würde es Tag werden, er mußte versuchen, ein wenig zu schlafen. Er legte sich auf das Bett, und ehe er es sich versah, sank er in tiefen Schlaf.

Der Mann öffnete den kleinen Kühlschrank, der in der Kabine stand, und entnahm ihm ein eiskaltes Bier. Die Johnson-Akte lag neben ihm. Sanft schaukelte die Schaluppe auf dem türkisblauen Wasser, die Leinen bewegten sich im Wind. Der Mann sah zu, wie es hell wurde, wie die Sonne zitternd aus den Fluten auftauchte. Dann machte er es sich in der Hängematte bequem, zog den Schirm seiner Baseballmütze ein wenig tiefer in die Stirn und nahm einen kräftigen Schluck Bier. Ehe der Mann nach dem Heft mit den steifen, marineblauen Deckeln griff, auf dem in Goldbuchstaben das Wort *Logbuch* geschrieben stand, stellte er die Bierdose auf das Deck zurück. Er öffnete das Buch und ließ seinen Blick träge über einige zufällig ausgewählte Abschnitte gleiten.

16. Dezember 1975. *Sehr gute Beute gestern abend. Die junge Frau schrie fast zwei Stunden lang. Als sie begriff, was ich zum Schluß mit ihr vorhatte, begann sie, mich hysterisch anzuflehen. Ich drückte meinen Daumen auf ihren Hals, so wie man es mir bei der Truppe beigebracht hat, und das lähmte sie. Sie lebte noch, konnte sich jedoch nicht mehr bewegen. Ich tötete sie so langsam wie möglich, wußte, daß sie alles genau mitbekam. Ich sah, wie ihre aufgerissenen Augen in den Höhlen hin und her rollten, sie biß sich die Zunge blutig. Anschließend habe ich sie gewaschen, sie wieder angekleidet und sie aufgehängt. Ein sehr schönes Mädchen. Sehr sexy. Sehr tot... Wenn ich mich*

bloß damit begnügen könnte, sie zu vergewaltigen. Aber ich bin unfähig, mit Frauen zu schlafen. Es gibt sehr wohl diese Spannung in meinem Glied, diese quälende Blutzufuhr, doch zu einem Abschluß kommt es nie. Sobald ich in ihnen bin, habe ich das Gefühl, einen Stock in einem Erdklumpen zu bewegen. Ich schaue zu, wie der Treiber diese Schlampen fickt, doch auch das ist nicht genug. Ich muß sie töten. Ich liebe es, sie zu töten. Ich liebe den Augenblick, in dem sie in meinen Händen zu leblosen Objekten werden, zu schweren, weichen Puppen, die ich mit großer Lust in groteske Positionen bringe. Ich würde so gerne verstehen, was sie fühlen. Man müßte eine von ihnen an einem sicheren Ort einsperren und ihr in aller Ruhe die Haut abziehen, die Nerven bloßlegen, die Nervenstränge einen nach dem andern durchschneiden, um zu begreifen, wie das funktioniert. Aber man muß vorsichtig sein. Das sagt man mir immer wieder.
Wenn ich die Möglichkeit gehabt hätte, mein Studium fortzusetzen, wäre ich zweifellos ein bedeutender Biologe geworden, davon bin ich fest überzeugt. Dies sind nun die Folgen einer gescheiterten Berufung. Ich behelfe mich mit meinen Möglichkeiten.

18. April 1976: *Go hat Angst vor mir. Er schweigt, aber er hat Angst vor mir. Ich kann seine Angst riechen. Es gibt eine Angst, die nach feuchter Erde riecht, doch Gos Angst stinkt nach Abfall. Er würde gerne Schluß machen. Ich habe ihm erklärt, daß das im Moment nicht möglich ist. Was würde der Initiator ohne seinen Treiber tun?*

Juni 1979. *In den USA ist eine neue tödliche Krankheit aufgetaucht. Sie heißt AIDS. Sie wird über das Blut und beim Geschlechtsverkehr übertragen. Go anstecken?*

Der Mann lächelte, als er erneut diesen Abschnitt las. Seitdem hatten die Dinge sich weiterentwickelt. Eine herrliche Epidemie. Mit Freude erinnerte er sich an seinen Besuch in jenem Klinikkomplex in Miami, der ausschließlich Aidskranken vorbehalten war. »Das Sterbehaus«, wie man es nannte. Er mochte es, Sterbende zu beobachten. Kranke im Endstadium. Das beruhigte vorübergehend seinen Drang nach Zerstörung. Wie ein Eisbeutel auf einem entzündeten Zahn. Doch das Verlangen stellte sich sehr schnell wieder ein. Seit der Große Befehlshaber die Auflösung ihrer kleinen Gruppe beschlossen hatte, hatte er gelernt, seinen Hunger nach Gewalt mit der Hilfe spezialisierter Vereinigungen zu befriedigen. Es gab so viele Länder, in denen man den eigenen Wünschen gemäß über kleine Sklaven verfügen konnte, ohne daß jemals von Mord die Rede war... Allerdings waren die Sklaven weniger amüsant. Der Unterschied war etwa der gleiche wie zwischen einem Zuchtkaninchen und einem Hasen, den man stundenlang mit dem Gewehr in der Hand gejagt hat. Er blätterte erneut in seinem Logbuch und drückte sich die Bierdose zwischen die Oberschenkel.

5. Oktober 1976. *Gestern abend habe ich zum ersten Mal eine Mutter initiiert, während ihre kleine Tochter im Nebenzimmer schlief. Ich sagte ihr, daß sie sterben würde; daß ihr Kind aufwachen würde, wenn sie schrie, und daß ich dann gezwungen wäre, der Kleinen dasselbe anzutun wie ihrer Mutter. Die Frau hielt den Mund, sie schrie kein einziges Mal, nicht einmal, als ich zur Stricknadel griff. Die Liebe einer Mutter für ihr Kind ist wirklich etwas Erstaunliches.*
Hätte ich dieses Kind nicht trotzdem umbringen müssen? Ich fürchte, ich war einfach zu zimperlich...

Mit einem verärgerten Seufzer schloß der Mann das Buch. Ja, er hätte das Kind an jenem Abend töten müssen. Aber wer konnte ahnen, daß zwanzig Jahre später...

Er richtete sich halb auf, trank noch einen Schluck Bier. Sinnlos, Vergangenem nachzutrauern. Er mußte einen Aktionsplan aufstellen. Das war schnell getan: Go war dumm gewesen, Go mußte bestraft werden. Das alte Wrack mußte Selbstmord begehen. Auch der arme Leroy mußte beseitigt werden, und ebenso all jene, mit denen er unvorsichtigerweise gesprochen hatte: Charlotte Dumas, Vasco Paquirri, Louisa Rodriguez. Ferner mußte ein Täter mit einem einleuchtenden Motiv gefunden werden. Das bedeutete in nächster Zeit eine Menge Arbeit. Vorausgesetzt, er war nicht allzu sehr aus der Übung gekommen... Er schlürfte den letzten Tropfen Bier und erhob sich, um die leere Dose in den Mülleimer zu werfen. Er haßte Unordnung.

Dann griff er nach dem Dossier, betrachtete mit einem kaum merklichen Lächeln die Bilder der Autopsie und zündete ein Streichholz an, um sie zu verbrennen. Die knisternden Fotos rochen nach verbranntem Plastik und rollten sich zusammen. Jennifers Gesicht schrumpfte zu einer Grimasse, die ihm außerordentlich komisch vorkam. Er wartete, bis die Fotos gänzlich verbrannt waren. Die Hitze der Flammen schien er nicht zu spüren. Dann öffnete er die Hand und streute die Asche in das klare Wasser.

Kräftige Wellen rollten über die offene See heran. In der Luft lag jener besondere Geruch, der einem Unwetter auf See vorangeht. Der Mann leckte seine Finger ab, schmeckte das Salz. Er liebte das Geräusch tosender Wellen, die Grausamkeit der entfesselten Elemente; er liebte es, auf seine Weise an diesem empfindlichen Gleichgewicht der Natur, das sich zwischen der Brutalität eines Sturms und dem Flügelschlag eines Schmetterlings bewegte, teilzuhaben. Auf äußerst behutsame Weise Entsetzen verbreiten, exquisites Leid zufügen, wie ein Ästhet. Ja, er war der Initiator gewesen, derjenige, der die Türen zu einer anderen Welt öffnet, die schweren Pforten der extremsten Erfahrung.

Und nun, da man ihn bedrängte, würde er allen zeigen, wieviel Macht er nach wie vor besaß.

Als das Schiffsradio den Wetterbericht durchgab, spitzte er die Ohren. Würde es tatsächlich einen Sturm geben, so könnte er nicht länger auf See bleiben. Er müßte das Schiff an einen sicheren Ort bringen und einen Wagen mieten, um sich auf der Insel bewegen zu können. Welch glücklicher Zufall, daß der kleine Freund der reizenden Louisa bei einer Autovermietung arbeitete.

8. KAPITEL

Pfarrer Léger hatte kein Auge zugetan. Er hing düsteren Gedanken nach. Während das Tageslicht nach und nach das Zimmer erhellte, saß er bewegungslos in seinem Sessel. Die Eiswürfel in der Tüte waren geschmolzen, Wasser tropfte an seinem Gesicht herab, ohne daß er es wahrnahm. Er hatte rasende Kopfschmerzen und erhob sich schließlich, um ein Aspirin zu nehmen. Bei dieser Gelegenheit setzte er Kaffeewasser auf. Es war kurz vor neun Uhr – Zeit, den jungen, ungestümen Detektiv zu wecken.

Sanft schaukelte die Yacht auf dem grünlichen Wasser. Der Wachmann stand an der Reling und rauchte gedankenverloren vor sich hin. Die Smith and Wesson trug er in Nierenhöhe. Sie zu spüren war beruhigend. Der Wind strich sachte durch die Palmen, noch schlief die Lagune unter der heraufsteigenden Sonne.

Charlotte saß im eleganten weißen Salon und verfolgte mit zerstreutem Blick die Morgennachrichten auf dem kleinen Schirm, während sie ihren mit einer guten Portion Daiquiri übergossenen Brei aß. Sie war nervös. Warum hatte sie sich bloß an dieses Detektivbüro gewandt? Was nützte es ihr zu erfahren, daß ihr Vater ein alter, arbeitsloser Zuckerrohrschneider oder ein verklemmter Bankangestellter war? Und wem würde die Entdeckung Freude bereiten, eine Tochter wie sie zu haben? Sie war kein zärtliches Kind, das man liebend an sein Herz drückt. Vielleicht hatten Frauen wie sie nie einen Vater. Und schliefen mit herkunftslosen Männern.

Sie warf einen Blick auf Vasco. Mit Hilfe des feinen Goldplättchens, das seine Initialen trug und das seine Freunde aus Bogotá ihm geschenkt hatten, schob er das weiße Pulver zu einer Linie zusammen und summte dabei vor sich hin. Er sog das Kokain tief ein, um sich von seiner Qualität zu überzeugen. Vasco konsumierte nur extrareine Drogen, und auch das nur in begrenzten Mengen. Er hatte kein Interesse, sich das Hirn mit Crack oder anderem minderwertigen Zeug zu zerstören. Er bot Charlotte eine Prise an, doch sie lehnte ab. Zu oft hatte sie erlebt, wie Freundinnen von ihr in den Elendsvierteln auf den Strich gingen, um sich den nächsten Schuß leisten zu können. Der Alkohol genügte ihr vollauf.

Plötzlich ertönte das schrille Signal des Mobiltelefons. Charlotte stellte den Ton des Fernsehers leiser, während Vasco nach dem Apparat griff.

»Hallo?«

Sein Gesicht erstarrte, als er hörte, was der Anrufer ihm mitzuteilen hatte. Wortlos und sehr langsam legte er den Apparat aus der Hand.

»Was ist los?« fragte Charlotte, während sie einen Daiquiri schlürfte.

»Eine Freundin von mir hatte ein Problem. Ein großes Problem.«

»Welche Art von Problem?«

»Eine 45er Kugel in der Leber.«

Gleichgültig ließ Charlotte sich auf dem Sofa nieder. Und wenn schon! »Ich bin wütend«, fügte Vasco mit frostiger Stimme hinzu.

Charlotte trank einen weiteren Schluck ihres eisgekühlten Cocktails. Vasco war immer wütend. Und nun auch noch das! Ausgerechnet an dem Tag, an dem sie mit ihm zum Einkaufen nach Saint-Barth fahren und dieses Kostüm von Lacroix anprobieren wollte... Sie nahm noch einen Schluck. Vasco sagte nichts, sein schönes Gesicht war völlig erstarrt, reglos saß er da, verstockt wie ein Kind. Wie ein sehr großes Kind – genau das war er. Dann drehte er sich langsam zu Charlotte um, nahm das Glas, das für ihn bestimmt war, und schleuderte es gegen die lachsfarbene Wand. Das Glas zerbrach mit einem kristallklaren Klirren, die Scherben fielen auf den dicken Perserteppich. Charlotte seufzte. Armer Junge! Nun müßte sie die Sache doch in die Hand nehmen. Sie ging zu ihm und legte ihm besänftigend die Hand auf die Schulter.

»War es jemand, der dir viel bedeutete?«

Vasco sah sie an, und zum ersten Mal, seit sie zusammenlebten, verspürte sie Angst vor seinem starren Blick.

»Sie war meine Milchschwester.«

Scheiße. Vasco hatte Charlotte so häufig von dieser berühmten Anita erzählt, daß sie ihm eines Tages eine Eifersuchtsszene gemacht hatte und er ihr erklären mußte, daß Anita und er tatsächlich wie Bruder und Schwester waren, daß die gleiche Amme sie beide aufgezogen hatte, damals in Venezuela. Eine alte, halb verrückte Frau, die am Rande des Urwalds lebte, herumstreunende Katzen und Kinder bei sich aufnahm und sie alle auf dieselbe Art und Weise ernährte: mit Schweinslunge und Reis. Falls Anita ermordet worden war, würde Vasco mit Sicherheit Rache nehmen. Charlotte wollte nach seiner Hand greifen, doch er zog sie abrupt zurück.

»Wie ist das passiert?«

»In Grand-Bourg, auf Sainte-Marie. Irgendein Idiot hat ihr eine Kugel in den Bauch gejagt und ist abgehauen.«

»Weiß man, wer's war?« erkundigte sich Charlotte gelangweilt und fragte sich, ob es nicht an der Zeit wäre, ihre Fingernägel neu zu lackieren.

Vasco war so sentimental...

»Das werden wir sehr schnell herausfinden, das verspreche

ich dir. Und dann werde ich mich höchstpersönlich um diesen Kerl kümmern.«
»Du hast recht, Liebling. Ich werde jetzt ein Bad nehmen. Kommst du mit? Es würde dich ein wenig entspannen.«
Vasco drehte sich zu ihr um und packte sie an den Haaren.
»Dreckige Hure, das alles ist dir scheißegal, nicht wahr?«
»Nein, das stimmt nicht, ich schwör's. Es tut mir sehr leid, Liebling.«
In Wirklichkeit jedoch verspürte sie überhaupt nichts. Es kam höchst selten vor, daß sie sich persönliche Gefühle erlaubte. Gefühle waren für sie ein sehr schmerzhafter Luxus, mit dem man äußerst sparsam umgehen mußte.
»Knie dich hin!« befahl Vasco.
»Du tust mir weh!« behauptete Charlotte zum Schein.
»Knie dich hin!«
Er warf sie brutal zu Boden, packte sie im Nacken und zwang sie, ihre Lippen gegen seinen Unterleib zu pressen. Charlotte seufzte, als sie hörte, wie er den Reißverschluß seiner Hose öffnete: der Nagellack konnte warten, Hauptsache, das Kostüm war nicht verkauft.

Der Wasserkessel pfiff. Pfarrer Léger goß Wasser in zwei Tassen, schüttete Instantkaffee und Zucker hinein, ging ins Wohnzimmer zurück und stellte die Tassen auf den kleinen, niedrigen Tisch. Dann klopfte er an die Schlafzimmertür.
Die Wellen rollten donnernd auf den schwarzen Sandstrand, die Dünen zitterten, und Dag ritt nackt und mit gekreuzten Armen über die Fluten. Dann drehte er sich um und sah sie. Die Welle. Ein nachtschwarzer Koloß, der sein weißes, sabberndes Maul gewaltig weit aufriß, um ihn zu verschlingen. Er mußte untertauchen. Er krümmte sich, vergrub sein Gesicht in den Laken. Vergebliche Mühe. Die Welle verschlang ihn, rollte ihn in ihren brennenden, stinkenden Bauch, schleuderte ihn immer wieder gegen den felsigen Grund und brach ihm systematisch

sämtliche Knochen, bevor sie ihn auf den Sand spuckte. Mühsam öffnete Dag die Augen. Er fühlte sich verschwitzt und erschöpft. Jemand trommelte gegen die Tür.

»Aufstehen, mein Junge! Der Kaffee ist fertig!«

»Ich komme«, erwiderte Dag mit belegter Stimme.

Wie spät war es? Neun Uhr! Der Alte hätte ihn ruhig noch ein Weilchen weiterschlafen lassen können. Er richtete sich auf, wischte sich mit dem Laken über die Stirn. Verfluchter Alptraum. Er hatte noch etwas anderes geträumt, konnte sich jedoch nicht mehr genau erinnern. Ein Traum, in dem Madame Martinet sich mit Kommissar Go über ihn unterhielt. Martinet... Plötzlich fiel ihm sein gestriger Traum wieder ein – wie die Killerin ihn bei Madame Martinet erwartet und aus einem Wasserglas getrunken hatte. Tatsächlich, er träumte sehr heftig in letzter Zeit. Sein Tante war der Meinung gewesen, jeder Traum habe einen Sinn. Für sie hatten Träume seherische Qualitäten. Dag zuckte mit den Schultern und kleidete sich an. Ja, Träume hatten zweifellos ihren Sinn, aber es kostete eine Menge Geduld, diesen Sinn zu entschlüsseln. Warum sandte das Gehirn nur solche Rätsel statt klar verständlicher Botschaften aus? Dag öffnete die Tür und begegnete dem wachen Blick von Pfarrer Léger, der mit einer Tasse Kaffee in der Hand vor ihm stand.

»Gut erholt?«

»Hm... Ich hätte gerne noch ein wenig weitergeschlafen...«

»Wir haben keine Zeit zu verlieren. Wenn wir tot sind, können wir noch lange genug schlafen!«

»Ich dachte, wir werden zu neuem Leben erweckt?«

»Nicht sofort, leider, nicht sofort!« erwiderte Pfarrer Léger fröhlich. »Man muß das Jüngste Gericht abwarten, und da es den Menschen bereits seit fast zwei Millionen Jahren gibt und es ihm gut zu gehen scheint, ist anzunehmen, daß dieses Gericht noch eine Zeitlang auf sich warten lassen wird... Trinken Sie erst einmal Ihren Kaffee.«

»Danke«, sagte Dag und führte die Tasse an seine Lippen. Der Kaffee war zu heiß. Dag blies auf die Tasse und ging gähnend zum Fenster.

»Es wird Regen geben.«

»Das wird unsere Ideen auffrischen«, meinte Pfarrer Léger heiter.

»Es wird sogar einen gewaltigen Schauer geben. Haben Sie den Himmel gesehen? Wir werden den ganzen Tag hier festsitzen. Was meldet der Wetterbericht?«

Mit wegwerfender Geste deutete der Pfarrer auf ein altes Radiogerät.

»Keine Ahnung, ich habe nicht Radio gehört.«

Dag drehte am Knopf und suchte nach einem Sender. Plötzlich ertönte die melodische Stimme eines Sprechers, der die Sportergebnisse vom Vortag durchgab. Als Dag seine Tasse geleert hatte, deutete er damit auf den Kopf des Pfarrers.

»Die Wunde muß desinfiziert werden. Es wäre schlecht, sich ausgerechnet jetzt eine Blutvergiftung einzuhandeln.«

»Irgendwo habe ich noch ein Desinfektionsmittel«, murmelte Pfarrer Léger und verschwand in dem winzigen Badezimmer.

Der Sprecher kündigte die Nachrichten an. Dag hörte sich geduldig die internationalen Kurzmeldungen an. Darauf folgten die Lokalnachrichten.

»Die Frau, die gestern im Zentrum von Grand-Bourg erschossen wurde, konnte noch immer nicht identifiziert werden. Sie war ungefähr vierzig Jahre alt. Bekleidet war sie mit einem ärmellosen Pullover, einer blauen bis zum Knie reichenden Hose und schwarzen Ledersandalen. Sie hat blondes, nackenlanges Haar, blaue Augen, ist 1,67 Meter groß und sechzig Kilo schwer. Das Opfer hatte eine Ledertasche bei sich, die verschwunden ist, sowie ein Medaillon mit dem Bildnis der Heiligen Jungfrau und den Initialen A. J. Falls diese Personenbeschreibung auf jemanden zutrifft, den Sie kennen, setzen Sie sich unverzüglich mit dem Polizeipräsidium in Grand-Bourg in Verbindung.«

Im Klartext: man hatte immer noch keine heiße Spur. Doch irgendwoher mußte diese Frau schließlich kommen. Berufskiller werden geschult. Sie tauchen nicht einfach von heute auf morgen aus dem Nichts auf. Diese Frau war ein Profi gewesen, es hatte sich nicht um ihren ersten Auftrag gehandelt. Vielleicht sollte Dag Lester anrufen, denn Lester hatte Kontakte nach Florida, die ihm möglicherweise weiterhelfen könnten.

»Und jetzt das Wetter«, fuhr der Sprecher schwungvoll fort. »Wie wir gestern abend bereits gemeldet haben, nähert sich der Zyklon Charlie unseren Küsten. Es ist demnach äußerste Vorsicht geboten. Bleiben Sie weiter auf 97.8 FM eingeschaltet, und stellen Sie sicher, daß Ihre Türen und Fenster gut verschlossen sind. Sämtliche Air-Santa-Maria-Flüge wurden bis auf weiteres annulliert, der Schiffsverkehr bleibt bis zur nächsten Vorhersage um zwölf Uhr unterbrochen. Zusätzliche Informationen erhalten Sie unter der Telefonnummer 45 22 22.«

Dag seufzte und schenkte sich einen weiteren Kaffee ein. Dieser Zyklon würde ihn eine Menge Zeit kosten. »Zeit wofür?« flüsterte die Stimme in seinem Kopf. »Um einem unsinnigen Phantom hinterherzurennen?« Dag achtete nicht darauf und rührte verbissen in seiner Kaffeetasse. Pfarrer Léger kam zurück und hielt triumphierend ein Fläschchen Desinfektionsmittel in die Höhe.

»Hier ist es! Wußte ich doch, daß ich welches im Haus habe.«

Noch bevor Dag den Vorschlag machen konnte, ihm behilflich zu sein, schüttete sich der Pfarrer eine kräftige Portion auf sein kurzes Kraushaar. Das Desinfektionsmittel lief an allen Seiten herunter und hinterließ dunkelrote Streifen auf seinen Wangen.

»Glauben Sie nicht, daß Sie ein wenig zuviel genommen haben... Hier.«

Dag reichte Léger ein Papiertaschentuch, mit dem er sich abwischte. Dann stellte er seine Tasse ins Spülbecken und machte sich daran, die beiden Gläser, aus denen sie in der Nacht getrunken hatten, zu spülen. Plötzlich hielt er inne. Die Gläser standen nebeneinander im Becken, ein wenig Flüssigkeit stand darin. Die Gläser. Die schmutzigen Gläser bei Madame Martinet. Die schmutzigen Gläser im Spülbecken. Sein Traum, in dem die Killerin bei Madame Martinet aus einem Wasserglas trank. Wie dumm er gewesen war! Er packte Pfarrer Léger an den Schultern.

»Aua! Sachte, junger Mann, ich bin verletzt!«

»Als ich zu Madame Martinet kam, brannte kein Licht im Haus, obwohl es schon nicht mehr hell war. Ich trat ein, und sie lag im Dunkeln auf dem Boden, doch es standen zwei Gläser im Spülbecken, zwei Gläser, die Rum enthalten hatten: Madame Martinet hatte Besuch gehabt.«

»Na und? Ist das ein Grund, mich zu rütteln wie einen Zwetschgenbaum?«

»Sie hat ihren Besucher bestimmt nicht im Dunkeln empfangen.«

»Vielleicht war er schon früher am Nachmittag bei ihr gewesen.«

»Hören Sie, ich wollte zu ihr, um mich mit ihr über Lorraine zu unterhalten; doch sie stirbt in meinen Armen, nachdem jemand ihr kurze Zeit zuvor einen Besuch abgestattet hat. Was schließen Sie daraus?«

»Nichts.«

»In einem Traum sagte sie zu mir, ich sei ein Dummkopf. Ich träumte, daß die Killerin bei ihr war und ein Glas ins Spülbecken warf. Madame Martinet ist von ihrem unbekannten Gast ermordet worden.«

Pfarrer Léger kratzte sich an der Stirn.

»Wenn man nun schon damit beginnt, Verbrechen mit Hilfe von Träumen aufzuklären... Nun, eine Methode ist wie jede andere, doch ich glaube, es wäre ratsamer, sich an die Logik der Fakten zu halten.«

»Aber dies ist logisch! Martinet ist tot, Rodriguez ist tot, und beide sind im geeignetsten Moment gestorben. Das sieht ganz nach A. J. aus.«

»Meinen Sie wirklich?«

»Ich muß herausfinden, wer diese Frau war. Haben Sie ein Telefon? Die Batterien meines Mobiltelefons sind leer.«

»Selbstverständlich, da drüben, auf dem kleinen Tisch.«

Dag wählte die Nummer des Büros. Zoé hob sogleich ab:

»Ermittlungsbüro McGregor. Was kann ich für Sie tun...«

»Hallo, gib mir Lester.«

»Oh, aber das hört sich ja nach dem freundlichsten Mann der Welt an! Ich habe Sie sofort wiedererkannt.«

»Beeil dich, Zoé, ich benutze ein fremdes Telefon.«

»Blond oder braun?«

»Kahlköpfig. Mach schon!«

»Tut mir leid, aber Lester ist nicht da. Er ist wegen der Bogaert-Affäre auf St. Kitts.«

»Scheiße! Hast du eine Nummer, unter der ich ihn erreichen kann?«

»Schreib auf.«

Dag notierte sich die Nummer und versuchte Lester auf seinem Mobiltelefon zu erreichen. Dag hatte Bogaert, den Gemeindebeamten, dessen Tochter verschwunden war, völlig vergessen. Lester hatte herausbekommen, daß das Mädchen mit einem kleinen Dealer abgehauen war. Seit mehreren Wochen war Lester ihr auf der Spur. Plötzlich ertönte seine rauhe Stimme. Es rauschte in der Leitung.

»Hello?«

»Lester, ich bin's«, sagte Dag auf englisch. »Hör zu, es tut sich was. Hast du etwas von der Frau gehört, die gestern in Grand-Bourg erschossen wurde?«

»Ja, in den Nachrichten. Warum? Ich muß los, Dag.«

»Tut mir leid, aber es ist dringend. Ich muß wissen, wer diese Frau war.«

»Ich bitte dich, mein Lieber, aber wie soll ich das wissen?«

»Florida.«

»Wie bitte?«

»Florida. Sie hatte einen Auftrag, Lester. Sie sollte mich umbringen.«

»Was? Gib mir Details.«

Dag erzählte ihm alles, was er wußte.

»Okay, ich rufe dich gleich zurück.«

Nachdem Dag ihm die auf dem Telefonapparat stehende Nummer diktiert und eingehängt hatte, begann er, unter dem nachsichtigen Blick von Pfarrer Léger im Wohnzimmer auf und ab zu gehen. Wind war aufgekommen, heftige Böen fegten durch die Straßen. Der Lebensmittelhändler brachte in aller Eile seine Stellagen in Sicherheit, die auf dem kleinen Marktplatz versammelten Verkäuferinnen transportierten Obst und Gemüse in ihren weiten, geblümten Schürzen zu den Lieferwagen.

»Warum zum Teufel – Entschuldigung – hat man dieses Dossier geklaut?« fragte Pfarrer Léger plötzlich.

»Wegen der an Kommissar Cornet gerichteten Notiz. Sie dürfen nicht vergessen, daß es nicht an seinem eigentlichen Platz lag. Ich bin ganz und gar zufällig in seinen Besitz gelangt. Dieses Dossier enthält den einzigen Hinweis, der unsere Hypothese vom rückfälligen Mörder untermauert. Morgen werde ich Darras anrufen, vielleicht besitzt er eine Kopie davon. In dem Fall hätte der Diebstahl der Akte nicht den geringsten Sinn«, murmelte Dag und sah die ersten Regentropfen fallen.

»Eine Bedeutung hat der Diebstahl allerdings schon«, erwiderte Pfarrer Léger. »Er beweist nämlich, daß jemand das Verschwinden des Dossiers bemerkt haben muß.«

»Das kann nur Francis Go sein. Entweder hat er sie selbst geholt, oder er hat jemanden damit beauftragt, das für ihn zu erledigen. In beiden Fällen steckt er ganz schön in der Scheiße.«

Pfarrer Léger beugte sich nach vorne und stützte sich mit den Ellbogen auf seine Knie.

»Klar, aber es gibt noch zwei weitere Möglichkeiten.«

»Welche?«

»Erstens: der junge Inspektor, der Sie auf den Mord an Jennifer Johnson aufmerksam gemacht hat. Er kann ins Archiv gegangen sein und den Diebstahl bemerkt haben.«

»Er wäre allerdings niemals hierhergekommen, um die Akte wieder an sich zu nehmen und Sie niederzuschlagen. Er kann schließlich nicht wissen, wo ich mich aufhalte – es sei denn, er ist mir gefolgt. Aber das halte ich für ausgeschlossen.«

»Sie haben recht, aber es hätte durchaus sein können. Bleibt Louisa.«

»Was, Louisa?« fragte Dag voller Entrüstung.

»Sie haben Louisa von der Akte erzählt. Möglicherweise hat Go gar nichts mit dieser Sache zu tun.«

»Sie glauben doch nicht im Ernst, Louisa kennt den Mörder und hatte nichts Eiligeres zu tun, als ihm von mir zu erzählen, bevor sie mir die Briefe überreichte, die seine Existenz bestätigen? Unsinn«, entgegnete Dag und schlug mit der Faust auf die alte Anrichte, die gefährlich wackelte.

»Vielleicht hat sie in aller Ahnungslosigkeit mit jemandem darüber gesprochen...«

Theatralisch schlug Dag sich mit der Hand gegen die Stirn.

»Francisque! Der liebe Francisque, der mich angeblich rein zufällig bei Loiseau gesehen hat.«

»Somit haben wir zwei verschiedene Pisten: Kommissar Go und Francisque. Keine leichte Entscheidung. Zumal wir damit rechnen müssen, daß sowohl Francisque als auch Louisa Agenten von Kommissar Go sind.«

»Schwindelerregende Aussichten... Sie scheinen ein Fan der Kunst des *Trompe-l'œil* zu sein.«

»Apropos Kunst. Könnten Sie mir vielleicht erklären, was dieser maskierte und von Kometen umkreiste Surfer auf Ihrem linken Vorderarm zu bedeuten hat? Sind Sie Mitglied einer interplanetarischen Vereinigung?«

Das Telefon läutete und hinderte Dag daran, auf die Spöttelei des Pfarrers zu antworten. Lesters tiefe Stimme:

»Bist du's, Dag?«

»Ja. Hast du was rausgefunden?«

»Nicht viel. Doch halt dich fest. Meinen Freunden aus Miami zufolge heißt die Frau, auf die deine Personenbeschreibung paßt, Anita Juarez. Eine große Nummer. Sie arbeitete vor allem für Auftraggeber aus Südamerika: Brasilien, Venezuela. Wenn nötig, unternahm sie auch Ausflüge in unsere Gegend. Und vor nicht allzu langer Zeit arbeitete sie für einen guten Freund von dir...«

»Für Voort?«

»Nein, es war schon eine ernsthafte Sache. Kommst du nicht drauf? Für den Kumpel deiner Charlotte...«

»Paquirri?«

»Bravo, *querido*. Für Vasco *El grande* höchstpersönlich. Da bist du baff, was?«

»Scheiße!«

»Du sagst es. So, ich muß jetzt Schluß machen, die Kleine ist eben aufgetaucht.«

»Welche Kleine?«

»Die Tochter von Bogaert. Ich bin hier schließlich nicht im Urlaub! Also, amüsier dich, Schätzchen.«

»Scher dich zum Teufel!«

»Du bist einfach zu süß, Mister Leroy.«

Lester schickte einen schmatzenden Kuß durch die Leitung und hängte ein.

Dag legte den Hörer auf. Vasco Paquirri. Er wandte sich an Pfarrer Léger, der ihn neugierig anschaute.

»Mein Kompagnon hat über Freunde herausbekommen, wer

der letzte Auftraggeber der Frau war, die mich umbringen wollte.«

»Und?«

»Nun, es ist der Freund von Charlotte Dumas, ein Kokaindealer.«

»Sieh an, sieh an... Sie sind doch nicht etwa jemandem in die Falle gegangen?« bemerkte der Pfarrer nachdenklich.

»Keine Ahnung. Ich verstehe überhaupt nichts mehr«, murmelte Dag und ließ sich auf das Sofa fallen.

Das plötzlich einsetzende Geräusch von rauschendem Wasser ließ die beiden Männer aufblicken. Draußen goß es in Strömen, ein Regen so dicht wie ein Vorhang nahm fast völlig die Sicht. Es wurde immer dunkler, so daß Pfarrer Léger sich nach vorne bückte, um die kleine Lampe auf dem Tisch einzuschalten. Der Wind blies zunehmend heftiger, nicht weit vom Haus entfernt war das Klirren zerbrechenden Glases zu hören.

»Jetzt geht's los«, murmelte Dag. »Vielleicht wäre es besser, die Fensterläden zu schließen...«

»Das würde ich gern Ihnen überlassen, wenn es Ihnen nichts ausmacht.«

Dag betrachtete Pfarrer Léger. Er wirkte müde, beinahe erschöpft, und mußte schreckliche Kopfschmerzen haben.

»Sie sollten sich hinlegen.«

»Sie haben recht. Ich möchte sein wie ein junger Mann, doch mein Körper läßt mich im Stich. Ich werde mich ein wenig ausruhen.«

Mühsam erhob sich der alte Herr aus seinem Sessel und trottete in Richtung Schlafzimmer. Dag machte die Läden zu. Es regnete so heftig, daß er klatschnaß war, als die Fenster endlich geschlossen waren. Er schüttelte die Tropfen aus seinem Haar und lächelte, als er das Schnarchen aus dem Schlafzimmer hörte. Der Pfarrer war mit den Kräften am Ende. Doch Dags Lächeln verging so schnell, wie es gekommen war. Jetzt saß er endgültig im Pfarrhaus fest. Dieser Tropenregen blockierte jede weitere Unternehmung, und nun konnte er nichts anderes tun, als den ganzen Tag über zahllosen Fragen zu brüten. Er schaltete das Radio ein.

»...bestätigt, daß Charlie die Insel Guadeloupe am späten Vormittag von Osten her erreichen wird. Der Orsec-Zyklon-Plan kann jederzeit in Kraft treten. Letzten Schätzungen zufolge dürfte Charlie sich darauf beschränken, Sainte-Marie zu streifen, wo der Notdienst der Zivilen Sicherheit in Alarmbereitschaft ist. Wenn Sie in einem Risikogebiet wohnen, rufen Sie die Nummer 45 22 22 an. Ich wiederhole...«

Dag drehte den Ton ab. Natürlich hatte er keine Sekunde lang daran gedacht, sich den Wetterbericht anzuhören! Sainte-Marie lag im Westen, im Schutz der riesigen Insel Guadeloupe. Mit ein wenig Glück würde es hier keine allzu großen Schäden geben. Nicht wie damals, als sein Vater geköpft worden war wie ein Huhn... Er war völlig betrunken gewesen und wollte rausgehen, um eine Flasche Rum zu holen, die er im Garten vergessen hatte. Die Wellblechplatte kam waagerecht auf ihn zugeschossen, getragen von einem Orkan, der mit einer Geschwindigkeit von 140 Stundenkilometern über die Insel raste. Unter den entsetzten Augen der Nachbarn rollte der Kopf seines Vaters unter einen Bananenbaum, während gleichzeitig sein ganzes Haus hinweggefegt wurde. Dag kreuzte damals gerade mit seinem Schiff vor Guyana. Er erhielt die Nachricht erst zwei Tage später, als es ihm endlich gelungen war, sich telefonisch mit der Gendarmerie in Verbindung zu setzen.

Dag seufzte. War dies tatsächlich die Art von Erinnerungen, denen man an einem solch düsteren, trostlosen Tag nachhängen sollte? Als er auf der Anrichte ein Patience-Spiel entdeckte, beschloß er, sich eine kurze Pause zu gönnen. Er hatte die Erfahrung gemacht, daß man bei Rätseln, genau wie in der Liebe, gelegentlich eine kleine Unterbrechung einlegen muß, um anschließend zu einer definitiven Entscheidung zu finden.

Ratlos legte Louisa den Hörer auf. Der Regen war stärker geworden, der Wind peitschte die Bäume, die sich unter seiner Wucht zur Seite neigten. Nicht gerade das ideale Wetter für einen Spaziergang zur ehemaligen Zuckerfabrik. Andererseits hatte der Pfarrer sehr aufgeregt geklungen. Während Louisa an ihrem Daumennagel herumknabberte, wägte sie das Für und Wider gegeneinander ab. Dafür: Pfarrer Léger war alt, allein und in großer Angst. Er hatte darauf bestanden, daß sie die Briefe *sofort* abholen sollte. Dagegen: ein Zyklon näherte sich, und die alte Zuckerfabrik, der Ort ihres Treffens, lag nicht im geschützten Teil der Insel. Einen Moment lang dachte sie daran, ihren Bruder oder Francisque zu informieren, doch das hätte nur zu endlosen Fragen geführt. Martial war engstirnig und Francisque krankhaft eifersüchtig. Wenn er jemals erfahren würde, daß sie sich heimlich mit Leroy getroffen hatte...

Aber was hatte es bloß mit diesen alten Briefen auf sich? Was hatte den Pfarrer zu der Bemerkung veranlaßt, es gehe um Leben und Tod, und sie müsse auf der Stelle zu ihm in die alte Zuckerfabrik kommen? Es wäre besser hinzugehen, dann hätte sie sich nichts vorzuwerfen. Der Moment schien günstig, denn ihre Mutter hatte sich in ihr Zimmer zurückgezogen, und Martial hatte angekündigt, daß er erst am Abend von einem Besuch bei seinen Cousins zurückkehren würde. Louisa nahm den leeren Umschlag, der die letzte Stromrechnung enthalten hatte, und kritzelte darauf: »*Mutter, ich bin im Pfarrhaus, ich werde bald wieder zurück sein, mach dir keine Sorgen.*« Schnell zog sie ihren Morgenrock aus, schlüpfte in Jeans, Sweatshirt und rote Gummistiefel, nahm ihre Regenjacke und verließ das Haus.

Der Regen schlug ihr so heftig entgegen, daß sie unwillkürlich einen Schritt zurückwich. Der Wind toste mit ohrenbetäubendem Lärm. Louisa beugte ihren Oberkörper nach vorne, um sich dem Wind so wenig wie möglich auszusetzen, und machte sich auf den Weg. Die verfallene Zuckerfabrik lag am Rand des Viertels, in dem früher die Sklaven gelebt hatten. Sümpfe machten das Gebiet jetzt unbewohnbar. Nur die jungen Leute gingen nachts gelegentlich dorthin, um sich im Schutz der Dunkelheit in dem verlassenen Gebäude zu amüsieren.

Als ein besonders heftiger Windstoß Louisa gegen eine Mauer drückte, wurde ihr bewußt, daß der Sturm noch stärker geworden war. Vielleicht hatte Charlie den Kurs gewechselt – sie hätte sich den letzten Wetterbericht anhören sollen. Die Straße war menschenleer, gewaltige Wogen zerschellten am Strand und überfluteten die alten Pontons. Die Palmen schwangen bedrohlich hin und her. Ein von der Gischt hochgehobenes Boot wurde gegen den Deich geschleudert. Was war bloß in sie gefahren, bei diesem Wetter das Haus zu verlassen? Sie mußte verrückt sein. Ein Ast raste schlingernd an ihrem Kopf vorbei und prallte gegen die Windschutzscheibe eines Autos, die sogleich in Scherben zerbarst. Plötzlich bekam Louisa große Angst. Doch bis zur Zuckerfabrik war es nicht mehr sehr weit, und dort könnte sie sich unterstellen. Und wenn der Pfarrer tatsächlich in Gefahr schwebte? Und wenn Leroy nicht derjenige war, der zu sein er behauptete? Louisa beschleunigte ihre Schritte. Der Regen lief ihr über das Gesicht und hinderte sie daran, klar zu sehen, tropfnaß klebte die Kapuze der Regenjacke an ihrem Kopf, und sie hatte Mühe, gegen das dreißig Zentimeter hohe Wasser anzukämpfen, das die Straße wie ein Sturzbach herunterschoß.

Wütend warf Dag die Karten auf den Tisch. Normalerweise ging seine Patience immer auf! Er legte die Karten auf die Anrichte zurück und knackte mit den Fingern. Draußen goß es nach wie vor in Strömen, der Wind heulte wie das Nebelhorn eines gewaltigen Ozeandampfers. Dag erhob sich, ging ein paar Schritte im dunklen Zimmer auf und ab, seufzte. Er dachte an Louisa. Gewiß stellte sie sich Fragen über ihn. Die reizende, jähzornige Louisa, die einzige Person außer Pfarrer Léger, die wußte, daß er Jennifers Akte aus dem Archiv gestohlen hatte. Wem hatte sie davon erzählt? Plötzlich wurde Dag unruhig. Und wenn er sie in Gefahr gebracht hatte? Immerhin war Pfarrer Léger niedergeschlagen worden... Vielleicht müßte er sie anrufen, um ihr zu sagen... Ihr was zu sagen? Daß sie niemandem trauen dürfe? Niemandem die Tür öffnen solle? Lächerlich, sie würde sich lustig machen über ihn. Und wenn ihr doch etwas zustieße? Er beschloß, sie anzurufen, um ihr von dem Überfall auf Pfarrer Léger zu erzählen. Dann müßte sie selbst entscheiden, ob sie die Sache ernst nähme oder nicht. Er griff nach dem alten Telefonbuch, das neben dem Sessel auf dem Boden lag, und ließ seinen Zeigefinger über die vergilbten Blätter gleiten: Rodriguez, na also...

Es klingelte lange, doch niemand hob ab. Entweder war niemand zu Hause oder die Leitung war gestört. Als Dag gerade auflegen wollte, meldete sich eine schläfrige Frauenstimme:
»*Bonjou*«
»Bonjour, Madame, könnte ich bitte mit Louisa sprechen?«
»Einen Moment, *si ou plé... Louisa!*«
Dann raschelte es, als ob Madame Rodriguez etwas suchte.
»Ach, entschuldigen Sie. Ich habe soeben einen Zettel von ihr gefunden. Sie ist nicht hier, sie ist im Pfarrhaus. Rufen Sie heute abend noch einmal an.«
»Im Pfarrhaus?«
»Ja, bei Pfarrer Léger.«
Dag spürte, wie sein Herz schneller zu schlagen begann.
»Ist sie schon lange fort?«
»Keine Ahnung, ich habe geschlafen.«
Dag verabschiedete sich und legte ratlos auf. Trotz der Orkanwarnung war Louisa nach hierher unterwegs. Warum? Was war passiert? Und weshalb war sie noch nicht eingetroffen? Nervös fuhr er sich mit der Hand durch das Haar.

Irgend etwas stimmte nicht. Bei diesem Wetter ging niemand

ohne guten Grund vor die Tür. Fühlte Louisa sich bedroht? Doch war es in dem Fall nicht noch gefährlicher, hierherzukommen? Dag stellte sich Louisa im Regen vor, verfolgt von einem leisen Schatten. Er hielt inne. Der Pfarrer schlief immer noch, hinter der geschlossenen Tür waren keinerlei Geräusche zu hören. Noch bevor er sich bewußt dazu entschlossen hatte, Louisa entgegenzugehen, griff er nach seiner alten Jacke und öffnete die Tür.

Er hatte Mühe, sie gegen den Wind zu schließen, und konnte gerade noch sehen, wie die Papiere von Pfarrer Léger im Luftzug durch das Zimmer wirbelten. Ihm auch egal. Die Jacke bot kaum Schutz gegen den Wolkenbruch, und nach kurzer Zeit klebte sie an Dags Körper wie eine bleierne Haut. Dag legte sich beide Hände wie einen Schirm über die Augen, um durch die Wasserwand, die die Straße verschleierte, überhaupt etwas erkennen zu können. Es war kein Mensch zu sehen. Normalerweise hätte Louisa von rechts kommen müssen. Er machte einige Schritte in diese Richtung, als ihn ein schriller Pfiff zusammenzucken ließ.

»He, Sie da!«

Dag drehte sich um. An der Straßenecke stand ein Lastwagen der Zivilen Sicherheit. Der Fahrer winkte ihm mit aufgeregten Gesten zu.

»Was laufen Sie da herum? Gehen Sie ins Gemeindehaus!« brüllte der Mann aus dem Wagenfenster heraus.

»Ich warte auf jemanden aus dem Taucherklub«, brüllte Dag zurück.

»Unmöglich. Die Straße ist wegen der Wellen unpassierbar, aus dieser Richtung kann niemand kommen! Bringen Sie sich in Sicherheit, in einer halben Stunde wird es hier noch schlimmer werden!«

Mit einem Ruck startete der Lastwagen und fuhr langsam die Hauptstraße entlang, während aus dem Lautsprecher auf dem Dach die Durchsage erklang:

»Achtung, Achtung! Eine wichtige Mitteilung an die Bevölkerung! Im Gemeindehaus wurde ein Notquartier eingerichtet. Ich wiederhole: im Gemeindehaus. Wenn Ihr Haus nicht sicher ist, begeben Sie sich umgehend ins Gemeindehaus. Falls Sie Hilfe benötigen, rufen Sie die Nummer 15 22 an. Ich wiederhole: die Nummer 15 22.«

Mit wachsender Besorgnis schaute Dag dem davonfahrenden Lastwagen hinterher. Die Straße, die zu Louisas Haus führte, war unpassierbar. Louisa war nicht daheim. Wo war sie? Einen Moment lang stellte Dag sich vor, sie sei von einer Flutwelle erfaßt worden und kämpfte nun vergeblich gegen die reißende Strömung an. Nein, Louisa wäre nicht so dumm, die überflutete Straße zu nehmen. Aber wo war sie dann? Dag schaute zur anderen, zur linken Seite hinüber: Vielleicht hatte sie einen Umweg gemacht? In dem Fall könnte sie durch das alte Sklavenviertel zur Kirche gelangen. An den Wellblechhütten entlang, auf deren Dächern der Regen knatterte wie eine Maschinengewehrsalve, setzte Dag seinen Weg fort. Sämtliche Bewohner schienen evakuiert worden zu sein, alles war wie ausgestorben. Außer dem Rauschen des Regens und dem Brüllen eines eingesperrten Bullen waren keinerlei Geräusche zu hören.

Es war so dunkel geworden, daß Dag Mühe hatte, die Hand vor seinen Augen zu sehen. Schwarze Wolken jagten über den Himmel und stießen gegeneinander wie verrückt gewordene Autoscooter. Als er ein dumpfes Knirschen vernahm, drehte er sich um und sah, wie eine Hütte emporgerissen wurde, zuerst das Dach, dann die Seitenwände und schließlich Tisch und Stühle, die einen Moment lang durch die Luft zu schweben schienen, um dann an einem Bananenbaum zu zerschellen. Eine Böe brachte auch Dag aus dem Gleichgewicht und schleuderte ihn mit aller Wucht gegen einen Lichtmast, dessen Spitze in einer seltsamen Wellenbewegung hin und her schwang. In dem Augenblick wurde Dag sich des Ernstes der Lage bewußt. Nur ein Wahnsinniger wagte sich bei diesem Wetter auf die Straße. Aber was war mit Louisa? Wo war sie?

Dag stemmte sich weiter dem Wind entgegen. Wie ein Bergsteiger tastete er sich voran, an den Mauern der Häuser Halt suchend, um nicht umgeworfen zu werden. Gleichzeitig gab er, so gut er sehen konnte, acht, nicht von den überall herumfliegenden Gegenständen getroffen zu werden. Als er die Straße erreichte, die zur Zuckerfabrik führte, war er so erschöpft, als hätte er soeben einen Tausendmeterlauf absolviert. Vielleicht hatte Louisa sich unterwegs irgendwo in Sicherheit gebracht. Ja, das war am wahrscheinlichsten. Sie hatte in einem solide gebauten Haus Schutz gesucht. Unwillkürlich mußte Dag an das Märchen von den drei kleinen Schweinchen denken. Hoffentlich war Louisa in Sicherheit vor dem bösen Wolf.

Louisa erblickte ein großes, dunkles Gebäude und seufzte. Die Zuckerfabrik, endlich! Sie versuchte, schneller zu gehen, doch es fiel ihr schwer. Ihr rechtes Knie schmerzte. Als sie einem von der Flut mitgerissenen Auto ausweichen wollte, hatte sie sich heftig an einem Hydranten gestoßen. Humpelnd lief sie auf die rote Backsteinfassade zu, deren leere Fensteröffnungen dem Orkan trotzig die Stirn boten.

Die großen, wurmstichigen Holztüren hingen lose in den Angeln und wurden vom Sturm gegen die Mauern gedrückt. Nach wenigen Schritten gelangte Louisa endlich ins Innere. Dort war es dunkel und feucht. Der Wind, der durch die oberen Stockwerke heulte, erinnerte an eisige Gespensterschreie. Louisa schauderte. Sie merkte, daß sie vor Kälte ganz starr war. An einigen Stellen stürzte der Regen wie ein Wasserfall durch das löchrige Dach auf den Zementboden. Louisa ging um eine dieser Kaskaden herum und versuchte, in der Dunkelheit etwas zu erkennen. Mit einem Mal kam es ihr höchst unwahrscheinlich vor, daß Pfarrer Léger hiersein könnte. Nie und nimmer hätte der alte Mann es gewagt, bei diesem Wetter herzukommen, es sei denn, er hatte tatsächlich schreckliche Angst gehabt.

»Louisa!«

Sie zuckte zusammen und drehte sich in die Richtung, aus der die Stimme gekommen war. Doch außer alten, ausgedienten Maschinen, die wie schlafende Dinosaurier unter staubigen Leichentüchern lagen, war nichts zu sehen.

»Louisa! Schnell!«

Die Stimme klang wie ein Jammern, ein schmerzvolles Klagen.

»Wo sind Sie?« fragte Louisa mit tiefer Stimme, und ihre Frage hallte von den mit Salpeter bedeckten Mauern wider.

»Hier oben, schnell! Ich verblute...«

Entsetzt hob Louisa den Kopf. Oben? Wo oben? Es gab dort nur eine klapprige Verbindungsbrücke, die zu einer Außengalerie entlang der Mauern führte.

»Neben dem dritten Fenster, links«, murmelte die Stimme.

»Halten Sie durch, ich komme!«

Louisa suchte nach einem Aufgang und erblickte die eiserne Treppe, die zur Verbindungsbrücke führte. Vorsichtig tastete sie die Stufen mit den Füßen ab. Die Treppe schien solide zu sein. Rasch stieg sie hoch und gelangte auf die fünfzehn Meter über dem Boden schwebende Verbindungsbrücke. Auch sie schien standzuhalten, doch dann bemerkte Louisa einige Löcher in der rostigen Gitterkonstruktion. Es empfahl sich äußerste Vorsicht... Louisa klammerte sich an das Geländer und tastete sich Schritt für Schritt dem dritten Fenster entgegen, hinter dem wirbelnder Regen und dicke Wolken zu erkennen waren. Louisa zitterte vor Kälte und Anstrengung.

»Sind Sie noch da, Herr Pfarrer?«

Ganz in ihrer Nähe hörte sie ein gurgelndes Geräusch.

»Bleiben Sie, wo Sie sind, ich komme.«

Louisa erkannte eine dunkle Gestalt, die an der Wand zusammengesunken war, gleich rechts neben der leeren Fensteröffnung. Wie sollte sie den Pfarrer von hier wegbringen? Sie würde nicht genug Kraft haben, um ihn auf dem Rücken zu tragen. Eine falsche Bewegung, und der alte Mann würde in die Tiefe stürzen...

»Ich komme. *Resté la, an ka vin*...«

Nach wenigen Schritten würde sie ihn erreicht haben, doch als die Brücke plötzlich unter ihren Füßen zu schwanken begann, geriet sie in Panik. Mit beiden Händen hielt sie sich am Geländer fest, betete, daß das verrostete Eisen nicht nachgeben möge. Doch alles ging gut. Sie kniete sich neben die dunkle Gestalt und kniff die Augen zusammen. Sie konnte nun überhaupt nichts mehr erkennen.

»Was ist passiert? Sind Sie verletzt?«

»Kommen Sie näher«, murmelte der gegen die Wand gelehnte Mann.

Louisa beugte sich noch tiefer über ihn und konnte seinen warmen Atem auf ihren Wangen spüren.

»Antworten Sie, sind Sie verletzt?«

»Zwischen den Beinen«, erwiderte die bewegungslose Gestalt mit einem leisen Lachen.

Louisa dachte, sie hätte nicht richtig verstanden, als plötzlich eine stählerne Hand sie zwischen den Beinen packte. Sie hatte so wenig damit gerechnet, daß ihr nicht einmal Zeit blieb, Angst zu verspüren. Noch bevor sie sich wehren konnte, merkte sie, daß sie hochgehoben wurde und durch die leere Fensteröffnung in die Tiefe zu taumeln drohte, während eine sanfte Stimme ihr zuflüsterte:

»Stirb, mein Engel!«

Aus purem Reflex begann Louisa, mit Armen und Beinen zu rudern, wobei ihr rechter Fuß gegen die Mauer stieß und Gipssplitter sich aus der Wand lösten. Sie schlug mit aller Kraft um sich und hoffte inständig, wieder auf die Füße kommen und sich am Fensterrahmen festhalten zu können, doch sie konnte nicht verhindern, daß sie nach hinten fiel. Sie sah noch die dunkle

Gestalt auf der Brücke stehen, sah die schwarze, ins Gesicht gezogene Kapuze und die Kußhand, die ihr mit der Spitze der behandschuhten Finger zugeworfen wurde, bevor die Gestalt im Dunkel verschwand. Sie sah den kreisenden Himmel und die Wolken, die zu einer wirbelnden Spirale verschmolzen, sie spürte den Regen auf ihren zu einem stummen Schrei geöffneten Lippen, sie begriff, daß sie sterben würde.

Als sie endlich schreien konnte, schlug sie so heftig mit dem Rücken auf, daß sie keine Luft mehr bekam. Reglos blieb sie liegen und hatte einen Augenblick lang vergessen, was vor ihrem Sturz gewesen war. Sie konzentrierte sich auf eine einzige Tatsache: sie fiel nicht mehr. Ein Blitz zuckte am wütenden Himmel auf, riß ihn von oben nach unten entzwei, dann ertönte ein ohrenbetäubendes Donnern. Louisa wagte nicht, sich zu bewegen. Sie spürte, daß sie auf einem stabilen Untergrund lag, doch ihre Arme und Beine hingen in die Leere. Langsam, sehr langsam ließ sie ihren rechten Arm nach unten gleiten und betastete diese Unterlage. Eine harte, dicke Oberfläche aus Beton. Sie lag auf einem zementierten Block, der genauso breit war wie ihr Rücken. Sie versuchte sich zu orientieren, sich an das Aussehen der Fabrik zu erinnern. Ja, das war es. Die alte Förderrinne aus Zement, die von der zweiten Etage nach unten führte und in den Tank mündete. Sie war vor etlichen Jahren zusammengefallen, lediglich ein ungefähr zwei Meter langes und zwölf Meter über der Erde schwebendes Teilstück war übriggeblieben.

Louisa atmete tief durch, versuchte die panische Angst, die sie ergriffen hatte, zu überwinden. Immerhin, sie lebte, sie fiel nicht mehr. Doch sie hatte keine Ahnung, wie sie sich aus ihrer mißlichen Lage befreien könnte. Sie wußte nicht einmal, wie sie sich aufrichten sollte, ohne in die Tiefe zu stürzen, und außerdem war es gut möglich, daß sie sich den Rücken gebrochen hatte. Und dann war da noch der Zyklon über ihrem Kopf, der darauf lauerte, endlich in Aktion zu treten und sie von ihrem Hochsitz zu vertreiben.

Nein, es war nicht der richtige Moment zum Heulen! Mit unglaublichem Getöse erleuchteten nun mehrere schnell aufeinanderfolgende Blitze den auf einmal unbeweglichen Himmel. Von einer Sekunde zur andern hatte der Wind sich gelegt. Die Wolken bildeten eine dichte Schicht aus schwarzer Watte.

Louisa begriff, daß der Orkan unmittelbar bevorstand. Als sie sich aufrichten wollte, durchzuckte ein stechender Schmerz die obere Partie ihres Rückens.

»Oh, nein! Nein!« jammerte sie.

»Nicht bewegen!«

Hatte da jemand etwas gesagt? Ganz langsam drehte sie den Kopf, konnte jedoch nur ein Stück Mauer und einen entwurzelten Baum erkennen.

»Bleiben Sie, wo Sie sind, ich komme.«

Zehn Minuten zuvor hatte sie genau die gleichen Worte gesagt. War sie dabei, den Verstand zu verlieren? Einen unsinnigen Moment lang hoffte sie, alles wäre nur ein Traum. Doch der Regen auf ihrem Gesicht und die Kälte, die ihren Körper allmählich erstarren ließ, waren nur zu wirklich...

»Louisa! Halten Sie durch!«

Nein, sie hatte nicht geträumt. Jemand hatte ihr etwas zugerufen. Ein Mann. Man kam ihr zu Hilfe.

Dag war völlig durchnäßt und entmutigt und hatte gerade beschlossen, ins Pfarrhaus zurückzukehren. Grelle Blitze tauchten die Landschaft in rote Glut, umgaben die alte Zuckerfabrik mit einem elektrischen Lichterkranz und ließen ihn erkennen, daß im Umkreis von einem Kilometer keine Menschenseele unterwegs war. Plötzlich glaubte er aber, unter den Mangrovenbäumen ein Motorengeräusch gehört zu haben. Nein, er hatte sich geirrt, nichts als das Brausen des Windes. Er wollte bereits weitergehen, als eine Bewegung an der Grenze seines Blickfeldes seine Aufmerksamkeit weckte. Stürzte dort nicht etwas an der Fassade der alten Zuckerfabrik herab? Nein, das mußte er sich eingebildet haben. Ein weiterer Blitz erhellte den Hof, die Zisterne, das Gerüst der alten Kipplore und die kaputte Rinne – in deren Nähe sich ein Bein bewegte.

Dag schloß die Augen, öffnete sie wieder. Ein Bein. Er hatte ein hoch über dem Boden hängendes Bein gesehen. Ein Ast konnte es nicht sein, denn Äste trugen keine roten Gummistiefel. Es war ein Bein, und dieses Bein bewegte sich etwa zwölf Meter über der Erde. Dag fragte sich, ob möglicherweise jemand von einer Windböe dorthin geschleudert worden war. Panisch rannte er auf die Fabrik zu, stolperte bei jedem Schritt. Als er im einigermaßen sicheren Schutz der alten Mauern angelangt war, hob er den Kopf und erkannte Arme und Beine. Dort lag jemand, auf dem Rücken. Mit gebrochenem Rückgrat? Doch wie sollte er dorthin gelangen, um ihn zu retten? Das Bein bewegte sich, und Dag schrie:

»Nicht bewegen!«

Mit der Hand tastete er die Wand ab. Die aus dem Gips vorstehenden Ziegel boten guten Halt. Durch das Fenster zu steigen und zu dem Verletzten hinunterzuklettern war möglicherweise noch gefährlicher. Also beschloß er hinaufzusteigen. Der Wind hatte sich plötzlich gelegt. Es war beinahe völlig dunkel geworden. Höchstens fünfzehn Minuten später würde der Sturm erneut loslegen. Dag schrie ein weiteres Mal:

»Bleiben Sie, wo Sie sind, ich komme.«

Rasch stieg er hoch, achtete nicht auf den Regen, der auf seinen Rücken prasselte und seine Hände glitschig machte. Das Hochsteigen war nicht schwierig, er ließ das erste Stockwerk hinter sich, warf einen Blick auf die Rinne über ihm – und hätte um ein Haar losgelassen, als er Louisa sah. Louisa! Sie lag rücklings auf einer gebrochenen Förderrinne. Er beschleunigte sein Tempo und brüllte:

»Louisa! Halten Sie durch!«

Hatte da jemand ihren Namen gerufen? Sie litt tatsächlich unter Halluzinationen.

Mit letzter Kraft und völlig außer Atem erreichte Dag einen Mauervorsprung auf ihrer Höhe. Louisa bewegte sich nicht, ihr hübsches Gesicht war verkrampft vor Angst und Schmerz. Als sie den Kopf langsam in seine Richtung drehte, konnte sie einen Schrei der Verwunderung nicht unterdrücken:

»Leroy!«

Dieser Kerl war einfach unglaublich! Zuerst tauchte er mit einem Koffer voller düsterer Geheimnisse in ihrem Leben auf, und nun war er auch noch ihr Retter aus höchster Not.

»Später werde ich Ihnen alles erklären«, rief Dag ihr zu. »Zunächst einmal müssen wir von hier weg. Sind Sie verletzt?«

»Ich glaube ja.«

»Gut«, sagte er gedankenlos.

»Wenn Sie meinen...«, erwiderte Louisa mit einem erbarmungswürdigen Lächeln.

Dag dachte angestrengt über ihre Lage nach. Louisa war verletzt. Er würde sie auf dem Rücken tragen müssen. Zwölf Meter über dem Abgrund. Großartig.

Sie hob die Hand.

»Da oben. Das Fenster da oben...«

Dag sah ein riesiges Loch, ungefähr drei Meter über ihr.

»Dort gibt es eine Brücke und eine Treppe, über die wir wieder nach unten gelangen können.«

Dag mußte sich Louisa also auf den Rücken laden, mit ihr nach oben steigen und hoffen, daß der Sturm in der Zwischenzeit nicht wieder losbrach.

Er legte die Hände auf die Rinne und prüfte ihre Stabilität. Keine sehr angenehme Aussicht, auf diesem dreißig Zentimeter breiten Betonblock zu balancieren...

Er ging in die Hocke und beugte sich über Louisa, die das Gesicht ihres Retters auf dem Kopf stehend über sich auftauchen sah.

»Können Sie Arme und Beine bewegen?«

»Ich glaube schon.«

»Ich werde Sie hochheben und mir auf den Rücken packen, einverstanden?«

»Fabelhaft. Haben Sie einen Fallschirm dabei?«

»Keine Sorge. Wird schon klappen.«

»Wenn Sie es sagen...«

Sie spürte, wie Dags Hände unter ihre Achseln glitten. Louisa schloß die Augen.

»*Annou ay,* los. Eins, zwei drei...«

Langsam zog Dag Louisa hoch. Ein stechender Schmerz durchbohrte ihre linke Schulter, sie biß die Zähne zusammen, saß plötzlich auf dem Hintern und starrte in eine nachtschwarze Unendlichkeit.

»Gut. Und jetzt werden wir beide nach hinten rutschen. Ich halte Sie fest, und Sie lassen mich gewähren...«

»Was bleibt mir auch anderes übrig...«, rief sie und schloß von neuem die Augen.

Er legte beide Arme um sie. Sie konnte die Spannung in seinen Muskeln spüren. Er schloß die Hände um ihre Taille und rutschte langsam rückwärts, nach wie vor im Sitzen, wobei er sie Zentimeter für Zentimeter mit sich zog. Mit den Knien stemmte er sich gegen den Stein und versuchte, an nichts zu denken. Mit großer Erleichterung spürte er plötzlich die Fassade in seinem Rücken. Einen Moment lang hielt er inne.

Louisa öffnete die Augen. Sie hatten die Wand erreicht, für den Anfang nicht schlecht. Jetzt bräuchten sie sich nur noch aufzurichten – dabei war sie nicht einmal in der Lage, auf einen Hocker zu klettern, ohne daß ihr schwindelig wurde.

»Ich werde mich jetzt aufrichten, und dann hebe ich Sie hoch«, sagte Dag.

»Ja, ich hatte damit gerechnet, daß Sie das sagen würden.«

»Haben Sie Angst?«

»Nein, *mi plisi,* ich freue mich, ehrlich, ich finde es großartig...«, sagte sie lächelnd und mit pochendem Herzen.

»Ich wußte, daß Sie ein mutiges Mädchen sind.«

»Sparen Sie sich Ihre Komplimente. Machen wir weiter, andernfalls, fürchte ich, muß ich bald kotzen«, erwiderte Louisa, nachdem sie einen Blick in die Tiefe geworfen hatte.

Als Dag sie losließ, hätte sie am liebsten laut aufgeschrien. Statt dessen klammerte sie sich mit beiden Händen an die Rinne. Sie spürte, wie Dag sich hinter ihr bewegte. Und wenn er jetzt abstürzte? Dann würde sie hier oben festsitzen, bis sie vor Hunger sterben oder vom Blitz erschlagen würde.

Dag stützte sich mit dem Rücken an der Mauer ab und versuchte, sich mit Hilfe der Hände aufzurichten. Er setzte einen Fuß auf die schmale Kante des Steinblocks und geriet leicht ins Schwanken. Dann fand er das Gleichgewicht wieder, zog den zweiten Fuß nach und stand schließlich aufrecht da. Nun galt es, Louisa hochzuheben. Dag beugte sich nach vorne, packte sie unter den Armen und betete, sie möge ihn nicht aus dem Gleichgewicht bringen.

»Sind Sie bereit?«

»Alles klar!«

Nach einem kräftigen Ruck war Louisa halb aufgerichtet und hing wie eine Stoffpuppe in Dags Armen. Ihre Angst war so groß, daß sie nicht einmal wagte, den kleinen Zeh zu bewegen. Sie murmelte:

»Wissen Sie, ich leide schrecklich unter Schwindelgefühlen... Es ist so schlimm, daß ich nicht einmal auf einen Hocker steigen kann. Ich weiß, es ist dumm, aber...«

»Wird schon gehen.«

Wie sollte er es anstellen, sich zur Fassade umzudrehen, ohne in die Tiefe zu stürzen? Und wie sollte er Louisa umdrehen? Höhenangst macht ungeschickt. Plötzlich hatte er eine Idee.

»Louisa, hören Sie zu, ich werde mich bücken und Sie auf meine Schultern laden, während ich mich umdrehe.«

»Was?«

»Wir haben keine andere Wahl. Ich werde mich bücken, Sie quer auf meine Schultern nehmen und mich umdrehen. Wir kommen nicht weiter, wenn wir weiterhin dem Abgrund zugewandt bleiben.«

»Sie sind verrückt!« erwiderte Louisa mit erstickter Stimme.

»Schon gut. Dennoch werde ich mich jetzt bücken und Sie mit den Schultern hochheben. Halten Sie sich an meinem Hals fest.«

»Kommt nicht in Frage...«

Noch bevor sie ihren Satz zu Ende gesprochen hatte, spürte sie, wie Dags Kopf an ihrer Seite nach unten glitt. Seine Hand griff nach ihrem Handgelenk, und dann wurde sie in die Höhe katapultiert. In diesem Moment tat sie das einzige, was ihr möglich war: sie schrie, so laut sie konnte. Zuerst schien der Boden näher zu kommen, dann sah sie nur noch Wolken, und schließlich kam sie zum Stillstand, wobei sie mit dem Kopf gegen die Fassade schlug. Sie lag quer über den Schultern von Dag, unter ihr gähnte die Tiefe.

»Ich hasse Sie.«

»Das ist am Anfang immer so. Aber Sie werden sich daran gewöhnen«, keuchte Dag atemlos.

Die Wolken grummelten, in der Ferne tauchte ein greller Lichtstrahl das Meer in rote Glut. Dann war alles still. Kein Geräusch weit und breit. Mit einem Mal regnete es nicht mehr, von einer Sekunde auf die andere legte sich der Wind. Die Sonne schien. Dag hob die Augen. In einem Umkreis von etwa zwanzig Kilometern war der Himmel blau. Um diesen Kreis ballten sich dunkle Gewitterwolken zusammen, eine schwarze, kompakte Wolkenkette rund um das Auge des Zyklons. Eine fürchterliche Stille, die bis zu einer ganzen Stunde dauern konnte. Dann würde sich der Mechanismus in umgekehrter Richtung in Bewegung setzen und eine beschleunigte Sicht der Apokalypse bieten. Und währenddessen balancierte Dag eine Frau auf seinen Schultern – wie ein Akrobatenpärchen. Ein Tag, den man so schnell nicht wieder vergißt.

»Louisa, hören Sie mich?«

»Warum fragen Sie?«

»Sie werden sich jetzt an der Fassade abstützen und sich langsam aufrichten. Legen Sie Ihr rechtes Bein um meinen Hals, dann das linke auf die andere Seite, damit Sie sich rittlings auf mich setzen können, okay?«

»Soll das ein Witz sein?«

»Wir befinden uns im Auge des Zyklons; in zwanzig Minuten wird hier die Hölle los sein«, sagte Dag so gelassen wie möglich.

»Das Vorspiel war gar nicht so übel...«

»Louisa!«

Sie nahm tief Luft. Eigentlich hatte sie geglaubt, er würde sie retten... Doch falls nun Akrobatenstücke über einem Abgrund vollführt werden mußten, warum nicht? Niemand ist unsterblich. Aber mein Gott, welch schreckliche Angst sie hatte! Solch schreckliche Angst, daß sie einen Augenblick lang dachte, sie könne sich überhaupt nicht mehr bewegen. Dann kroch ihr rechtes Bein langsam an Dags Oberkörper hoch, was ihr erlaubte, ihren Körper aufzurichten und das andere Bein auf die andere Seite zu heben.

»Geschafft.«

»Gut.«

Dags Beine zitterten wie die eines müden Pferdes.

»Jetzt werde ich eine halbe Drehung machen, wie in der Schule auf dem Schwebebalken.«

»Stört es Sie, wenn ich schreie?« fragte Louisa, während sie sich an Dags krausem Haar festklammerte und die Füße unter seine Achselhöhlen klemmte.

»Sie sind auch so schon reichlich strapaziös, meine Liebe«, entgegnete Dag und zählte in Gedanken bis zehn.

Ohne zu antworten, schloß Louisa die Augen und sagte sich immer wieder: »*Pani problem,* er wird's schon schaffen, wie auf dem Schwebebalken, *pani problem*... es ist ganz einfach...«

Zehn! Dag stieß die Luft aus seinen Lungen und drehte sich um. Louisa war leicht, ungefähr achtundvierzig Kilo, und behinderte ihn nicht übermäßig. Einen Fuß ließ er über dem Abgrund schweben, auf dem anderen machte er eine langsame Drehung, na also, geschafft. Das Donnern setzte genau in dem Moment ein, als er beide Füße auf den Betonblock setzte und endlich dieser verfluchten, von Unwettern zernagten Fassade gegenüberstand.

Er lehnte sich dagegen, stützte sich mit beiden Händen daran ab. Louisa wurde mit dem Gesicht gegen den feuchten Stein gedrückt, doch diese Berührung mit der soliden Mauer tat so gut, daß sie sie am liebsten geküßt hätte... Er hatte es geschafft!

»Louisa!«

O nein, was denn jetzt noch? Rolle rückwärts?

»Legen Sie beide Hände um meinen Hals, lassen Sie sich über meinen Rücken nach unten gleiten, und schlingen Sie die Beine um meine Taille...«

»Ist das alles? Sie enttäuschen mich!«

»Los!«

Als Louisa die Hände unter Dags Kinn verschränkte, wurde ihr bewußt, daß sie den Schmerz in ihrer Schulter völlig vergessen hatte. Doch schon im nächsten Moment machte er sich erneut mit der Heftigkeit eines Dolchstoßes bemerkbar. Langsam ließ sie sich nach unten gleiten und schlang ihre Beine um Dags Taille. So, nun saß sie wie ein Saugnapf an ihm fest. Die Kletterpartie konnte beginnen.

Dag schaute hoch. Drei Meter, die würden schnell bewältigt sein. Ein Kinderspiel. Er hob das Bein, suchte nach einem vorstehenden Stein und zog sich zwanzig Zentimeter hoch. Wichtig war nur, es zu schaffen, egal, wie lange es dauerte. Erneutes Donnern, ganz in der Nähe. Die Luft schien zu erstarren. Zuerst die Hand, dann der Fuß, sich abstützen, sachte, die Festigkeit des Steins prüfen, die Hand, der Fuß, nicht in die Tiefe blicken, nicht auf das nach hinten ziehende Gewicht achten, die Hand, der Fuß, fest zupacken, nicht zulassen, daß die Fußspitze wegrutscht, wieder von vorne beginnen, sich vorstellen, die

Sohle würde mit Leim an der Mauer festkleben, die Hand, der Fuß, wenn sie ihren Würgegriff nicht bald lockert, werde ich abstürzen, atmen, jetzt nur keinen Krampf bekommen, nein, und weiter, noch ein Stückchen, die Hand, der Fuß – dann endlich fand Dag Halt am Fenster.

»Louisa! Halten Sie sich fest, und klettern Sie hinein.«

Louisa zögerte kurz: Was wäre, wenn der andere Kerl immer noch dasein und sie erneut in die Tiefe stoßen würde? Wenn er das Schauspiel genüßlich beobachtet hatte und nun auf sie wartete, um sie ein weiteres Mal in den Tod zu schicken?

»Beeilen Sie sich, Herrgottnochmal!« schrie Dag, als er spürte, wie seine Wadenmuskeln sich krampfartig zusammenzogen.

Mühsam löste Louisa ihre Hände, griff nach dem Fenstersims und zog sich mehr schlecht als recht ins Innere. Sie war drin! Sie konnte es kaum fassen! Wieder drin, auf der guten, alten Brücke! Sie hörte, wie hinter ihr jemand stöhnte, und drehte sich um: Dag Leroy! Um ein Haar hätte sie ihn vergessen.

Sie griff nach seinen Händen und zog ihn mit aller Kraft zu sich. In dem Moment machten sich die Schmerzen in ihrem Schulterblatt ohne Vorwarnung und so heftig bemerkbar, daß sie rücklings zu Boden fiel. Und Dag auf sie.

»Alles in Ordnung?« fragte Dag, außer Atem.

»Meine Schulter... Es fühlt sich an, als hätte man mit einer Rakete auf mich geschossen...«, antwortete Louisa. Gleichzeitig versuchte sie, die Tränen, die ihr vor Schmerz in die Augen stiegen, zurückzudrängen.

Dag richtete sich halb auf. Schweißgebadet saßen sie sich in der Dunkelheit gegenüber. Dag merkte, daß er zwischen Louisas Beinen kniete.

»Entschuldigung...«

»Ich bitte Sie. Machen Sie schon, stehen Sie auf. Den Notdienst werden wir später rufen.«

Er erhob sich.

»Ich fürchte, wir müssen alleine zurechtkommen. Haben Sie große Schmerzen?«
»Ich könnte mit dem Kopf gegen die Wand rennen.«
Dag lächelte, obwohl die Situation keineswegs dazu angetan war.
»Haben Sie immer solche Scherze parat?«
»Je nachdem. Wenn ich Typen begegne, die wirklich Humor haben...«, erwiderte sie und unterdrückte ein Stöhnen.
»Ich glaube, wir müssen hierbleiben, bis der Sturm sich gelegt hat.«
»Und ich brauche bloß die Zähne zusammenzubeißen, nicht wahr?«
»Tut mir leid, aber wir haben keine andere Wahl.«
Er setzte sich neben sie und fragte sich, ob Pfarrer Léger inzwischen wach geworden war und was er von seinem Verschwinden halten würde. Louisa atmete heftig und schnell. Als er ihr schmerzverzerrtes Gesicht sah, hob er die Hand und streichelte ihr sanft über das Haar. Sie deutete ein jämmerliches Lächeln an.
»Danke.«
»Wie ist das passiert?«
»Ein richtiges Märchen!«
Und dann erzählte sie ihm, was geschehen war.

9. KAPITEL

In Gedanken versunken betrachtete Kommissar Francis Go die vor ihm liegende Nachricht. Ein weißes, in der Mitte gefaltetes Blatt Papier, auf dem mit Schreibmaschine sein Name stand. Er zog ein zerknittertes Taschentuch aus seiner Hosentasche und tupfte sich sein schweißgebadetes Gesicht ab. Dann knüllte er das Taschentuch zusammen, nahm einen Kamm hervor und kämmte in aller Ruhe seine kurzen, schwarzen Locken, wobei feine Schweißperlen nach allen Seiten davonflogen. Schließlich hob er den Rand des Blattes hoch und betrachtete ohne jede Regung die beiden ans Papier geklebten Schamhaare. In dem Moment klopfte es an der Tür. Rasch ließ Go das Blatt in einer Schreibtisch-Schublade verschwinden und sagte mit gelassener Stimme:
»Herein.«
Es war Camille, ein junger Inspektor, der aufgeregt hereinstürmte und dabei seine Brille schwang wie ein Schwert.
»Endlich ist es soweit, Chef! Es gibt eine heiße Spur!«
»Wovon redest du?«
»Die Frau! A. J. Ich habe ihr Foto an sämtliche Flughäfen von Miami bis Lima gefaxt. Sie hatte ihr Ticket in Caracas gekauft. Der Mann am Schalter kann sich genau an sie erinnern. Sie trug sich unter dem Namen Anita Juarez ein. Aber das ist noch nicht alles! Sie war ohne Begleitung und erwartete offensichtlich jemanden im Flughafengebäude. Dann kreuzte plötz-

lich ein Mann auf, ein blonder, germanisch wirkender Typ im Trainingsanzug, der zwei dunkelhaarige Kinder bei sich hatte. Die Frau las in einer Zeitschrift, einem Tauchsport-Magazin. Sie warf einen Blick auf den Mann und die Kinder, sagte jedoch nichts. Der Mann ließ die Kinder eintragen, schaute sich um, und dann plötzlich ging er auf die Frau zu. Die beiden begrüßten sich, als seien sie alte Bekannte. Anschließend ging die Frau mit den Kindern an Bord, und die Kinder sagten Mama zu ihr. Der Schalterbeamte wunderte sich, daß die Frau ihre eigenen Kinder nicht erkannt hatte, als sie das Flughafengebäude betraten...«

»Seltsam, in der Tat«, bestätigte Go und dachte an die Schamhaare in der Schublade. »Buben?«

»Zwei. Sie wurden unter den Namen Diego und Martial Juarez eingetragen.«

»Und was noch?«

»Falsche Adresse, falsche Ausweispapiere«, erwiderte Camille triumphierend.

»Aber warum, zum Teufel, kommt eine Frau mit zwei Kindern, die nicht ihre sind, nach Grand-Bourg und wird dann hier abgeknallt?«

»Vielleicht benötigte sie eine Tarnung«, meinte Camille, während er seine kurzen Locken glattstrich.

Go sah ihn mit einem boshaften Lächeln an.

»Weißt du, Camille, du bist gar nicht so blöd. Aber weißt du auch, daß zur Zeit ein Zyklon über der Insel wütet? Und daß wir gebeten wurden, für die Aufrechterhaltung der öffentlichen Ordnung zu sorgen? Los! Zieh deine Kampfuniform an!«

Camille seufzte. Ein Zyklon. Wie dumm! Noch dümmer allerdings war es, sich einen Feuerwehrhelm auf den Kopf zu setzen und ein paar armselige Kerle daran zu hindern, Geschäfte zu plündern! Doch es hatte keinen Sinn, darüber zu diskutieren. Die tote Anita Juarez mußte eben warten.

Als sein Mitarbeiter das Zimmer verließ, schaute Go ihm mit

zusammengekniffenen Augen hinterher. Dann erhob er sich und folgte ihm. Er durfte sich nicht den geringsten Fehler erlauben.

Louisa erzählte ihre Geschichte zu Ende, ohne daß Dag sie auch nur ein einziges Mal unterbrach. Als sie schließlich verstummte, breitete sich eine schwere Stille aus. Wasser tropfte auf den Zementboden. Dag kratzte sich an der Wange.
»Verdammte Scheiße!«
»Ein äußerst treffender Kommentar«, sagte Louisa und versuchte, eine weniger schmerzhafte Position einzunehmen.
»Das ergibt doch überhaupt keinen Sinn! Warum sollte jemand beabsichtigen, Sie zu töten?«
»Vielleicht, weil ich Ihnen die Briefe anvertraut habe? Oder weil Sie mir diese Geschichte erzählt haben?«
»Aber dann hätte man mich und nicht Sie in eine Falle locken müssen.«
»Seien Sie unbesorgt, Sie kommen schon noch dran.«
Noch bevor Dag eine Antwort geben konnte, ging das höllische Spektakel los. Ohne vorherige Ankündigung, ohne die geringste Warnung. Plötzlich kenterte der Himmel und stieß mit der Erde zusammen. Es gab ein fürchterliches Getöse, das innerhalb von Sekunden wirbelnde Wolkenbrüche freisetzte. Instinktiv zog Dag den Kopf ein und legte einen Arm um Louisas Schultern. Es war unmöglich, auch nur ein Wort miteinander zu sprechen, die Sintflut verschluckte alles. Wie die Heldin Dorothy in dem Film *Der Zauberer von Oz*, als sie von einem Wirbelsturm mitgerissen wird, mußte Dag unwillkürlich denken, und mit einem Mal kam ihm diese Szene seltsam realistisch vor. Durch die Fensteröffnung sah er, wie ein entwurzelter Bananenbaum durch die Luft gewirbelt wurde, einer dahinsegelnden Holzplatte begegnete und schließlich einer Autotür und einem kleinen Boot in die Quere kam. Alle möglichen und unmöglichen Dinge flogen durch die Luft, so jäh in die Höhe geris-

sen, als würden sie von einem riesigen Staubsauger angesaugt werden. Das Grollen wurde immer lauter, und es kam den beiden vor, als würde die Zuckerfabrik zittern. Ja, sie zitterte... Dag berührte die Wand, um sich ihrer Standfestigkeit zu vergewissern. Guter, solider Stein, der bereits anderen Zyklonen standgehalten hatte und nicht gerade jetzt zusammenbrechen würde.

»Was hat dieses Geräusch zu bedeuten?« schrie Louisa.

»Nun, ich weiß nicht, ob Sie das mitbekommen haben, aber draußen weht momentan ein kleines Lüftchen«, brüllte Dag zurück und deutete in die Wolken.

»Nein, das andere Geräusch. Das von unten kommt.«

Von unten? Dag hörte genauer hin und versuchte, sich nicht vom verrückten Schauspiel des Wirbelsturms, der die Luft zu einer Spirale formte, ablenken zu lassen. Das gewaltige Grollen kam näher. Es hörte sich an wie ein Aufmarsch von Riesen im Innern der Erde. Vorsichtig näherte Dag sich dem Fenster.

Zuerst konnte er nichts Außergewöhnliches erkennen. Doch dann sah er in der Ferne die von der rechten Seite herannahende Masse: eine Mauer mit einer weißen Krone. Es dauerte einige Sekunden, bis er begriff, was es war. Das Meer. Eine ungefähr zehn Meter hohe Wasserwand, die mit der Geschwindigkeit eines galoppierenden Pferdes näherkam, angesaugt und vorangetrieben von dem Zyklon. Sie kam geradewegs auf sie zu. Eine Flutwelle!

»Wir müssen von hier weg.«

»Sie sind verrückt! Wir müssen warten, bis der Sturm sich gelegt hat«, entgegnete Louisa.

»Louisa, eine zehn Meter hohe Flutwelle kommt direkt auf uns zu, alles wird weggeschwemmt werden!«

»Aber draußen ist es noch schlimmer.«

»Wir müssen laufen! Es ist eine gewaltige Woge, die sich über die Ebene ausbreiten und alles mitreißen wird.«

»Ihre Vermutungen hören sich zwar äußerst spannend an,

Leroy, doch wenn es sich um eine Flutwelle handelt, so wird die Fabrik eher standhalten als wir.«

»Wir werden von dieser gewaltigen Steinmasse erdrückt werden. Wir müssen abhauen.«

»Ich stimme dagegen.«

»Tut mir leid, aber die Abstimmung ist beendet.«

»Mistkerl!«

Trotz ihrer Gegenwehr hob Dag Louisa hoch, legte sie quer über seine Schultern und begann zu laufen. Sie müßten mindestens im Erdgeschoß sein, bevor die Welle die Fabrik erreichte.

»Sie Urzeitmensch! Sie Mistvieh!« schrie Louisa, während sie heftig hin und her geschaukelt wurde.

Dag eilte die Treppe hinunter und wäre um ein Haar auf dem glitschigen Boden ausgerutscht. Er rannte durch die riesige leere Halle Richtung Ausgang. Dort schlug ihnen der Wind so heftig entgegen, daß sie einen guten Meter zurückgeworfen wurden. Dag hielt sich an der Mauer fest, kämpfte sich weiter und blickte dem Meer entgegen. Gurgelnd näherte sich das Wasser: eine gefräßige Zunge, die im Begriff war, die Wiesen und Ruinen des alten Sklavenviertels zu verschlingen. Zur Flucht war es bereits zu spät. Dag setzte Louisa ab und sah sich verzweifelt nach einem Ort um, an dem sie sich in Sicherheit bringen könnten.

»Dort, hinter die Maschine!« schrie Louisa.

Dag schaute in die Richtung, in die Louisa deutete: In einer Ecke stand eine riesige stählerne Maschine, unter deren gewaltigem Gewicht der Zement Risse bekommen hatte. Mit etwas Glück würde dieses Mammut sich nicht von der Stelle bewegen. Sie duckten sich hinter die Maschine.

»Wozu dieses Monstrum wohl diente?« murmelte Louisa.

»Ehrlich gesagt, meine Liebe, ist mir das scheißegal!« erwiderte Dag.

Er löste seinen Gürtel und begann auch den von Louisa zu öffnen.

»Glauben Sie wirklich, dies ist der passende Moment? Außerdem hab ich nicht mal ein Präservativ dabei.«

»Keine Sorge, ich will bloß Ihren Gürtel.«

Mit wütendem Blick reichte sie ihn Dag und sah zu, wie er die beiden Lederriemen miteinander verband und die Enden um ihre Handgelenke schnürte.

»Ich will Sie nicht verlieren«, flüsterte Dag ihr ins Ohr, während er beide Arme um sie schlang und sich an einem der Stahlfüße festklammerte.

Louisa sagte nichts. Das Grollen war so nah und so laut, daß es sich anhörte, als würde ein Flugzeug landen. Stumm sahen die beiden sich an, tropfnaß und schlotternd vor Angst.

Und dann ergoß sich das Meer über die alte Zuckerfabrik. Die Mauern heulten und der Boden bebte, als die gigantische Welle durch die Fenster in der zweiten Etage eindrang. Mit einem dumpfen Krachen brach die Verbindungsbrücke zusammen. Überall brachen Kaskaden von Wasser herein. Dag konnte deutlich erkennen, wie unter dem Druck der Welle die Ziegel aus der Mauer sprangen und überall in der Fabrik Geysire emporschossen. Nur wenige Meter von ihnen entfernt gab die Treppe nach und wurde von der Gischt davongetragen. Es roch nach Salz und Algen, Möwen wurden von den Böen gegen die Wände geschleudert. Louisa spürte, wie das Wasser um ihre Beine strudelte und drohte, sie in einem makabren Tanz mitzureißen.

»Wir müssen auf die Maschine steigen!« schrie sie Dag zu.

Dag hob den Kopf. Ruckweise stürzten einzelne Mauerstücke und Teile des Dachs ein. Wenn sie nicht sofort etwas unternahmen, würden sie hier ertrinken. Dag nickte. Langsam zogen sie sich an dem Kolbengewirr hoch. Louisa versuchte sich zu erinnern, wie lange ein Zyklon dauerte. Eine Viertelstunde? Eine Stunde? Es kam ihr vor wie ein Traum – das zwischen den Fabrikmauern wirbelnde Wasser, die Schreie der verwirrten Möwen, der aufdringliche Algengeruch... Sie hatte das sonderbare Gefühl, sich auf dem Meeresgrund inmitten mysteriöser Ruinen verloren zu haben.

Als ein noch dumpferes, noch lauteres Krachen ertönte, sah Louisa völlig verblüfft, wie das Dach der Fabrik davonflog. Eine gewaltige Holz- und Metallkonstruktion, die in die Höhe gehoben wurde und dann auf die Erde krachte, wo sie in tausend Trümmer zerfiel. Nun war der nachtschwarze Himmel zu sehen, die gewaltigen Blitze flammten so klar und deutlich auf wie Lichtfunken eines Feuerwerks. Ein Vorgeschmack auf den Weltuntergang, dachte Louisa, die weder die Kälte noch ihre Schmerzen, nicht einmal Angst verspürte. Dieses Schauspiel war einfach zu gigantisch. Dag riß sie aus ihren Gedanken:

»Die Flut scheint nachzulassen...«

Louisa schaute sich um. Das Wasser drang weniger schnell ein und schien nun nicht mehr zu steigen. Vielleicht würden sie doch noch glimpflich davonkommen. Dann jedoch bemerkte sie etwas Eigenartiges: Es hatte den Anschein, als würde die Fabrik sich nach rechts neigen. Der Boden schien nachgegeben zu haben... Sie zupfte Dag am Arm, um ihn auf diese seltsame Erscheinung aufmerksam zu machen. Es folgte ein leichter Stoß, und die Maschine, auf der sie hockten, neigte sich ebenfalls eindeutig nach rechts.

»Der Boden...«, schrie Louisa entsetzt.

»Was?«

»Wir sinken! Die Sümpfe! Das Fundament ist unter dem Druck der Welle abgesackt. Wir müssen raus!«

Raus... Ja, selbstverständlich. Nichts einfacher, als sich in die wilden Fluten mit den massigen Trümmerteilen zu werfen... Wieder ein Ruck. Louisa spürte, wie sie ins Rutschen kam. Dag hielt sie am Kragen ihrer Regenjacke fest.

»Wir müssen tauchen!« schrie er.

»Niemals! Wir werden ertrinken!« protestierte Louisa.

»Entweder wir ertrinken, oder wir werden unter Hunderten von Kubikmetern Schlamm begraben. Sie haben die Wahl, meine Liebe!«

»Ihre Art, gewisse Dinge zu erläutern, ist einfach überwältigend...«, keuchte Louisa und gab sich alle erdenkliche Mühe, nicht den Kopf zu verlieren.

»Los!« schrie Dag und sprang ins schlammige Wasser, Louisa nach wie vor mit den Armen umschlingend.

Sie tauchten gut einen Meter unter, bevor sie wieder an die Oberfläche kamen und von den Fluten mitgerissen wurden.

»Legen Sie Ihre Arme um meine Taille!« befahl Dag.

Louisa gehorchte. Die Gischt brodelte, und hilflos trieben sie zwischen riesigen Trümmern umher. Verzweifelt ruderte Dag mit Armen und Beinen, um zum Ausgang zu gelangen. Mehrmals streiften sie Zementblöcke und Maschinenteile. Louisa schloß die Augen. Es war wie auf einem Karussell, auf einem rasenden Karussell, das ohrenbetäubenden Lärm erzeugt...

»Geschafft!«

Louisa öffnete die Augen, sah über sich den kreisenden Himmel. Sie fühlte sich von einer ungestümen Welle emporgehoben und begriff, daß sie den Ausgang erreicht hatten. Die ganze Ebene war überflutet, nichts als Wasser ringsumher.

»Achtung, Wasserschlangen!« schrie Louisa und deutete auf die getupften Streifen, die pfeilschnell durch die Wellen schossen.

»Was?«

»Die Schlangen! Sie sind äußerst giftig...«

Dag weigerte sich, sich jetzt Gedanken über eine solch delikate Begegnung zu machen. Er hatte genug damit zu tun, den Kopf über Wasser zu halten.

Plötzlich stießen sie gegen etwas Hartes, und Dag versank in den Fluten. Louisa spürte, wie sein Gewicht sie an dem Gürtel um ihr Handgelenk brutal hinabzog – nein, nicht jetzt! Er darf jetzt nicht untergehen! Mit aller Kraft versuchte sie, ihn wieder an die Oberfläche zu ziehen. Dabei merkte sie nicht einmal, daß sie schwamm und ihn hinter sich herzog, daß das Wasser nicht mehr anstieg, daß der Himmel aufklarte. Und dann spürte sie plötzlich etwas Festes unter den Füßen. Der Gürtel, der Dag und Louisa aneinanderfesselte, hatte sich an einem unvorhergesehenen Hindernis verfangen. Mit großer Vorsicht tastete Louisa um sich herum. Sie spürte etwas Hartes, Knotiges. Blätter strichen über ihre Arme. Ein Baum! Sie befanden sich in einer Baumkrone! Louisa griff nach einem Ast und hätte ihn am liebsten geküßt. Dag hustete und spuckte Wasser. Dann öffnete er die Augen.

»Wir sind auf einem Baum!« rief Louisa.

Völlig verdutzt starrte er sie an.

»Wie bitte?«

»Ein Baum! Wie sympathisch. Ein Mangobaum, glaube ich.«

Dag lehnte sich an einen breiten Ast und spuckte erneut Wasser aus.

»Schauen Sie!«

Louisa deutete auf die Fabrik, die etwa hundert Meter hinter ihnen lag. Inmitten der schlammigen Fluten hob sich die gewaltige rote Ziegelhalle vom schwarzen Himmel ab. Sie schwankte langsam von einer Seite auf die andere, bis sie wie ein untergehendes Schiff in den Fluten versank.

Außer Wasser und dem grauen Himmel war plötzlich nichts mehr zu sehen.

»Ich glaube, es ist vorbei«, sagte Louisa und hob den Kopf.

Im Westen breitete sich rasch ein Stück blauer Himmel aus, der Wind hatte sich gelegt. Einen Augenblick lang betrachteten Louisa und Dag das apokalyptische Szenario um sie herum. Dann schauten sie einander triumphierend an. Dag reichte Louisa die Hand, und sie drückte zu.

»Glückwunsch, Monsieur Leroy, wir haben überlebt.«

»Ich sagte Ihnen doch, daß man sich auf mich verlassen kann.«

Jetzt brauchten sie nur noch auf Hilfe zu warten.

Das Krankenhaus war überfüllt, durch die Gänge eilten erschöpfte Krankenschwestern. Ein junger Arzt betrat das Zimmer, wischte sich die Stirn mit dem Ärmel seines Kittels ab und wandte sich an Louisa:
»Und, wie fühlen Sie sich?«
»Gut. Nur ein wenig durcheinander...«
»Sie sind nicht die einzige. Kein Fieber?«
Ohne ihre Antwort abzuwarten, warf er einen Blick auf das Krankenblatt. Dann schaute er unter Louisas Augenlider und betastete ihren Gipsverband.
»Schulterblattbruch, das kriegen wir wieder hin. Wenn Sie ruhig liegenbleiben, bekommen Sie keinerlei Probleme.«
Als Louisa ihn fragen wollte, wie lange sie im Krankenhaus bleiben müßte, hatte der Arzt das Zimmer bereits wieder verlassen. Sie hörte, wie er auf dem Korridor seine Anweisungen gab. Sie blickte zu den anderen fünf Frauen hinüber, mit denen sie sich das Zimmer teilte. Eine von ihnen lag hinter einem Vorhang. Sie schienen zu schlafen – was auch Louisa guttun würde. Sie ließ den Kopf auf das Kissen sinken, atmete genüßlich den Geruch der sauberen, trockenen Laken und schlief ungeachtet der Aufregung auf den Gängen ein.

Pfarrer Léger ließ eine Geldmünze in den Kaffeeautomaten gleiten. Er wartete, bis der Becher sich gefüllt hatte, und reichte ihn Dag.
»Hier, das hilft Ihnen auf die Beine. Sie sehen aus wie ein begossener Pudel.«
Dag lächelte, als er den dampfenden Kaffee nahm, und lehnte sich an die Wand. In dem Aufenthaltsraum drängten sich besorgte Familien, die auf Nachrichten über ihre Verwandten warteten. Ein weinender Mann drückte zwei kleine Kinder an sich. Dag betastete den Verband um seinen Kopf. Eine Schürfwunde, nichts Schlimmes, hatte der Arzt gesagt und ihm eine Tetanusspritze gegeben. Dag hatte die Gelegenheit genutzt, ihm die

Wunde von Pfarrer Léger zu zeigen, der – wie er fand – ebenfalls das Recht auf eine Spritze und einen Verband hatte. Danach mußte Dag der aufgeregten Mutter von Louisa entgegentreten. Er erzählte ihr, Louisa hätte sich im Sturm verirrt, und weil sie nicht im Pfarrhaus aufgetaucht war, hätte er sich auf die Suche nach ihr gemacht. Zum Glück hatte Madame Rodriguez sich mit dieser Erklärung zufriedengegeben und nicht versucht, weitere Einzelheiten in Erfahrung zu bringen. Anschließend war sie nach Hause gegangen, gestützt von ihrem Sohn, der Dag unentwegt wütende Blicke zugeworfen hatte und sich offensichtlich sehr beherrschen mußte, ihm nicht an die Kehle zu gehen.

Dag trank einen Schluck Kaffee und verbrannte sich prompt die Zunge. Pfarrer Léger schien sehr besorgt zu sein.

»Louisa behauptet also, ich hätte sie angerufen, um mich mit ihr in der alten Zuckerfabrik zu verabreden? Aber das ist doch völlig absurd! Sie waren ja da, Sie hätten mich gehört!«

»Sie könnten einen Komplizen damit beauftragt haben, sie anzurufen«, entgegnete Dag spöttisch. »Und es gibt keinen Beweis dafür, daß Sie Ihr Zimmer nicht durch das Fenster verlassen haben, um sich tatsächlich zu der alten Zuckerfabrik zu begeben.«

»Mit solchen Dingen sollten Sie keine Witze machen! Ich habe das Pfarrhaus nicht verlassen. Wenn Sie mir nicht glauben, fragen Sie die Empfangsdame in der Ambulanz. Sie hat mich eine halbe Stunde nach Ihrem Weggang angerufen, sie kann bezeugen, daß ich dort war! Und soweit ich weiß, sind die Diener Gottes, im Gegensatz zu ihrem Herrn, nach wie vor nicht in der Lage, zur gleichen Zeit an verschiedenen Orten zu sein.«

»Es war doch nur ein Scherz! Tatsache ist jedoch, daß jemand sich Ihres Namens bedient hat. Jemand, der gewußt haben muß, daß Louisa mir die Briefe gegeben hat. Jemand, der über alles, was ich tue, ganz genau Bescheid weiß!«

Pfarrer Léger nickte.

»Ich denke schon lange darüber nach. Nur sehr wenige Leute können etwas von den Briefen und der verschwundenen Akte wissen. Eigentlich ist Louisa die einzige.«

»Damit wollen Sie doch wohl nicht sagen, daß Louisa diese Scheißverabredung in der alten Zuckerfabrik, bei der sie um ein Haar ums Leben gekommen wäre, selbst eingefädelt hat? Das ist doch blanker Unsinn!« erwiderte Dag.

»Nein, ich will damit nur sagen, daß die undichte Stelle von ihr ausgeht. Sie haben ihr alles erzählt, und sie hat mit jemandem darüber gesprochen. Mit ihrem Bruder oder ihrem Verlobten Francisque. Es sei denn, sie steht sogar mit Go in Verbindung, aus einem Grund, den wir nicht kennen.«

»Ich bekomme allmählich Kopfweh von all diesen Vermutungen«, sagte Dag und machte einen neuen Versuch mit seinem Kaffee, der immer noch nicht zu genießen war. »Scheiße, warum muß denn dieses Zeug so heiß sein!« schimpfte er gereizt.

»Etwas Heißes wärmt uns die Seele. Und wenn wir hier schon kein Kaminfeuer anzünden können, trinken wir eben eine Tasse Kaffee«, schlug Pfarrer Léger vor.

»Gibt es eigentlich eine einzige Sache auf der Welt, für die Sie keine Theorie parat haben?« fragte Dag und reichte Léger den Becher.

»Ja, Gott«, erwiderte der Pfarrer und schüttete das Getränk in einem Zug hinunter. »Gehen wir? Louisa ist versorgt, wir brauchen also nicht noch länger zu bleiben. Hier sind wir nur im Weg. Es hat eine Menge Verletzte gegeben.«

»Ich weiß, danke für die Belehrung.«

Dag war schlecht gelaunt. Glücklich zwar, daß die Sache noch mal glimpflich abgegangen war, aber gleichzeitig wütend auf sich selbst. Zudem hatte er allmählich das sichere Gefühl, von einem Geisteskranken an der Nase herumgeführt zu werden. Mit gerunzelter Stirn folgte er Pfarrer Léger.

Der Regen hatte aufgehört. Überall glitzerten Trümmer unter strahlendem Sonnenschein. Säuberungsmannschaften beseitigten den Schutt und warfen ihn auf alte Müllwagen. Laut palavernde Menschen wühlten im wüsten Durcheinander, das der Zyklon auf der Straße hinterlassen hatte: Wellblech, Kartons, Utensilien und Gerätschaften aller Art.

»Wir haben eine harte Strafe erhalten«, kommentierte Pfarrer Léger die Lage und winkte einer Frau aus seiner Pfarrgemeinde zu, die sich gerade über die Trümmer ihrer kleinen Hütte aus bunten Blechteilen beugte. »Ich glaube, ich werde diesen armen Leuten helfen müssen.«

»Sie sollten sich mit Ihrer Wunde nicht zu sehr anstrengen.«

»Ach, wissen Sie, bei dem Glück, das ich momentan habe, wird der Herr mich noch nicht so bald zu sich rufen. Ich habe so eine Ahnung, als hätte er ein sehr langes Leben für mich vorgesehen...«

Lächelnd sah Dag dem Pfarrer hinterher, der sich entfernte. Was war mit ihm, Dag selbst? Sollte er den anderen nicht ebenfalls helfen? Nein, ehrlich gesagt hatte er im Moment vor allem Lust, sich auf ein bequemes Bett zu legen und ein Nickerchen zu halten. Seine Kleider waren starr vor feuchtem Schlamm, sämtliche Muskeln taten ihm weh. Er würde ins Pfarrhaus zurückgehen, sich waschen und umziehen, und dann, wenn er ein oder zwei Stunden geschlafen hatte, dann würde er der in Not geratenen Bevölkerung zu Hilfe eilen.

Außer einem abgerissenen Fensterladen und einigen Wasserflecken an den Wänden hatte das Pfarrhaus keine größeren Schäden davongetragen. Dag entkleidete sich und betrat die kleine Duschkabine. Mit großer Lust drehte er den Warmwasserhahn auf und freute sich auf das sanfte Prickeln auf seiner Haut – doch er stand da und fror: Aus der verrosteten Leitung kam kein einziger Tropfen Wasser. Vermutlich waren die verfluchten Rohre geplatzt. Wütend trat er aus der Dusche. In diesem Zustand konnte er sich unmöglich ins Bett legen. Er nahm sein altes T-Shirt und benutzte es als Waschlappen, mit dem er sich, so gut es ging, sauberrieb. Dann ließ er sich auf die weißen Laken fallen. Endlich ein wenig Ruhe und Entspannung!

Go saß hinter seinem Schreibtisch und streckte sich. Er war müde. All die Stunden, die er damit verbracht hatte, durch die Straßen zu patrouillieren und diese Idioten daran zu hindern, die Geschäfte zu plündern... Der Zyklon war auf das offene Meer weitergezogen und hatte sich darauf beschränkt, die Insel zu streifen – eine etwas rüde Streicheleinheit sozusagen. Go blickte auf seine Armbanduhr. Bald 23 Uhr. Seine Frau machte sich bestimmt schon Sorgen. Während er den Telefonhörer abnahm und die Nummer bei sich zu Hause wählte, dachte er an das, was Camille ihm über Anita Juarez erzählt hatte. Er ließ sich ihre Akte gerade aus der Zentralkartei kommen. Es klingelte sehr lange. Wo, zum Teufel, steckte Marie-Thérèse bloß? War die dumme Gans bereits zu Bett gegangen? Als es zum zehnten Mal läutete, verspürte Go ein leichtes Stechen im Bauch. Er wollte bereits wieder auflegen und schleunigst nach Hause eilen, als seine Frau sich mit zittriger Stimme meldete:

»Hallo?«

»Verflucht! Hattest du den Kopf im Backofen stecken, oder was ist los?«

»Aber nein, ich war draußen mit diesem jungen Mann, den du vorbeigeschickt hast...«

Das Stechen wurde heftiger.

»Welcher junge Mann?«

»Er sagte, er würde Camille heißen und sei gekommen, um mir zu sagen, daß du heute später nach Hause kommen wirst.«

Camille? Warum, zum Teufel, war Camille...

»Hier ist die Akte«, sagte Camille, der soeben das Zimmer betrat.

Camille.

»Hallo? Hallo?« rief Marie-Thérèse am anderen Ende der Leitung.

Go musterte Camille.

»Hat man dir nicht beigebracht, vorher anzuklopfen? Laß mich allein.«

Mit kummervoller Miene und ohne ein Wort der Widerrede zog Camille sich zurück.

»Marie-Thérèse?«

»Ja?«

»Ist dieser junge Mann schon wieder fort?«

»Ja, er ist eben gegangen.«

»Wie sah er aus?«

»Er erinnerte mich ein wenig an meinen Vetter Paulin.«

»An deinen Vetter Paulin? Den Mischling?«

»Ja, aber was ist bloß los mit dir, Francis?«

»Nichts. Und was hat er getan, dieser junge Mann?«

»Er hat geklingelt, ich habe die Tür geöffnet, er hat mir deine Nachricht überbracht, und dann hat das Telefon angefangen zu klingeln.«

»Gut, ich werde heute also später nach Hause kommen«, sagte Go verärgert.

»Aber das weiß ich doch schon, weil Camille es mir soeben mitgeteilt hat.«

»Das war nicht Camille, du blöde Kuh«, hätte er am liebsten geschrien, doch er bezähmte sich und hängte mit einem kurzen »Bis später« ein. Was hatte das zu bedeuten? Eine weitere Warnung – die ihm zu verstehen geben sollte, daß man sich Marie-Thérèse jederzeit schnappen könnte? Scheiße, wenn er diesen Verrückten erwischte, würde er ihm langsam, sehr langsam den Hals umdrehen, denn er war ein exzellenter Würger. Auf Haiti war er bekannt dafür gewesen, daß er sich bestens darauf verstand, seinen Opfern mit seinen mächtigen Fingern den Garaus zu machen. Häufig hatte er gleichzeitig Analverkehr mit ihnen gehabt, ganz gleich, ob es sich um einen Mann oder eine Frau handelte, das hatte einfach noch mehr Spaß gemacht. Als er sich aus seinen Erinnerungen losgerissen hatte, stellte er fest, daß er eine Erektion hatte. Es war stärker als er – sobald Gewalt ins Spiel kam, bekam er einen Ständer. Marie-Thérèse konnte sich auf etwas gefaßt machen!

Er betrachtete die Akte, die Camille auf seinen Schreibtisch gelegt hatte: »*Anita Juarez: richtiger Name, Tag und Ort der Geburt unbekannt. Circa 40 Jahre alt. 1976 in Caracas wegen bewaffneten Diebstahls verhaftet. Zu zehn Jahren Freiheitsstrafe verurteilt. 1982 aus dem Gefängnis entlassen. 1983 taucht sie in Brasilien auf, steht im Verdacht, den Todesschwadronen anzugehören. 1985 Festnahme wegen Beteiligung an dem Blutbad in der Calle Marinero in Bogotá, eine Abrechnung zwischen Drogenhändlern: 16 Tote. Wird aufgrund mangelnder Beweise wieder auf freien Fuß gesetzt. Beginnt für die Familie Largo in Argentinien zu arbeiten. Vermutlich als Auftragskillerin.*«

Eine Killerin? In Grand-Bourg? Die sich am hellichten Nachmittag eine Kugel in die Leber jagen läßt? Was hatte sie hier zu suchen? Und dann taucht kurze Zeit später dieses Arschloch von Leroy auf, stolz wie ein Hund, der ein Skelett ausgegraben hat. Wie groß ist die Wahrscheinlichkeit, daß die beiden sich zufällig in Grand-Bourg begegnet sind? War die Juarez etwa hinter Leroy her? Und hat der sie etwa kurzerhand ins Jenseits befördert? Aber wer soll Anita Juarez auf Leroy gehetzt haben? Hat er etwa Feinde? Oder aber...

Ratlos stand Go von seinem Stuhl auf. Ja, sein Schwanz war immer noch hart wie Holz und wollte sehnlichst erleichtert werden. Mit einem Lächeln auf den Lippen verließ er sein Büro und stellte sich das Stöhnen von Marie-Thérèse vor, ihre verdrehten Augen. Sie waren seit zwanzig Jahren verheiratet, doch er mochte nach wie vor ihre Art zu ficken. Beiläufig grüßte er den Wachtposten.

Der Mann öffnete das blaue Heft, das er stets bei sich hatte, und schraubte die Kappe von seinem Füller. Go mußte seine Nachricht erhalten haben. Rasch notierte er:

– Donnerstag, 29. Juli 1996. *Habe in meinem »Erinnerungsschrank« einige Schamhaare von Lorraine wiedergefunden. Habe Go die Nachricht überbracht und einen Unbekannten dafür bezahlt, zu ihm nach Hause zu gehen. Er soll wissen, daß ich jederzeit und überall Zugriff auf ihn habe. Zweifellos hat er verstanden, daß es in seinem eigenen Interesse liegt, den Mund zu halten und nicht ständig Fehler zu machen. Ich bin ihm gegenüber zu keinerlei Geduld verpflichtet. Anderen Personen gegenüber übrigens auch nicht. Was ich empfinde, ist eine schreckliche Zerstörungswut. Wenn ich daran denke, was für ein ungeheures Glück die kleine Louisa hatte. Und dieser Leroy, der ihr mit Unschuldsmiene zu Hilfe eilte. Kaum zu glauben!*

Abrupt schlug er das Heft zu, setzte die Kappe wieder gewissenhaft auf seinen Füller und verstaute beides in einem Fach seiner kleinen Reisetasche. Anschließend inspizierte er das Bettzeug: Es befand sich, wie zu erwarten, in einem erbärmlichen Zustand. Der einzige Vorteil des Motels bestand darin, daß er sich dort inkognito aufhalten und sich problemlos mit seinen Komplizen in Verbindung setzen konnte. Apropos... er mußte sich vergewissern, daß das Telefon einwandfrei funktioniere. Das Licht ausschalten. Versuchen zu schlafen. Nicht daran denken, wie angenehm es jetzt wäre, über eine Haut zu streicheln, die sich vor Angst sträubt, narbiges Fleisch unter seinen Fingern zu spüren. Und an die Schönheit der Augen, die aus ihren Höhlen flüchten wollen, an die Schönheit der verzweifelten Blicke, des raschen Lidschlags, der stumm kullernden Tränen. An die Schönheit der Verzweiflung. Nicht daran denken. Bald würde sich die Gelegenheit bieten.

10. KAPITEL

Dag erwachte aus einem klebrigen, nicht eben erholsamen Schlaf. Wo war seine Armbanduhr? 19 Uhr 30... Gähnend schob er die Vorhänge beiseite und blinzelte überrascht. Es war taghell. Unter lautem Geschrei waren die Menschen draußen mit Aufräumungsarbeiten beschäftigt. Dag erblickte den Pfarrer, der aufgeregt zwischen seinen Gemeindemitgliedern hin und her hüpfte. Großer Gott! Es war nicht sieben Uhr abends, sondern sieben Uhr morgens. Er hatte fast dreizehn Stunden geschlafen! Er schaute nach, ob inzwischen wieder Wasser aus der Leitung kam: nichts. Im Spiegel über dem Waschbecken sah er einen Mann mit tiefen Falten im Gesicht, und die Stirn zierten fünf Nähte. Nicht zu vergessen die Schnittwunde auf der Wange. Frankenstein auf afrikanisch.

Pfarrer Léger hatte Dag auf dem gelben Resopaltisch in der Küche eine Nachricht hinterlassen: »*Ich beteilige mich an den Arbeiten draußen, warten Sie nicht auf mich. Bis heute abend.*« Während Dag eine Leinenhose und sein letztes sauberes T-Shirt anzog, ließ er die Ereignisse der vergangenen Tage noch einmal Revue passieren. Und wieder war dieser Gedankenfilm nicht mehr als eine Folge zusammenhangloser Momentaufnahmen. Mit der gleichen schlechten Laune, mit der er das Pfarrhaus betreten hatte, verließ er es nun wieder.

Sich Pfarrer Léger anschließen und den Leuten bei der Beseitigung der Trümmer helfen – das war es, was er eigentlich tun müßte. Doch er hatte etwas ganz anderes im Sinn. Er wollte dringend seine Nachforschungen fortsetzen. Schließlich handelte es sich um mehr als um die bloße Ermittlung von Geschehnissen, die zwanzig Jahre zurücklagen. Er durfte keine Zeit verlieren. Knapp vierundzwanzig Stunden zuvor hatte immerhin jemand versucht, Louisa umzubringen! Er beschloß, seinen eigenen Interessen den Vorrang zu geben.

Er sollte sich über die anderen Morde informieren, alle verfügbaren Einzelheiten zusammentragen. Am einfachsten wäre es, im Büro in Saint-Martin vorbeizuschauen und Go-2-Hell zu befragen, Lesters ganzer Stolz. Vorausgesetzt, die Flugverbindungen funktionierten wieder. Dag hätte zehn zu eins darauf gewettet, daß das nicht der Fall war.

Und so war es auch – umgefallene Bäume blockierten die Startbahnen. Die für die Räumarbeiten zuständigen Männer vom städtischen Bauamt wurden allerdings »in Kürze« erwartet. Gedankenverloren lächelte Dag den Feuerwehrmann an, der ihm diese Auskunft erteilt hatte. Ihm war ein Ort eingefallen, an dem er sich ins Web einklicken könnte. Er mußte nur jemanden finden, der ihn hinfuhr.

Die Straßen hatten gelitten, doch wie Dag richtig vermutete, scherten sich die Taxifahrer einen Dreck darum. Sie waren es gewohnt, mit Schrottautos herumzukutschieren, und so machte es ihnen nichts aus, über abgebrochene Äste zu fahren, querfeldein zu holpern, wenn keine Straße mehr vorhanden war, über Schlaglöcher zu rattern und mit stoischem Gleichmut gewaltige Wasserpfützen zu durchpflügen – am Ende kamen sie doch immer an ihr Ziel.

Punkt neun Uhr setzte der Fahrer, ein alter, fröhlicher Mann, der den Schirm seiner Baseballmütze nach hinten trug, Dag vor dem Polizeipräsidium in Grand-Bourg ab. Für zusätzliche fünfzig karibische Francs erstand Dag die Baseballmütze und setzte sie auf: er hatte keine Lust, wegen der Nahtstellen auf seiner Stirn Aufmerksamkeit zu erregen. Jetzt hieß es, alles zu riskieren. Mit festem Schritt betrat er das Gebäude und ging auf den diensttuenden Polizisten zu, der unrasiert und mit erschöpfter Miene gerade einen Kaffee trank.

»Ich möchte zu Kommissar Go, bitte.«

»Der ist nicht da. Arbeitet heute morgen nicht. Kommen Sie um vierzehn Uhr wieder.«

»Zu dumm. Gestatten Sie, daß ich mich vorstelle: Kommissar Germon von der Kripo in Fort-de-France. Ich bin bereits seit gestern morgen hier. Ich müßte mich mit Kommissar Go über eine dringende Angelegenheit unterhalten, aber wegen dieses Unwetters...«

Dag beendete seinen Satz mit einer lässigen Armbewegung ins Unbestimmte. Der Beamte nickte und unterdrückte ein Gähnen. Er hatte seinen Dienst um Mitternacht angetreten und wartete nun auf Ablösung. Wirklich nicht der passende Moment, sich um einen wichtigtuerischen Kommissar zu kümmern.

»Ist er zu Hause zu erreichen?« fragte Dag mit ernster Miene.

»Nein, das ist unmöglich!« schrie der Mann, plötzlich hellwach. Kein Wunder. Er brauchte bloß an den Rüffel zu denken, der ihn erwartete, falls er Go stören würde.

»Könnte ich nicht mit einem anderen Inspektor sprechen?«

»Ich bin ganz allein hier, wir haben nicht genug Leute und...«

»Gut, dann werde ich eben auf ihn warten. Wo ist sein Büro?«

»Da hinten.«

Der Mann bedeutete Dag, ihm zu folgen, und führte ihn zu Gos Büro. Als er die Tür öffnete, sagte Dag:

»Danke, ich brauche Sie jetzt nicht mehr.«

Der Mann nickte und ging. Dag war zufrieden mit sich und machte es sich in Gos Sessel bequem. Nicht schlecht. Er bewegte den Drehstuhl so, daß er genau vor den Computer zu sitzen kam, und drückte genüßlich auf die »Power«-Taste.

Ziel: Internet. Die Web-Seiten. Nach mehreren vergeblichen Versuchen gelang es Dag schließlich, die Datei ICI – *Inter-Caribbean-Investigations* – zu öffnen. Eine Datenbank mit juristischen und strafrechtlichen Angaben, die für die internationale Zusammenarbeit gesammelt wurden. Eine Stunde später hatte Dag drei neue Selbstmorde recherchiert, die in den fraglichen Zeitraum fielen und ebenfalls dreißig- bis vierzigjährige, unverheiratete Frauen betrafen. Zwei von ihnen waren aktive Unterwassersportlerinnen. Dag schrieb *Tauchsport* in seinen Notizblock.

Nachdem er das Internet verlassen hatte, kehrte er zum Server des Polizeipräsidiums zurück. Datei *Personal*: die Dienstbeschreibungen jedes einzelnen Beamten. Go hatte sein Amt im Jahre 1974 angetreten. Kurz vor der Mordserie. Dag setzte seine Nachforschungen fort und klimperte so lange auf der Tastatur herum, bis seine Finger plötzlich innehielten: Aus dienstlichen Gründen, zu denen unter anderem auch die Einrichtung der ICI-Datei gehörte, war Kommissar Go in den Jahren 1975 und 1976 mehrfach in der gesamten Karibik unterwegs gewesen.

Dag schaute auf seine Uhr: 10 Uhr 20. Er mußte sich beeilen. Er öffnete die Datei *Organisiertes Verbrechen* und suchte nach der Akte von Vasco Paquirri. Der Venezolaner war achtunddreißig Jahre alt. Zur Zeit der Morde war er demnach siebzehn gewesen. Er war gerade aus der Erziehungsanstalt entlassen worden, in die man ihn mit vierzehn Jahren gesteckt hatte, weil er eine Bar angezündet hatte, deren Besitzer ihn als Homosexuellen beschimpft hatte. Resultat: drei Tote. Kaum war er draußen, überfiel er eine Bank. Seine Flucht endete auf Trinidad, wo er sich eine solide Karriere aufbaute und alsbald den Drogenhandel in der Karibik kontrollierte. Achtmal stand er wegen Mord, Drogenhandel, Schmuggel und organisierter Erpressung vor Gericht. Achtmal wurde er aufgrund mangelnder Beweise freigesprochen. Sämtliche Zeugen lösten sich buchstäblich in Luft auf; ein Kerl hatte sogar eine Ladung Dynamit verschluckt. War der Mörder und Erpresser Vasco auch der Folterer mit der Stricknadel? Seiner Akte zufolge pflegte er eher mit Macheten, Maschinenpistolen und Sprengstoff zu hantieren.

Zurück zum Internet. Eine kleine Spritztour – bitte gib Gas, mein Freund! – in die Newsgroups. War *Love Supreme* unter http: www.love-sup.com/htlm nach wie vor im Netz? Ja. Ein beliebter Treffpunkt für alle Kettensägenfans. Mit Fotos von Leichen, Videoaufnahmen von tödlichen Unfällen, einer Börse für blutbesudelte Kleider und Uniformen sowie einer Sammlung von Autopsieberichten und Abhandlungen der Gerichtsmedizin. 10 Uhr 50. Dag interessierte sich vor allem für die Autopsieberichte und überflog die Daten des fraglichen Zeitraumes, doch er fand nichts.

Als er die Datei bereits wieder schließen wollte, fiel sein Blick auf die Worte »...in Anwesenheit von Professor Jones...« Was, zum Teufel, hatte Jones im März 1975 auf Antigua verloren? Und wieso hatte er einen Autopsiebericht mit unterschrieben? Dag starrte auf den Monitor und entdeckte mit großem Erstaunen etwas weiter unten auch den Namen Longuet. Longuet und Jones? Was für ein Zufall!

Zurück zur Inhaltsübersicht. Internationale Abkommen... Kleine Antillen. *Internationales Abkommen über Austausch und wissenschaftliche Zusammenarbeit, 12. Dezember 1974.* Aufgrund besagter Konvention waren Chefärzte verschiedener medizinischer Abteilungen damals zu Studienreisen eingeladen worden.

In heftiger Erregung öffnete Dag die von Darras erwähnten Dossiers. Das Tandem Jones-Longuet hielt sich jedes Mal an den vermeintlichen Tatorten auf, in einer Spanne von fünf, sechs Tagen vor und nach den jeweiligen Verbrechen. Jones-Longuet, ein diabolisches Duo? Perverse Liebhaber, die von ihrem Faktotum Francis Go Hilfe erhielten?

10 Uhr 30. Allmählich wurde es brenzlig. Dag ging an den

Anfang zurück. Seit fast drei Stunden saß er nun schon am Computer – höchste Zeit, abzuhauen. Kaum hatte er den Apparat ausgeschaltet, ging die Tür auf und ein Beamter in Uniform trat ein.

»Möchten Sie etwas essen, Kommissar? Ich gehe zum Imbißstand nebenan.«

»Ein Hotdog mit Ketchup, bitte.«

»Kommissar Go hat angerufen. Ich sagte, Sie würden auf ihn warten. Er wird in zehn Minuten hier sein.«

»Hervorragend. Wo ist denn hier bitte die Toilette?«

Er mußte sich schleunigst aus dem Staub machen, bevor Go wie ein wilder Stier angerast käme.

»Am Ende des Ganges.«

Der Gang war menschenleer. Dag drückte die Klinke der Archivtür – verschlossen. Das Klo. Ein Kerl pinkelte, während er leise vor sich hin pfiff. Er drehte den Kopf und lächelte Dag, der sich ebenfalls vor ein Pißbecken stellte und dabei den Raum inspizierte, freundlich zu. Über den Waschbecken gab es ein Fenster. Es dauerte eine Ewigkeit, bis der Mann sich die Hände gewaschen hatte und endlich verschwunden war. Hastig und ungeachtet des Risikos, sich dauerhaften Schaden zuzufügen, zog Dag den Reißverschluß seiner Hose hoch, sprang auf eines der Waschbecken, langte nach dem Fenstergriff und wollte ihn drehen. Es ging nicht. Die eingetrocknete Farbe war zäh wie Kleber. Als Dag kräftig daran zog, öffnete sich der Flügel mit einem jähen Ruck. Um ein Haar hätte er das Gleichgewicht verloren.

Das wütende Stampfen nahender Schritte auf dem Gang, eine dröhnende Stimme, die schrie: »Und, wo ist denn nun dieser Bulle aus Fort-de-France? Uns ausgerechnet jetzt auf den Wecker zu fallen, verdammt!« Als Dag die Beine über den Fensterrahmen schwang, hörte er jemanden schüchtern antworten: »Auf dem Klo, Chef!« Dag blickte nach unten: Drei Meter tiefer stand eine freundlicherweise gut gefüllte Mülltonne. Er ließ sich fallen und rollte sich auf die Straße. Über ihm Gebrüll auf der Toilette: »Was hat diese Scheiße zu bedeuten?« Unter dem verwunderten Blick eines Jungen, der gerade in fluoreszierendem Rosa *Fuck the police* auf die Mauer sprühte, machte Dag sich davon.

Drei Minuten später betrat er das Hauptpostamt, wo wegen der zahlreichen beschädigten Telefonleitungen ein riesiges Durcheinander herrschte, und stellte sich in eine der Warteschlangen. Eine Viertelstunde später glaubte er, daß er nun nichts mehr zu befürchten hätte, verließ das Gebäude und machte sich auf die Suche nach einem Taxi. Es war Zeit, Pfarrer Léger ein wenig zur Hand zu gehen.

Go konnte sich keinen Reim auf die Vorgänge machen. Es gab keinen Kommissar Germon in Fort-de-France. Was hatte diese Maskerade zu bedeuten? Die Beschreibung des Schwindlers traf ungefähr auf Leroy zu, doch aus welchem Grund sollte sich dieses Arschloch hier herumtreiben? Wütend blickte Go sich in seinem Büro um, öffnete rasch eine Schublade nach der anderen, um sie ebenso schnell wieder zu schließen. Er wußte ganz genau, daß er nichts Kompromittierendes hatte herumliegen lassen. Woran war dieser Leroy bloß interessiert, vorausgesetzt, er war tatsächlich derjenige gewesen, der hier herumgeschnüffelt hatte? Die ganze Angelegenheit begann ungemütlich zu werden. Und noch ungemütlicher würde sie werden, wenn nicht Leroy hier aufgekreuzt war, sondern jemand, der im Auftrag von... Er verbot sich, den Namen auszusprechen, sogar in Gedanken. Er verbot es sich seit zwanzig Jahren, in der verzweifelten Hoffnung, den solchermaßen Namenlosen auf diese Weise verbannen zu können. Um den in Aussicht stehenden Schwierigkeiten die Stirn bieten zu können, wäre die Kraft der Python gerade richtig: Go nahm eine Handvoll Kapseln aus dem Plastikfläschchen und schluckte alle auf einmal.

Abgespannt und blaß vor Müdigkeit ließ Pfarrer Léger sich in seinen Sessel sinken. Dag nahm ihm gegenüber Platz und streckte seine langen Beine von sich. Er hatte seine Schuhe ausgezogen und ließ die Zehen genüßlich durch die Löcher seiner Socken lugen.

»Ein anstrengender Tag«, sagte der Pfarrer.

»*Horresco referens!*«, stimmte Dag altklug zu und massierte sich die Schläfen. »In der Tat, grauenhaft.«

Nach seiner Rückkehr aus Grand-Bourg hatte Dag sich den Reinigungskolonnen angeschlossen. Der Orkan hatte große Zerstörungen angerichtet, und sie hatten stundenlang wie die Maulwürfe in der Erde gebuddelt.

Am späten Nachmittag, als er völlig erschöpft gewesen war, hatte er sich ins Krankenhaus begeben, um nach Louisa zu sehen. Als er jedoch Martials imposante Gestalt im Türrahmen erblickte, hatte er schleunigst den Rückzug angetreten. Seine Lust, sich die Vorwürfe der Familie Rodriguez anzuhören, war nicht besonders groß gewesen. Er gähnte ausgiebigst und kratzte sich die Wangen, an denen sich leichter Bartwuchs zeigte.

»Jetzt wissen Sie, wie anstrengend es ist, Gutes zu tun«, spöttelte Pfarrer Léger und streckte den Arm aus, um nach der Rumflasche zu greifen.

»Aber offenbar hält es einen in Form«, erwiderte Dag und nahm die beiden Gläser, aus denen sie in der Nacht zuvor getrunken hatten. »Trinken wir ein Gläschen«, fügte er hinzu – das war der Lieblingsspruch seines Vaters gewesen.

Sie tranken schweigend. Mit einem Seufzer der Erleichterung setzte Pfarrer Léger sein Glas nieder.

»Wie war Ihr Ausflug nach Grand-Bourg? Hat er sich gelohnt?«

»Ich weiß nicht. Tatsache ist, daß Go sich etwa zu der Zeit, als die Verbrechen begangen wurden, an den verschiedenen Tatorten aufhielt. Und er war nicht der einzige, die beiden Ärzte

Jones und Longuet waren ebenfalls dort zwecks wissenschaftlichen Austauschs«, erklärte Dag.

»Ach, da Sie gerade von Jones sprechen... Der arme Mann ist gestern gestorben.«

»Wie das denn?« fragte Dag erstaunt.

»Er ist an der Küste von einem Felsen gestürzt. Man nimmt an, daß er betrunken war und sich das Spektakel des Zyklons ansehen wollte. Seine Leiche wurde heute morgen am Strand gefunden, völlig unbekleidet und mit ausgerenkten Gliedern.«

Dag schenkte sich noch etwas Rum nach. Möglich, daß der Tod wahllos zuschlägt, doch Jones hatte mit ihm gesprochen, und nun war Jones tot; Louisa hatte mit ihm gesprochen, und man hatte versucht, sie umzubringen. Hatte Jones zu viel gesagt? Hätte er noch andere Dinge zu erzählen gehabt? Dag wandte sich an Pfarrer Léger, der fragte:

»Wie haben Sie das alles erfahren, ich meine, über Go und so?«

»Ach, ich habe links und rechts etwas aufgeschnappt. Und Longuet? Immer noch am Leben?«

»Ich glaube schon. Warum sollte er tot sein?«

»Ich weiß nicht. Ich habe das Gefühl, daß hier viel gestorben wird.«

»Nicht mehr als anderswo. Jones war ein unverbesserlicher Trinker.«

»Jedenfalls werde ich morgen versuchen, mit Longuet zu sprechen.«

»Ich will Sie weder entmutigen noch mich in Ihre Ermittlungen einmischen, aber Professor Longuet...«

Zögernd hielt er inne.

»Was? Was ist mit Longuet? Nur zu. Ich bin auf alles gefaßt.«

»Nun, er mag keine Frauen.«

»Eben! Ich glaube nicht, daß der Kerl, der die Frauen umgebracht hat, seine Opfer besonders mochte.«

»Ich meine... er fühlt sich nicht zu Frauen hingezogen.«

Mit zusammengekniffenen Augen betrachtete Dag den Pfarrer.

»Ist er homosexuell?«

»Ja. Das wissen alle.«

»Nur ich nicht. Longuet müßte ein Schild auf der Stirn tragen, dann hätte ich es mir ersparen können, mir seinetwegen den Kopf zu zerbrechen. Ich kann mir in der Tat nicht vorstellen, daß er diese Unglücklichen vergewaltigt hätte. Gut«, fügte Dag hinzu und erhob sich, »ich glaube, wir sollten jetzt ein wenig schlafen. Sie können es sich in Ihrem Zimmer bequem machen, ich werde Ihr Bett nicht noch einmal in Beschlag nehmen.«

»Ich soll in diesem mit Schlamm verdreckten Bett schlafen? O nein, ich ziehe meinen Sessel vor. Außerdem ist mein Rücken daran gewöhnt, er hat längst die Form des Sessels angenommen. Legen Sie sich ruhig hin, ich bin hier bestens aufgehoben.«

»Was für ein Sturkopf Sie manchmal sind!« sagte Dag und streckte sich.

Pfarrer Léger deutete lächelnd an die Decke.

»Das habe ich von meinem Chef. Gute Nacht.«

Plötzlich fiel Dag ein, daß er vergessen hatte, Charlotte anzurufen. Sollte er ihr sagen, daß ihre Mutter vermutlich ermordet worden war? Er blickte auf seine Uhr: 23 Uhr 30. Er könnte wenigstens versuchen, sie zu erreichen. Er bat Pfarrer Léger um die Erlaubnis, das Telefon zu benutzen. Nach dem zweiten Klingeln hob Charlotte ab.

»Ich bin's, Leroy.«

»Guten Abend, Majestät. Was haben Sie mir zu berichten?«

»Nichts sehr Erfreuliches. Sämtliche Spuren enden im Nichts. Was Ihre Mutter betrifft... Hören Sie, ich will Sie nicht beunruhigen, aber ich glaube, sie hat nicht Selbstmord begangen. Sie wurde umgebracht.«

Am anderen Ende der Leitung folgte ein langes Schweigen. Schließlich fragte Charlotte mit leiser Stimme:

»Hat mein Vater sie getötet?«

»Ich weiß es nicht. Ehrlich gesagt, ich weiß überhaupt nichts. Möchten Sie, daß ich meine Nachforschungen fortsetze? Heute ist Freitag, die vier Tage sind vorbei...«

Dag hörte im Hintergrund eine Männerstimme und erkannte Paquirris Akzent wieder. Sie lebte also tatsächlich mit ihm zusammen. Mit Paquirri, einem der Auftraggeber von Anita Juarez.

»Wie kommen Sie zu der Schlußfolgerung, daß meine Mutter...?« fragte Charlotte plötzlich.

Dag erzählte ihr von seinen Ermittlungen, verzichtete jedoch auf Details und nannte auch keine Namen der in die Affäre verwickelten Personen. Als er sein Gespräch mit der Polizei in Grand-Bourg erwähnte, hörte er plötzlich Vascos Stimme:

»Wann war dieses Arschloch dort?«

»Vorgestern nachmittag«, antwortete Dag, als hätte Vasco sich direkt an ihn gewandt.

»Ist ihm etwas von einer ermordeten Frau zu Ohren gekommen? Frag ihn.«

Falls Vasco Anita auf ihn gehetzt hatte, warum stellte er dann diese Frage? Dag antwortete, bevor Charlotte dolmetschen konnte.

»Ja. Eine Frau wurde auf offener Straße erschossen. Die Polizei tappt völlig im dunkeln.«

»Ich will den Dreckskerl finden, der das getan hat«, schrie Vasco plötzlich in den Hörer. »Wenn Sie etwas über ihn herausfinden, bezahle ich Ihnen doppelt soviel wie Charlotte.«

Dag spürte, wie er blaß wurde.

»Sie war eine Freundin von Vasco«, erklärte Charlotte.

Dag grinste still. Eine Freundin von Vasco... Wenn dieses Rindvieh geahnt hätte, daß er gerade mit dem Mörder höchstpersönlich plauderte... Er murmelte:

»Ich will sehen, was ich tun kann. Was ist mit Ihrem Vater?«

»Suchen Sie weiter. Ich gehe niemals aus dem Kino, bevor der Film zu Ende ist.«

»Das hier ist kein Film. Und das Ende wird voraussichtlich nicht besonders schön sein.«

»Ich will wissen, ob ich die Tochter eines Mörders bin.«

»Okay. Ich werde Sie anrufen, sobald es Neues zu berichten gibt.«

Ohne ihre Antwort abzuwarten, legte Dag auf. Pfarrer Léger runzelte die Stirn.

»Und?«

»Nun, sie will, daß ich weitermache. Und Vasco Paquirri ist bereit, mich dafür zu bezahlen, daß ich etwas über den Kerl herausfinde, der Anita Juarez erschossen hat.«

»Auweh!«

»Genau. Sie war eine Freundin von ihm.«

»Junge, Junge! Ich hoffe, Sie haben trotzdem eine geruhsame Nacht...«

»Ich bin so geschafft, daß ich sogar auf der untergehenden Titanic schlafen könnte«, erwiderte Dag und ging ins Schlafzimmer.

Er sank sofort in tiefen Schlaf und wachte um Punkt drei Uhr wieder auf, mit stechenden Kopfschmerzen. Unmöglich, wieder einzuschlafen. Genausogut könnte er sich einen Film anschauen, einen Film mit dem Titel *Die Geheimnisse der Karibik*. Eine Folge von *short cuts*, die jeweils mit Zwischentiteln vorgestellt werden: »Professor Longuet und sein Freund Francis Go vergewaltigen und ermorden wehrlose junge Frauen«: nur für Erwachsene; »Louisa Rodriguez in der alten Zuckerfabrik«: für Jugendliche unter 16 Jahren verboten; »Vasco Paquirri beauftragt Anita Juarez, Dagobert Leroy umzulegen«: für alle.

Die Art von Film, bei dem das Drehbuch jegliche Logik vermissen läßt: Warum will Paquirri Leroy umbringen lassen? Weil dieser nach dem Vater seiner Geliebten sucht? Weil er etwas weiß, das nicht an die Öffentlichkeit dringen darf? Auch die Handlung weist erhebliche Mängel auf: Vasco hat kein Glück, denn Dagobert erschießt versehentlich Anita. Doch warum bittet Paquirri Dagobert anschließend, den Mörder der Frau ausfindig zu machen? Ist er völlig bescheuert? (Durchaus möglich.) Oder steckt hinter dem Ganzen ein unbegreiflicher Plan? (Bleibt noch herauszufinden.)

Dag vergrub seinen Kopf in dem Kissen. Er müßte weiterschlafen, es würde ein langer Tag werden. Vergebliche Mühe: der Film lief weiter. Eine Abfolge von bunt zusammengewürfelten Szenen, in denen die beteiligten Personen ihre Texte und Kostüme untereinander austauschten, während Dag sich bemühte, einen riesigen roten Vorhang mit der Aufschrift *Pause* vor den Bildschirm zu zerren. Die kleinen Hände von Louisa versuchten, die schweren Stoffbahnen unter Mithilfe von Gos gewaltigen Pranken immer wieder zu öffnen, doch Dag hielt durch. Fünf Minuten später war er erneut eingeschlafen.

11. KAPITEL

Strahlender Sonnenschein durchflutete das winzige Zimmer, in das Louisa verlegt worden war. Sie zog das Laken über ihre Brust und lächelte Francisque zu, der am Fußende ihres Bettes stand, einen Arm hinter dem Rücken verborgen. Als er ihn hervorholte, tauchte ein riesiger Strauß leuchtend gelber Alamandas in seiner Hand auf.

»Oh, die sind wunderschön! Danke.«
»Wie fühlst du dich?«
»Es geht mir viel besser. Ich habe fast keine Schmerzen mehr. Du hast dich aber feingemacht!«

Francisque trug einen perfekt sitzenden olivgrünen Anzug und ein neues Hemd. Er runzelte die Stirn.

»Ich verstehe nicht, warum du da hingegangen bist...«

Aha, jetzt hieß es, sich eine clevere Lüge auszudenken... der Frage zunächst einmal auszuweichen. Mit einer Kinnbewegung deutete Louisa auf die Blumen.

»Würdest du sie bitte ins Wasser stellen?«

Francisque legte den Strauß in das kleine Waschbecken und ließ Wasser einlaufen.

»Wir müssen die Krankenschwester um eine Vase bitten«, fuhr Louisa lächelnd fort.

»Noch einmal, warum warst du mit diesem Kerl dort?«

Louisa seufzte auf kreolisch: »Ich habe Mutter doch bereits alles erklärt.«

»Das ist mir egal. Erklär es mir auch.«

In Gedanken ging Louisa ihre Geschichte noch einmal durch. Ja, es müßte funktionieren. Allerdings war Francisque schrecklich eifersüchtig, und eifersüchtige Menschen haben einen sechsten Sinn, wenn es darum geht, jemanden beim Lügen zu ertappen. Francisque war eifersüchtig auf Dag – als bestünde tatsächlich die Gefahr, Louisa würde ihm wegen dieses Kerls einen Korb geben! Sie bemerkte, daß er immer noch ungeduldig auf eine Erklärung wartete.

»Nun, es ist ganz einfach. Ich mußte zur Kirche...«

»Warum?«

Mein Gott, ja, warum eigentlich?

»Ich wollte Léger bitten, für Papa eine Messe zu lesen.«

»Und das hatte nicht noch ein wenig Zeit?«

»Nein, denn ich hatte einen Traum, der mir befahl, es sofort zu tun.«

Francisque brummte leise. Louisa wußte ganz genau, daß er ein überzeugter Anhänger des *Tchala* war, des Handbuchs der Traumdeutung.

»Und dann?«

»Dann habe ich mich verirrt.«

»Du hast dich verirrt? In diesem Nest, in dem du dein ganzes Leben verbracht hast?«

»Ich weiß nicht, ich geriet in Panik und wollte mich in Sicherheit bringen.«

»In der Ruine der alten Zuckerfabrik? Wie dumm ihr Frauen manchmal seid!«

»Ich bin halt durchgedreht. Danke übrigens für das Kompliment.«

»Entschuldigung, es war nicht so gemeint«, erwiderte Francisque. »Und dieser Kerl, der hatte sich wohl ebenfalls verirrt?«

»Leroy? Nein, er suchte nach mir. Pfarrer Léger hatte ihm gesagt, daß er sich um mich sorgte, und deshalb hat er nach mir zu suchen begonnen.«

»Und es mit dem Orkan aufgenommen, weil du so schöne Augen hast?«

»Er ist nicht von hier. Er hatte keine Ahnung, wie gefährlich das Unwetter werden würde.«

»Hat er dich geküßt?«

»Wie bitte?«

»Ob er dich geküßt hat? Und versucht hat, dich zu befummeln?«

»Dieser alte Bock? Du hast sie wohl nicht mehr alle! Also, um ehrlich zu sein... Ich frage mich manchmal, ob er nicht ein wenig... Du weißt, was ich meine.«

»Was? Mit dem Pfarrer!« erwiderte Francisque völlig entsetzt.

Möglicherweise war sie nun doch ein wenig zu weit gegangen.

»Nein, natürlich nicht mit dem Pfarrer!«

»Louisa, wenn dieser Kerl dich anfaßt, bringe ich ihn um.«

Sie schloß die Augen. Allmählich ging Francisque ihr mit seinem Gehabe eines drittklassigen Operetten-Othellos gehörig auf den Wecker.

»Ich bin müde... Sei bitte so lieb und hole eine Vase.«

Wortlos verließ Francisque das Zimmer. Eine wahre Erlösung! Warum hatte Dag sie eigentlich noch nicht besucht? Vielleicht war er Francisque in die Arme gelaufen? Ihr fiel ein, daß sie Francisque in wenigen Monaten heiraten würde, und bei diesem Gedanken schlief sie sofort wieder ein.

Kommissar Go hatte sich ein wenig beruhigt. Erstens hatte er eine denkwürdige Nacht mit Marie-Thérèse verbracht, an deren Hals die Spuren davon noch mehr als deutlich zu sehen waren, und zweitens war er der Meinung, daß er sich letztlich doch nicht so falsch verhalten hatte. Vielleicht bestand die beste Taktik ja darin, sich einfach totzustellen. Doch wie, zum Teufel, hatte Leroy Wind von der ganzen Affäre bekommen? Jemand mußte geplaudert haben. Go wischte sich Stirn und Hände mit seinem großen, himmelblauen Taschentuch ab. Nur wenige kannten die volle Wahrheit. Und der Initiator der ganzen Geschichte meinte es offenbar sehr ernst. »Man« hatte Anita Juarez damit beauftragt, Leroy umzulegen. »Man« war in Panik geraten. Doch »man« durfte keinesfalls so sehr in Panik geraten, daß »man« aggressiv wurde. Go wollte kein zweites Mal unerwarteten Besuch von einem falschen Camille erhalten. Nein, er müßte für Ruhe sorgen. Seinen Gehorsam zeigen. Aber wie? Er dachte lange nach, während er auf einem Zahnstocher herumkaute. Dann griff er zum Telefon.

Die Sonne war so heiß, daß sie Dag ein Loch zwischen die Schultern zu brennen drohte. Dabei war es erst kurz vor halb zehn. Eilig überquerte er die Straße, um in den kargen Schatten der gegenüberliegenden Mauer zu gelangen. Dann überquerte er den großen freien Platz vor dem Krankenhaus. In der Eingangshalle herrschte reger Betrieb, und er mußte sich einen Weg durch die dicht gedrängte Menge bahnen, bevor er die Treppe erreichte, die ihn zu Louisas Zimmer brachte. Da er sich gerade an einer imposanten, mit zwei gewaltigen Einkaufstaschen beladenen Matrone vorbeimanövrieren mußte, sah er Francisque nicht, der am Empfangsschalter lehnte.

Die düsteren Augen von Francisque verengten sich zu schmalen Schlitzen. Er folgte Dag in einiger Entfernung. Er spürte, daß Louisa ihm allmählich entglitt. Und der gegen Leroy ausgesprochene Fluch, für den er teuer bezahlt hatte, zeigte offensichtlich keinerlei Erfolg. Entweder waren Andersgläubige immun gegen Magie, oder aber Leroy stand unter dem Schutz des Pfarrers.

»Sieh an, Seine Majestät höchstpersönlich!« spottete Louisa, als Dag eintrat. Gleichzeitig dachte sie, daß sie noch einmal Glück gehabt hatte, denn Francisque war eben erst gegangen.

»Nun, wie geht es unserer Heldin?« fragte Dag mit angestrengter Lässigkeit.

»Gut geht es ihr. Und selbst?«

»Blendend.«

Dag hatte weder Blumen noch Pralinen mitgebracht. Und er sah müde aus. Er trat näher ans Bett und beugte sich über Louisa, die ihn mit einer abwehrenden Geste zurückwies.

»Bitte Sicherheitsabstand einhalten.«

»Und was passiert, wenn ich ihn überschreite?«

»Dann greift auf der Stelle eine Krankenschwester mit ihrem Knüppel ein«, antwortete Louisa und griff nach dem Klingelknopf.

Die Vorstellung entlockte Dag ein Lächeln, doch bevor er eine zweideutige Bemerkung machen konnte, schleuderte ihn ein heftiger Schlag zwischen die Schultern quer durch das Zimmer. Mit voller Wucht prallte er gegen das Waschbecken.

Als er sich umdrehte, landete eine kräftige braune Faust mitten in seinem Gesicht. Halb besinnungslos sank er zu Boden. Zwei Hände packten Dag am Kragen, vor seinen verschleierten Augen baumelte ein Kranz von Zöpfchen.

»Tritt mir nicht zu nahe, du Arschloch, sonst bringe ich dich um!«

Dag versuchte zu antworten, doch Francisque schüttelte ihn wie einen Zwetschgenbaum, schlug ihn bei jedem Wort mit dem Kopf gegen die Fliesen.

»Louisa und ich werden heiraten, kapiert? Und du, du wirst jetzt sofort die Platte putzen, ist das klar?«

Louisa schrie »laß ihn los«, und Dag überlegte, daß er schleunigst etwas unternehmen müßte, sonst würde sein Kopf in Kürze wie eine überreife Wassermelone bersten. Mit einem Satz sprang er hoch und rammte Francisque beide Füße in den Unterleib. Francisque gab ein zischendes Geräusch von sich, fiel nach hinten und ging geräuschvoll zu Boden.

»Was ist denn das für ein Krach hier?«

Eine energische Krankenschwester stand in der Tür, ein Serviertablett in den Händen, und sah die beiden streng an:

»In den Krankenzimmern wird sich nicht geprügelt. Entweder Sie respektieren die Ruhe der Patienten, oder Sie fliegen raus! Es gibt ein Problem auf Zimmer 28«, schrie sie auf den Korridor hinaus.

Dag zupfte seine Kleidung zurecht, während Francisque weiterhin zischte.

»Er war's. Er hat mich angegriffen, dabei kenne ich ihn gar nicht. Ich glaube, er hat Rauschgift genommen, sehen Sie sich nur mal seine Augen an.«

»Ein verfluchter Fixer?« brüllte eine dröhnende Stimme. Dann betrat ein Kleiderschrank von einem Krankenpfleger das Zimmer, packte Francisque und ließ ihn zwanzig Zentimeter über dem Fußboden schweben.

»Soll ich ihn in die Mülltonne werfen?«

»Bring ihn nach draußen, auf den Hof«, erwiderte die Krankenschwester, hochnäsig wie eine Königin.

»Dreckskerl!« brüllte Francisque. »Elender Dreckskerl, die Eier werde ich dir abschneiden und dir ins Maul stopfen!«

»He, du Idiot, sollen wir dir den Mund mit Seife auswaschen?« brummte der Krankenpfleger, während er noch fester zupackte und Francisque vor Schmerz laut aufschrie.

Dann verließen die beiden das Zimmer. Die Krankenschwester stellte das Serviertablett auf den Nachttisch.

»Mit was für Verrückten man es heutzutage zu tun hat, unglaublich! Hier ist Ihr Essen. Ich wünsche Ihnen einen schönen Tag.«

»Danke, gleichfalls«, erwiderte Dag freundlich, bevor er sich Louisa zuwandte, die ihn ernst ansah.

»Er hätte mich umgebracht!« entschuldigte er sich, noch bevor Louisa etwas sagen konnte.

»Francisque ist mein Verlobter. Wann werden Sie das endlich begreifen? Ich will nicht, daß Sie ihn verprügeln.«

»Aber er hat doch...«

»Scheiße, Leroy, wir sind hier nicht im Kindergarten, und ich habe keine Lust, blödsinnige Schlägereien zwischen kleinen Jungs zu schlichten. Ich will Sie nicht mehr wiedersehen.«

»Sie werden ihn heiraten und in diesem Kaff bleiben, um Nachwuchs zu zeugen?«

»Genau. ›Um Nachwuchs zu zeugen‹, wie Sie es ausdrücken. Um den Nachwuchs aufzuziehen und mich um den Nachwuchs zu kümmern.«

»Blendende Zukunftaussichten.«

»Jedenfalls besser, als sich von einem Wahnsinnigen aus dem Fenster werfen zu lassen.«

»Und es interessiert Sie nicht die Bohne, warum man Sie töten wollte?«

»Ich glaube, je weniger ich das herausfinden möchte, um so kleiner ist die Chance, daß man es ein zweites Mal versuchen wird«, sagte Louisa, während sie daran dachte, daß sie Angst hatte, daß sie von nun an immer Angst haben würde.

»Louisa...«, begann Dag erneut und legte eine Hand auf ihren nackten Arm.

»Nein. Hören Sie auf! Gehen Sie! Lassen Sie mich bitte allein, Dagobert. Auf Wiedersehen.«

Kopfschüttelnd verließ Dag das Zimmer.

Was für ein Morgen, dachte Louisa und ließ den Kopf auf das Kissen sinken. Allein der Gedanke an die Reaktion von Francisque bereitete ihr Kopfschmerzen. Mit leerem Blick starrte sie auf das Serviertablett. Sie hatte keinen Appetit. Sie könnte nichts essen, undenkbar. Aber war das nicht ein Eintopf? Um dem Gegner die Stirn bieten zu können, müßte sie zumindest bei Kräften sein. Sie griff nach der Gabel und kostete. Nicht schlecht, dieser Eintopf. Ganz und gar nicht schlecht, befand sie, als sie mit einem Stück Brot die restliche Sauce vom Teller aufwischte.

»Und was tun wir jetzt?« fragte Pfarrer Léger und nippte an seinem Bier.

Dag betrachtete durch das geöffnete Fenster des Pfarrhauses die funkelnden Wellen und das Boot, das in der Ferne träge durch das Wasser glitt. Er hob sein Glas.

»Dieses Bier ist lauwarm, abscheulich!«

»Erstaunlich, wieviel Zeit Sie darauf verwenden, sich um die Temperatur dessen zu sorgen, was Sie zu sich nehmen!« bemerkte Pfarrer Léger.

Dag trank einen weiteren Schluck und setzte das Glas ab.

»Ich bin dem Diesseits eben noch sehr verhaftet, anders als Sie...«

»Was ist bloß mit Ihnen los? Hat Louisa Sie rausgeschmissen?«

Der alte Pfarrer hatte keinen schlechten Riecher. Dag sah, wie das Schiff beschleunigte, ehe er erwiderte:

»Sie wird ihren Vetter Francisque heiraten.«

»Ich weiß, ich werde die Trauung vornehmen. Sie haben sich in den letzten drei Tagen doch nicht etwa verliebt?«

»Ich weiß nicht.«

»Und was ist mit Ihren Nachforschungen? Der Mörder läuft immer noch frei herum. Ich würde sogar behaupten, daß er sich ganz in der Nähe aufhält.«

»Und wie soll ich ihn Ihrer Meinung nach finden? Indem ich eine Kleinanzeige aufgebe? Wäre es doch nur dieses Arschloch von Francisque...«

»Na, ich habe noch nie erlebt, daß ein Detektiv auf solche Weise seinen Zorn abreagiert. Dagobert Leroy, Sie sind eine Schande für die Kriminalliteratur.«

Dag gestattete sich ein kurzes Lächeln. Natürlich hatte der Pfarrer recht. Schließlich hatte er einen Auftrag. Und außerdem beabsichtigte er gar nicht, Louisa zu heiraten. Er hatte, ehrlich gesagt, lediglich große Lust, mit ihr ins Bett zu gehen. Und anschließend? Würde er sie verlassen und ihr sagen: »Wir schreiben einander«? Erbärmlich. Louisa wollte ihr Leben an der Seite Francisques verbringen, und es war nicht Dags Aufgabe, sich einzumischen. Er hob die Augen und begegnete dem aufmerksamen Blick von Pfarrer Léger.

»Und? Hat die Gewissenserforschung etwas gebracht?«

»Sind Sie ein Hellseher, oder was?«

»In meinen langen Priesterjahren bin ich ein ausgezeichneter Menschenkenner geworden.«

»Waren Sie noch nie verliebt?« fragte Dag, während er ein Streichholz zerbrach.

»Nein. Das heißt, doch. Einmal. Eine junge Frau aus unserer Gemeinde, die von ihrem Mann geschlagen und betrogen wurde. Sie kam zur Beichte, sie weinte, ich tröstete sie und merkte, daß sie mich verwirrte. Sie liebte diesen brutalen Kerl, auf den ich fürchterlich eifersüchtig war. Ich wollte, daß sie ihn verläßt. Selbstverständlich habe ich ihr das nie gesagt. Später zogen die beiden nach Pointe-à-Pitre, und ich habe die Frau nie wiedergesehen. Das war das Äußerste an Romantik, das ich je erlebt habe«, schloß der Pfarrer und leerte sein Glas.

Dag zündete sich eine Zigarette an und ließ das Streichholz so lange brennen, bis die Flamme ihm fast die Finger versengte. Ein frischer Wind strich über sein Gesicht. Draußen rannten laut schreiende Kinder hinter einer Blechdose her, mit der sie Fußball spielten. Aus dem Radio ertönten karibische Tänze. Kaum vorstellbar, daß achtundvierzig Stunden zuvor ein Orkan hier gewütet hatte. Aber in diesen Breiten waren solche abrupten Wechsel keine Seltenheit. Der Charme der Inseln war ein trügerischer. Dag stützte die Ellbogen auf den Tisch und beugte sich nach vorne.

»Erste Frage: Wie ist der Mörder auf die Insel gekommen?«

»Mit dem Schiff oder mit dem Flugzeug.«

»Nun, ich hatte das letzte Flugzeug verpaßt, wie Sie sich vielleicht erinnern können. Ich mußte ein Boot nehmen, um hierherzukommen.«

»Möglicherweise hat er das gleiche getan.«

»Aber warum ist er mir bis hierher gefolgt?«

»Um herauszufinden, was Sie tun würden, was Sie bereits wußten.«

»Nein, das glaube ich nicht. Wenn er mir gefolgt wäre, hätte er mich genausogut umbringen können. Es sei denn...«

»Was?«

»Er war bereits hier. Vor Ort.«

»Was wollen Sie damit sagen?« fragte Pfarrer Léger scharf.

»Er war bereits hier, als ich zu Ihnen kam. Er hat unser Gespräch mitbekommen. So erfuhr er, was ich bereits herausgefunden hatte. Und dann beschloß er, zur Tat zu schreiten.«

»Doch warum wollte er Louisa umbringen?«

»Um mir weh zu tun.«

Diese Antwort war ihm einfach so rausgerutscht.

»Das ist nicht logisch. Man hat bereits in Grand-Bourg versucht, Sie umzulegen. Und nun Louisa. Warum gerade sie?«

»Stellen Sie mir eine leichtere Frage. Vielleicht ist das Ganze nur ein Spiel.«

»Ein Spiel?«

In Pfarrer Légers Stimme lag Zweifel.

»Ein Spiel. Er stellt mir Fallen, und ich muß versuchen, sie zu umgehen.«

»Das würde bedeuten, daß er Sie dazu ermutigt, nach ihm zu suchen«, murmelte Pfarrer Léger.

»Was heißen würde, daß er will, daß ich ihn finde.«

Dag sog den Rauch seiner Zigarette tief ein.

»Aber gleichzeitig will er mich beseitigen.«

»Aber warum?«

»Vielleicht weil er tatsächlich Charlottes Vater ist. Und ich derjenige bin, der ihn mit seiner Tochter zusammenbringen und ihn gleichzeitig entlarven kann. Vielleicht ist er hin und her gerissen zwischen dem Bedürfnis, sich in Sicherheit zu bringen, und dem Wunsch, seine Tochter kennenzulernen.«

»Sollte Ihre Hypothese stimmen, so hindert ihn doch nichts daran, sich mit seiner Tochter in Verbindung zu setzen, falls er das tatsächlich wünscht. Dieser Mann scheint jedenfalls bestens über jeden Ihrer Schritte im Bild zu sein. Oder glauben Sie, er wüßte nicht, wer Charlotte ist?«

»Keine Ahnung. Wir drehen uns im Kreis.«

»Dabei sollten wir spiralförmig vorankommen«, fügte Pfarrer Léger mit nachdenklicher Miene hinzu.

»Wie bitte?«

»Nun, wenn man sich im Kreis dreht, gräbt man sich eine Furche, in der man früher oder später versinkt. Dreht man sich hingegen spiralförmig, so kommt man nach und nach immer weiter nach oben und bildet am Ende einen Wirbel, der über allem Nebensächlichen schwebt... Und die Lösung befindet sich immer oben, in den Sphären der Seele.«

Dag drückte seine Zigarette auf dem Boden aus.

»Falls Sie beschließen, Ihren Krimi zu schreiben, vergessen Sie die Gebrauchsanleitung nicht.«

Pfarrer Léger erhob sich:

»Danke für Ihre guten Ratschläge. Ich muß jetzt gehen, ich habe heute morgen noch zwei Beerdigungen. Ein Neunzigjähriger und ein Baby. Die Wege Gottes... Werden Sie zum Mittagessen hiersein?«

»Ich glaube schon. Wenn nicht, werde ich Ihnen eine Notiz hinterlassen.«

Dag sah durch das Fenster, wie die schmale Silhouette des Pfarrers sich entfernte, ein schwarzer Fleck vor einem strahlend blauen Himmel. Er beschloß, einen Spaziergang zu machen. Völlig in Gedanken versunken setzte er einen Fuß vor den anderen. Als er aufblickte, sah er, daß seine Schritte ihn vor den ehemaligen Laden seiner Tante geführt hatten. Auf den beiden Nachbarhäusern fehlte das Dach, doch das Geschäft war unbeschädigt. Dags Erinnerung an die alte Frau, wie sie hinter ihrer Kasse saß, war plötzlich so scharf wie ein Foto.

Würde ihn beim Eintreten der vertraute Geruch nach getrockneten Muscheln erwarten? Würde er die sanfte Berührung ihrer rauhen Hände spüren, die über seine Wangen strichen? Er legte die Hand auf die Klinke und drückte sie nach unten, doch die Tür öffnete sich nicht. Da erst bemerkte Dag das kleine Schild, auf dem auf kreolisch geschrieben stand: »Wegen freiwilligen Feuerwehreinsatzes geschlossen«. Schade. Dag machte kehrt. Wenn er schon in der Stadt war, wollte er die Gelegenheit nutzen und dem alten Mango in seinem Foto-Souvenir-Laden einen kurzen Besuch abstatten.

Das einzige Problem bestand darin, daß es keinen Laden im eigentlichen Sinn mehr gab, sondern nur noch vier gelb und rot gestrichene Wände inmitten von Unmengen von Schlamm und einen Kerl mit Rastalocken, der im Schatten an einer der Wände hockte.

»Mango?«

»Ich schlafe«, erwiderte der Mann, ohne Dag anzusehen.

Dag griff in seine Brieftasche und zog einen Zehn-Dollar-Schein hervor.

»Zeit zum Aufwachen.«

Der Kerl hob den Kopf, und Dag erkannte ihn sofort wieder. Er sah kaum älter aus und schien seit fünfundzwanzig Jahren dieselben Klamotten zu tragen: dasselbe grüne Hemd, dieselbe schwarze Lederweste und dieselbe zerfetzte, fleckige Jeans, die nun bis zu den Knien mit Schlamm verkrustet war. Mango streckte die Hand aus und nahm den Geldschein zwischen seine mageren, nikotingelben Finger.

»Kann ich dir helfen, mein Freund?«

Seine Stimme war klar, doch seine verschleierten Augen verrieten den Haschischraucher.

»Bewahren Sie sämtliche Fotos auf, die Sie in all den Jahren gemacht haben?« fragte Dag und starrte mit forschendem Blick auf die Verwüstung um ihn her.

»Schlaues Kerlchen!« erwiderte Mango, plötzlich äußerst

redselig. »Bist du blind, oder was? Seit vorgestern gibt es keinen ›Mango-Laden‹ mehr. Der Göttliche Ozean hat alles verschluckt. An einem einzigen Tag wird er ganz Babylon verschlingen, ja, mein Freund, ein einziger Tag genügt, damit der Göttliche Ozean den ganzen Planeten auffrißt.«

»Bewahren Sie die alten Fotos nun auf oder nicht?« beharrte Dag und bückte sich, um auf gleicher Höhe mit Mango zu sein, der ihn anblinzelte und sich fragte, was dieser Nigger eigentlich von ihm wollte. Er blähte seine Wangen auf und spuckte neben Dags Füße.

»Was glaubst du denn? Eines Tages werde ich damit eine Ausstellung machen. Hunderte von Metern nur Gesichter, von Mango geknipst. Alle Einheimischen und alle Touristen, die jemals ihren Fuß auf diese Insel gesetzt haben, sind durch Mango unsterblich geworden. Eine perfekte Darstellung von Babylon, auf unzähligen Quadratkilometern Film festgehalten.«

»Ich suche nach Bildern, die Sie 1970 aufgenommen haben.«

Mango kniff die Augen zusammen.

»1970? Verdammt! Hast du das gehört, Bob?« schrie er und hob die Augen zum Himmel, wo Bob Marley zweifellos auf ihn herabblickte. »Hör zu, mein Freund«, fuhr er fort, »1970, das müßte dort hinten links sein, einen Meter unter Schlamm, dahinten, siehst du's? Ich wünsch dir viel Glück!«

»Danke.«

Dag begann, seine Jeans auszuziehen.

»Verdammt, der Kerl ist tatsächlich verrückt. Großer Bob, hilf mir!«

»Ich bin doch nicht so blöd, in Kleidern da rumzuwühlen«, erklärte Dag, als er in seiner knallgelben Unterhose vor Mango stand.

Entschlossenen Schrittes ging er in die Richtung, die Mango ihm gewiesen hatte. Er spürte, wie der lauwarme Schlamm sich an seinen Waden festsetzte. Staunend sah Mango ihm hinterher.

»Und jetzt nach links?«

»Nach links, ja. Auf die Wand zu, an der das Poster von Jimmy Cliff hängt. Genau darunter standen meine Ordner.«

Jimmy Cliffs halber Oberkörper ragte aus dem Schlamm hervor, und Dag steuerte schnurstracks auf ihn zu. Irgend etwas wurde unter seinen Füßen zermalmt. Der ganze Laden lag unter einer Schlammschicht begraben: Muscheln, Mützen, Sonnenbrillen... Plötzlich stieß Dag gegen einen harten Gegenstand. Er tastete ihn mit den Händen ab: Holz. Das mußte die Ladentheke sein. Er ging um sie herum, bückte sich und griff energisch mit einer Hand in die Schlammasse. Nichts. Er tastete noch tiefer nach unten und bekam etwas zu fassen: ein Fotoalbum mit roten Kunststoffdeckeln. Das Datum war deutlich lesbar: 1984. Dag legte das Album auf die Theke, von der er eine Ecke freigelegt hatte, und suchte weiter.

Fünfzehn Ordner später reckte Dag sich. Sein Rücken schmerzte höllisch. Mango hatte sich nicht von der Stelle gerührt, sondern war in seine einsamen Träumereien zurückgesunken. Einen Augenblick lang dachte Dag daran, den Laden mit einer Schaufel vollständig auszugraben. Nein, das würde zu lange dauern. Er bückte sich erneut nach vorne. 1978. 1991.

»Was tut der da?«

Ein etwa zehnjähriger Junge in blauen, ausgefransten Shorts starrte Dag nachdenklich an. Mango spuckte einen gehörigen Speichelstrahl und zerkaute Grashalme zu Boden.

»Er sucht nach Fotos.«

»Er sieht sehr ernst aus«, meinte der Junge, während er in der Nase bohrte.

»Wenn du mir hilfst, kriegst du nachher zehn Dollar«, rief Dag, ohne sich aufzurichten. »Amerikanische Dollar.«

»Klasse!« sagte der Junge mit einem breiten Lächeln.

Er kämpfte sich zu Dag vor und begann, voller Eifer im Schlamm zu wühlen.

»Lauter Verrückte«, murmelte Mango und schloß die Augen. »Babylon ist voll von Verrückten. Ein Glück, daß der Göttliche Ozean hin und wieder für Ordnung sorgt!«

Die Sonne stand an ihrem höchsten Punkt. Dag spürte, wie der Schweiß ihm über den Rücken lief. Bald würde er es aufgeben. Er kam fast um vor Durst.

»Und dies hier? Ist dies das richtige?«

Der Junge reichte ihm ein lädiertes Fotoalbum. Zunächst warf Dag nur einen flüchtigen Blick darauf und dachte an das eiskalte Bier, das er sich bald zu genehmigen gedachte, doch dann riß er es dem Jungen aus der Hand. »1970-1971.« Großer Gott, er hatte es tatsächlich gefunden!

»Es ist das richtige, nicht wahr, Monsieur?«

»Ja, sehr gut«, antwortete Dag zerstreut, während er ungeduldig die Seiten umblätterte.

»Und, gibt es dafür einen Aufschlag?«

»Warte drüben auf mich, ich spendiere dir ein Sandwich...«

Der Sommer 1970 zog an seinen Augen vorbei. Ein fröhlicher Kerl mit einer Harpune und einer riesigen Goldbrasse. Ein weißes Mädchen mit einem gewaltigen nackten Busen, das unter einer Kokospalme liegt, während ihr Freund einen Kopfstand macht.

»Scheiße, ein Sandwich bekomme ich jeden Tag.«

Touristen beim Abendessen im Kerzenschein. Ein Junge, der aus dem Wasser steigt und mit seinen Schwimmflossen winkt. Eine Karibin mit Hut und weißen Handschuhen, ihr Meßbuch unter den Arm geklemmt.

»Möchtest du lieber ein Eis haben?«

Fröhlich lachende Pärchen, unzählige Pärchen, die sich umarmen und an den Marktständen vorbeiflanieren.

»Ich bin doch kein Kind mehr, spendier mir einen Punsch«, beharrte der Junge, während Dag seinen Finger über die mit Plastikfolie bezogenen Seiten gleiten ließ.

Da! Die blonde Frau in dem rosafarbenen Kleid, die sich abwendet, um dem Objektiv auszuweichen. Das ist Lorraine! Dag versuchte, sich an die Schwarzweiß-Aufnahme aus der Zeitung zu erinnern. Ja, das war sie, das Gesicht kam ihm irgendwie vertraut vor. Aber nein, Unsinn, es war nicht Lorraine, es war... Dag spürte, wie ihm plötzlich sehr kalt wurde, als er seinen Daumen langsam zur Seite gleiten ließ und den jungen Schwarzen enthüllte, der neben ihr stand – stolz wie ein Spanier, eine Gitarre über der Schulter.

Charlottes Vater – daran gab es keinen Zweifel.

»Ein Bier vielleicht?« fragte der Junge mit piepsiger Stimme.

Charlottes Vater. Endlich hatte Dag ihn gefunden. Gute Arbeit, sagte er zu sich selbst und hob die Plastikhülle hoch, um das Foto aus dem Album zu nehmen. Verdammt gute Arbeit, mein Lieber, du kannst stolz auf dich sein. Ja, er hatte ihn gefunden, den Vater von Charlotte. Und das Komischste an der Sache war, daß er ihn gut kannte. Verdammt gut sogar.

Denn er, Dagobert Leroy, war es selbst, in seiner ganzen Pracht.

Langsam tauchte Dag aus den Schlammassen auf, er achtete nicht auf das Gerede des Jungen, nahm nichts wahr um sich herum, sondern starrte nur noch auf das Bild mit den glänzenden Farben. Hatte er einst tatsächlich wie dieser junge, selbstzufriedene Schönling ausgesehen?

»Hast du gefunden, wonach du gesucht hast, *man*?« fragte Mango, indem er ein Auge öffnete.

»Ja, vielen Dank.«

Mango seufzte. Unglaublich. Ein Verrückter in einer gelben Unterhose buddelt nach einem fünfundzwanzig Jahre alten Foto, das unter einer Tonne Schlamm vergraben liegt, und, bums, er findet es tatsächlich. Vielleicht sollte man eine Touristenattraktion daraus machen, *Fotofischen*, zehn Francs die Runde, jeder Versuch ein Treffer. Ja, warum eigentlich nicht, angesichts der Millionen von Bekloppten, die auf diesem Planeten leben? sagte er sich spöttisch und zuckte mit den Augenlidern.

Dag sank auf eine halb eingefallene Mauer und starrte auf das Foto. Der Junge setzte sich neben ihn und deutete mit seinem schmutzigen Zeigefinger auf den jungen Dag.

»Ist das dein Sohn?«

»Nein, das bin ich.«

»Du?«

Der Junge musterte ihn von Kopf bis Fuß, ehe er fortfuhr:

»Und sie, wer ist diese Frau? Dein Schatz?«

»So könnte man sagen.«

»Was ist jetzt mit dem Bier, spendierst du's mir oder nicht?«

»Wann hältst du endlich die Klappe?« erwiderte Dag verärgert.

Der Junge lächelte, während er wieder in der Nase bohrte. Dag erhob sich und holte seine Hose. Er steckte das Foto in seine Revolvertasche, rieb sich kurz mit ein paar Bananenblättern sauber und zog sich wieder an.

Nachdenklich wühlte Mango in seinen Zöpfen. Warum war dieser Kerl eigentlich so scharf auf dieses Foto? Vielleicht war es wertvoll, und schließlich hatte er, Mango, das Bild geknipst.

»Sie müssen für das Foto zahlen.«

Dag warf ihm einen giftigen Blick zu.

»Ich habe bereits dafür bezahlt.«

»Ach ja? Dieses Bild gehört mir. Und ich möchte mich nicht unbedingt davon trennen.«

»Auf dem Bild ist mein Gesicht zu sehen, und mein Gesicht gehört immer noch mir, meinst du nicht?« erwiderte Dag und bückte sich drohend zu Mango hinunter.

Mango dachte angestrengt nach.

»Wir gehören einzig und allein Gott.«

»Das glaube ich allmählich auch. Hier, das ist für deine moralische Unterstützung«, sagte Dag spöttisch und steckte ihm einen zweiten Zehn-Dollar-Schein zu.

Mango ließ den Schein unter seinem Hemd verschwinden, noch bevor Dag seinen Satz zu Ende gebracht hatte.
»Ich hab einen Zaubertrank, der verschwundene Personen wieder auftauchen läßt«, sagte er triumphierend. »Hundertprozentig sicher, kann im Mikrowellenherd aufgewärmt werden.«
Lächelnd tippte Dag sich an die Schläfe.
»Nicht nötig. Ich habe bereits als Kind davon gekostet.«
Mango zuckte mit den Schultern und schloß die Augen.
»Mach's gut, mein Freund. Bob stehe dir bei!«
Den Jungen an den Fersen entfernte sich Dag. Er mußte unwillkürlich grinsen, denn er dachte an Charlottes Gesicht, wenn sie die Wahrheit erfahren würde... Aus seinem Grinsen wurde nach und nach ein unbändiges Lachen, das ihm die Tränen in die Augen trieb. Er stellte sich Charlottes Entsetzen vor, ihre immer schriller werdende Stimme: »Was, Sie Oberscheißkerl? Sie wollen mir erzählen, ich sei die Tochter von König Dagobert?« Unter dem besorgten Blick des Jungen, der mutmaßte, der Kerl an seiner Seite habe zuviel Ti'Punch intus, hielt Dag plötzlich inne.

Charlotte! Dag versuchte, wieder zu Atem zu kommen. Immerhin war er der Vater einer schwarzen Schönheit, die in sämtlichen Reiseagenturen Europas von den Wänden herablächelte. Mein Gott, wie war das nur möglich gewesen? Wie hatte er sich derart reinlegen lassen können! Scheiße! Er versetzte einem alten Baumstamm einen so kräftigen Fußtritt, daß er glaubte, sich den großen Zeh gebrochen zu haben. Doch der Schmerz tat ihm gut. Er drehte sich um und erblickte den Jungen, der einige Schritte zurückgeblieben war.

»Hör endlich auf, hinter mir herzulaufen, ich will allein sein.«
»Sie müssen *Zerbadiab* kauen.«
»Was?«
»Wenn man zuviel getrunken hat, muß man *Zerbadiab* kauen. Das ist besser gegen Kopfschmerzen als die stärkste Aspirin-Tablette.«

Und wessen Kind war dieser Junge? Vielleicht noch eins von ihm? Vielleicht gab es überall auf der Insel Kinder von ihm. Ein ganzes Heer frecher kleiner Negerjungs, die auf die Rückkehr von Papa Jimi warteten.

Jimi. So ein Quatsch! Warum, zum Teufel, hatte sie ihm geglaubt? Als ob er jemals Jimi hätte heißen wollen!

Er reichte dem Jungen eine Zwanzig-Dollar-Note, das Doppelte dessen, was er ihm versprochen hatte.

»Hier, nimm das Geld und laß mich in Ruhe, okay?«

Der Junge nahm den Schein zwischen seine dreckigen Finger und tat so, als würde er weggehen. Ohne sich weiter um ihn zu kümmern, setzte Dag seinen Weg fort.

Wieso hatte er sie nicht wiedererkannt? Gut, das Foto in der Zeitung war unscharf, aber trotzdem... War diese Frau ihm derart gleichgültig gewesen? Ja, ehrlich gesagt, ja. Es war bloß ein nettes Abenteuer, eine Klammer in seinem einfachen Soldatenleben, ein schneller Fick am Strand. Er konnte sich eher an das Grollen der Wellen und an den Passatwind erinnern, der angenehm um seine schwitzenden Schultern blies, während er sich in ihr bewegte, als an ihr Gesicht. Vor lauter Wut ballte er die Faust. Françoise! Warum hatte sie ihm gesagt, sie würde Françoise heißen! Wenn er gewußt hätte... Wenn er gewußt hätte, daß die Frau, die er im warmen Sand umarmt hatte, die Frau, die ein Kind von ihm bekommen würde, wenn er gewußt hätte, daß diese Frau eines Tages ermordet werden würde...

Völlig außer Atem und mit einem leichten Übelkeitsgefühl blieb er plötzlich stehen. Françoise. Dieser warme Körper zwischen seinen Händen. Dieser Körper, der auf einer Veranda hin und her baumelte, und Charlotte, seine Tochter – welch seltsames Wort, er ließ es in seinem Mund kreisen: »Meine Tochter« –, die neben der Leiche hockte... Die Gewißheit, mit Lorraine Dumas, mit dem Gegenstand eines Autopsieberichts, geschlafen zu haben, war ihm sehr unangenehm.

Gedankenverloren und ohne auf das beharrliche Trippeln hinter sich zu achten, ging Dag weiter.

Es war immer noch herrliches Wetter. Er suchte immer noch nach einem Mörder. Aber nun suchte er nach dem Mann, der die Mutter seiner Tochter ermordet hatte.

12. KAPITEL

Francis Go wischte sich die Stirn. Die Hitze war ihm unangenehm, sie vertrug sich schlecht mit seiner Fettleibigkeit. Er hätte zu den Inuits versetzt werden müssen, nach Grönland. Einen kurzen Augenblick lang stellte er sich vor, ein Eskimo zu sein und auf dem Packeis einen Karpfendieb zu jagen. Anscheinend finden Eskimos nichts dabei, Fremden ihre Frauen zur Verfügung zu stellen. Dicke, gutgenährte Frauen, auf die man eindreschen kann, ohne daß sie sich beklagen, während ihre zahnlosen Münder einem den Schwanz bearbeiten.

»Man hat sie gefunden!«

Go wurde aus seinen süßen Träumen gerissen und wandte sich nach Camille um.

»Verdammt, Camille! Wenn du nicht endlich begreifst, daß du vor dem Eintreten anzuklopfen hast, wirst du in Zukunft für den Straßenverkehr zuständig sein!«

»Entschuldigung, aber es geht um die Kinder. Man hat sie gefunden!«

Die Kinder? Ach ja, die Kinder, die Anita Juarez als Tarnung gedient hatten. Camille schien sich wirklich in diesen Fall verbissen zu haben, der tatsächlich aufregender war als die üblichen Kaufhausdiebstähle. Schmunzelnd betrachtete Go das erregte Gesicht seines atemlosen Untergebenen, seine Augen, die hinter der Brille glänzten.

»Und? Was ist mit ihnen?«

»Sie sind tot!«

»Was?« sagte Francis, ehrlich überrascht.

»Ertrunken, alle beide!« erklärte Camille, als hätte er soeben eine Trophäe errungen. »Wir haben sie in Grand Gouffre aus dem Wasser gezogen. Zwei Touristen, die dort beim Tauchen waren, haben sie gefunden. Sie waren in einer Felsspalte eingeklemmt, ihre Füße hatten sich in Algen verfangen. Wahrscheinlich das übliche Szenario: Eines der Kinder wird von einem Wasserstrudel erfaßt, das andere will ihm zu Hilfe eilen, schließlich ertrinken beide. Es gibt dort unzählige gefährliche Strömungen.«

Go massierte sich gelassen die Schläfen.

»Glaubst du im Ernst, daß diese armen Kleinen ertrunken sind, Camille?« fragte er mit einem spöttischen Lächeln.

»Nein, sie hat es getan. Sie hat sie liquidiert«, erwiderte Camille bebend. »Diese Schlampe hat sie umgebracht, einfach so, wie man Katzen ertränkt. Aber warum? Warum war es so wichtig, nach Grand-Bourg zu kommen und hier einen Auftrag zu erledigen? Ich kann das einfach nicht begreifen.«

Und du wirst es auch so bald noch nicht begreifen, dachte Go. Anita Juarez hatte also keine Sekunde gezögert, sich der Kinder zu entledigen. Juarez, oder aber ... Er schnalzte mit den Fingern.

»Hat man sie identifiziert?«

»Nein. Bestimmt handelt es sich um Waisenkinder, die man an irgendeiner Straßenecke aufgelesen und denen man eine schöne Reise und etwas Geld versprochen hatte.«

Wie jene Kinder, die man zwang, in Pornofilmen mitzumachen, dachte Camille angewidert. Und Go, diesem Fettsack, war das alles offenbar scheißegal. Genausogut könnte er einen Ochsen zum Chef haben. Fehlte nur noch ein wenig Stroh in den Mundwinkeln, und die Ähnlichkeit wäre verblüffend. Falls er, Camille Dubois, irgendwann zum Abteilungsleiter ernannt werden würde, würde er gehörig den Stall ausmisten!

Mit einer kurzen Handbewegung bedankte sich Go für die Information und wandte sich wieder seiner Computertastatur zu. Als Camille auf die Tür zusteuerte, fragte er sich, warum er sich eigentlich mit dieser Geschichte abquälte, die anscheinend nur ihn interessierte.

»Ach, Camille, warte! Weiß man, wann sich die Morde ereignet haben?«

»Es wurde noch keine Autopsie vorgenommen, die Leichen sind eben erst ins Leichenschauhaus gebracht worden, doch die Beschreibung paßt haargenau.«

»Du hast gute Arbeit geleistet.«

Ja, vielen Dank, dachte Camille, reizend bist du, du Riesenarschloch. Glaubst wohl, ich würde jetzt Männchen machen?

In Gedanken kläffend, verließ Camille das Büro und schloß die Tür ein klein wenig geräuschvoller als üblich. Go lächelte. Aus diesem Jungen würde eines Tages ein vorzüglicher Polizist werden. Er war jemand, der alles begreifen, alles wissen, alles herausfinden wollte. Jemand, der große Gefahr läuft, schon nach kürzester Zeit auf dem Friedhof zu landen. Doch es gab Dinge, die viel wichtiger waren als diese Anita Juarez. Eilig wählte Go eine Nummer und lauschte mit Besorgnis dem Klingeln in der Leere. Hoffentlich war er da... Plötzlich hob jemand ab, und eine ältere Stimme flüsterte:

»Ja?«

»Die Jagd ist eröffnet«, murmelte Go.

Stille am anderen Ende der Leitung. Dann sagte die Stimme: »Ich bin zu alt. Das alles gehört der Vergangenheit an...«

»Wir haben keine andere Wahl.«

»Aber wir hatten doch abgemacht, daß...«, protestierte die Stimme.

»Nichts war abgemacht, verdammt noch mal. Leroy weiß Bescheid, hast du kapiert? Er weiß Bescheid.«

»Ich mache nicht mehr mit«, entgegnete die Stimme müde.

»Verflucht, glaubst du etwa, das ist ein Spiel?« brüllte Go.

»Es war ein Spiel. Erinnere dich, Francis, es war ein Spiel.«
»Ein Spiel, das in die Hose gegangen ist. Jetzt ist es kein Spiel mehr. Nimm dich also in acht.«
»Ich bin alt und müde.«
»Das interessiert niemanden, mein armer Freund. Das ist allen ziemlich egal.«

Langsam legte Go auf und störte sich nicht daran, daß der alte Mann sich am anderen Ende der Leitung heiser schrie. Sie hätten ihn niemals an der Jagd teilnehmen lassen dürfen. Er war damals bereits zu schwach gewesen. Er hatte ihnen eine Menge Ärger eingebracht. Sein einziger Vorteil bestand darin, daß er harmlos und sympathisch aussah. Ein idealer Schutzschild. Go verzog das Gesicht, als er den leeren Schirm seines Computers betrachtete. Er hatte seine Angel ausgeworfen, nun mußte er abwarten.

Wütend hängte der alte Mann ein. Francis Go, dieser üble Fettkloß! Was für ein arroganter Bursche! Seltsam, daß er Gos Stimme auch nach fünfundzwanzig Jahren sofort wiedererkannt hatte, diese schwerfällige Säuferstimme, die sich so gut darauf verstand, in den grausamsten Momenten die süßesten Worte zu flüstern... Die Stimme eines Kranken. Ja, Francis Go war krank, ein Sadist, und wenn er glaubte, er könnte ihn einschüchtern... Er würde sich zu wehren wissen. Er war im Besitz der Beweise, sämtlicher Beweise, hier, in diesen vergilbten Ordnern. Wer zuletzt lacht, lacht immer noch am besten.

Er trat auf die Esplanade hinaus, betrachtete das Meer, vor ihm das türkisblaue Wasser, das sich träge vor dem weiten Hintergrund ausbreitete, und verspürte mit unverminderter Heftigkeit das alte Gefühl: Angst. Er hatte immer Angst gehabt. Er war fasziniert, fühlte sich angezogen, war gefangen, doch er hatte Angst – Angst vor dem, wozu sie imstande waren, Angst vor dem Vergnügen, das sie dabei empfanden. Eine Vereinigung von Verbrechern. Eine Vereinigung von Geisteskranken. Und er, er hatte ihnen geholfen! Wie Judas hatte er die Menschheit für dreißig Silberlinge verraten. Mit dem Resultat, daß er sein Leben lang allein geblieben war. Allein mit seinem Geld. Er war überzeugt gewesen, daß Gott ihn vergessen hatte, doch nun suchte Gott erneut nach ihm, wühlte in den Trümmern nach ihm, wollte ihn an die Oberfläche zerren und ihn bestrafen.

Der alte Mann kehrte dem Strand den Rücken zu und ging mit schweren Schritten ins Haus zurück. Er fühlte sich so allein wie nie zuvor.

Ein wenig zerstreut blieb Dag vor dem Pfarrhaus stehen. Er hatte das Gefühl, das Foto würde sich durch seine Hose hindurch in seine Haut brennen. Er konnte der Versuchung nicht widerstehen, zog das Bild hervor und betrachtete es von neuem. Was hatte er mit dieser Gitarre gemacht? Ach ja, er hatte sie auf Grenada gegen eine Flasche Rum eingetauscht. Er hatte es nie richtig gelernt, auf diesem Scheißinstrument zu spielen. Bestimmt hatte er auch Lorraine-Françoise dieses Lied vorgespielt, am Strand, mit diesem falschen poetischen Blick in den Augen, die in Wirklichkeit auf ihren Büstenhalter schielten.

Nein, unmöglich, einfach unmöglich! Lorraine und er hatten nur zwei- oder dreimal miteinander geschlafen. Und doch war Charlotte gezeugt worden, ein richtiges kleines Mädchen, seine Tochter. Scheiße! Ein Kind aus Fleisch und Blut. Ein Kind mit seinem Blut. Dessen Augen, dessen Haare, dessen Haut ihm seine Existenz verdankten. In gewisser Hinsicht ein erschreckender Gedanke. Als habe man ihm etwas weggenommen, um daraus ein neues menschliches Wesen zu erschaffen.

Er spürte, wie eine Hand sich auf seinen Arm legte. Rasch drehte er sich um.

»Wie geht es Ihnen, lieber Freund? War die Jagd erfolgreich?«

Wortlos starrte Dag Pfarrer Léger an, der ein Lächeln andeutete.

»Der Junge da drüben sagte mir, Sie würden sich nicht ganz wohl fühlen. Haben Sie getrunken?«

Immer noch stumm reichte Dag dem Pfarrer das Foto, der es aufmerksam betrachtete.

»Sieh an... Lorraine Dumas, nicht wahr?«

Dag nickte.

»Und der Mann neben ihr ist Charlottes Vater?«

Erneutes Kopfnicken.

»Komisch«, fuhr der Pfarrer fort, »er kommt mir irgendwie bekannt vor.«

Dag hüstelte. Pfarrer Léger hob den Kopf, dann schaute er wieder auf das Foto.

»Die fröhlichen Augen, der kindliche Blick...«

»Etwa in dieser Art?« fragte Dag freundlich und setzte sein charmantestes Lächeln auf.

Pfarrer Léger erwiderte: »Ja, genau«, hielt dann jedoch mit offenem Mund inne.

»Mein Gott...«

»Ich muß anerkennen, daß Er, wenn es um die Turbulenzen des Schicksals geht, mitunter durchaus Sinn für Humor beweist...«, sagte Dag.

»Mein armer Freund... Aber sind Sie sicher, daß...?«

»Sicher, daß ich es bin? Gerne würde ich das Gegenteil behaupten, aber das kann ich nicht.«

»Aber warum wußten Sie nicht mehr, daß Sie... äh... Geschlechtsverkehr mit Lorraine Dumas hatten?«

»Weil ich dachte, sie würde Françoise heißen, und weil ich sie auf dem Foto in der Zeitung nicht wiedererkannt habe. Als sie starb, war sie fünf Jahre älter und zehn Kilo schwerer, ihr Gesicht war völlig aufgeschwemmt, und sie hatte eine andere Frisur. Meine Françoise war eine bezaubernde junge Frau gewesen, keine Alkoholikerin. Was soll ich jetzt tun?«

»Charlotte Bescheid sagen, daß Sie Ihren Auftrag erledigt haben«, schlug Pfarrer Léger vor und gab Dag das Foto zurück.

»Sie haben leicht reden, nicht wahr?«

»Tut mir leid, aber schließlich ist es nicht meine Schuld, daß Sie ihr Vater sind.«

»Sind Sie sich darüber im klaren, daß ich Charlotte am Montag morgen um zehn Uhr noch nicht einmal kannte und daß sie jetzt, samstags um halb eins, meine Tochter ist? In weniger als einer Woche bin ich Vater geworden. Ein Rekord... Dürfte ich mal Ihr Telefon benutzen?«

Mit großen, wütenden Schritten und unter dem nachdenklichen Blick des Pfarrers entfernte sich Dag. Der arme Junge mußte soeben einen schlimmen Schock erlitten haben.

Beim vierten Klingelzeichen hob Charlotte ab. Gleichzeitig warf sie sich einen selbstgefälligen Blick im Spiegel zu: In der Tat, dieses Kostüm saß wie angegossen. Nach seiner kleinen Nervenkrise hatte Vasco sich sehr großzügig gezeigt.

»Ja?«

»Charlotte?«

Ach, der Detektiv. Charlotte griff nach einem Ohrring von der Farbe ihrer Augen, hielt ihn sich ans Ohrläppchen und sagte zerstreut: »Ich höre.«

»Ich habe ihn gefunden.«

Es dauerte den Bruchteil einer Sekunde, bis Charlotte begriffen hatte; sie legte den Ohrring auf den Frisiertisch zurück und konnte plötzlich kaum mehr schlucken.

»Wen haben Sie gefunden?«

»Ihren Vater.«

»Lebt er?«

Die Frage war ihr einfach so rausgerutscht, ohne daß sie wußte, warum.

»Er lebt und wohnt auf Saint-Martin, in Philipsburg, um genau zu sein.«

Saint-Martin, mein Gott, so nah! Sie holte tief Luft.

»Wie heißt er?«

»Nun, Sie kennen ihn«, sagte Dag vorsichtig.
»Ich kenne ihn?«
Hoffentlich war es nicht einer der Kerle, die in den schäbigen Klub kamen, um ihr beim Tanzen zuzuschauen... Nervös biß sie sich auf die Lippen. Die Vorstellung, ihr Vater könnte sie dabei beobachtet haben, wie sie zur Musik ihren Striptease hinlegte, war ihr plötzlich schrecklich peinlich.
»Nun, er heißt Leroy.«
»Leroy? Wie Sie? Hören Sie, ich begreife überhaupt nichts von dem, was Sie mir da erzählen. Sind Sie betrunken?«
»Nein. Ich bin stark nüchtern, und ich bin Ihr Vater.«
»Herr Superdetektiv, ich vermute, Sie wissen, wie Vasco Paquirri mit Leuten verfährt, die sich über mich lustig machen?«
»Ich mache mich nicht über Sie lustig«, erwiderte Dag mit klarer Stimme, »und außerdem spricht man nicht so mit seinem Vater.«
Ihr *Vater*? Charlotte näherte sich dem Spiegel und betrachtete aufmerksam ihr Gesicht. Ihren perfekten Mund, ihre großen grünen Augen, ihre karamelfarbene Haut, ihre ägyptische Nase... ihre Nase... Hatte dieses Arschloch von Leroy nicht tatsächlich eine ähnliche Nase? Nein! Es mußte ein Irrtum sein!
»Leroy, würden Sie bitte in aller Ruhe wiederholen, was Sie soeben zu mir gesagt haben? Ich bin heute etwas müde.«
»Ich habe Ihren Vater gefunden«, sagte Leroy noch einmal mit Nachdruck, »und dieser Vater bin ich. Ich bin Ihr Vater, Charlotte. Tut mir leid.«
»Ach, du Scheiße! Scheiße, verfluchte Scheiße!«
»Ich kann Sie ganz gut verstehen, denn ich habe das gleiche gedacht.«
»Sie müssen sich irren, das ist unmöglich.«
»Charlotte! Ich habe am Strand mit Ihrer Mutter geschlafen, ich habe ein Foto von uns beiden gefunden, ich weiß, was ich sage!«

»Sie Dreckskerl, es ist Ihre Schuld, daß sie gestorben ist!«
»Nein, es ist die Schuld des Kerls, der sie umgebracht hat.«
»Und wer sagt mir, daß nicht Sie ihr Mörder sind, Herr Superidiot?«
Sie biß sich auf die Zunge, doch es war zu spät.
»Hören Sie zu«, sagte Dag, »allmählich gehen Sie mir gehörig auf den Wecker. Und wenn ich ein Superidiot bin, dann wissen Sie ja, von wem Sie etwas geerbt haben. *Adios!*«
Er knallte den Hörer auf.
Leroy. Ihr Vater. Vater. In diesem abstrakten Wort, das sie lediglich an ein Gefühl von Abwesenheit erinnerte, lag plötzlich eine Bedrohung. Ein lebendiger Vater. Identifizierbar. Wirklich. Kein heruntergekommener Alkoholiker, den sie schnell hätte vergessen können. Nein, ein noch verhältnismäßig junger Mann, der ihr vom ersten Moment an unsympathisch gewesen war und den sie für blasiert gehalten hatte. Ihr Vater. Sie mußte etwas trinken. Sofort. Ein Glas starken Rum.
»Wer hat angerufen?« fragte Vasco, der eben aus der Dusche kam, in einen cremefarbenen Hermès-Bademantel gehüllt und die Haare zu einem Knoten zusammengebunden.
»Mein Vater«, erwiderte Charlotte wie unter Schock.
»*Mi corazón*, du scheinst ziemlich geschafft zu sein.«
»Er hat ihn gefunden. Er hat meinen Vater gefunden«, erklärte sie mit müder Stimme.
»Und? Erzähl!«
Er setzte sich neben sie, sah sie liebevoll an und überlegte sich bereits, dem armen Penner, der dieser Kerl sein müßte, einen ordentlichen Scheck auszustellen.
»Nun, er ist es.«
»Wer?«
»Er, der Detektiv. Scheiße, begreifst du denn überhaupt nichts?«
»Dieser Typ ist dein Vater?« wiederholte Vasco.

»Ja!« schrie Charlotte und sprang auf. »Ich bin die Tochter dieses armseligen Scheißkerls!«

»Und warum hat er sich von dir dafür bezahlen lassen, nach sich selbst zu suchen?«

»Darum geht's nicht, Liebling«, zischte Charlotte. »Es geht darum, daß diese Null mein Vater ist.«

»So null ist er nun auch wieder nicht, schließlich hat er seinen Auftrag erfüllt. Du bezahlst, er liefert Ergebnisse; ein korrekter Handel«, entgegnete Vasco und erhob sich.

»Manchmal frage ich mich, ob man dir nicht das Gehirn amputiert hat.«

»Paß auf, Charlotte, du hast jetzt zwar einen Vater, aber in diesem Ton sprichst du nicht mit mir!«

Charlotte zuckte mit den Schultern und schlug wütend mit der Bürste auf das Telefon.

»Er hat einfach aufgelegt. Er sagte, ich sei seine Tochter, und hat einfach aufgelegt.«

»Mach dir nichts draus, er wird sich schon wieder melden. Väter und Töchter müssen einfach miteinander streiten«, schloß Vasco philosophisch. »Los, beeil dich, sonst kommen wir noch zu spät.«

Langsam massierte Charlotte sich die Schläfen. Ach ja, es war Samstag, und sie waren zu diesem wichtigen Essen mit diesem wichtigen Kerl wegen dieser wichtigen Angelegenheit eingeladen. Als sie sich sorgfältig schminkte, stellte sie mit Zufriedenheit fest, daß ihre Hand nicht zitterte. Nein, es kam nicht in Frage, sich durch Dag aus der Bahn werfen zu lassen. Vorhin war sie beinahe in Tränen ausgebrochen, doch das war jetzt vorbei.

So. Tadellos, wie immer, das perfekt gefärbte Haar geschickt zerzaust, Wespentaille und straffer Busen – in Vascos Augen las sie, daß sie perfekt aussah. Perfekt, ja, aber mit einem Vater. Wenn er ihr doch nur nicht vom ersten Augenblick an mißfallen hätte... Dennoch hätte sie ihn durchaus Papa nennen können.

Sie hätte die kleine Tochter in seinen Armen sein können. Jetzt nicht mehr daran denken. Sich auf das bevorstehende Essen konzentrieren. Lächeln und ihres Bankkontos wegen freundlich mit dem Hintern wackeln.

Frankie Voort war satt, lehnte sich auf seinem Stuhl zurück und ließ seine Zunge genüßlich über seine schwulstigen Lippen gleiten. Einer der Kellner beugte sich vor, um sein Glas mit gekühltem Chardonnay zu füllen, während ein anderer ihm eine zusätzliche Portion gegrillter Langustinen anbot. Um ein Haar hätte Frankie der Versuchung nicht widerstehen können, doch dann erinnerte er sich daran, daß er im Knast gut zehn Kilo zugenommen hatte. Seufzend lehnte er ab. Die Yacht bewegte sich kaum, das Meer war so ruhig wie ein Swimmingpool, und die Frau des schwulen Paquirri war wirklich appetitlich. Frankie warf ihr einen lüsternen Blick zu, woraufhin Charlotte schnell mit den Lidern klapperte, bevor sie sich erneut ihrem Teller zuwandte. Daß sie die Schüchterne mimte, brachte Voort nur stärker in Wallung. Es bereitete ihm Mühe, sich von der Freude an der Sonne, am Essen und am Wein loszureißen und sich auf das zu konzentrieren, was Vasco ihm erzählte.

»... eine ganz einfache Sache. Nur du und ich. Fifty-fifty. Der Handel mit dem Bazzuko muß neu aufgeteilt werden...«

Bazzuko, das kolumbianische Crack. Eine Neuaufteilung – das bedeutete, daß Don Moraes aus dem Weg geräumt werden müßte. Der Alte würde sich nicht freiwillig aus dem Geschäft zurückziehen, um es ihnen beiden zu überlassen.

»Wir wären die einzigen in diesem Sektor... unangetastete Alleinherrscher«, fuhr Vasco mit glänzenden Augen fort.

Frankie legte seine Hände flach auf das Damasttischtuch. Und wenn er Paquirri beseitigen würde? Was würde ihm das einbringen? Er mußte sich entscheiden, auf welcher Seite er stehen wollte. Auf der des alten Moraes oder auf der des jungen, ungestümen Vasco. Als Moraes' enger Mitarbeiter hätte er diese Einladung zum Mittagessen niemals annehmen dürfen. Offiziell hatte er seinen Boß bereits verraten. Doch Moraes war krank, seine verrotteten Arterien waren schmutziger als die Straßen in der Bronx. Er ertappte die junge Frau dabei, wie sie ihn mit ihren hellen Augen musterte. Vielversprechend. Er lehnte sich auf seinem Stuhl noch weiter nach hinten und legte die Hand auf seinen Hosenschlitz, eine Geste, die nur Charlotte wahrnehmen konnte. Verschämt wandte Charlotte den Blick ab. Voort fühlte in sich die Gewißheit, daß diese Frau die gleiche Lust verspürte wie er.

Charlotte unterdrückte eine angewiderte Grimasse: Hielt dieser Widerling sich tatsächlich für anziehend? Bevor sie Vasco begegnet war, hatte sie sich Auftragskiller stets wie schöne Nazis mit eisblauen Augen vorgestellt. Was für eine Ernüchterung! In Wirklichkeit waren sie schlecht gebaute Gnome mit Mundgeruch, die zu enge Synthetikanzüge trugen und aussahen wie an Verdauungsstörungen leidende Junggesellen. Und nun dieser Kerl da, mit dessen Unterstützung Vasco sich den alten Moraes vom Hals schaffen wollte: Langustinenreste klebten in seinem blonden Schnurrbart, und seine große Fuchsnase glänzte in der Sonne.

Mit einem diskreten Zeichen forderte Charlotte den Oberkellner auf, den Tisch abzuräumen. Für diese Dinge hatte sie zweifellos Talent: das Dienstpersonal befehligen, Empfänge organisieren, repräsentativ auftreten. Mit Genuß vertiefte sie sich in Handbücher über kultivierte Lebensart, die gespickt waren mit so kniffligen Fragen wie:»Wenn Sie einen Bischof und einen General eingeladen haben, wer von den beiden muß rechts neben dem Hausherrn sitzen?« Eine Plantage zu führen, das wäre das Richtige für sie gewesen. Sich in vergangene Zeiten zurückversetzen, einen Reifrock anziehen und es sich auf einer prachtvollen Säulenveranda bequem machen. Währenddessen würde sich ihr Dummkopf von Vater mit den übrigen Sklaven auf den Zuckerrohrfeldern abrackern...

»... einen Schluck Kaffee?«

Charlotte zuckte unmerklich zusammen, als sie aus ihren Träumen gerissen wurde. Voort fuhr sich mit der Zunge über die Lippen, während er aufreizend lange in seiner Kaffeetasse rührte. Vasco beobachtete ihn mit kühlem Blick, wie ein Junge, der eine Fliege anstarrt, der er gleich die Flügel ausreißen wird. Charlotte schauderte. Vasco war gefährlich. Eines Tages würde er auch sie wie eine Fliege zerquetschen. Sie stellte sich vor, wie sie zwischen seine gewaltigen Hände geraten und zermalmt werden würde... um sich im gleichen Moment zu verzehren nach seiner ungestümen Sinnlichkeit.

Endlich hob Voort den Kopf. Er hatte seine Entscheidung getroffen: Moraes gehörte von nun an der Vergangenheit an.

»Und?« fragte Vasco und warf seine Mähne nach hinten.

Wann würde dieses Narbengesicht sich endlich entscheiden? Im selben Augenblick fuhr Voort sich erneut mit seiner dicken Zunge über die roten Lippen.

»Ich werde mich um das Nötige kümmern.«

»Wann?«

»Ich muß heute abend zum Alten.«

Vasco war zufrieden. Frankie war zwar ein Narbengesicht, aber schnell wie eine Klapperschlange. Stumm stießen sie an, während jeder der beiden sich fragte, wann und wie er sich des anderen entledigen würde. Und Charlotte lächelte ins Leere, wie eine Puppe.

Dag saß im Schatten eines alten, zerfetzten Sonnenschirms, der über einem wackligen Tisch aufgespannt war, und betrachtete ohne große Begeisterung die Goldbrasse, die auf seinem Teller lag.

»Sie müssen etwas essen«, ermutigte ihn Pfarrer Léger mit freundlichen Worten. »Damit dieser Fisch nicht umsonst gestorben ist.«

»Versuchen Sie nie, den Beruf zu wechseln und sich zum Berater für Magersüchtige ausbilden zu lassen«, entgegnete Dag und schob den Teller von sich. »Ich habe, ehrlich gesagt, keinen großen Hunger, und das Schicksal dieses Fisches ist mir scheißegal. Das Schicksal sämtlicher Fische dieser Welt ist mir scheißegal. Überhaupt ist mir heute alles scheißegal.«

»Mir scheint, es liegt ein Hauch von Niedergeschlagenheit in der Luft«, bemerkte der Pfarrer lächelnd.

»Ich bin froh, daß das zumindest Sie belustigt!«

»Mich, mein lieber Monsieur Leroy, ›belustigt‹, wie Sie sagen, die Tatsache, daß Sie genau in dem Punkt bestraft wurden, in dem Sie gesündigt haben. Schließlich hat Ihre Charlotte Ihnen ihre Existenz zu verdanken. Und Hand aufs Herz, wären nicht auch Sie ein wenig verbittert, wenn Sie Ihre Kindheit in einem Waisenhaus verbracht hätten, nachdem Ihre Mutter sich erhängt hat?«

»Keine Frage, doch muß Charlotte sich unbedingt mit einem Kaliber wie Paquirri einlassen?«

»Sie braucht Geld. Jagen Sie hinter Kriminellen her, um Ihr Gewissen zu beruhigen oder um Ihr Bankkonto aufzubessern?«

»Was wollen Sie damit sagen? Daß meine Tochter mir ähnlich ist?«

Das beharrliche Klingeln des Telefons hinderte Pfarrer Léger daran, Dag zu antworten. Er eilte ins Haus.

»Es ist für Sie, Dagobert«, rief er aus der Diele.

Für ihn? Dag erhob sich, nahm den Hörer und befürchtete schon, es könnte Charlotte sein. Aber es meldete sich Lester.

»Dag? Was ist los? Ich höre nichts mehr von dir. Bist du vorangekommen, oder amüsierst du dich auf meine Kosten?«

»Ich habe den Vater von Charlotte Dumas gefunden.«

»Großartig! Ich wußte es doch! Und?«

»Ich werde dir später alles erklären«, murmelte Dag.

»Okay. Kommst du heute abend zurück?«

»Nein, ich bin auf eine andere Geschichte gestoßen.«

»Schon wieder? Worum geht's?«

»Die Mutter von Charlotte, Lorraine Dumas... Sie hat nicht Selbstmord begangen, sondern sie wurde umgebracht.«

»Immer mit der Ruhe. Wer bezahlt dich für diese Nachforschungen? Charlotte?«

»Nein.«

»Bedeutet das etwa, mein Zuckerstückchen, daß du einfach so, aus Spaß an der Sache arbeitest?«

»Sie wurde umgebracht, Lester, und sie war nicht das einzige Opfer. Damals wurden etwa zur gleichen Zeit mehrere Frauen ermordet, und dein Freund Francis Go wußte über alles Bescheid. Kapierst du?«

»Ich weiß bloß, daß in diesem Büro Dutzende von Akten darauf warten, endlich bearbeitet zu werden, und du verplemperst deine Zeit damit, nach einem Typen zu suchen, der vor zwanzig Jahren irgendwelche Mädchen abgeknallt hat!«

»Nicht abgeknallt, Lester, sondern mit einer Stricknadel vergewaltigt.«

»Scheiße!«

»Go hat dich übrigens belogen. Ich bin sicher, daß er einer von Duvaliers Milizionären war.«

»Ist das wirklich so wichtig?«

»Ich weiß es nicht. Jedenfalls bleibe ich noch eine Weile hier. Mach dir keine Sorgen, das geht auf meine Kosten.«

»Das kannst du mir nicht antun, Dag. Übermorgen mußt du auf Antigua sein. Ein äußerst interessanter Fall...«

»Dann schick doch Zoé hin, das wird ihr etwas Feuer unter dem Hintern machen.«

»Du...«

Lächelnd legte Dag auf. Es tat ihm gut, Dampf abzulassen. Er ging zurück in den kleinen von Unkraut überwucherten Hof, den Pfarrer Léger als seinen Garten bezeichnete.

»Ich habe meinem Partner gesagt, daß ich meine Nachforschungen fortsetzen werde, worüber er nicht sonderlich erfreut ist. Wir sind mit etlichen Fällen gehörig im Rückstand.«

»Vielleicht wäre es besser, wenn Sie nach Hause fahren würden. Die Vorstellung hier ist zu Ende.«

»Nein, ich will dieses Schwein finden, das die Mutter meiner Tochter umgebracht hat. Und ich werde ihm die Fresse polieren, so wahr ich hier stehe.«

»Das war deutlich genug. Doch um Charlotte geht es nicht. Sie kennen sie ja kaum«, entgegnete Pfarrer Léger ironisch, während er Dags unberührten Teller zu sich zog.

»Es geht um das Prinzip«, widersprach Dag und zog den Teller zu sich zurück. »Tut mir leid, aber ich habe gerade festgestellt, daß ich schrecklich hungrig bin.«

13. KAPITEL

15 Uhr 30. Wütend legte Dag den Hörer auf: Go war noch immer nicht in seinem Büro. Pfarrer Léger war zum Krankenbesuch ins Spital aufgebrochen, beladen mit Bonbons und Zeitschriften, die er dort an die alten Leute verteilte. Louisa würde er nicht vor 16 Uhr 30 zu Gesicht bekommen. Er hatte zwar den Vater von Charlotte gefunden, doch darüber hinaus war er in eine Sackgasse geraten. Allerdings kam es ihm entgegen, daß er sich um andere Dinge kümmern mußte, denn er hatte nicht die geringste Lust, über Charlottes Vater nachzudenken. Er fühlte sich völlig außerstande, der Vater einer geldgierigen und herzlosen, dummen und schwatzhaften Fünfundzwanzigjährigen zu sein. Zudem hatte er überhaupt nie Vater sein wollen: wegen seines unreifen Charakters, wie Helen es so nett auszudrücken pflegte. Zum Teufel mit dieser Moralpredigerin! Die Begriffe »Vater« und »Dagobert« paßten einfach nicht zueinander. Zu oft war Dag Zeuge verspäteter hysterischer Wiedersehensfeiern gewesen, die nach sechs Monaten in Depressionen geendet hatten. Nein, er würde auf der Hut sein. Dennoch, verflucht, wenn nun... Gedankenlos drehte er am Knopf des Radioapparats, und ein eindringlicher Gwoka-Rhythmus erfüllte den Raum.

Wäre Charlotte ein anderer Mensch geworden, wenn ihre Mutter am Leben geblieben wäre? Wenn sie gewußt hätte, daß Dag ihr Vater war? Hätte er sich damals nach seiner Rückkehr aus der Armee um sie gekümmert? Halt! Schluß mit diesen

Fragen, es gibt kein Zurück. Der Mensch, der er heute war, hatte nichts mit dem zu tun, der er zwanzig Jahre zuvor gewesen war. Für dessen Handlungen, die er übrigens längst vergessen hatte, war er keineswegs verantwortlich. Plötzlich ging ihm ein schrecklicher Gedanke durch den Kopf: *Vergessen*. Das Gesicht von Françoise Lorraine hatte er *vergessen*. Weil andere Dinge sein Gedächtnis beschäftigten? Immerhin hatte er sich zur Zeit der Morde auf den Inseln aufgehalten. War es möglich, daß er bei seinen Nachforschungen immer nur seinem eigenen Schatten hinterhergerannt war? Wie viele Leute gab es, die Böses taten, ohne sich dessen bewußt zu sein? Wie viele verrückte Psychopathen waren felsenfest davon überzeugt, geistig gesund zu sein? Aber nein, Unsinn: Er hätte doch wohl kaum eine Berufskillerin dafür bezahlt, ihn umzulegen!

Statt seine Zeit mit Hirngespinsten zu vergeuden, täte er besser daran, sich mit Kommissar Darras in Verbindung zu setzen. Er rief bei der internationalen Auskunft an, um sich die Nummer geben zu lassen, doch die Frau am anderen Ende der Leitung lachte ihn aus, bevor sie die Verbindung kurzerhand abbrach. Glaubte er etwa, es gebe im ganzen Périgord nur einen einzigen Darras?

Verzweifelt wandte Dag sich dem Radio zu, um den Ton leiser zu stellen. Im nächsten Moment hielt er inne: ». . . die Leichen der beiden offensichtlich ertrunkenen Kinder wurden heute morgen geborgen. Wir schalten um zu Désire Jeanin, live aus Grand-Bourg. Ah! Hier bekomme ich eben auf einer anderen Leitung Inspektor Camille Dubois, der die Ermittlungen leitet. Inspektor? Herr Inspektor, wie erklären Sie sich, daß die beiden Kinder bis heute nicht als vermißt gemeldet wurden? Es ist doch wohl kaum möglich, daß die Kinder vergessen wurden.« Eine schroffe Stimme antwortete: »Die Ermittlungen laufen. Keine weiteren Kommentare.« – »Liegen die Autopsieberichte bereits vor?« – »Noch nicht. Tut mir leid, ich kann Ihnen keine weiteren Informationen geben, aber Sie können sicher sein, daß wir unser möglichstes tun werden, um diese Tragödie aufzuklären.« – »Nun, liebe Zuhörer, wie Sie soeben gehört haben, gehen die Ermittlungen mit großen Schritten voran.« Dag stellte das Gerät ab. Die Kinder, die Anita Juarez zur Tarnung mit sich herumgeschleppt hatte? Gut möglich. Und dieser Idiot von Go rührte sich nicht. Aber es war zwecklos, nach anderen Wegen zu suchen. Dag müßte noch einmal von vorne beginnen, und zwar bei Go.

Während der Minibus laut hupend dahinraste, blickte Dag zum schmutzigen Fenster hinaus, ohne die vorbeiziehende Landschaft wahrzunehmen. Falls Anita Juarez ihm bereits auf den Fersen gewesen war, bevor er von der Johnson-Akte und von Darras' Schlußfolgerungen Kenntnis bekommen hatte, so bedeutete das, daß jemand sich an seinen Nachforschungen über Charlottes Vergangenheit gestört hatte. Und wenn Vasco in Panik geraten war, als er erfuhr, daß Charlotte einen Privatdetektiv damit beauftragt hatte, im Zusammenhang mit dieser alten Geschichte zu ermitteln? Der Umstand, daß die von Vasco so hochgeschätzte Anita Juarez und Kommissar Go auf die eine oder andere Weise mit den Morden zu tun hatte, hätte erklärt, warum Madame Martinet und Rodriguez sterben mußten und auch Dag hätte ausgeschaltet werden sollen.

Bevor Dag sich ins Polizeipräsidium begab, betrat er das Hauptpostamt, um die internationale Telefondatei zu konsultieren. Er suchte sich die Departements im Südwesten Frankreichs heraus, und nach einer ziemlich kostspieligen halbstündigen Recherche lagen ihm die Telefonnummern von etwa einem Dutzend Fernsprechteilnehmern namens »Darras, R.« vor. Er beschloß, sie unverzüglich anzurufen. In Europa war es Sommer und gerade 22 Uhr. Mit ein wenig Glück würde der ehemalige Kommissar zu Hause sein und noch nicht im Bett liegen. Er ging in eine der Kabinen und begann mit der ersten Nummer seiner Liste. Beim achten Anruf, als er bereits etwas mutlos wurde, antwortete eine freundliche Frauenstimme:

»Mein Mann? Aber ja, er war Polizeikommissar in Grand-Bourg. Wir haben dreißig Jahre dort gelebt, doch dann kehrten wir nach Frankreich zurück, um näher bei unseren Enkelkindern zu sein...«

Dag atmete tief durch. Er hatte ihn gefunden!

»Könnte ich mit ihm sprechen?«

»Einen Moment bitte, er ist gerade im Garten... René!«

»Im Garten...« Dag stellte sich ein kleines Backsteinhaus vor, einen gepflegten Rasen mit Rosen und Gartenzwergen aus Plastik, einen riesigen Eichenbaum... Eine Mischung aus verschiedenen Filmen, die er gesehen hatte. Er war noch nie in Frankreich gewesen, und auch sonst nirgendwo in Europa. Die Fotos von Menschen in dicken Wintermänteln, von Kaminfeuern und Kindern, die sich Schneeballschlachten liefern, hatten ihn noch nie sonderlich begeistert.

»Hallo?« murmelte eine ältere, mißmutige Stimme.

»Kommissar Darras? Ich rufe Sie im Auftrag von Francis Go, Ihrem ehemaligen Inspektor, an.«

»Go? Ja, ich verstehe. Was kann ich für Sie tun?«

Darras' Stimme klang kalt. Mißtrauisch.

»Ich interessiere mich für eine Reihe von Fällen, bei denen Sie zwischen 1975 und 1980 die Ermittlungen leiteten. Todesfälle von jungen Frauen, die angeblich Selbstmord begangen hatten.«

»Das ist alles lange her.«

»Ich bin überzeugt, daß Ihre Analyse korrekt war und es tatsächlich einen Mörder gibt, der damals auf den Antillen sein Unwesen trieb.«

»Von wo aus rufen Sie an?«

»Aus Grand-Bourg.«

»Sie rufen aus Grand-Bourg an, um sich mit mir über Fälle zu unterhalten, die zwanzig Jahre zurückliegen? Schreiben Sie Ihre Doktorarbeit in Kriminologie?«

»Nein, ich bin Privatdetektiv und suche nach dem Mörder einer jungen Frau namens Lorraine Dumas, die 1975 auf Sainte-Marie erhängt aufgefunden wurde. Der Assistent des damaligen Gerichtsmediziners hatte sich mit Ihnen in Verbindung gesetzt, um Sie über seine Zweifel an der Selbstmordthese zu unterrichten. Ich habe Ihre vertrauliche Mitteilung an Ihren damaligen Vorgesetzten gelesen. Warum hat er nichts unternommen?«

»Hören Sie, Monsieur...«

»Leroy.«

»Monsieur Leroy, das alles ist Schnee von gestern, ich bin ein alter Mann im Ruhestand. Ich kümmere mich um meine Rosenstöcke, an solche Einzelheiten kann ich mich nicht mehr erinnern...«

»Aber diese Fälle waren Ihnen damals doch sehr wichtig!«

»Schon möglich, aber heute nicht mehr. Ich möchte nur noch meine Ruhe haben und nicht mehr über diese Dinge reden. Ich bitte Sie, mich nicht mehr anzurufen.«

Er hängte ein, und Dag war völlig verwirrt. Warum wollte Darras nicht darüber reden? Hatte Angst aus seiner Stimme geklungen? Wußte er wirklich etwas? Hatte er Grand-Bourg aus anderen Gründen verlassen als wegen seiner Enkelkinder? Hör endlich auf zu phantasieren! befahl sich Dag, als er die winzige Telefonkabine verließ, der Kerl ist in Pension und schert sich einen Dreck um die Vergangenheit.

Voller Unruhe betrat Dag das Polizeipräsidium und bat um ein Gespräch mit Kommissar Go. Der Wachtposten wandte sich an einen jungen Inspektor, der ihnen den Rücken zukehrte:

»He, Camille, ist Go da?«

»Er ist eben gegangen. Kann ich Ihnen helfen?« fragte der junge Polizist und drehte sich um.

Dag erkannte den Inspektor wieder, der ihm von Jennifer Johnson erzählt hatte.

»Sie schon wieder!« sagte Dubois mit besorgter Miene.

Camille... Wo hatte Dag diesen Namen gehört? Ach ja, im

Radio. Inspektor Camille Dubois, der die Ermittlungen im Fall der beiden ertrunkenen Kinder leitete. Gut, daß Dag hergekommen war.

»Entschuldigung, wenn ich störe, aber könnte ich Sie einen Augenblick sprechen?«

Dubois schaute auf seine Uhr und seufzte:

»Okay, kommen Sie mit.«

Sie gingen in Dubois' Büro: ein winziger, fensterloser Raum mit blaßgelben Wänden und unangenehmer Neonbeleuchtung, einem abgenutzten Schreibtisch und zwei hölzernen Stühlen. Aufmerksam betrachtete Dag seinen Gesprächspartner, der Platz nahm und seine Brille aufsetzte. Dubois hatte ein breites Gesicht mit einer ausgeprägten Kinnpartie und einen offenen Blick. Das tadellos weiße Hemd und die über seinen leicht abstehenden Ohren sehr kurz geschnittenen Haare gaben ihm das Aussehen eines amerikanischen Marineoffiziers. Dag beschloß, ihm zu vertrauen, und erzählte ihm seine jüngsten Abenteuer. Dubois hörte geduldig zu und schrieb beinahe ununterbrochen mit. Nachdem Dag von seinem Gespräch mit Kommissar Darras berichtet hatte, verstummte er. Der Ventilator surrte. Ehe Dubois den Kopf hob, las er seine Notizen noch einmal langsam durch.

»Fassen wir zusammen. Eine junge Frau, deren Mutter Selbstmord begangen hat, beauftragt Sie, nach ihrem Vater zu suchen. Sie finden heraus, daß die Mutter in Wahrheit ermordet wurde. Zufällig mache ich Sie auf einen ähnlichen Fall aufmerksam, bei dem damals Kommissar Go, unter dem Befehl des heute pensionierten Hauptkommissars Darras, die Ermittlungen leitete. In Vieux-Fort lernen Sie Louisa Rodriguez kennen, deren Vater früher Assistent von Doktor Jones war, dem Arzt, der die Autopsie an Lorraine Dumas' Leichnam vornahm und auf Selbstmord schloß, eine These, die besagter Rodriguez in Frage stellte. Louisa Rodriguez vertraut Ihnen Briefe ihres Vaters an, in denen dieser deutlich seine Überzeugung zum Ausdruck bringt, daß es sich um Mord handelte. Ein ähnlicher Todesfall bestätigt ihn in seiner Annahme, und ferner gibt er an, daß er mit unseren ermittelnden Beamten, das heißt mit Francis Go und René Darras, darüber gesprochen hat. Kurze Zeit später versucht jemand, Louisa Rodriguez umzubringen. Sie kommt mit einer Verletzung davon, hat ihren Angreifer jedoch nicht erkannt. Dann finden Sie heraus, daß Sie der Vater Ihrer Klientin sind, und beschließen, Ihre Nachforschungen fortzusetzen. Richtig?«

»Richtig. Und deshalb wollte ich mit Go sprechen.«

»Er ist im Leichenschauhaus.«

»Im Leichenschauhaus?«

»Nicht als Betroffener«, seufzte Camille und schien das zu bedauern. »In letzter Zeit gab es hier etliche Aufregung«, fuhr er fort, während er seine Fingernägel betrachtete.

»Ich habe im Radio davon gehört. Eine Frau, die mitten im Stadtzentrum erschossen wurde, und nun diese beiden Kinder, die in Grand Gouffre geborgen wurden«, wagte Dag in lässigem Ton zu sagen.

»Tun Sie nicht so scheinheilig. Was wollen Sie wissen?«

»Wissen Sie, wer die Frau war?«

»Und Sie?«

»Sie sind der Polizist. Ich jage nur untreue Ehefrauen und junge Mädchen, die von zu Hause ausgerissen sind...«

Sorgfältig faltete Dubois die beiden Blätter, auf denen er Dags Geschichte notiert hatte, und steckte sie in seine Hemdtasche.

»Wollen Sie tatsächlich einen Mörder finden, der vor mehr als zwanzig Jahren aktiv war und nie für seine Taten bestraft wurde?«

»Ja.«

»Wissen Sie, daß es so etwas wie Verjährung gibt?«

»Nicht für mich. Nicht für seine Opfer. Ich will wissen, wer der Täter ist. Und warum er es getan hat.«

»Gut! Und ich, ich habe mit zwei toten Jungen zu tun. Und mit einer auf offener Straße ermordeten Frau. Sie hieß Anita Juarez. Sie war eine Auftragskillerin.«

Dubois sah Dag scharf an, als er fortfuhr.

»*One*: Eine Auftragskillerin kommt nach Grand-Bourg, einer Stadt fernab von Chicago, und läßt sich hier abknallen. *Two*: Ein Privatdetektiv taucht auf und gibt an, nach einem unbekannten Mörder zu suchen. *Three*: Eine junge Frau aus Vieux-Fort entgeht mit knapper Not einem Mordanschlag. *Four*: Zwei ertrunkene Kinder werden in Grand Gouffre geborgen. Vorsätzlich ersäuft. Und das alles in weniger als einer Woche. Reiner Zufall?«

Dag gab vor, intensiv nachzudenken. Er konnte diesem rechtschaffenen Camille unmöglich gestehen, daß er – aus Versehen natürlich – Anita Juarez umgebracht hatte. Er entschloß sich zu einem Gegenangriff und fragte:

»Warum weigert sich Kommissar Darras Ihrer Meinung nach, mir zu helfen?«

»He, immer schön langsam! Glauben Sie an eine internationale Verschwörung, oder wie soll ich das verstehen?«

»Anita Juarez war eine Auftragskillerin. Wen hatte sie im Visier?«

»Nach allem, was ich weiß, könnte auch sie Ihr unbekannter Mörder sein. Als sie vor zwanzig Jahren in ihren Beruf einstieg, könnte sie sich bei diesen Frauen die nötige Übung geholt haben. Zusammen mit einem Komplizen, der die Vergewaltigung übernahm. Eine Vereinigung von Verrückten. Wir leben in einer Welt, in der alles möglich ist. Folgendermaßen könnte es sich also abgespielt haben: Anita Juarez erfährt, daß Sie nach dem Kerl suchen, der mit Lorraine Dumas geschlafen hat. Sie befürchtet, daß die ganze Geschichte aufgedeckt wird, kehrt nach Grand-Bourg zurück, um sich dieses Mitwissers zu entledigen, doch er schießt zuerst. Und das war's dann.«

Dag seufzte. Dubois' These stimmte mit seiner überein.

»Und eben dieser Mitwisser hat versucht, Louisa Rodriguez umzubringen...«

»Warum nicht? Ihrer Geschichte zufolge könnte das durchaus zutreffen. Ich stelle jedenfalls fest, daß in unserer Gegend plötzlich alle durchgedreht sind. Und der einzige gemeinsame Nenner bei dieser Scheißaffäre, das sind Sie.«

»Ich?« protestierte Dag überzeugend.

»Ja, Sie. Sie sind einem vermeintlichen Mörder auf der Spur. Sie sind der Vater Ihrer Auftraggeberin. Sie sind mit Louisa Rodriguez befreundet. Sie treffen am gleichen Tag wie Anita Juarez in Grand-Bourg ein. Möglicherweise sind Sie sogar der unbekannte Mörder«, schlußfolgerte Dubois unbewegt.

»Ich werde darüber nachdenken. Im Ernst, wollen Sie mir helfen?«

»Wenn Sie mit offenen Karten spielen, ja. Wenn nicht, so glaube ich, daß ich Ihnen alle erdenklichen Steine in den Weg legen werde. Verstehen Sie? Genau wie in den Kriminalromanen, in denen engstirnige Bullen die Privatdetektive zum Wahnsinn treiben.«

»Und trotzdem auf der Strecke bleiben, während der Privatdetektiv triumphiert.«

»Zu komisch«, erwiderte Camille. »Ich könnte Sie wegen Mordes an Anita Juarez in Polizeigewahrsam nehmen.«

Dag zuckte mit den Schultern.

»Das ist doch völlig idiotisch! Worauf stützen Sie denn Ihren Verdacht?«

Dubois beugte sich plötzlich nach vorne und schaute Dag fest in die Augen.

»Anita Juarez hat zwei Kinder getötet, Monsieur Leroy, und zwar nicht vor zwanzig Jahren, sondern gestern. Das ist es, was mich interessiert – und was Sie darüber wissen. Nun, eine Hand wäscht die andere.«

Dag ließ seine Finger knacken und überlegte, wie er aus dieser verflixten Situation herauskommen könnte.

»Juarez kannte Vasco Paquirri.«
»Paquirri? Den Dealer?«
»Ja. Paquirri ist der Geliebte meiner Klientin.«
»Ihrer Tochter, wollten Sie wohl sagen«, stellte Dubois richtig, während er seinen Nasenrücken massierte.

Paquirri, *der Geliebte seiner Tochter*. So klar ausgesprochen, klang es geradezu obszön. Dieses Schwein im Bett von Charlotte! Dag fuhr fort:

»Ich frage mich, ob nicht Paquirri Anita Juarez auf mich gehetzt hat.«

»Ich will Sie nicht kränken, aber ich glaube, daß Sie ein viel zu kleiner Fisch sind.«

»Ich habe Ihnen nur gesagt, was ich weiß.«

»Quatsch! Haben Sie diese Frau getötet? Ja oder nein?«

»Nein. Warum, zum Teufel, sollte ich eine Frau abknallen, die ich nicht einmal kenne?« widersprach Dag mit der Überzeugungskraft eines geübten Lügners.

Camille Dubois schien einen Augenblick lang nachzudenken und starrte ins Leere, als es an der Tür klopfte. Ein Polizist in Uniform steckte seinen braunen Kopf herein.

»Einen Moment noch«, sagte Dubois. »Und, Monsieur Leroy?«

»Geben Sie mir achtundvierzig Stunden Zeit.«

»Achtundvierzig Stunden? So lange?«

»Achtundvierzig Stunden, um den Mörder von Anita Juarez zu finden. Und von Ihnen erwarte ich, daß Sie sich in der Zwischenzeit über die ermordeten Frauen kundig machen.«

Dubois seufzte. Er nahm einen Bleistift, betrachtete ihn, als wolle er ihn in der Mitte durchbrechen, und legte ihn sorgfältig an seinen Platz zurück. Schließlich sagte er mit ruhiger Stimme:

»Okay. Achtundvierzig Stunden. Ich will wissen, wer es war, und warum er es getan hat.«

Dag erhob sich und reicht Dubois die Hand. Er drückte sie sehr lange.

»Halten Sie sich an unsere Abmachung, Leroy. Ich sehe vielleicht wie ein Anfänger aus, aber ich lasse mich nicht über den Tisch ziehen.«

»Sie können sich auf mich verlassen«, erwiderte Dag, bevor er das Büro verließ.

Pfeifend trat er ins Freie. Nun hatte er also achtundvierzig Stunden Zeit, einen Mörder zu finden, der kein anderer war als er selbst, und gleichzeitig mußte er auf der Hut sein, nicht von Vasco Paquirri, Frankie Voort oder vom Joker höchstpersönlich abgeknallt zu werden.

17 Uhr. Dag hatte nicht die geringste Lust, nach Vieux-Fort zurückzukehren, sich im Pfarrhaus einzuschließen und stundenlang mit Pfarrer Léger zu plaudern. Er brauchte dringend frischen Wind in seinem Kopf und wollte zwei oder drei Stunden lang abschalten. Da fiel sein Blick auf ein Plakat. Im Kino um die Ecke wurde *Eraser* mit Schwarzenegger gezeigt: »*Er löscht ihre Vergangenheit aus.*« Perfekt. Genau das, was Dag jetzt brauchte.

Das Flugzeug der Air Caraïbe setzte zur Landung auf dem Flughafen von Canefield an. Voort knöpfte seine Weste aus Wildseide auf, um unauffällig zu prüfen, ob seine Waffe problemlos aus dem Gürtelhalfter glitt.

»Monsieur, bitte anschnallen!« kläffte die Stewardeß.

Wortlos starrte Voort sie mit seinen graugrünen Augen an, worauf sie eiligst zum nächsten Passagier ging und er in aller Ruhe seine Weste wieder zuknöpfte.

Don Philip Moraes saß hinter seinem gewaltigen Schreibtisch und überprüfte bereits zum dritten Mal, ob seine Krawatte korrekt gebunden war. Er konnte Nachlässigkeit nicht ausstehen. Ebensowenig äußerliche Anzeichen von Schwäche, die von gewissen Leuten rasch als Symptom einer Hirnerweichung interpretiert wurden. Trotz seiner zweiundachtzig Jahre hielt er sich immer noch kerzengerade, war einwandfrei rasiert und frisiert und nahm, seit erste Herzprobleme aufgetaucht waren, nur noch Joghurt und Orangensaft zu sich. Er schaute auf seine platinierte Rolex: Wo, zum Teufel, steckte Voort, diese Schnecke, nur? Er hatte bereits acht Minuten Verspätung. Als er jung gewesen war, hatte er Kerle wegen weniger als einer achtminütigen Verspätung umgelegt, dachte Moraes, während er auf das im Mondschein glitzernde Wasser schaute. Welcher Irrsinn, das Meer durch hermetisch verschlossene Panzerglasscheiben zu betrachten!

»Reg dich nicht auf, Philip«, murmelte seine Frau auf portugiesisch, »das ist nicht gut für dein Herz.«

Höflich lächelte er ihr zu. So alt, häßlich und frömmelnd Griselda auch war, sie war seine Frau und die Mutter seiner Söhne. Und als dieser war ihr stets große Hochachtung zuteil geworden, auch wenn heute keines ihrer Kinder mehr am Leben war. Moraes bekreuzigte sich unauffällig, wie immer, wenn er an sie dachte: John, der zu Ehren John F. Kennedys auf diesen Namen getauft worden war, denn Kennedy war es gewesen, der Felipe Moraes die sakrosankte amerikanische Staatsangehörigkeit bewilligt hatte. Und das alles nur, damit Johnny später im Vietnamkrieg sein Leben ließ. Und James, der wegen James Cagney diesen Namen trug und das Pech gehabt hatte, mit sechsundvierzig Jahren an Leberkrebs zu krepieren... Während Juan Junior, der Innigstgeliebte, der Spiegel seiner Seele, am Weihnachtsabend 1991 an einer Überdosis verreckt war. Daß ausgerechnet sein Sohn tatsächlich so blöd gewesen war, die Ware selbst zu probieren...

Moraes spürte, wie sein Herz vor Wut und Kummer schneller zu schlagen begann, und zwang sich, tief durchzuatmen. Griselda und er waren nun allein. Alt und allein. Wenn er gewollt hätte, hätte er sich einen Swimmingpool aus Platin bauen lassen und in flüssigem Gold schwimmen können, doch er hatte keine Söhne mehr. Niemanden, der seine alten, müden Knochen gegen Haie wie Voort und Paquirri verteidigen würde. Geblieben war ihm nur noch sein altes, listiges Hirn. Und sein Geld natürlich. Doch das würde er sich keineswegs widerstandslos wegnehmen lassen. O nein, nicht von Schweinehunden wie Voort oder Paquirri.

»Voort ist hier, Monsieur«, verkündete Yves, der französische Butler, ein echter Bretone aus Saint-Barth.

»Bringen Sie ihn zu mir«, knurrte Don Moraes und lehnte sich in seinem Empire-Sessel zurück.

Griselda erhob sich und trippelte aus dem Zimmer. Sie ging jeden Abend zum Beten in die angrenzende Kapelle.

Voort betrat mit gewohnt schlürfendem Schritt das Zimmer. Seine Hose beulte sich an den Knien, ein Mayonnaise-Fleck glänzte an seiner Krawatte. Mit der flachen Hand strich er sein schütteres braunes Haar glatt. Unter Voorts Fingern wurde sogar aus Seide ein Scheuerlappen. Ostentativ blickte Don Moraes auf seine Armbanduhr, doch Voort beschränkte sich darauf, ihn aus wäßrigen Augen anzuschauen und nicht die geringste Verlegenheit zu zeigen.

»Wie weit sind wir mit Trinidad?« fragte Don Moraes plötzlich auf englisch.

»Die Sache zieht sich hin.«

»Ich dachte, die Lieferung sollte längst über die Bühne gegangen sein. Unsere Partner in Miami warten, wir sind überfällig. Ich verstehe das alles nicht.«

Hilflos zuckte Voort mit den Schultern.

»Diese Idioten sind mißtrauisch geworden. Sie wollen fünfundzwanzig Prozent Zuschlag.«

»Nicht einen Pfennig! Wer führt die Verhandlungen?«

»Estevez.«

Charlie Estevez. Der Buchhalter, der seit zwanzig Jahren für die Familie Pereira arbeitete. Ein zuverlässiger Mann. Das war wirklich nicht normal. Ungeduldig klopfte Don Moraes auf die Armlehne seines Sessels.

»Wer macht uns Schwierigkeiten?«

»Paquirri. Er will sämtliche Geschäfte unter seine Kontrolle bringen. Er hat einen Gegenvorschlag gemacht«, erwiderte Voort mit der Unbekümmertheit einer satten Hyäne.

Don Moraes spürte, wie sich ein Schuß Adrenalin in seinem verschlissenen Körper ausbreitete und sich einen mühsamen Weg durch seine verstopften Adern bahnte. Wenn er in jüngeren Jahren bloß nicht so gern gegessen, so stark geraucht und so viel gesoffen hätte, er wäre heute nicht gezwungen, bei der Erledigung seiner Angelegenheiten auf Dummköpfe wie Voort zurückzugreifen. Er würde seine Pistole laden und diesem Scheißkerl von Paquirri einfach den Kopf wegpusten.

»Ich glaube, es wird Zeit, daß wir uns von Monsieur Paquirri trennen«, sagte er in gepflegtem Ton.

Voort nickte stumm und senkte den Blick.

»Und zwar so schnell wie möglich«, fuhr Don Moraes mit verbitterter Stimme fort. »Wir müssen diesen Handel mit Trinidad in kürzester Zeit über die Bühne bringen. Noch irgendein Problem?«

»Nein, keine weiteren Probleme.«

Voort kratzte sich lässig zwischen den Beinen und brachte Don Moraes damit noch ein wenig mehr in Rage. Sobald dieser Schleimfisch die Sache mit Paquirri geregelt hätte, würde Moraes sich höchstpersönlich um ihn kümmern.

»Du kannst jetzt gehen«, sagte Don Moraes mit zusammengekniffenen Lippen.

Voort drehte sich zu der nietenverzierten Ledertür um, hielt jedoch plötzlich inne.

»Ach ja, jetzt hätte ich es beinahe vergessen. Es gibt doch noch ein Problem«, sagte er und wandte sich langsam um.

»Welches?« zischte Don Moraes nervös.

»Dieses hier«, erwiderte Voort und drückte in aller Ruhe auf den Abzug seiner Waffe. »Gute Reise!«

Mit der Geschwindigkeit von 350 Metern pro Sekunde schoß

die Kugel aus dem Magazin, bohrte sich unmittelbar unter der Krempe des Panamahutes zwischen die Augen von Don Moraes und schnellte mit einem kleinen, purpurroten Blutgeysir an dessen Hinterkopf wieder heraus. Belustigt nahm Voort zur Kenntnis, daß die Hand des Greises nicht aufgehört hatte, auf die Armlehne zu klopfen. Er vergeudete keine Zeit damit, sich der Leiche zu nähern, sondern öffnete die hinter einem Wandbehang versteckte Tür, die zur Privatkapelle führte, und blieb auf der Schwelle stehen. Es war kühl unter dem mit Kalk geweißten Gewölbe, kühl und dunkel. Griselda kniete vor dem Altar, neben sich einen riesigen Flamingoblumenstrauß. Als sie den Kopf hob, erblickte sie die auf sie gerichtete Waffe, öffnete überrascht den Mund und wurde mitten ins Herz getroffen. Der Schuß riß ihren zierlichen Körper hoch und schleuderte ihn gegen die Gipsstatue der heiligen Rita, die geräuschlos auf die Blumen kippte.

Die beiden Morde, die wegen des Schalldämpfers nicht das geringste Geräusch verursacht hatten, waren in weniger als zwei Minuten über die Bühne gegangen. Voort wusch sich im Weihwasserbecken das Schießpulver von den Händen, verließ in aller Ruhe die Kapelle und ging zum Haus, in dem Yves und das übrige Personal sich aufhielten. Er hatte noch eine Menge zu tun.

Alles ging sehr schnell, ohne Tränen und ohne Gejammer. Dazu hatte niemand Zeit. Als Voort seine Aufgabe erledigt hatte, überprüfte er im venezianischen Spiegel des Eßzimmers, ob sein Anzug nicht mit verdächtigen Spritzern beschmutzt war. Der Leichnam der jungen Hausangestellten, die beim Putzen des Silbers überrascht worden war, schien ihm zuzulächeln: ein postmortales Grinsen, das ihre Zähne freilegte. Niedlich, die Kleine. Verschmitzt küßte Voort ihre noch warmen Lippen. Dann trat er in die klare Nacht hinaus. Die in den Felsen der Steilküste geschlagene Treppe führte unmittelbar zu Moraes' privater Anlegebrücke. Der Wachtposten richtete den Lichtstrahl seiner Stablampe auf den nächtlichen Besucher und legte zum Gruß die Hand an die Mütze, als er Voort erkannte.

»Guten Abend, Monsieur Voort, wie geht es Ihnen?« fragte er freundlich, da er längst an die ungewöhnlichen Besuchszeiten der Vertrauten des Hauses gewohnt war.

»Sehr gut, Andy, danke«, antwortete Frankie und jagte ihm eine Kugel ins Herz.

Wie ein Brett kippte Andy um. Voort stieg über seinen massigen Körper, sprang in eines der beiden Boote und setzte den Außenbordmotor in Gang. Er war genau im Zeitplan. Zwei Meilen entfernt näherte er sich einem vor Anker liegenden Segelschiff mit niederländischer Flagge und stieg rasch an Bord. Der Mann, der ihn erwartete, zog fragend die Augenbrauen hoch, und Voort antwortete mit einem Kopfnicken. Dann schaltete der Mann den Motor ein.

»Ich muß ein paar Telefonate erledigen«, rief Voort ihm zu und sperrte die Tür hinter sich ab. »Ich will nicht gestört werden.«

Er lächelte, als er an den Frankie Voort von früher dachte, an den erbärmlichen Versager und dessen kümmerliche Geschäfte. Aber das Massaker in der Frontstreet war sein Durchbruch gewesen. Er war nicht mehr der arme Frankie, er war jetzt stark, stark und gefährlich. Ja, die Welt würde sich noch lange an ihn erinnern. Vor allem dieser verfluchte Neger, der ihn damals ins Gefängnis gebracht hatte. Was für ein Zufall, daß genau an dem Tag, an dem er und Paquirri einander ebenbürtig geworden waren, jemand sich mit ihm in Verbindung gesetzt hatte – jemand, der nichts sehnlicher wünschte, als diesem verdammten Schnüffler von Leroy Übles anzutun.

Er zog ein zerknittertes Stück Papier aus seiner Tasche und las noch einmal mit Genugtuung die wenigen hingekritzelten Zeilen. Da mußte sich jemand auf eine hübsche Überraschung gefaßt machen.

Das Telefon klingelte zweimal, verstummte, klingelte dreimal und verstummte erneut. Lächelnd setzte Vasco die Hanteln ab. Das war das vereinbarte Zeichen: Voort hatte den alten Moraes liquidiert. Gut. Das Leben mochte vielleicht nicht besonders schön sein, doch zumindest war es äußerst aufregend!

Reglos stand der Mann in einer dunklen Ecke des kleinen Motelzimmers. Mondlicht fiel durch das Fenster. In dem gelben Aschenbecher lag eine brennende Zigarette. Vorsichtig nahm der Mann sie zwischen Daumen und Zeigefinger. Vielleicht würde es diesmal klappen? Vielleicht würde er endlich begreifen, was die anderen empfanden? Er drückte die Zigarette mit der Glut auf die nackte Haut unterhalb seines Nabels. Es knisterte, und er atmete den Geruch von verbranntem Fleisch. Aber nein, es funktionierte nicht, es funktionierte nie. Wütend führte er die Zigarette an seine Lippen und nahm einen langen Zug, während er das ruhige Meer betrachtete. Wie spät war es? Er schaute auf seine Uhr: Voort müßte längst unterwegs sein. Ein beruhigender Gedanke. Wenn er sich auch nicht selbst weh tun konnte, so konnte er zumindest anderen Schmerzen zufügen, sagte er sich mit einem freudlosen Lächeln, während in der Ferne die wilden Klänge einer Steel-Band ertönten.

Francis Go bremste und stellte den Ton seines rauschenden Funkapparates lauter. Camilles Stimme war kaum zu hören:
»Wir haben soeben... ein Fax bekommen... Don Moraes erschossen... sowie seine Frau und sämtliche Hausangestellte... in seiner Villa auf der Insel Dominica...«
Go umfaßte das lederbespannte Lenkrad mit seinen riesigen Händen noch fester. Der Sonntag fing gut an. Zweifellos würde Paquirri nach Don Moraes' Tod dessen Nachfolge antreten. War Anita Juarez etwa auf die Antillen geschickt worden, um diese Aufgabe zu erledigen? Und hatte sie einen Flug nach Grand-Bourg gebucht, bloß um die Spuren zu verwischen? In

dem Fall wäre sie jedoch nach Dominica weitergeflogen, statt in der Stadt herumzuspazieren. Wer hatte Don Moraes in wessen Auftrag umgebracht? Ein Kerl, der verdammt viel Mut hatte. Und die Möglichkeit, an den Alten heranzukommen. Bestimmt war es einer seiner eigenen Männer gewesen. Ein junger Wolf mit langen Zähnen, dem Paquirri Berge von Gold versprochen haben mußte. Ein interessanter kleiner Bandenkrieg kündigte sich an.

Als Go ins Polizeipräsidium kam, stieß er auf Dubois, der wegen des Mordes an Moraes und eines Kerls namens Leroy, der gestern nachmittag aufgetaucht war und ihm eine schier unglaubliche Geschichte aufgetischt hatte, völlig außer sich war. Obwohl Go sich wenig begeistert zeigte, folgte Camille ihm in sein Büro und begann, ihm die Geschichte in allen Einzelheiten zu erzählen. Wortlos hörte Go ihm zu, lehnte sich auf seinem Stuhl nach hinten und kaute auf seinem Kaugummi herum. Schließlich hielt Camille inne.

»Interessant«, gestand Go, nahm den Kaugummi aus dem Mund und rollte ihn zwischen Daumen und Zeigefinger zu einer Kugel. »Etwas an den Haaren herbeigezogen, aber interessant. Sag mal, Camille, was hat dich bei dieser Geschichte eigentlich so stutzig gemacht?«

Dubois dachte einen Moment lang nach. War dies eine Falle? Hatte er eine Dummheit gemacht? Dann nahm er all seinen Mut zusammen.

»Nun, der Kerl schien durchaus die Wahrheit zu sagen. Vielleicht sollte man mal einen Blick in diese alten Akten werfen. Möglicherweise haben die Morde an Juarez und den Kindern etwas damit zu tun.«

»Erstens wurden Anita Juarez und die beiden Kinder von einem professionellen Killer umgebracht. Der Gerichtsmediziner hat bestätigt, daß die Jungen betäubt wurden, ehe man sie ins Wasser warf. Zweitens gibt es keinerlei Beweise dafür, daß Lorraine Dumas tatsächlich ermordet wurde. Dir hätte doch eigentlich auffallen müssen, daß das alles große Scheiße ist«, schloß Go mit einem breiten Lächeln, »und wir haben eine Menge Arbeit, mein kleiner Camille. Hör also auf, mir mit diesen Dummheiten auf den Wecker zu fallen. Finde lieber heraus, woher diese Kinder stammten. Rekonstruiere den Weg, den Juarez nach ihrer Landung gegangen ist. Ich will wissen, wie oft und wo sie gepinkelt hat. Das wär's, danke.«

Mit brennenden Wangen und ohne ein Wort zu sagen verließ Camille das Büro. Er hätte darauf gefaßt sein müssen. Doch warum, zum Teufel, hatte er diesem miesen Detektiv vertraut? Und dann diese Geschichte der jungen Frau, die in einer verfallenen Zuckerfabrik angegriffen wurde, die Sache mit den gestohlenen Briefen... lauter Lügenmärchen! Plötzlich hielt er inne. Was hatte Leroy ihm über diese Briefe erzählt? Daß der Vater von Louisa Rodriguez darin seine Zweifel am Selbstmord von Lorraine Dumas zum Ausdruck gebracht hatte, ja, und daß er den Ermittlungsbeamten, das heißt Francis Go und Darras, diese Zweifel mitgeteilt hatte. Und daß Go, soweit bekannt, mit niemandem darüber geredet hatte.

Auf einmal hatte Dubois große Lust, sich im Untergeschoß umzusehen.

Als Dubois gegangen war, erhob sich Go schwerfällig von seinem Stuhl. Er war sicher, daß dieser Grünschnabel schnurstracks ins Archiv eilen würde. Doch er würde nichts finden, es war längst alles beseitigt. Auch das letzte verräterische Beweisstück war inzwischen zu Asche geworden.

14. KAPITEL

In Gedanken versunken betrat Dag das Krankenhaus und grüßte im Vorbeigehen die Frau am Empfang, die ein plärrendes Radiogerät neben sich stehen hatte. Er ging auf die Haupttreppe zu, als eine Meldung aus der Nachrichtensendung ihn aufhorchen ließ: »Newsflash. Wie wir soeben erfahren haben, ist Philip Moraes in seiner Luxusvilla auf der Insel Dominica ermordet worden. Obwohl es der Polizei nie gelang, ausreichendes Beweismaterial gegen ihn vorzubringen, galt Philip Moraes, auch Don Moraes genannt, als einer der mächtigsten Männer im Rauschgifthandel auf den Kleinen Antillen.«

Sieh an, sieh an, der alte Moraes hatte also nicht aufgepaßt. Das würde Dags »Schwiegersohn«, dem lieben Vasco, sehr zupaß kommen. Möglicherweise war Vasco ja auch nicht ganz unschuldig am plötzlichen Tod des alten Geiers. Nicht auszudenken, daß auch seine Tochter in diesen Kreisen verkehrte!

Als Dag in Louisas Zimmer getreten war, blieb er wie angewurzelt stehen: das Zimmer war leer. Er wandte sich an eine Schwester, die ihr Infusionswägelchen über den Korridor rollte.

»Was ist mit der jungen Frau aus Zimmer 112?«

»Louisa Rodriguez? Sie hat ihren Entlassungsschein unterschrieben und das Krankenhaus gestern abend zu später Stunde mit ihrem Freund verlassen«, erklärte die Krankenschwester mit verächtlichem Unterton, wobei sie besonders das Wort »Freund« mit Abscheu betonte.

»Ihr Freund?« wiederholte Dag und stellte sich Louisa in Francisques Armen vor.
»Ja, ein Herr mit braunen Haaren.«
Erstaunt blickte Dag sie an.
»Ein Weißer?«
»Ja, ein Weißer, kein besonders freundlicher Mensch«, erwiderte die Krankenschwester mit einem Schulterzucken. »Ein unsympathischer Zwerg, der sich offensichtlich für unwiderstehlich hält.«
»Trug er einen Schnurrbart?« fragte Dag und spürte, wie sein Herz plötzlich schneller zu schlagen begann.
»Ja, einen häßlichen hellen Schnurrbart. Mit seinen dicken Wangen und seiner langen Nase sah er aus wie ein...«
Sie hielt inne und hüstelte.
Voort! Voort kannte Louisa! Dag mußte etwas blaß um die Nase geworden sein, denn die Krankenschwester warf ihm einen besorgten Blick zu.
»Fühlen Sie sich nicht wohl?«
»Doch, doch, danke, entschuldigen Sie. Um wieviel Uhr sind sie gegangen?«
»Es war kurz vor Mitternacht. Wir wollten den Mann nicht hereinlassen, doch er ist in ihr Zimmer geeilt, und fünf Minuten später sagte sie, sie wolle das Krankenhaus verlassen.«
Auch als er wieder auf der Straße stand, hatte Dags Verblüffung sich noch nicht gelegt. Was zum Teufel hatte Voort mit Louisa zu tun? Es sei denn, es war gar nicht Voort gewesen, sondern irgendein anderer Schnurrbärtiger mit dicken Wangen und einer langen Nase... Nein, es mußte Voort gewesen sein. Dag spürte es instinktiv. Und er hatte sie am Abend zuvor abgeholt. Sie konnten jetzt schon tausend Kilometer weit weg sein... Louisa. Eine Heuchlerin. Eine gemeine Heuchlerin. Doch wenn Louisa etwas mit diesen Morden zu tun hatte, wenn Louisa Voort kannte... Bedeutete das, daß Voort der Mörder war?

Es gab eine weitere Möglichkeit: Louisa wußte nichts von Voorts tatsächlichen Aktivitäten. Doch warum stand sie dann mit ihm in Verbindung?

Im Gehen massierte Dag sich die Schläfen.

Und wenn Voort sich Louisa in der Absicht bemächtigt hatte, an Dag heranzukommen? Und wenn Louisa und Voort sich gerade köstlich darüber amüsierten, wie sie den armen Leroy an der Nase herumgeführt hatten? Doch wer hatte, in dem Fall, Louisa in der Zuckerfabrik attackiert? Mit Sicherheit hatte sie sich nicht absichtlich die Schulter gebrochen. Also, immer schön langsam und in aller Ruhe überlegen, dachte Dag.

Als er aufschaute, stellte er fest, daß er sich in der Nähe der Kirche befand. Er müßte Pfarrer Léger Bescheid sagen. Er zwängte sich durch den Strom der sonntäglich gekleideten Kirchgänger, die der Acht-Uhr-Messe beigewohnt hatten, betrat das dunkle Kirchenschiff und wäre um ein Haar über die alte Frau gestolpert, die am Eingang saß und ihm einen giftigen Blick zuwarf. Lächelnd bat er sie um Verzeihung und fragte, ob Pfarrer Léger da sei.

Die Frau musterte ihn voller Verachtung und deutete auf einen alten hölzernen Beichtstuhl, an dem ein Schild hing. Dag ging näher heran:

»Pfarrer Honoré Léger: 9–10 Uhr und 15–16 Uhr.«

Aus dem Innern des Beichtstuhls drang leises Summen, und kurze Zeit später trat seufzend eine grell geschminkte junge Frau in einem eng anliegenden Kleid heraus. Sie warf Dag einen neugierigen Blick zu, ehe sie sich mit wiegenden Hüften Richtung Ausgang entfernte. Komische Katholikin, dachte Dag, als er unter dem entrüsteten Blick der alten Dame, die darauf wartete, dranzukommen, in den Beichtstuhl trat.

»Ich höre, mein Sohn«, sagte Pfarrer Léger auf der anderen Seite des Gitters.

»Louisa ist nicht mehr im Krankenhaus.«

»Wie bitte?«

»Louisa... Sie ist nicht mehr im Krankenhaus...«
»Ach! Sie sind's, Dagobert. Sind Sie sich bewußt, daß ich im Dienst bin?«
»Sie ist mit Voort abgehauen, mit diesem Gauner, von dem ich Ihnen erzählt habe.«
»Mit diesem armseligen Wicht?«
»Ja. Verstehen Sie das? Es ist unglaublich!«
»Vielleicht hat er sie entführt«, sagte Pfarrer Léger nachdenklich.
Dag klammerte sich mit den Fingern ans Gitter.
»Was sagen Sie da?«
»Ich meine, möglicherweise hat sie ihn nicht freiwillig begleitet...«
»Verflucht!«
Pfarrer Léger hüstelte vorwurfsvoll.
»Mäßigen Sie Ihre Worte, und hören Sie auf, an diesem Gitter zu rütteln. Ich hab hier noch für eine halbe Stunde zu tun, dann komme ich ins Pfarrhaus.«
Dag erhob sich und ging den Gang hinunter, während die alte Dame sich hastig bekreuzigte und den Beichtstuhl betrat.
Als Dag im Pfarrhaus angekommen war, beschloß er spontan, Charlotte anzurufen. Er war soeben auf eine großartige Idee gekommen.

»Es ist für dich, dein Vater«, sagte Vasco süffisant und reichte Charlotte das Telefon.
Mit einem wütenden Blick riß sie ihm den Apparat aus der Hand.
»Ich frühstücke gerade«, sagte sie mit vollem Mund.
»Guten Appetit«, erwiderte Dag. »Hören Sie, kennen Sie einen Mann namens Voort? Frankie Voort?«
Sie war zwar seine Tochter, doch er konnte sich noch immer nicht dazu überwinden, sie zu duzen.
Charlotte wandte sich an Vasco, der gerade den Wirtschafts-

teil der *Times* las, und flüsterte: »Voort. Er will Informationen über Voort.«

Vasco sah sie erstaunt an und runzelte die Stirn.

»Sind Sie noch dran?« fragte Dag.

»Moment mal.«

Sie wiederholte ihre fragende Geste an Vasco, doch der murmelte nur sichtlich verständnislos: »Über ein Wort?«

Charlotte atmete tief durch. Es gab Tage, an denen die Liebe zu Vasco sehr, sehr viel Geduld erforderte.

Sie flüsterte: »Voort... Frankie... Kennen wir den?« Vasco nickte und drückte auf den Knopf, der die Lautstärke regelt.

»So, man spricht nicht mit vollem Mund. Was haben Sie mich eben gefragt?«

»Kennen Sie einen gewissen Voort?«

»Ja, ein bißchen.«

»Hören Sie zu, Charlotte, es ist sehr wichtig für mich. Arbeitet Voort für Vasco?«

Vasco bewegte den Zeigefinger hin und her.

»Nein, ganz bestimmt nicht.«

»Ist Vasco bei Ihnen?«

»Nein, ich bin allein.«

»Es gehört sich nicht, seinen Vater zu belügen. Geben Sie ihn mir.«

»Kommt nicht in Frage.«

»Gut, dann sagen Sie ihm von mir, daß ich weiß, wer Anita Juarez umgebracht hat. Aber als Gegenleistung muß er mir einen kleinen Gefallen tun.«

Im nächsten Moment ertönte Vascos Stimme in Dags Ohr: »Was? Wer war es?«

»*Buenos dias,* Monsieur Paquirri, und guten Appetit.«

»Wer war es? Scheiße!«

»Heute morgen hat sich ein Kerl mit meiner Verlobten aus dem Staub gemacht, und ich würde sie doch allzu gerne zurückhaben!«

»Deine Süße geht mich einen feuchten Dreck an!«
»Aber ich hänge an ihr – und ich will sie unversehrt zurückbekommen.«
Kurze Stille. Ein Seufzer:
»Okay, *hombre*. Ich höre.«
»Voort. Frankie Voort. Er hat die Juarez abgeknallt.«
Langes Schweigen am anderen Ende der Leitung. Mit einem seltsam gierigen Unterton in der Stimme wiederholte Vasco: »Voort.«
»Ja, Voort«, wiederholte Dag.
»Wenn Sie mich verarschen wollen...«
»Ich will Sie nicht verarschen. Mein Informant ist hundertprozentig zuverlässig.«
»Aber warum hat dieses Arschloch das getan?«
»Fragen Sie ihn doch selbst, wenn Sie ihn finden. Er war gestern auf Saint-Marie, in Vieux-Fort, um genau zu sein. Gegen Mitternacht war er im Krankenhaus und ist mit meiner Freundin abgehauen. Seither habe ich seine Spur verloren.«
»Dafür wird er mir büßen«, murmelte Vasco, bevor er hinzufügte: »Wo kann ich Sie erreichen?«
Doch Dag hatte bereits aufgelegt.

Mit hochgezogenen Augenbrauen sah Charlotte, wie das Frühstückstablett in hohem Bogen durch die Luft segelte – eine von Vascos berühmten Krisen. Kaffee ergoß sich über die Laken, Scherben überall. Vasco kleidete sich laut fluchend an, packte mit wütender Miene seinen Revolverhalfter und verließ unter donnerndem Türengeknall das Zimmer. Charlotte erhob sich ebenfalls, sah nach, ob ihr Morgenmantel keine Spritzer abbekommen hatte, und schlenderte ins Badezimmer.
Eine amüsante Vorstellung, daß diese Kellerratte von Voort die unantastbare Anita Juarez auf dem Gewissen hatte. Geriete er Vasco in die Hände, so würde man ja sehen, ob er es ein zweites Mal wagte, sie mit obszönen Gesten zu belästigen... Char-

lotte drehte den Kaltwasserhahn auf und stellte sich lächelnd unter die erfrischende Dusche. Als sie dann jedoch an ihren Vater dachte, verging ihr das Lächeln, und das Wasser rann ihr in kleinen, eiskalten Tränen über das Gesicht.

»Was haben Sie getan?« fragte Pfarrer Léger, der den Geschehnissen sichtlich nicht mehr gewachsen war.

»Ich habe Paquirri gesagt, Voort hätte Anita Juarez umgebracht.«

»Aber das stimmt doch gar nicht!«

»Tun Sie einfach so, als wüßten Sie von nichts. Hören Sie, ich möchte Louisa wiederfinden, und Paquirri ist viel eher dazu in der Lage als ich. Er wird seine Spürhunde überall auf den Antillen herumschicken. Ich muß herausfinden, was Louisa und Voort miteinander zu tun haben, und falls Louisa tatsächlich entführt wurde, muß ich sie aus den Händen dieses Wahnsinnigen befreien. Darüber dürften wir uns doch einig sein, oder?«

»Gegen Ihre Absichten habe ich nichts einzuwenden. Was mich stört, sind die Mittel«, erklärte Pfarrer Léger und schenkte sich ein kleines Glas Rum ein.

»Aber wie soll ich Ihrer Meinung nach mein Ziel erreichen, ohne diese Mittel einzusetzen?« fragte Dag und griff ebenfalls nach der Flasche. »Möglicherweise ist Voort der Mörder, den wir suchen.«

»Und wenn Vasco Paquirri ihn von seinen Männern umbringen läßt, was ist dann gewonnen? Dann wissen Sie nicht mehr als jetzt.«

»Ich werde vorher mit ihm reden. Und wenn Voort unschuldig ist, werde ich dafür sorgen, daß er am Leben bleibt. Gefällt Ihnen das besser?«

»Die Versuchung des Demiurgen«, murmelte Pfarrer Léger.

»Was?«

»Die Versuchung, absolute Kontrolle und Macht auszuüben. Sie halten sich für einen Romanautor, der seine Figuren so handeln läßt, wie es ihm paßt, doch die Leute, mit denen wir es hier zu tun haben, gibt es wirklich, Dagobert, und Sie sind nicht allmächtig.«

Das Klingeln des Telefons ersparte Dag eine Antwort.

Verärgert hob Pfarrer Léger ab, doch während er sprach, veränderte sich sein Gesichtsausdruck.

»Nein, tut mir leid, wir haben nichts von ihr gehört. Anscheinend hat sie das Krankenhaus in Begleitung eines Mannes verlassen... Ja, ich weiß... Ich verstehe, ja... Sie haben recht, es ist besser, die Polizei zu verständigen. Gewiß handelt es sich bloß um eine vorübergehende Abwesenheit. Ein geheimer Liebhaber, zweifellos... Sie wissen ja, wie die jungen Frauen von heute so sind... Gut, auf Wiedersehen.«

»Louisas Mutter?«

»Genau. Die Unglückliche ist ganz außer sich. Ihr Sohn hat Louisas Verschwinden bei der Polizei in Grand-Bourg gemeldet.«

Wieder klingelte das Telefon. Diesmal hob Dag ab, und er vernahm die Stimme des jungen Inspektors:

»Dubois am Apparat, Sie haben nach mir gefragt?«

»Sagt Ihnen der Name Frankie Voort etwas?«

»Ja, warum?« erwiderte Dubois vorsichtig.

»Nun, er ist derjenige, der sich um Anita Juarez gekümmert hat«, sagte Dag und hoffte, daß der Inspektor ihm glauben würde.

»Scheiße!«

»Richtig. Gestern abend ist er im Krankenhaus von Vieux-Fort aufgetaucht und hat es mit Louisa Rodriguez zusammen wieder verlassen.«

»Stimmt, ihr Bruder hat eben in heller Aufregung hier angerufen. Voort und Louisa Rodriguez... Ich sehe die Zusammenhänge nicht.«

»Ich auch nicht. Aber ich bin sicher, daß es sich um einen gefährlichen Verrückten handelt und daß Louisa in Gefahr ist.«

»Wie dem auch sei, es liegt ein Haftbefehl gegen ihn vor. Einer der Bediensteten des alten Moraes überlebte das Massaker, weil er sich in einem Gefrierschrank versteckt hatte. Er behauptet, der letzte Besucher, der an jenem Tag das Haus betrat, sei Voort gewesen. Leroy, dieser Kerl hat das gesamte Personal auf dem Gewissen. Neun Personen, darunter drei Frauen und ein Kind. Ich an Ihrer Stelle wäre, was Louisa Rodriguez angeht, nicht allzu optimistisch. Außer er braucht sie. Aber möglicherweise wissen Sie in dieser Angelegenheit mehr als ich«, flüsterte Dubois.

»Ich weiß überhaupt nichts mehr, Inspektor, glauben Sie mir. Ich rufe Sie an, sobald ich Neues erfahre.«

»Ich verlasse mich auf Sie.«

Dann hängte Dubois abrupt ein. Dag legte langsam den Hörer nieder. Wenn Voort Louisa etwas antun würde... Er spürte, wie sich sein Magen bei diesem Gedanken zusammenzog.

Unter Gos interessiertem Blick legte Camille auf.

»Und?«

»Er behauptet, Voort hätte Anita erschossen. Und sei jetzt mit Louisa Rodriguez abgehauen.«

Go unterdrückte einen Fluch. Allmählich geriet die ganze Angelegenheit außer Kontrolle. Er trommelte einen Augenblick lang mit den Fingern auf die matte Holzplatte seines Schreibtischs, bevor er sagte:

»Gib eine Suchmeldung nach der jungen Frau raus.«

Besorgt blickte er Camille hinterher, der das Zimmer verließ. Was war bloß mit dem Initiator los? Offensichtlich hatte er Leroy unterschätzt. Und nun ging alles drunter und drüber.

Camille zog die Tür hinter sich zu. Er war beunruhigt über das, was er am Tag zuvor im Archiv entdeckt hatte: das Verschwinden der Akte von Lorraine Dumas. Auch die Johnson-Akte war nicht mehr da. Außerdem gingen ihm Leroys Worte nicht mehr aus dem Kopf: 1976 hatte Rodriguez Kommissar

Go seine Zweifel anvertraut. Mit einem Mal spürte Camille das Bedürfnis, ein wenig in der Vergangenheit seines Chefs zu wühlen. Vielleicht würde der Zentralcomputer ihm weiterhelfen...

Er ging in den Dokumentationsraum, wo der große Rechner auf seiner Konsole thronte wie eine futuristische Ikone. Doch Dubois erfuhr nichts, was er nicht schon vorher wußte: die Flucht von Haiti, Einbürgerung, Versetzung in einen Dienstgrad, der seinem haitianischen Rang entsprach. Ein ganz legaler politischer Flüchtling. Der Inspektor warf einen Blick auf die Liste von Gos dienstlichen Bewertungen: durchwegs gute Noten, hohes Ansehen bei seinen Vorgesetzten, schnelle Beförderung. Dubois besah sich die Dossiers jener Fälle, bei denen Go die Untersuchungen geleitet hatte, doch mit Fällen von Frauen, die auf mysteriöse Weise ums Leben gekommen waren, hatte er nie zu tun gehabt. Enttäuscht verließ Dubois den Raum.

Go saß an seinem Schreibtisch und lächelte. Er hatte Dubois' Recherche auf seinem eigenen Bildschirm mitverfolgt. Dubois hatte intelligente Fragen gestellt, doch diese Fragen hatten zu keinerlei Antworten geführt. Zum Glück, dachte Go seufzend, denn ein Mord an einem Polizeiinspektor käme im Moment äußerst ungelegen.

15. KAPITEL

Louisa lag in einem winzigen verliesartigen Raum, der von einer Sturmlampe über ihr beleuchtet wurde. Außer einer verrosteten Leiter waren die Steinmauern vollkommen nackt und ließen gerade genug Platz für die schäbige Matratze, an die sie mit Riemen festgebunden war. Kein Fenster. *Und keine Tür,* dachte sie plötzlich mit Schaudern, *keine Tür!* Sie schaute nach oben, doch die dunkle Masse der runden Holzdecke wies keinerlei Öffnung auf. Hatte man sie lebendig begraben? War sie dazu verurteilt, in diesem Loch zu verhungern? Sie versuchte sich aufzurichten, doch die kurzen Riemen zogen sie auf ihr Lager zurück, und sie unterdrückte einen Schrei, als sie mit ihrer verletzten Schulter gegen das Holz der Pritsche stieß.

Plötzlich erinnerte sie sich daran, was sie einmal über Sauerstoffmangel gelesen hatte. Wie lange hält man es in einem zwei mal zwei Meter großen Raum ohne Luftzufuhr aus? Sie müßte langsam atmen, sparsam mit dem Sauerstoff umgehen. Das ist leichter gesagt als getan, wenn das Herz mit 120 Schlägen in der Minute pocht. Dann kam Louisa das Gesicht des über sie gebeugten Mannes ins Gedächtnis, sein süßliches Lächeln, seine dicke Zunge, die sich in ihren Mund gedrängt hatte, und ihr Puls schlug noch ein wenig schneller. Glücklicherweise war dann dieser andere Mann aufgetaucht. Der mit dem Arztkittel. Stumm war er im Schatten gestanden, während ihr Entführer sie fesselte und dabei beiläufig ihre Brüste berührte, dieses Schwein! Und dann hatte er ihr diese Spritze gegeben.

Sie hätte dem Schnauzbärtigen niemals folgen dürfen, als er ins Krankenhaus gekommen war.

»Louisa, ich bin Dags Partner. Sie müssen sofort mit mir kommen! Dag ist verletzt, jemand ist ins Pfarrhaus eingedrungen und hat auf ihn geschossen. Hier sind Sie in großer Gefahr!«

Völlig verblüfft hatte sie ihm zugesehen, wie er ihre Sachen zusammengesammelt, sie in ihren kleinen Koffer gepackt und die Infusion abgeklemmt hatte. Dag hatte ihr von seinem Partner erzählt, doch er hatte ihr verschwiegen, daß er so häßlich war. Der Mann hatte sie völlig verwirrt, ständig wiederholt, daß Dag schwer verletzt sei und sie sich beeilen müßten, daß er möglicherweise sterben würde. Und sie, dumm wie sie gewesen war, hatte sich rasch angezogen, den Entlassungsschein unterschrieben und war in den Wagen gestiegen. Erst später war ihr eingefallen, daß sie schon einmal eine Hilferuf erhalten hatte, der sie beinahe das Leben gekostet hatte, doch da war es bereits zu spät gewesen. Die Türen waren automatisch verriegelt, die Wagenfenster geschlossen, und der Kerl hielt eine Waffe in der Hand, ein sehr kompliziertes Ding, wie man sie in amerikanischen Fernsehserien sieht. Sie hatte sich selbst verflucht und den Mann wüst beschimpft, doch der hatte lächelnd seine Waffe gehoben und sie zweimal damit auf den Kopf geschlagen.

In diesem Grab war sie wieder zu sich gekommen, mit diesem abscheulichen Gesicht über ihr. Wie hatte sie nur so dumm sein können? Sie zerrte erneut an den Fesseln. Ohne Resultat, außer einem brennenden Schmerz. Zudem mußte sie dringend pinkeln, so dringend, daß sie sich bald nicht länger würde zurückhalten können. Bei dem Gedanken, sich in die Hose zu machen, kamen ihr die Tränen. Doch die Vorstellung, daß die beiden Männer zurückkommen würden und derjenige, der sich

McGregor genannt hatte, sie wieder anfassen würde, war noch schrecklicher.

Sie biß sich auf die Lippen. Ruhig bleiben, nicht in Panik geraten, zählen, zählen, an nichts denken, nur zählen. Eins, zwei, drei, vier, Dagobert würde sie finden, fünf, sechs, die Polizei würde sie finden, immerhin lebte man im zwanzigsten Jahrhundert, Leute wurden nicht einfach so entführt, sieben, acht, neun, aber warum hatte man gerade sie verschleppt? Warum? Sie dachte an die ermordeten Frauen, von denen Dagobert ihr erzählt hatte. Nein. Zählen. Nur zählen.

»Im Fernsehen war eine Meldung über Louisa«, sagte Pfarrer Léger völlig außer Atem, »die Frau im Lebensmittelgeschäft hat es mir erzählt. Sie haben ihr Foto gezeigt, und auch das von Voort, Sie werden sehen, daß man sie sehr bald finden wird.«

Dag nickte skeptisch. Bestimmt hatte Voort nicht alleine gehandelt. Und er hatte Louisa nicht ohne Grund entführt. Entweder war er selbst der gesuchte Mörder, oder aber er handelte in dessen Auftrag. Doch welche Absicht steckte hinter dieser Entführung? Falls man Louisa beseitigen wollte, hätte man das problemlos mit einer Pistole im Krankenhaus erledigen können. Oder mit einer Spritze, die einen Herzstillstand bewirkte. Warum also hatte man sie entführt? Damit Dag bei der Vorstellung dessen, was man ihr antun könnte, die Nerven verlor? Um ihn dazu zu zwingen, das Handtuch zu werfen? Nein, wer auch immer hinter der Sache steckte, wußte ganz genau, daß ihn das noch verbissener machen würde. Was war es also dann? Dag begriff einfach nicht, was in dem Kidnapper vorging. Doch es handelte sich eindeutig um einen Täter, der seine Taten präzise plante und ausführte. Was sollte er nur tun?

Das Klingeln des Telefons ließ Dag zusammenzucken. Beim zweiten Läuten hob er ab.

»Leroy?«

Die Stimme klang süßlich. Schleimig.

»Ja. Wer spricht da?«

»Der Weihnachtsmann«, sagte die Stimme auf niederländisch. »Hör mir gut zu, Mister Tausendschön, ich habe eine Nachricht für dich.«

Plötzlich vernahm Dag einen Schrei, den Schrei einer Frau, einen entsetzlichen, schmerzerfüllten und hilflosen Schrei, der jäh verstummte und dem ein erbärmliches Schluchzen folgte.

»Herrgott noch mal, Voort, wenn du ihr etwas antust...«, drohte Dag in seinem stockenden Niederländisch.

»Was glaubst du denn? Ich bringe ihr lediglich bei, wie man Vanilleeis schleckt, sie ist zu sehr an Schokoladeneis gewöhnt.«

Er hielt inne und lachte.

»Weißt du was? Es macht mich ganz geil, ihr weh zu tun, ich weiß nicht, ob ich mich noch lange zurückhalten kann. Wenn ich sie so sehe, bekomme ich Lust...«

Dag hielt den Hörer so fest in der Hand, als wollte er ihn zwischen den Fingern zerquetschen. Dieser Dreckskerl wollte nur, daß er die Beherrschung verlor, er bluffte, alles nur Bluff...

»Nun, Leroy, ich sage dir, was du verdammt noch mal zu tun hast«, fuhr Voort fort. »Du wirst deine Ermittlungen einstellen und Kommissar Go sagen, daß du es warst, der die Juarez abgeknallt hat. Dann, erst dann werde ich Louisa vielleicht wieder freilassen, aber du solltest dir nicht zuviel Zeit lassen, andernfalls wird nicht viel von ihr übrigbleiben. Sie kann es nämlich kaum erwarten, die Kleine, verstehst du...«

Voort hatte aufgelegt. Und Dag spürte, daß er klatschnaß war. Stirnrunzelnd sah Pfarrer Léger ihn an.

»Es war Voort. Er will, daß ich aufgebe und mich des Mordes an Anita Juarez bezichtige.«

»Wenn Sie im Gefängnis sitzen, werden Sie Ihre Nachforschungen tatsächlich nicht fortsetzen können.«

»Sie hat geschrien. Ich habe sie schreien gehört.«

»Louisa ist eine mutige junge Frau. Das war lediglich ein Versuch, Sie aus der Bahn zu werfen.«

»Scheiße, er war dabei, ihr etwas anzutun!« schrie Dag und schlug mit der Faust gegen die Wand.

Er spürte, wie seine Knöchel gegen den Gips krachten, doch der Schmerz tat ihm gut.

Pfarrer Léger schüttelte den Kopf.

»Ich verstehe nicht, warum Louisa entführt wurde. Warum tötet man nicht einfach Sie? Warum will man Sie unbedingt ins Gefängnis bringen? Lassen Sie uns überlegen. Es muß ein ganz spezieller Plan dahinterstecken... Neulich sprachen Sie von einem Spiel...«

»Louisa ist in ihrer Gewalt, und...«

»Ich weiß, aber seien Sie nicht so ungeduldig: die Ungeduld ist die Schwester der Gedankenlosigkeit. Jedes Spiel hat seine festgelegten Regeln, nicht wahr?«

»Dauert es noch lange? Wollen Sie eine Partie spielen?«

»Vielleicht darf er Sie gar nicht töten. Vielleicht muß er Sie ins Gefängnis bringen. Wegen der Regeln.«

»Wovon sprechen Sie überhaupt?«

»Von den Regeln dieses Spiels. Es gibt keine andere Erklärung. Der Mann, den Sie suchen, spielt mit Ihnen ein teuflisches Spiel. Und damit meine ich ein Spiel, bei dem der Teufel tatsächlich mitmischt.«

»Glauben Sie im Ernst an den Teufel?« fragte Dag, während er erste Anzeichen einer Migräne verspürte.

»Ja. Ich glaube an das Böse. Ich glaube, daß in unserer Seele das Gute und das Böse miteinander verflochten sind, doch bei einzelnen Menschen ist das Gleichgewicht durcheinandergeraten, und eines der beiden Elemente überwiegt«, antwortete Pfarrer Léger ernst.

»Und was schlagen Sie über Ihre theologischen Überlegungen hinaus vor?«

»Ich versuche, Ihnen zu helfen, mehr nicht.«

»Und wie wollen Sie mir helfen? Soll ich Ihnen eine Kalaschnikov in die Hand drücken und Sie an einen Helikopter hängen, der die ganze Insel absucht? Pfarrer Honoré Rambo in geheimer Mission?«

»Nein, ganz und gar nicht«, sagte Pfarrer Léger. »Vielleicht sollte ich mit Voort verhandeln, versuchen, ihn zur Vernunft zu bringen.«

»*Bullshit,* mit Verlaub! Geben Sie mir das Telefon«, sagte Dag, während er in dem zerfledderten Telefonbuch hastig nach der Nummer des Flughafens suchte, ohne die beleidigte Miene des Pfarrers zu beachten.

Wieso hatte er nicht schon früher daran gedacht? Könnte Lester ihn jetzt sehen, er würde seine Berufstauglichkeit ernsthaft in Frage stellen. Louisa schien ihm tatsächlich den Verstand geraubt zu haben.

Da er sich als Kommissar Francis Go ausgab, erhielt er die gewünschten Informationen ziemlich schnell.

Tags zuvor war nach 18 Uhr 30 keine Maschine mehr gestartet.

»Ich gehe zum Hafen!« sagte Dag, nachdem er aufgelegt hatte. »Warten Sie hier auf mich, und unternehmen Sie um Gottes willen nichts.«

Louisa öffnete die Augen. Ihr Schenkel tat ihr weh, an der Stelle, wo der Mann sie mit seiner Zigarette gebrannt hatte, als er mit Dag telefonierte. Vom ständigen Zerren an den Fesseln waren ihre Handgelenke blutig geworden, und die Matratze stank nach Pisse. Um nicht weinen zu müssen, biß sie sich auf die Lippen. Mit drohender Stimme hatte der Schnurrbärtige ihr gesagt, daß er zurückkommen werde, und dabei mit seinen rauhen Fingern ihre Brüste gestreichelt. Sie hatten ihr weder etwas zu essen noch zu trinken gegeben, sie litt unter schrecklichem Durst, und ihre Schulter schmerzte. Louisa begann nervös zu zittern. Sie würde sterben müssen. Ihr Todeskampf würde nicht sehr angenehm sein.

Fast eine Stunde lag spazierte Dag am Hafen umher und stellte den Fischern allerlei Fragen. Nein, am Abend zuvor hatte niemand ein Boot gemietet. Was den Verkehr der Sportsegler betraf, so müßte er beim Hafenamt nachfragen, aber es gab viele wilde Anlegeplätze... Um nichts unversucht zu lassen, ging Dag trotzdem zum Hafenamt, wo der diensthabende Angestellte ihm mitteilte, daß tags zuvor nur zwei Boote den Hafen verlassen hatten: ein schwedisches Segelschiff, das von einer Familie bewohnt wurde, sowie eine unter niederländischer Flagge segelnde Yacht. Das Boot hieß Jon de Vogt und stammte von Saint-Martin. Es war um 23 Uhr 45 in See gestochen. Keine Mannschaft. Auch Voort war niederländischer Abstammung...

»Erzählen Sie mir etwas über das Boot...«

Die Yacht war gegen 23 Uhr 30 eingetroffen, man hatte getankt, sich in dem winzigen, über Nacht geöffneten Laden versorgt und war sogleich wieder ausgelaufen, erklärte der Mann. Nichts Auffälliges in diesen ruhigen Gewässern, wo nächtliche Schiffahrten gang und gäbe waren.

Dag bedankte sich und ging zur Mole zurück. Louisa hatte das Krankenhaus um Mitternacht in Voorts Begleitung verlassen. Folglich konnte sie nicht auf jene Yacht an Bord gegangen sein. Nein, zweifellos war Voort mit diesem Schiff gekommen. Die Uhrzeit paßte. Er hatte Louisa im Krankenhaus abgeholt und war dann... Was dann? Und vor allem – wohin?

Nach seiner Rückkehr ins Pfarrhaus rief Dag Dubois an, um ihm mitzuteilen, daß Voort und Louisa sich mit neunundneunzigprozentiger Wahrscheinlichkeit nach wie vor auf der Insel aufhielten. Wenn man den Flughafen und sämtliche Häfen von der Polizei überwachen ließe, könnten die beiden die Insel nicht verlassen. Dubois erwiderte ihm, daß er in der Zwischenzeit herausgefunden hatte, daß am Vortag kein einziges Auto vermietet worden war.

Verzweifelt legte Dag auf. Dieses Dreckschwein von Voort

verfügte also über eine Kontaktperson auf der Insel, die ihm einen Wagen besorgt hatte.

Er rief im Krankenhaus an und fragte nach der Schwester, die am Abend zuvor Dienst gehabt hatte. Sie erinnerte sich an Dag und erzählte ihm freundlicherweise, daß die in Tränen aufgelöste Mutter von Louisa gekommen war und eine Szene gemacht hatte. Hatte jemand gesehen, ob Louisa und ihr Begleiter in einem Auto davongefahren waren? Nun, man müßte unten im Bereitschaftsdienst nachfragen.

Fünf Minuten später berichtete eine andere, der Stimme nach etwas ältere Frau:

»Ja, ich war an der Aufnahmestelle. Ich versuchte, die junge Frau zu überreden, bis zum Morgen hierzubleiben, doch sie war so aufgeregt, und es war unmöglich, Doktor Hendricks zu erreichen. Sie sagte, sie müßte das Krankenhaus sofort verlassen...«

»Haben Sie beobachtet, wie die beiden weggingen?«

»...und ich wußte nicht, was ich tun sollte, weil das so selten vorkommt, verstehen Sie? Diese Vorgehensweise ist derart unüblich, und...«

»Sind sie in einem Auto weggefahren?«

»...und dieser Mann, der sie am Arm zerrte und sie einfach so mit sich fortzog, ich hatte kein gutes Gefühl, und dann stiegen sie in einen schwarzen Range Rover, und dieser Mann raste los und...«

»Haben Sie das Nummernschild gesehen?«

»Wie bitte?«

»Das Nummernschild des Autos. Welche Farbe hatte es?«

»Es war weiß, wie alle Schilder in dieser Gegend. Aber es ging viel zu schnell, die Nummer konnte ich nicht lesen, und...«

»Vielen Dank, Sie haben mir sehr geholfen.«

Dag hängte ein und wandte sich an Pfarrer Léger.

»Ein schwarzer Range Rover. Mit einem Nummernschild aus

Sainte-Marie. Er hat einen Komplizen auf der Insel. Und daher mit Sicherheit auch ein Versteck. Besitzen Sie eine Karte?« fragte er erregt.

»Irgendwo muß ich eine haben...«

Pfarrer Léger wühlte in dem Papierkram auf der Anrichte und zog schließlich triumphierend eine vergilbte, ziemlich zerfledderte Karte hervor.

Dag betrachtete sie eingehend und folgte mit dem Zeigefinger den kurvenreichen Straßen. Die meisten Anlegeplätze befanden sich an der windgeschützten Westseite, doch auch im Osten gab es einige Buchten, die über kleine, nur wenig befahrene Landstraßen zu erreichen waren. Die gesamte Insel war, von den beiden Ballungsgebieten abgesehen, so gut wie unbewohnt. Dag seufzte. Auch nach dreistündiger Bemühung war er keinen Schritt weitergekommen: Voort konnte Louisa überall versteckt haben, in jeder beliebigen Hütte.

»Na, Süße, alles in Ordnung?«

Vor Entsetzen zuckte Louisa zusammen. Die Klappe in der Holzdecke hatte sich geöffnet, und grelles Licht fiel in den Schacht. Der Mann mit dem Fuchsgesicht kletterte die rostigen Sprossen hinunter, gefolgt von dem Unbekannten im Arztkittel, der sein Gesicht hinter einer Maske verbarg und eine Chirurgenkappe und Gummihandschuhe trug.

Nachdem sie die Klappe sorgfältig geschlossen hatten, zündete der Mann in Weiß die Sturmlampe an. Er hatte eine Tasche dabei, eine glänzende schwarze Tasche, wie ein richtiger Arzt. Er öffnete sie mit einem metallischen Klicken und zog einen Gegenstand hervor, den Louisa nicht erkennen konnte. Der Mann mit dem Fuchsgesicht lachte höhnisch. Er näherte sich Louisa und legte ihr, während er sich mit der Zunge über die Lippen fuhr, seine feuchten Hände auf die Brust.

»*That will be so good, so good for you,* du dreckige kleine Hure«, murmelte er.

Er bückte sich und rieb seinen Schritt an ihrem völlig ausgetrockneten Mund. Ihr wurde übel.

Der Mann in Weiß legte seine behandschuhte Hand auf die Schulter des Schnurrbärtigen und stieß ihn brutal gegen die Wand. Einen Moment lang hegte Louisa die verrückte Hoffnung, er sei gekommen, um ihr zu helfen, und die beiden Männer würden nun miteinander zu kämpfen beginnen. Doch der Zwerg mit dem Schnurrbart leckte sich weiterhin seine schleimigen Lippen, während der andere sich Louisa mit der Langsamkeit eines Magiers zuwandte, der seinen besten Trick vorbereitet. Er verneigte sich kurz zur Begrüßung und zeigte ihr mit einer demonstrativen Geste, was er zwischen den Fingern hielt. Es war eine Säge. Eine dünne, glänzende Chirurgensäge.

»Nein! Nein!«

Der Mann in Weiß glitt neben ihr auf die Matratze, nahm ihre rechte Hand und zwang sie, die Finger zu spreizen. Verzweifelt riß Louisa an ihren Fesseln, während der Mann ihr Handgelenk auf seinem Knie festhielt und die Säge in aller Ruhe an der Basis ihres kleinen Fingers ansetzte. Der Schnurrbärtige trat näher, stellte sich hinter sie und klemmte ihren Kopf zwischen seine Schenkel. Doch Louisa bemerkte es kaum, denn der Mann im Kittel hatte zu sägen begonnen. Und sie schrie, ein verzweifeltes Schreien, das unendlich lange von den feuchten Steinen des alten Brunnens widerhallte.

Es klopfte an der Tür. Unter Dags gleichgültigem Blick stand Pfarrer Léger auf, um zu öffnen. Doch niemand war da. Nur das Säuseln des Windes in den Bäumen war zu hören. Er wollte die Tür bereits wieder schließen, als sein Blick auf ein kleines, längliches Paket fiel, das auf dem Boden lag. Seufzend bückte er sich. Das Paket war leicht und weich. An dem rotglänzenden Geschenkpapier klebte ein weißes Schildchen mit dem Namen LEROY. Mit dem Päckchen in der Hand ging Pfarrer Léger ins Wohnzimmer zurück. Stumm reichte er es Dag.

»Was ist das?«

»Keine Ahnung. Aber ich glaube, es ist etwas Schlimmes«, murmelte der Pfarrer.

»Etwas Schlimmes?«

»Etwas furchtbar Schlimmes. Bereiten Sie sich darauf vor.«

»Verflucht, wovon reden Sie!« sagte Dag gereizt, während er das Geschenkpapier aufriß.

Mit einem dumpfen Geräusch fiel der kleine Gegenstand auf den Tisch. Dag kniff die Augen zusammen und beugte sich nach vorne, um besser sehen zu können.

Zum ersten Mal in seinem Leben spürte er, wie sich auf seinem Kopf die Haare sträubten. Das seltsame Gefühl einer Gänsehaut auf dem Schädel. Hatte er zu schreien begonnen? Er hörte nichts. Alle seine Sinne schienen sich in seinem Blick gebündelt zu haben. Auf dem Tisch lag ein sauber an der Basis abgetrennter Finger. Der rosa gefärbte Nagel hob sich deutlich von der dunklen Haut ab.

Mit einem bitteren Brennen in der Speiseröhre richtete Dag sich auf und schluckte die aufsteigende Galle wieder hinunter. Wie versteinert hielt sich Pfarrer Léger die Hand vor den Mund, als wolle er sich am Erbrechen hindern. Dag merkte, daß er mit den Zähnen knirschte. Er zwang sich, langsam auszuatmen.

»Wie fühlen Sie sich?« fragte der Pfarrer.

»Wird schon gehen«, murmelte Dag, ließ sich auf das alte Sofa fallen und versuchte mühsam, sich wieder unter Kontrolle zu bekommen.

Doch sogleich sprang er wieder hoch. Irgend etwas hatte ihn in den Hintern gestochen. Er faßte sich mit der Hand an die linke Hosentasche und zog einen Schlüsselbund hervor. Ein kleiner Schlüssel, der an einem Schlüsselring mit einem Delphin hing. Der Schlüssel von Anita Juarez. *Voort würde es nicht dabei belassen.* Wozu diente dieser Schlüssel? *Voort würde sie bei lebendigem Leib in Stücke schneiden.*

Erneut begann Dags Herz heftig zu klopfen. Er ballte die

Fäuste. Sein Herz mußte gehorchen, sein Geist mußte gehorchen, er mußte das Grauen niederkämpfen. Jetzt einen klaren Kopf bewahren, denn wenn es ihm nicht gelingen würde, Louisa rechtzeitig zu finden...

Der Schlüssel. Hatte Anita Juarez ihren Wohnungsschlüssel mit sich herumgetragen, wenn sie beruflich unterwegs war? Wenig wahrscheinlich. Ein Safe? Ein anonymer Safe in einer Bank? Zu auffällig. Dag war in ihrer Tasche lediglich auf drei Gegenstände gestoßen, die zweifellos miteinander zu tun hatten. Ein Schlüssel mit einem Delphin, ein Badeanzug und ein Taucher-Magazin. Einige Sekunden lang schloß Dag die Augen, dann plötzlich kam ihm die Erleuchtung.

»Ein Taucherklub.«

»Wie bitte?«

»Der Schlüssel von Anita Juarez. Bestimmt handelt es sich um den Schlüssel eines Garderobenschranks in einem Taucherklub.«

Aufmerksam sah Pfarrer Léger ihn an.

»Aber wovon reden Sie?«

»Von diesem Schlüssel! Hier, dieser Schlüssel mit dem Delphin. Und von dem Badeanzug und der Taucher-Zeitschrift, die ich in ihrer Tasche fand.«

»Soll das ein Bilderrätsel sein?«

»Erinnern Sie sich an die Johnson-Akte? Jennifer war Mitglied in einem Taucherklub. Sehen Sie den Zusammenhang nicht?«

»Hm... Der Mörder stellt seine Opfer in Taucherklubs?«

»Gut möglich. Ich vermute, daß er das Geld, das der Juarez zustand, im abschließbaren Fach eines Taucherklubs hinterlegt hat. Ein Schrank, dessen Schlüssel nun in unserem Besitz ist. Und in dem möglicherweise weitere Informationen zu finden sind.«

»Und den wir unter den zwei- bis dreitausend Taucherklubs finden werden, die es in der Karibik gibt?«

Ohne auf den Pfarrer zu hören, begann Dag in seiner Reisetasche zu wühlen. Schließlich zog er die zerknitterte Zeitschrift hervor. Alles war ihm recht, wenn er bloß nicht da hocken bleiben und an das denken mußte, was Louisa angetan wurde, was ihr möglicherweise genau in diesem Moment angetan wurde.

»Hier. *Apnéa 2000*. Auf englisch. Informationen übers Unterwasserfischen, leistungsfähiges Material, eine Liste sämtlicher Tauchervereinigungen... Tiefseetauchen ohne Sauerstoffflasche.«

»Dagobert, wir vertrödeln bloß unsere Zeit, während Louisa dringend Hilfe braucht«, seufzte Pfarrer Léger und starrte auf das makabre Souvenir.

»Nein. Wir sind dabei, einen der Fäden des Knäuels zu entwirren. Die beiden Kinder, derer sich Anita Juarez als Tarnung bediente, wurden ersäuft. Das kann kein Zufall sein. Sind Sie schon einmal ohne Sauerstoffflasche getaucht?«

»Ein bißchen, als ich jung war. Nicht professionell, aber...«

»Werfen Sie einen Blick auf diese Liste, und streichen Sie die Klubs an, die Sie kennen und die Ihrer Meinung nach groß genug sind, um eine gewisse Anonymität zu gewährleisten.«

Pfarrer Léger hob die Augen zum Himmel, um göttliche Hilfe zu erbitten, und griff nach der Zeitschrift.

Vasco klopfte unsichtbaren Staub von seinem petroleumfarbenen Versace-Shirt und wechselte seine goldene Patek Philippe-Uhr gegen eine Breitling »Sport« aus.

»Was machst du?« fragte Charlotte.

Sie fühlte sich ein wenig beschwipst, denn sie hatte zum Mittagessen zuviel getrunken. Währenddessen hatte Vasco ein mehr als lautstarkes Telefongespräch geführt. Sie hatte auf die Reling gestützt ihr Glas genommen und beobachtet, wie erste Wolken aufzogen. Es würde Regen geben. Sie liebte den Regen. Den starken, gleichförmigen Regen am späten Nachmittag. Sie fühlte sich alt und müde. Fünfundzwanzig Jahre.

Davon hatte sie zwanzig Jahre lang hart gearbeitet, um zu überleben. Der Regen tat ihrer brennenden Seele gut.

»Ich habe die Informationen, die ich wollte. Sag Diaz, er soll das Gleitboot fertigmachen«, antwortete Vasco und zog die ärmellose Weste mit den vielen Taschen an, die besonderen Anlässen vorbehalten war – blutigen Geschäften.

»Wo gehst du hin?«

»Ich hab was zu erledigen. Morgen werde ich wieder zurück sein, mach dir keine Sorgen.«

»Hast du Voort ausfindig gemacht? Wo ist er?«

»Meinen Informationen zufolge wurde Voort dafür bezahlt, deinen Vater und seine Nutte zu beseitigen.«

»Was? Dieses Drecksschwein!«

»Sprich nicht so von deinem Vater.«

»Aber ich meine doch Voort! Wenn ich daran denke, wie dieser alte Bock mich während des Essens angemacht hat!«

»Er hat dich angemacht? Verflucht, ich werde dafür sorgen, daß er seine eigenen Eier frißt.«

»Weiß mein Vater, daß Voort hinter ihm her ist?«

»Nein. Und ich habe keine Ahnung, wo ich ihn erreichen kann. Deshalb muß ich jetzt los. Und zwar sofort.«

Charlotte lief es kalt über den Rücken – ein sehr eigenartiges Gefühl in diesen Breitengraden.

»Ich habe kein gutes Gefühl.«

»Red keinen Blödsinn.«

Plötzlich empfand Charlotte aufrichtige Zuneigung für ihn, als sei er ein großer, ungestümer Bruder.

»Vasco, ich...«

Sie verstummte, außerstande, die Worte auszusprechen, die sie noch nie gehört hatte.

»Ich weiß. Ich auch. Bis morgen.«

Er strich ihr mit seiner schwieligen Hand über die Wange und zog die Tür der Kabine hinter sich zu.

Hastig griff Charlotte nach der kleinen Daiquiri-Karaffe. Mit einem Mal hatte sie das starke Verlangen, den Plüschbären an sich zu drücken, den sie nie besessen hatte.

Schimpfend schloß Francis Go die Haustür auf. Es regnete in Strömen, und er war völlig durchnäßt. Die dumme Gans von Marie-Thérèse war bestimmt schon wieder beim Friseur. Er war völlig erledigt. Er trat an die Bar, um sich ein kleines Glas Rum einzuschenken. Als er nach der Flasche griff, nahm er den Geruch von Verbranntem wahr und hielt inne. Er spürte, wie sein Magen sich verkrampfte. Mit gezogenem Revolver ging er langsam zur Küche und hoffte wider besseres Wissen, daß es sich lediglich um einen dummen Haushaltsunfall handelte. Ein Topf, der noch auf der heißen Herdplatte stand. Doch es roch nicht nach verbranntem Metall, und er wußte mit absoluter Sicherheit, daß es kein gewöhnlicher Unfall war. Die Tür war angelehnt. Mit dem Fuß stieß er sie vorsichtig auf.

Marie-Thérèse lag rücklings, mit braunem Klebeband geknebelt und die Arme gekreuzt, auf dem Küchentisch, der vor die Herdplatte geschoben worden war. Ihre Hände, die mit dem Kabel des Bügeleisens gefesselt waren, lagen auf den glühend heißen Platten. Sie waren es, die den schrecklichen Geruch verströmten. Ihr stattlicher Körper zuckte. Unter dem Tisch hatte sich eine große Urinlache gebildet.

Go, dem Erbrechen nahe, eilte zu ihr. Das Gesicht seiner Frau war aschfahl, ihre Nasenflügel bebten.

»Liebling...«, murmelte er, während er ihre gefesselten Handgelenke ergriff.

Er konnte seine Bewegung nicht zu Ende führen. Ein heftiger Schlag im Rücken ließ ihn vornüber auf den gepeinigten Körper seiner Frau kippen, und gleichzeitig hatte er das Gefühl, in der Mitte gespalten zu werden. Ungläubig schaute er an seinem Oberkörper nach unten und erblickte die Spitze der Harpune, die aus seinem Brustbein ragte. Eine Harpune... Es dauerte einige Sekunden, bis dieses Wort sich einen Weg in sein Bewußtsein gebahnt hatte. Eine Harpune ragte aus seiner Brust. Er wollte sich umdrehen, doch eine Hand versetzte ihm einen weiteren Schlag zwischen die Schultern. Die Spitze bohrte sich noch ein wenig tiefer in seinen Leib, und ein Blutschwall spritzte auf das geblümte Kleid von Marie-Thérèse.

Dumpf sackte Go auf ihr zusammen, wobei die rasierklingenscharfe Pfeilspitze seiner Frau die Haut aufschlitzte. Go hörte, wie über ihm jemand lachte. Dann spürte er, wie an seiner Hose gezerrt wurde, an seinem Slip, daß man ihn entkleidete, doch er konnte sich nicht bewegen, der Schmerz war zu groß, das Entsetzen lähmte ihn. Eine Hand glitt unter seinen gewaltigen Bauch, eine behandschuhte Hand, die nach seinem Glied griff.

»Nun, Francis, hast du etwa keine Lust mehr zu ficken? Erinnere dich, wie schön das war. Erinnere dich, wie schön es war, sie zu ficken, während sie langsam krepierten. Los, fick sie!«

Go wollte etwas sagen, doch ein Blutschwall schoß aus seinem Mund und besudelte das Gesicht seiner Frau, deren Hände noch immer auf der eingeschalteten Kochplatte lagen. Er schluchzte vor Ohnmacht und Schmerz und wollte gerade noch einmal »Liebling« stammeln, als die behandschuhte Hand ihm mit einem präzisen Schnitt das Glied abtrennte. Wie ein Peitschenhieb fuhr Go der Schmerz zwischen die Beine, doch er war unfähig, zu schreien.

Das Blut floß in Strömen, breitete sich auf dem Kachelboden um die Füße des hinter ihm stehenden Mannes aus, der reglos verharrte. Francis Go merkte, wie sein Blick sich verschleierte, während der Initiator sein fröhliches, kindliches Lachen ausstieß, als würde Francis eine besonders gelungene Vorführung darbieten. Go dachte nicht eine Sekunde an seine ehemaligen Opfer, verspürte keinerlei Reue. Er dachte nur daran, wie sehr es ihm gefallen hätte, den Initiator mit seinen eigenen Händen zu zermalmen. Dann zuckte er ein allerletztes Mal auf und starb.

Der Initiator beugte sich über den gewaltigen Körper, legte die Hand auf die Fiederung des zwischen den Schulterblättern hervorragenden Pfeils und drückte mit aller Kraft darauf. Die Spitze der Harpune, die auf der Brust von Marie-Thérèse ruhte, drang in ihr zartes Fleisch und ließ sie kurz aufzucken. Dann war auch sie tot. Er trat einen Schritt zurück, griff in die Tasche seiner schwarzen Jogginghose und zog eine Uhr hervor, die Dags Uhr zum Verwechseln ähnlich sah. Ein kleines, übermäßig teures Schmuckstück, das leicht identifizierbar war. Er legte es auf den Fußboden und zertrümmerte es mit dem Absatz seines Stiefels. Dann schleuderte er die Uhr mit einem gezielten Fußtritt unter den Tisch, auf dem die beiden Leichen lagen. Das würde die Ermittlungsbeamten nachdenklich stimmen.

Anschließend beseitigte er seine Spuren mit einem Lappen und verließ die Küche. Er zog die Handschuhe, die Gummistiefel und seine Metzgerschürze aus und ging ins Bad, um alles sorgfältig zu reinigen.

Sein Plan hatte funktioniert. Er packte die Sachen in seine Sporttasche, leerte den Benzinkanister und zündete mit gleichgültiger Miene ein Streichholz an, das er unter die Vorhänge fallen ließ. Dann ging er mit ruhigen Schritten zur Haustür. Draußen flüchteten die Leute vor dem heftigen Regen. Er zog sich seine Kapuze über den Kopf. Die Fastenzeit hatte zumindest einen Vorteil: die Regelmäßigkeit des Regens. Jeden Tag, am späten Nachmittag, regnete es zwei Stunden lang.

»Und?« fragte Dag ungeduldig.

»Nun, ehrlich gesagt, ich verstehe nicht...«

Dag riß dem Pfarrer die Zeitschrift aus den Händen und begann, fieberhaft darin zu blättern. Die Antwort mußte einfach auf diesen Seiten zu finden sein. Als er die Suche bereits aufgeben wollte, sprang ihm plötzlich eine Anzeige ins Auge. Der Delphin Klub. Mit lauter Stimme las er vor:

»»Wassersportanlage... Tauchen... Bootsverleih... Hochseeangeln...‹ Genau der richtige Ort, an dem man unbemerkt kommen und gehen kann. Und das alles hier, auf Sainte-Marie. Zu schön, um wahr zu sein!«

»Möglicherweise haben Sie das Raubtier in seiner Höhle aufgestöbert...«

»Ich muß dort hin. Warten Sie hier auf mich.«

Dag eilte hinaus und begab sich im Laufschritt zu der Reparaturwerkstatt, wo auch Autos vermietet wurden. Kopfschüttelnd betrachtete Pfarrer Léger die Zeitschrift.

Der alte, zitronengelbe Peugeot 204 schlingerte über den glitschigen Asphalt, doch Dag achtete nicht darauf. Er raste über die menschenleere Straße und hätte um ein Haar das verrostete Hinweisschild mit der Aufschrift »Delphin Klub« verpaßt. Mit quietschenden Reifen bog er ab und holperte einen gewundenen Feldweg entlang, der von Lorbeerbäumen gesäumt war und auf einen weißen Sandstrand mündete. Er parkte den Wagen in einer Schlammlache und sah sich um.

Ein langgestreckter weißer Bau, flankiert von zwei Nebengebäuden, Surfbretter unter einer Art Eisenkrippe, zwei Segelboote. Das Neonschild in Gelb, Blau und Weiß war ausgeschaltet und stellte einen Taucher auf einem lachenden Delphin dar. Dag öffnete die Wagentür, trat in den prasselnden Regen und ging auf das Hauptgebäude zu. Seine Schuhe quietschten unter dem nassen Sand. Aus einem großen, neonbeleuchteten Raum drang laute Technomusik, und Dag erblickte einen Jungen, der mit Taucherutensilien hantierte.

»Ist der Klub geöffnet?« schrie Dag, um die Musik zu übertönen.

Der Junge zuckte zusammen und ließ einen Schlauch zu Boden fallen.

»Wollen Sie tauchen? Heute?«

»Ja, warum nicht?«

Einen Augenblick starrte der Junge ihn an, dann sagte er:

»Wenn Sie meinen. Aber Sie müssen sich einschreiben. Es kostet 255 Francs für einen halben Tag.«

Er ging zu einem großen, hölzernen Ladentisch und zog ein Verzeichnis hervor.

Nachdem Dag die nötigen Formalitäten erledigt hatte, führte der Junge ihn in den Umkleideraum. Er drückte Dag einen Schlüssel in die Hand, dessen Anhänger mit einem Delphin geschmückt war. Der Schlüssel trug die Nummer 55.

»So. Die Duschen sind nebenan.«

»Okay, danke.«

Leise summend entfernte sich der Junge. Dag nahm den Schlüssel hervor, den er in Anita Juarez' Tasche gefunden hatte. Beide Schlüssel waren identisch. Der eine trug die Nummer 55, der andere die Nummer 23. Dag spürte, wie er zittrige Hände bekam. Er war auf der richtigen Spur. Er näherte sich dem Schrank mit der Nummer 23 und schob den Schlüssel ins Schloß. Knarrend öffnete sich der Metallflügel, und Dag hielt den Atem an. Der Schrank war leer. Er griff ins Innere, strich mit der Hand über die Wände, bückte sich, um den Boden abzusuchen. Nichts. Allem Anschein nach war ihm jemand zuvorgekommen. Bevor er den Schrank schloß, fuhr er mit der Hand unter das Brett eines Faches und mußte leise lächeln: dort klebte etwas. Dag löste das Klebeband und zog ein Foto hervor. Die Reproduktion einer Daguerreotypie mit der Darstellung eines jungen schwarzen Sklaven, der an einem Galgen baumelte. Das Bild mußte einst in einer Zeitung erschienen sein. Unter der Reproduktion stand in Kursivschrift geschrieben: *König Dagobert hielt sich für sehr schlau, aber heute morgen wurde er aufgehängt.* Mit einem dumpfen Gefühl im Magen starrte Dag das Bild an. Kein Zweifel, jemand machte sich lustig über ihn. Man hatte mit seinem Besuch gerechnet. Man ließ ihn wie einen Esel hinter einer Möhre herrennen. Wütend schlug er die Schranktür zu und beschloß, dem Jungen einige Fragen zu stellen. Mit etwas Geld ließe sich herausfinden, wem der Schrank mit der Nummer 23 gehörte. Kochend vor Wut rannte er durch den Flur. Eine Tür wurde zugeschlagen. Ein Kunde?

Die Technomusik dröhnte, und der Junge kniete am Boden und beugte sich über eine Kiste mit leeren Flaschen.

»Ich bräuchte eine Auskunft«, sagte Dag und zog einen Geldschein aus der Tasche.

Der Junge rührte sich nicht, und Dag ging auf ihn zu. Diese Wahnsinnsmusik machte einen regelrecht taub!

»He, ich würde gerne wissen, an wen der Schrank Nummer 23 vermietet wurde.«

Großer Gott, dieser Bursche war der reinste Idiot! Dag packte ihn an der Schulter und riß ihn hoch. Er spürte, wie seine Knie weich wurden. Die Machete hatte das Gesicht des Jungen in zwei Teile gespalten. Mit einem Satz drehte Dag sich um und ließ den noch warmen, leblosen Körper los. Mit rasendem Herzen rannte er zur Tür und zog seine Cougar. Er würde sich nicht wie ein Kaninchen abknallen lassen. Er drückte das Ohr an den Türflügel und horchte. Nichts außer dem Rauschen des Regens und der Brandung. Er hatte kein Auto gehört, doch es war kein Problem, den Weg ohne Motor herunterzurollen. In umgekehrter Richtung war dies natürlich nicht möglich. Folglich war der Täter – wenn er mit dem Auto gekommen war – nach wie vor da. Vorsichtig drückte Dag die Tür einen Spaltweit auf. Nichts. Mit angehaltenem Atem trat er nach draußen.

Der Strand war düster und verlassen. Die Kokospalmen bogen sich im Wind. Und die Reifen seines Wagens waren platt.

Dag duckte sich und kroch zu dem Wagen. Er rechnete jede Sekunde damit, eine Kugel in den Kopf gejagt zu bekommen. Dieser Dreckskerl hatte tatsächlich alle vier Reifen zerstochen! Schöne Einschnitte, handbreit. Dag blickte sich um: keine Wagenspuren im Sand. Der Täter war nicht mit dem Auto gekommen. Was nun? Rasch richtete Dag sich auf und rannte hinunter zum Strand – dort waren eindeutige Spuren von Taucherflossen zu sehen, die im grauen Wasser verschwanden. Dag hatte sich ganz schön reinlegen lassen. Ihm blieb nichts anderes übrig, als zu Fuß nach Hause zu gehen. Es sei denn... Er machte kehrt und lief zum Taucherklub zurück. Rasch, ohne einen Blick auf den toten Jungen zu werfen, zog Dag seine feuchten Kleider aus und schlüpfte in eine stahlgraue Taucherweste. Er hängte sich eine Taucherbrille um, ergriff ein Paar Schwimmflossen und eine Sauerstoffflasche und steckte ein breites Fischermesser sowie einen Harpunenwerfer ein.

Der Regen knisterte auf dem lauen Wasser, und Dag sah, wie die konzentrischen Kreise über ihm immer größer wurden, während er schnell mit den Füßen schlug und sich auf das offene Meer hinaus bewegte.

Plötzlich erblickte er von unten eine dunkle Masse und begriff, daß es sich um den Rumpf eines Segelbootes handeln mußte. Er schwamm um das Schiff herum und griff nach der Ankerkette. Ein Segelboot. Auf einmal geriet der Rumpf heftig ins Wanken, und Dag spürte, wie die Kette sich in seinen Händen spannte. Der Anker wurde gelichtet. Der Täter war auf dem Schiff! Dag hielt sich an der Kette fest und spannte den Hahn des Harpunenwerfers.

Der arme Dagobert konnte einem wirklich leid tun. Glaubte er allen Ernstes, man hätte nicht beobachtet, wie er mühsam ins Wasser gewatschelt war, wie ein Spion in einer Filmkomödie? Der Initiator drückte auf den Knopf, der das Heben des Ankers in Gang setzte. Das vollautomatische Boot konnte problemlos vom Cockpit aus gesteuert werden. Normalerweise zog er es vor, die einzelnen Manöver eigenhändig vorzunehmen, doch in diesem Moment benötigte er seine volle Konzentration. Er war nur wenige Minuten vor Dagobert im Klub eingetroffen und hatte gerade noch Zeit gehabt, den Umschlag mit dem Geld, das für Anita Juarez bestimmt gewesen war, an sich zu nehmen und die kleine amüsante Mitteilung zu hinterlassen – wie der Befehlshaber es ihm vorgeschlagen hatte.

Der Initiator zwängte sich in seinen Taucheranzug, betrat die Brücke und ließ sich an der Backbordseite geräuschlos ins Wasser gleiten. Er schlängelte sich unter den Rumpf wie ein Aal und hielt sein Unterwassergewehr schußbereit. Seine Beute kehrte ihm den Rücken zu und hielt sich, den Blick zur Wasseroberfläche gerichtet, an der langsam steigenden Ankerkette fest. Aus Dagobert hätte tatsächlich ein sehr guter Detektiv werden können. Doch nun würde ein perfekter Toter aus ihm werden. Zweifellos würde man ihn des Mordes an Francis Go und seiner Frau und dem Jungen beschuldigen. Und ebenso des Mordes an Louisa, wenn der Initiator sein Spielchen mit ihr erst einmal abgeschlossen hätte.

Der Initiator legte das Gewehr an und drückte ab.

Mühelos durchdrang der Pfeil Dags rechte Schulter und blieb mit einem kurzen Ruck, der ihm einen stummen Schrei entlockte, in den Gliedern der Ankerkette hängen. Mit schmerzverzerrtem Gesicht blickte Dag nach unten, wo er nur mehr eine dunkle Gestalt erkennen konnte, die heftig mit den Schwimmflossen schlug. Er nahm das Gewehr in die linke Hand und gab blindlings einen Schuß ab, der sein Ziel jedoch verfehlte. Ein jäher Ruck schleuderte ihn mit dem Kiefer gegen die stählerne Kette, und plötzlich tauchte er aus dem Wasser auf. Sein linker Arm war durch die Pfeilspitze, die in einem Glied feststeckte, unerbittlich an die Kette gefesselt. Er versuchte, nach dem Messer an seinem rechten Knöchel zu greifen, was eine unerträgliche Schmerzwelle auslöste und ihn keuchend innehalten ließ.

Der Initiator kletterte über das Fallreep an Bord und drückte auf den Knopf, der den Anker wieder in die Tiefe sinken ließ. Dag spürte, wie die Kette sich entrollte und die Fluten sich über ihm schlossen. Was hatte dieser Dreckskerl mit ihm vor?

Da seine Taucherbrille gegen die breiten Glieder der Kette gedrückt wurde und Dag jede Bewegung vermied, sah er fast nichts. Wieviel Sauerstoff war noch in der Flasche? Genug, um eine weitere halbe Stunde durchzuhalten? Ein Stoß, und wieder dieser entsetzliche Schmerz, als ob ihm der Arm abgerissen würde. Der Anker hielt auf halber Strecke inne. Aus dem Schiffsrumpf ertönte ein dumpfes Dröhnen, dann setzte sich in bedrohlicher Nähe die Schiffsschraube in Bewegung. Das Boot machte eine halbe Drehung und setzte sich langsam in Bewegung, wobei es Dag wie eine große Gummipuppe hinter sich herzog. Der Kerl würde warten, bis er ertrunken wäre. Dann würde er ihn losmachen und seine Leiche auf den Meeresgrund sinken lassen. Tod durch Ertrinken, nachdem der ungeschickte Taucher sich selbst mit seiner Harpune verletzt hatte.

Im Büro der Island Car Rental warf Francisque einen Blick in das Verzeichnis und zuckte zusammen: Leroy hatte einen Wagen gemietet. Er wandte sich an seinen Kollegen Mo.
»Hast du den alten Peugeot vermietet?«
»Ja, an einen Typen, der es sehr eilig hatte.«
»Hast du die Nummer notiert?«
Mo zuckte mit seinen breiten Schultern.
»Mann, geh mir nicht auf den Wecker. Er zahlte in bar und hatte es eilig. Okay?«
»Armes Schwein«, murmelte Francisque und wandte sich ab.
Warum hatte Leroy ein Auto benötigt? Wollte er auf der Insel spazierenfahren? Hatte er etwas über Louisa herausgefunden? Francisque wischte sein schweißnasses Gesicht ab. Allein beim Gedanken an Leroy bekam er Magenkrämpfe.

Dag versuchte, seine rechte Hand zu bewegen, vergeblich. Er war vollkommen steif, und ein breiter Streifen Blut breitete sich im Wasser aus. Er klammerte sich mit den Füßen an die Kette, denn er durfte auf keinen Fall nach unten rutschen. Der Motor war nun ausgeschaltet, das Schiff segelte mit großer Geschwindigkeit über die Wellen. Dag bemühte sich, ruhig und langsam zu atmen. Keine unnötige Energie verschwenden.

Draußen, auf dem offenen Meer, würden durch das Blut, das Dag wie eine Wolke umgab, zweifellos Haie angezogen werden. Ein wahrer Festschmaus. Es gab keine Rettung. Wie ein Wahnsinniger hatte er sich in diese Geschichte gekniet, und genauso würde er jetzt sterben.

Der Pfeil war so beschaffen, daß er einer Zugkraft von mehreren hundert Kilo standhalten konnte. Demnach war es sinnlos, ihn brechen zu wollen. Die einzige Lösung bestand darin, ihn noch tiefer einzudrücken, damit er auf der anderen Seite wieder vollständig hervortreten und den Nylonfaden freilegen würde, den Dag dann mit dem Messer durchschneiden könnte.

Das Segelschiff raste dahin, das Wasser wurde kälter und tiefer. Dag erkannte die Silhouette von Korallenriffen. In ein paar Minuten würden sie auf offener See sein. Er nahm tief Luft. Sein ganzer Körper zitterte, ihm war kalt. Eine Folge des Schocks und des Blutverlustes. Der zur Verfügung stehende Sauerstoff würde zweimal schneller aufgezehrt als gewöhnlich. Ein rascher Tod. Den Haifischzähnen auf alle Fälle vorzuziehen. Aber nein, er durfte jetzt nicht sterben.

Dag stützte sich mit den Füßen an der Kette ab, umfaßte den Pfeil mit der linken Hand und atmete tief durch. Nicht nachdenken. Ziehen. Der Schmerz ließ ihn beinahe ohnmächtig werden, und einen Sekundenbruchteil lang wurde alles schwarz. Dann sah Dag seine blutüberströmte Hand und den Nylonfaden, der aus seiner Schulter ragte. Mühsam hob er sein rechtes Bein, und als das Knie seine Brust berührte, tastete er mit der linken Hand nach dem Dolch.

Anschließend gönnte er sich einige Sekunden Pause. Sein Herz schlug zu schnell, und schwarze Schmetterlinge tanzten vor seinen immer schwerer werdenden Augenlidern. Dies war nicht der passende Moment, um das Bewußtsein zu verlieren.

Dag umklammerte den Gummigriff, legte die Klinge auf den Nylonfaden und drückte. Nichts. Noch einmal. Den Faden gut spannen. Dags Finger zitterten, er hatte Mühe, die Klinge in die richtige Stellung zu bringen. Dann plötzlich gab der Faden nach, und erneut kam Blut aus Dags Schulter. Er ließ sich nach hinten gleiten.

Die Kette lag fast waagerecht im Wasser und entfernte sich rasch. Dag befühlte seine klaffende Wunde. Er fühlte sich schwach und unsagbar müde. Er verspürte große Lust, sich auf den Sand sinken zu lassen, sich dort, auf dem Meeresgrund, zu einer Kugel zusammenzurollen und im Schutz eines Felsens zu schlafen. Der Sand sah so weich aus. Die Algen tanzten langsam und friedlich in der Strömung. Ein Schwarm gelber Fische streifte ihn, streichelte seine Hüften. Fische. Haie. Gefahr. Er befreite sich vom Gewicht der Sauerstoffflasche, strampelte heftig mit den Beinen und begann, an die Oberfläche zu steigen.

Die Luft war warm, erstickend im Vergleich zum verhältnismäßig kühlen Wasser in der Tiefe. Gierig schnappte Dag nach Sauerstoff. Er war nicht sehr weit von der Küste entfernt. Gerade sah er noch, wie das Schiff mit gehißten Segeln hinter der Buchtspitze verschwand. Eine acht Meter lange Schaluppe unter niederländischer Flagge. Ein Mietboot. Dag legte sich auf den Rücken, steckte den Dolch in das Knöcheletui zurück und strebte langsam dem Ufer entgegen.

Mit gerunzelter Stirn trat der Initiator aus dem Cockpit. Seit geraumer Zeit glitt das Boot schneller dahin, als hätte es an Gewicht verloren. Er beugte sich am Heck über die Reling und sah, daß die Kette frei über die Gischt sprang. Wütend schlug der Initiator auf die hölzerne Kante. Es war Leroy gelungen, sich zu befreien! Verflucht, er hätte sich nie auf dieses Spielchen mit ihm einlassen dürfen. Rasch kehrte er ans Steuer zurück und griff nach seinem Funkapparat.

»Ja?« fragte eine gereizte Stimme.

»Ich bin derjenige, der Ihre 4 x 4 gemietet hat.«

Der Mann am anderen Ende der Leitung klang gleich freundlicher.

»Ach ja, ja. Ist etwas nicht in Ordnung?«

»Nicht mit dem Boot, aber mit unserem Freund Leroy. Er ist ein Meister darin, meine Pläne zu durchkreuzen. Wie ich Ihnen bereits erklärte, bin ich sehr großzügig, wenn man mir behilflich ist. Und dann ist da noch diese andere Sache, Sie wissen schon... die Ihnen ganz besonders am Herzen liegt...«

»Was muß ich tun?«

»Mir lediglich einen kleinen Dienst erweisen. Also...«

Dag hatte das Gefühl, seit Stunden zu schwimmen. Jede Bewegung kostete ihn große Anstrengung, und immer häufiger fielen ihm die Augen zu. Am Himmel schienen Lichter zu tanzen. Ein Gewitter? Doch es war nichts zu hören. Kein Geräusch, außer dem der Wellen und des salzigen Windes. Seine Beine kamen ihm schwer wie Blei vor. Wozu noch weiterkämpfen? Sich einen Moment lang ausruhen, nur einen einzigen Moment lang. Schlafen.

Mit Erleichterung spürte Dag, wie er allmählich bewußtlos wurde, doch dann prallte sein Kopf heftig gegen etwas Hartes und Spitzes, und der Schmerz ließ ihn wieder zu sich kommen. Er war gegen ein Korallenriff gestoßen, dessen Spitze aus dem Wasser ragte. Er streckte den Arm aus, klammerte sich an den zerklüfteten Stein, und plötzlich merkte er, daß er Boden unter den Füßen hatte. Der Strand war bloß noch zehn Meter von ihm entfernt.

Schwankend stieg er aus dem Wasser. Es hatte aufgehört zu regnen, doch am Horizont ballten sich noch immer dicke Wolken zusammen. Dort stand sein Wagen, und aus dem Klubhaus drang laute Tanzmusik. Eine Möwe flog dicht über ihn hinweg und segelte mit einem spöttischen Lachen über die Wellen davon. Dag ließ sich zu Boden fallen und schlug mit der Schulter auf. Der Sand verfärbte sich rot. Dann schleppte er sich zum Klubhaus.

Fliegen umschwirrten die Leiche des Jungen, ließen sich auf seinem verdreckten Gesicht nieder. Das Surren der Fliegen. Ein makabres Lied, das sich mit den hysterisch dröhnenden Bässen aus der kleinen Stereoanlage vermischte.

Dag zitterte so heftig, daß er Mühe hatte, nach dem Telefonhörer zu greifen und die Nummer des Notdienstes zu wählen. »Notdienststelle, was kann ich für Sie tun?« fragte eine Stimme mit einem ausgeprägten kreolischen Akzent. Dag wollte etwas sagen, doch es kam lediglich ein undeutliches Gestammel über seine Lippen: Der Hörer glitt ihm aus der Hand, und während die Stimme am anderen Ende der Leitung sich heiser schrie, wurde er ohnmächtig.

Wütend strich Dubois mit dem Handrücken über seinen Schreibtisch. Go und seine Frau waren ermordet worden! Das Haus in Flammen! Leroys Uhr in den Trümmern... Und nun dieser Anruf wegen des Delphin Klubs. Leroy hatte sich von Anfang an über ihn lustig gemacht! Und nun hatte er, Dubois, die ganze Scheiße am Hals. Ein frei herumlaufender Mörder auf Sainte-Marie. Dubois griff nach der Flasche Rum, die er in seiner Schreibtischschublade verwahrte, und genehmigte sich einen kräftigen Schluck. Bestimmt hatte Leroy auch diese Frauen umgebracht. Lorraine Dumas und die anderen. Und wie so mancher Mörder hatte er dem Vergnügen nicht widerstehen können, mit der Polizei die Klingen zu kreuzen. Go hatte recht gehabt, er war einfach zu naiv. Bei dem Gedanken an Go und Marie-Thérèse und an das, was Leroy den beiden angetan hatte, bekreuzigte er sich. Wie konnte man bloß zu einer solchen Grausamkeit fähig sein? Bevor Dubois im Laufschritt das Zimmer verließ, überprüfte er mit nervösen Handgriffen, ob seine Waffe geladen war.

Dag drehte den Kopf und erblickte in einer Blutlache zwei blankgeputzte schwarze Schuhe. Wieso lag er hier auf dem Boden? Langsam dämmerte es ihm, und er wollte sich aufrichten, doch jemand hielt ihn fest, und eine Stimme sagte: »Ruhig, ganz ruhig. Wir legen Ihnen gerade einen Verband an. Bitte nicht bewegen!« Eine Spritze bohrte sich in sein Fleisch, er sah eine Tragbahre auf sich zukommen. Dann spürte er, wie er hochgehoben wurde und sich die Bahre in Bewegung setzte. Die schwarzen Schuhe folgten ihm. Dag hob die Augen. Camille Dubois sah ihn nicht besonders freundlich an.

»Um ein Haar hätte ich ihn mir geschnappt!« sagte Dag mühsam.

»Schluß jetzt mit den Schweinereien, Leroy. Sie haben Francis Go getötet. Und Sie haben diesen Jungen getötet. Sie sind gefährlich und krank.«

»Go? Go ist tot?« stotterte Dag und versuchte, sich zu erheben.

»Sie haben ihn und seine Frau getötet, weil er wußte, daß Sie Anita Juarez umgebracht haben. Weil er wußte, daß Sie auch Lorraine Dumas auf dem Gewissen haben. Und außerdem bin ich davon überzeugt, daß Sie es waren, der die Entführung von Louisa Rodriguez angeordnet hat. Sie müssen wirklich vollkommen verrückt sein.«

Während ein Krankenpfleger die Infusionsnadel befestigte, rutschte Dag unruhig auf der Tragbahre hin und her.

»Aber das stimmt doch alles gar nicht! Was ist mit dem jungen Angestellten des Taucherklubs? Aus welchem Grund hätte ich ihn umbringen sollen?«

»Um Ihre Flucht zu vertuschen. Aber es gelang ihm noch, mit der Harpune, die er gerade säuberte, auf Sie zu schießen.«

»Hören Sie, Dubois, diese Lügenmärchen werden Sie doch wohl nicht glauben!«

»Wir haben einen Zeugen, Leroy. Jemand hat gesehen, wie Sie den Jungen ermordet haben.«

Ein Zeuge? Unmöglich. Ein Komplott, er war das Opfer eines Komplotts geworden.

»Ihr Zeuge lügt. Ich verlange eine Gegenüberstellung.«

»Das werden wir später sehen.«

Dubois gab dem Fahrer ein Zeichen, die Türen des Krankenwagens wurden geschlossen, doch im Hintergrund konnte Dag gerade noch eine Gestalt erkennen, einen Mann mit kleinen Zöpfen auf dem Kopf. Francisque! Francisque hatte die Polizei benachrichtigt und behauptet, er hätte gesehen, wie Dag den Jungen tötete. Francisque war an dem Komplott beteiligt. Mit einer jähen Geste entfernte Dag die Infusionsnadel.

»He, sind Sie verrückt!« schrie der Krankenpfleger und beugte sich über ihn.

Dags Knie trafen ihn am Kopf, und bewußtlos ging er an der Wand des Wagens zu Boden. Dag beugte sich über ihn und nahm die Packung mit Schmerztabletten an sich, die aus der Tasche seines Kittels ragte. In diesem Augenblick wandte der Fahrer den Kopf und drückte auf die Bremse. Doch da hatte Dag bereits die beiden rückwärtigen Türen geöffnet und ließ sich auf der sandigen Erde abrollen. Der Polizeiwagen hinter ihnen war gerade erst angefahren und noch nicht in Sicht.

»Halt!« schrie der Fahrer des Krankenwagens und sprang aus seinem Fahrzeug. »Stehenbleiben!«

Dag rannte auf ihn zu, woraufhin der Kerl sich auf der anderen Seite des Wagens eiligst in Sicherheit brachte. Er wurde nicht dafür bezahlt, sich unbewaffnet mit verrückten Mördern zu raufen. Mit eingeschaltetem Blaulicht kam das Polizeiauto angerast. Dag sprang ins Gebüsch und rannte den Abhang zum Meer hinunter. Quietschende Autoreifen, wütendes Geschrei. Die Stimme von Dubois: »Er ist gefährlich. Nehmt kein unnötiges Risiko auf euch!« Dag ließ sich über den Felsen nach unten gleiten, indem er sich mit seinem gesunden Arm an den Sträuchern festhielt. Knirschen, Schritte, Rufe. Dubois und seine Männer hatten Dags Verfolgung aufgenommen. Er duckte sich in eine Vertiefung im Fels, hastete weiter über den feuchten Sand. Der Wind war stärker geworden, die Wellen brachen mit lautem Donnern. Schließlich entdeckte Dag eine Aushöhlung im Fels und schlüpfte hinein. In Kürze würde es Nacht werden. Und sie würden gezwungen sein, ihre Suchaktion abzubrechen, zumal sich ein Gewitter ankündigte. Dag gab sich alle erdenkliche Mühe, unsichtbar zu werden, still, leblos, lebloser noch als der weiße Fels über seinem Kopf.

16. KAPITEL

Das Gewitter hatte gut zwei Stunden gedauert, und in der Ferne waren noch die letzten Donnerschläge zu hören. Dag hatte mit seiner dunklen Taucherweste die perfekte Tarnung. Vorsichtig und auf das leiseste Geräusch achtend, setzte er seinen Weg fort. Da die Wirkung der Schmerzspritze allmählich nachließ, blieb er mit zitternden Knien im Schatten eines riesigen Bananenbaums stehen und schluckte zwei Tabletten. Er war des Mordes angeklagt! Und zwar nicht irgendeines Mordes: nein, man beschuldigte ihn, einen Polizeibeamten umgebracht zu haben! Es würde den Bullen eine außerordentliche Freude bereiten, ihn abzuknallen wie ein Kaninchen.

Als er noch etwa hundert Meter von der Kirche entfernt war, blieb er stehen. Im Pfarrhaus brannte Licht. Zweifellos war Pfarrer Léger inzwischen von Dubois vernommen worden, und möglicherweise war einer von Dubois' Männern als Wachtposten im Haus geblieben. Dag kniff die Augen zusammen und suchte nach einer im Schatten verborgenen Gestalt. Doch alles schien vollkommen normal zu sein, wie an jedem gewöhnlichen Sonntagabend. Gott sei Dank mußte die Polizei von Sainte-Marie mit einer begrenzten Anzahl von Beamten auskommen. Ein Rascheln im Gebüsch ließ Dag zusammenzucken, doch als er gleich darauf das Grunzen eines Schweins hörte, beruhigte er sich wieder. Im nächsten Augenblick tauchte das Tier aus dem Schatten auf und zerrte an dem

Seil, mit dem es an einem Pflock festgebunden war. Neugierig beschnüffelte sein schwarzer, haariger Rüssel die seltsame Kreatur, die plötzlich vor ihm stand. Dag tätschelte das Tier am Kopf, ehe er sich bückte und kauernd weiterschlich, den Dolch mit der Klinge nach oben fest in der Hand.

In der Ferne fuhr ein Auto mit aufgeblendeten Scheinwerfern vorbei. Sie würden die Insel vergeblich absuchen: Die Nacht war finster, und es gab so viele Versteckmöglichkeiten, daß es unmöglich war, einen Flüchtigen aufzuspüren, ohne eine Treibjagd zu organisieren. Ein Knistern zu seiner Rechten. Raschelnder Stoff. Ein Mensch. Dag bewegte sich nicht. Jemand hatte die Stellung gewechselt. Das leise Echo einer raschen Atmung. Der Mann hatte Angst, war auf der Hut. Dag ließ seinen Blick durch die Dunkelheit streifen, vermied es jedoch, sich auf einen bestimmten Punkt zu konzentrieren. Nach und nach hob sich die Silhouette eines uniformierten Polizisten vom Stamm des Traubenbaumes ab, gegen den er gelehnt stand. Dag hielt den Atem an und wich geräuschlos zurück. In diesem Moment grinste das Schwein freundschaftlich. Dag näherte sich ihm, packte es am Hals und schnitt mit einer jähen Bewegung das Seil durch, mit dem es am Pflock befestigt war. Überrascht schüttelte sich das Tier. Dag schmiegte sich an seine Flanke und flüsterte ihm ins Ohr:

»Los, geh jetzt! Nun geh schon...«

Das Schwein gehorchte und setzte sich in Bewegung, fröhlich an allem schnuppernd, was ihm vor die Nase kam. Der Polizist erschrak und griff instinktiv nach seiner Waffe. Als er jedoch von weitem erkannte, daß es sich um ein Schwein handelte, zuckte er kurz mit den Schultern und lehnte sich wieder an den Baum.

Etwa zwanzig Meter weit kroch Dag neben dem Tier her, dann ließ er sich seitlich ins hohe Gras rollen. Das Schwein blieb stehen, sah den Mann mit seinen kleinen Augen erstaunt an und stupste ihn wie zum Scherz mit der Nase. Ein nettes

Schwein. Dag kroch weiter, gefolgt von dem träge herumschnüffelnden Tier, ging um das Pfarrhaus herum und gelangte zum Küchenfenster. Das Schwein beschleunigte sein Tempo, um ihn dort einzuholen.

»Okay, beweg dich nicht!« raunte Dag ihm zu, erhob sich und kratzte leise an der Fensterscheibe.

Die Küchentür stand weit offen, so daß Dag in das Wohnzimmer hineinsehen konnte; Pfarrer Léger saß auf seinem Stuhl, den Kopf in beide Hände gestützt. Erneutes vorsichtiges Scharren an der Fensterscheibe. Pfarrer Léger schien in finstere Gedanken versunken zu sein. Zu seinen Füßen lag das zerknüllte Geschenkpapier.

In einer Villa hoch über dem Meer saß ein alter Mann, der sich müde die Schläfen rieb. Francis Go war tot, wie man eben im Radio gemeldet hatte. »Ein Polizeikommissar aus Sainte-Marie und seine Frau sind auf grausame Weise ermordet worden. Dem Hauptverdächtigen, einem für seine Gewalttätigkeit bekannten Ex-*Marine*, gelang es, die Flucht zu ergreifen.« Auch Leroy würde es erwischen. Und dann würde die Reihe an ihm selbst sein. Er hätte sich niemals auf diese Sache einlassen dürfen, er hätte niemals ihr dreckiges Geld annehmen dürfen, niemals. Der Initiator würde unter keinen Umständen zulassen, daß ein Zeuge am Leben blieb. Bestimmt war er längst unterwegs: die leibhaftige Inkarnation des Sensenmannes mit der grinsenden Fratze. Er war seit dem Tag unterwegs, an dem Dagobert Leroy, der ahnungslose Überträger eines schrecklichen Übels, aufgetaucht war. So wie Ratten die Pest übertragen, so hatte Leroy sich den Teufel auf die Schultern geladen.

Mit zittriger Hand schenkte sich der alte Mann ein großes Glas klaren Rums ein, wobei er einen Teil des Getränks auf seine elegante Hose verschüttete. Dann leerte er gemächlich sein Glas, den Blick in die Ferne gerichtet. Er wußte, daß er bald sterben würde. Er wußte seit jeher, daß diese Geschichte kein gutes Ende nehmen würde. Wie hatte er bloß bei dieser grausamen Bande mitmachen können? Wieso hatte er geglaubt, Geld sei wichtiger als alles andere? Wichtiger als die den Monstern zum Fraß vorgeworfenen Frauen? Der Schutzschild. Er hatte als Schutzschild gedient. Um ihre Verbrechen zu ermöglichen, hatte er seine Befugnisse überschritten. Er hatte seine Ohren verschlossen, wollte nicht mehr darüber erfahren, als unbedingt nötig gewesen war. Doch er wußte alles. Einen Moment lang dachte er nun daran, sie zu verraten, die Polizei zu verständigen. Doch kein Gefängnis könnte ihn vor der grausamen Gefräßigkeit des Initiators schützen.

Er schenkte sich ein zweites Glas Rum ein, das er in einem Zug leerte, dann ein drittes. Beim Gedanken daran, daß der Initiator kommen würde, um ihn langsam, grausam langsam zu quälen, seinen abgemagerten Körper auszupeitschen, die lange Stricknadel in seinen Leib zu führen, glitt ihm das Glas aus der Hand und zerschellte am Boden. Er legte die Hände auf die Knie, schaute zu Boden und begann leise zu weinen. Plötzlich fiel sein Blick auf einen der scharfen Glassplitter. Niemals würde er den Schmerz ertragen können, er würde schreien, er würde betteln, er würde sich erniedrigen. Nein. Diese Freude würde er ihm nicht gönnen. Er hob die Scherbe hoch und drückte sie sich mit einer raschen, präzisen Bewegung an die Kehle. Die Scherbe bohrte sich tief ins Fleisch und durchtrennte die Halsschlagader. Blut spritzte hervor und besudelte die Hände des alten Mannes, der sich fest gegen seinen Sessel stemmte. Als er den Kopf nach hinten warf, um die Wunde noch weiter zu öffnen, sah er ein Licht, das am sternklaren Himmel dahinzog. Nanu, ein Flugzeug..., dachte er. Eine Sekunde später war er tot.

Als Dag gerade heftiger an die Fensterscheibe klopfen wollte, klingelte es an der Eingangstür des Pfarrhauses. Regungslos stand er da, mit einer Hand auf dem Rücken des Schweines, das genüßlich an einem Büschel Reisig kaute. Als der Pfarrer sich aus seinem Sessel erhob, sah Dag, wie angespannt seine Gesichtszüge waren.

Dag streckte sich, um zu sehen, wer Pfarrer Léger einen Besuch abstattete. Ein Polizist? Der Pfarrer trat einen Schritt zurück. Schnell bückte sich Dag, um nicht entdeckt zu werden. Er wartete einige Sekunden, ehe er es wagte, wieder einen verstohlenen Blick ins Innere des Hauses zu werfen.

Der Besucher war niemand anderer als Francisque. Er hielt eine Machete in der Hand. Pfarrer Léger war in Gefahr! Plötzlich ertönte in der Dunkelheit das Geräusch eines Motors: das ohrenbetäubende Rattern eines Mopeds. Ohne zu zögern, sprang Dag durch das Fenster.

Francisque schreckte hoch und wandte sich jäh zur Küche. Leroy – mit einer Unterhose und einer Taucherweste bekleidet, die Schulter mit einem schmuddeligen Verband umwickelt, einen Dolch in der Hand! Francisque packte den Pfarrer und hielt ihm die Machete an den Hals.

»Eine Bewegung, und ich schneide ihm die Kehle durch.«
»Laß ihn los, du elender Scheißkerl! Laß ihn sofort los!«
»Tut mir leid, Leroy, aber das hier ist mein Spiel.«
»Wie kannst du es...«
»Das alles ist einzig und allein deine Schuld«, erwiderte der andere haßerfüllt, »aber du wirst sie nicht kriegen! Niemals!«
»Dir ist es wohl lieber, sie ist tot, als mit mir zusammen, nicht wahr? Du bist wirklich das letzte.«
»Sie gehört mir, er hat es mir versprochen.«
»Wer? Wer hat dir das versprochen?«
»Halt's Maul!« schrie Francisque plötzlich. »Halt's Maul, oder ich töte den Alten.«

Einige Tropfen Blut rannen über den Hals des Pfarrers, der schluckte, aber nichts sagte. Mit der freien Hand wischte Francisque sich den Schweiß ab, der an seinem Haaransatz perlte.

»Du kommst jetzt mit mir, und keine Mätzchen, verstehst du, Leroy?«

»Mann, du tust mir echt leid.«

»Halt's Maul, kapiert?«

Dreimaliges Klopfen an der Tür – und mit einem Mal standen alle drei da wie zu Salzsäulen erstarrt.

»Polizei!« schrie eine dumpfe Stimme. »Aufmachen!«

Francisque erschrak, wich in den Schatten der Küche zurück und zerrte Pfarrer Léger mit sich. In seinem Blick konnte Dag deutlich erkennen, daß er nicht zögern würde, den Geistlichen umzubringen und dann dafür zu sorgen, daß die Polizei den blutrünstigen Leroy neben der Leiche entdeckte. Er beobachtete, wie Francisques Finger sich fester um den Griff der Machete schlossen, doch als er sich gerade auf ihn stürzen wollte, sah er, daß Francisque die Arme über den Kopf hob und seine Waffe fallen ließ. Hinter ihm stand ein Mann, der wie Dag durch das zerbrochene Küchenfenster ins Haus gestiegen sein mußte. In der Hand hielt er eine Jericho 941 F, deren Lauf er gegen Francisques rechtes Ohr drückte, während er ihn mit der linken Hand an den Zöpfen packte und ihn vorwärts, ins Licht schob. Dag erkannte den Neuankömmling mit dem wallenden Haar sofort wieder.

»Señor Leroy, nehme ich an. Sehr erfreut. Steht Ihnen gut, diese Aufmachung«, sagte Vasco Paquirri. »Würden Sie meinen Freunden, die draußen warten, bitte die Tür öffnen«, fügte er auf englisch hinzu.

»Was ist mit dem Wachtposten?« fragte Dag, ebenfalls auf englisch.

»Der wird ein Weilchen schlummern.«

Vor der Tür standen zwei Männer, eindeutig lateinamerikanischen Typs, beide etwa dreißig Jahre alt. Sie trugen Jeans und tadellos weiße T-Shirts, hatten kurzgeschorene Haare, die gleiche Körpergröße, die gleiche Ringerstatur und identische längliche Lederetuis über die Schulter hängen. Mit gemessenen Schritten traten sie ein, postierten sich zu beiden Seiten des Sofas und warteten auf einen Befehl. Daß Dag lediglich mit einer Unterhose und einer Taucherweste bekleidet war und ihr Boß einem Kerl seine Pistole ins Ohr bohrte, schien sie nicht weiter zu irritieren.

»Dagobert, ist dieser Herr tatsächlich derjenige, für den ich ihn halte?« fragte der Pfarrer auf französisch, während er sich Vasco näherte.

»Was sagt er?«

»Er hat mich gefragt, ob Sie Vasco Paquirri sind.«

»Höchstpersönlich, *padre,* zu Ihren Diensten.«

Pfarrer Léger seufzte laut.

»Warum sind Sie hergekommen?« fragte Dag Vasco.

»Ich habe meine Meute auf Voort gehetzt. Und in einem Punkt waren meine Informanten sich ganz sicher: Voort ist hinter Ihnen her. Die beste Möglichkeit, ihn früher oder später zu erwischen, bietet sich mir demnach, wenn ich mich in Ihrer Nähe aufhalte. Ihn oder einen seiner Boten«, antwortete Vasco heiter, während er kräftig an Francisques Mähne zerrte. »Ach, dieser kleine Kretin arbeitet auch für ihn?«

»Ja.«

Vasco lächelte zufrieden. Als er jedoch das makabre Souvenir auf dem Tisch liegen sah, hielt er abrupt inne.

»Was ist das denn?«

»Der kleine Finger von Louisa. Voort hat ihn mir geschickt, als Geschenk.«

»Einfach keine Manieren! Diaz, Luiz, würdet ihr diesen Mistkerl bitte mal für mich festhalten?« fragte Vasco höflich, indem er Francisque mit seiner Waffe leicht gegen den Kopf tippte.

Schulterzuckend und mit blasierter Miene traten Diaz und Luiz näher.

»Auf den Rücken!« schrie Vasco und deutete auf den Küchentisch.

Wie ein Wäschepaket hoben Diaz und Luiz Francisque hoch

und legten ihn, ungeachtet seines wilden Protests, auf die gelbe Kunststoffplatte.

»Laßt mich los, ihr Arschlöcher!«

»Was haben Sie mit ihm vor?« fragte Pfarrer Léger besorgt.

»Schwule! Arschlöcher! Laßt mich los, ich weiß von nichts!«

»Würden Sie bitte hinausgehen, *padre*«, erwiderte Vasco.

»Kommt nicht in Frage!«

Vasco packte Pfarrer Léger am Arm und führte ihn gegen seinen Widerstand ins Schlafzimmer, dessen Tür er von außen versperrte. Der Geistliche trommelte heftig dagegen, während Dag wie versteinert dastand und sich nicht von der Stelle rührte. Diese Kerle waren alles andere als Anfänger. Etwas Schreckliches bahnte sich an. Ohne Dag zu beachten, beugte sich Vasco über Francisque. Seine langen Haare strichen über das heftig schwitzende Gesicht des wild um sich schlagenden Mannes.

»Ich weiß von nichts, laßt mich gehen!«

»Du hast vergessen, ›Arschloch‹ zu sagen. ›Ihr Arschlöcher, laßt mich gehen.‹ Wiederhole.«

»Nein! Ich weiß von nichts, ich schwör's, ich hab mit der ganzen Sache nichts zu tun.«

»Wo ist Voort?«

»Keine Ahnung!« stammelte Francisque.

Vasco seufzte und blickte sich um. Dann ging er zu dem alten Küchenschrank, während er auf spanisch vor sich hinredete.

»Ist das nicht ein Werkzeugkasten? Aber ja doch! Und was findet man in einem Werkzeugkasten? Einen Hammer... eine Zange... Nägel... eine Gartenschere... Ach ja, eine Gartenschere!«

Er kam zum Tisch zurück und griff im Vorbeigehen nach einem Sofakissen, das er Diaz und Luiz zuwarf. Dag spürte, daß ihm der Schweiß aus sämtlichen Poren trat.

»Wo ist Voort?« wiederholte Vasco und klapperte lässig mit der Gartenschere.

»Ich weiß es nicht!« schrie Francisque. »Ich schwör's.«
Dag schaute zu Boden. Er war überzeugt, daß Vasco es tun würde. Vasco war ein Sadist, wie die meisten seines Schlages. Er würde es tun, und es würde ihm Spaß machen. Dag bereitete sich darauf vor, Francisque schreien zu hören. Nein, das konnte er nicht zulassen. Doch Voort hatte Louisa in seiner Gewalt. Dag traf seine Wahl: schade um Francisque. Mit ruhiger Stimme fuhr Vasco auf spanisch fort:
»Meinem Gartenlehrbuch zufolge muß man im Juli auslichten. Das heißt, die kranken Äste abschneiden. Wir werden mit diesem hier beginnen...«
Dag hörte einen Schrei, der noch entsetzlicher war, als er sich vorgestellt hatte und der unverzüglich unter dem Kissen erstickt wurde. Er hielt den Kopf noch immer gesenkt, die Augen geschlossen. Das Zimmer füllte sich mit scharfem Uringeruch.
»Und dann den hier...«, summte Vasco. »Wo ist Voort?«
»Bitte... bitte...«
Francisque schluchzte. Dag stellte sich einen auf dem Boden liegenden Finger vor, die Sehnen und Hautfetzen. Das gleiche hatte man Louisa angetan. Dag wurde schwindlig, er mußte sich an der Sofalehne festhalten. Lieber Gott, verzeih mir. Mach, daß das alles bald ein Ende findet!
»Wenn ich dir deine zehn Finger abgeschnitten habe«, erklärte Vasco, »werde ich dir auch noch die Eier abtrennen, mein Süßer.«
Erneut fürchterliche Schreie, die unter dem Kissen verstummten. Wildes Ausschlagen, das Wanken des Tisches, Fußschläge auf dem gekachelten Boden. Die kaltherzige Stimme von Diaz oder von Luiz:
»Der Idiot hat sich die Zunge abgebissen.«
Im gleichen Moment versagten Dags Beine ihren Dienst, und Dag mußte an sich halten, um nicht auch laut aufzuschreien. Urplötzlich hatte er das verschwommene Bild der perfekten

Helen vor sich, die ihn dabei beobachtete, wie er Zeuge einer Folterung wurde und nicht eingriff. Ja, er war ein Feigling, er ließ zu, daß Francisque starb, damit Louisa gerettet werden konnte. Er öffnete die Augen einen winzigen Spalt weit. Francisques gepeinigter Körper zuckte auf dem Tisch, das Kissen war über und über mit roten Spritzern beschmiert, Blut tropfte von der verstümmelten Hand auf den Kachelboden. Mit Erstaunen stellte Dag fest, daß Paquirri blauweiße Segelschuhe trug.

»Voort?« wiederholte Vasco mit seiner geduldigen, sanften Stimme.

»Der B... runnen, der Brunnen...«

»Der Brunnen? Welcher Brunnen?«

Francisque bekam keine Luft mehr. Sein Mund war voller Speichel und Blut. Die zerfetzte Zunge schaute zwischen seinen Lippen hervor. War das alles tatsächlich wahr? War Dag in diesem Moment wirklich bei einer Folterung zugegen, gegen die er nichts unternahm? Als er erneut den Blick senkte, sah er die Hand, den blutigen Stumpf und die beiden auf dem Boden liegenden Finger, den Zeige- und den Mittelfinger mit den gelben Nägeln. Er begann so heftig zu zittern, als hielte er einen Preßlufthammer zwischen den Händen.

Inzwischen hatte Vasco Francisques kleinen Finger vorsichtig zwischen die beiden Schneiden der Gartenschere gelegt.

»Welcher Brunnen?«

»Die Straße... nach Grand Gouffre... bei dem verfallenen Haus... der ehemalige Brunnen... bitte...«

»Ich weiß, wo das ist«, mischte Dag sich mit unsicherer Stimme ein. »Das Haus. Es gehörte De Luynes. Eine alte, verlassene Kaffeeplantage. *Let's go!*«

»Wir nehmen meinen Jeep«, schlug Vasco höflich vor.

Er richtete sich auf, strich sich die Haare nach hinten und stieß die Gartenschere mit einer lässigen Handbewegung in Francisques Hals, woraufhin sich dessen Körper unter Dags entsetztem Blick ein letztes Mal aufbäumte und zinnoberrotes Blut aus der offenen Kehle spritzte.

»Aber... aber warum?« schrie Dag.

»Beruhige dich. Mir ist die Hand ausgerutscht. Gehen wir.«

Diaz und Luiz ließen von dem toten Francisque ab. Vasco öffnete die Tür des Schlafzimmers, zerrte den Pfarrer heraus und stieß ihn nach draußen, während Luiz und Diaz ihn davon abhielten, die Küche zu betreten.

»Wie werden Sie diesen Mord erklären?« fragte Dag, als er mit revoltierendem Magen in den Fond des Jeeps stieg.

»Wir werden ihn Voort in die Schuhe schieben, ganz einfach. Aber zerbrechen Sie sich darüber nicht den Kopf, Schwiegervater, ich habe die Situation bestens im Griff.«

Schwiegervater! Dieser sadistische Psychopath hatte Schwiegervater zu ihm gesagt! Charlotte mußte verrückt sein, mit diesem Kerl zusammenzuleben. Sein einziges Kind war verrückt.

»Mord?« jammerte Pfarrer Léger. »Sie haben den armen Francisque also umgebracht, nicht wahr? Sie haben ihn getötet.«

»Bei allem Respekt, *padre,* aber ich möchte Sie bitten, jetzt gefälligst den Mund zu halten«, erwiderte Vasco, ohne sich nach ihm umzudrehen.

Pfarrer Léger kniff die Lippen zusammen und kreuzte wortlos die Arme. Dag drückte sich tief in den Sitz und hatte mit einem Mal das Gefühl, den Ereignissen nicht mehr gewachsen zu sein. Sein verletzter Arm tat ihm weh, und das Rütteln des Wagens machte alles noch schlimmer.

Einen Augenblick lang mußte er das Bewußtsein verloren haben, denn plötzlich spürte er, wie jemand ihm auf die Schulter klopfte und ihm ins Ohr flüsterte:

»Dagobert! Aufwachen! Wir sind da.«

Vasco hatte den Jeep unter eine Gruppe von Traubenbäumen geparkt. Dag schüttelte den Kopf.

»Bestimmt haben sie uns kommen hören...«

»Ich habe den Motor schon oben am Hang ausgemacht. Außerdem sind wir gegen den Wind gefahren.«

In hundert Metern Entfernung erkannte Dag die Ruinen des Gebäudes wieder, das einst ein ansehnlicher Hof gewesen war. Kein Licht. Absolute Stille.

»Der Brunnen liegt nordöstlich des Hofes, ungefähr fünfzig Schritte vom Haupteingang entfernt«, erklärte Dag, der sich an die vielen Stunden erinnerte, die er mit seinen Spielkameraden auf dem verfallenen Gut verbracht hatte. »Über dem Brunnen liegt ein am Mauerrand befestigtes Holzbrett.«

»Okay. Hier, nehmen Sie das.«

Vasco reichte ihm eine Maschinenpistole mit abgesägtem Lauf, die der Waffe ähnelte, die er und seine Männer über der Schulter trugen.

»Gehen wir«, fuhr er mit glänzenden Augen fort. »Diaz, Luiz, los!«

Lautlos liefen sie durch die sternklare Nacht. Der Pfarrer trottete mühsam hinter ihnen her. Dag hatte den Eindruck, an einem fingierten Militärmanöver teilzunehmen. Vasco hob die Hand, und wenige Meter vom Brunnen entfernt, dessen Umrisse sich beinahe romantisch von der Dunkelheit abhoben, blieben sie stehen. Einer von Vascos Gehilfen deutete auf die ehemalige Scheune. Wenige Sekunden später sah Dag, was sie meinten: den schwarzen Geländewagen. Sie waren tatsächlich da!

Vorsichtig schlichen sie zu dem Brunnenrand aus weißem Stein, auf dem ein schwerer, runder Holzdeckel ruhte. Vasco ließ die Finger über die am Deckel befestigte Eisenstange gleiten und betastete das Scharnier. Er lächelte, und einen Moment lang sah man seine strahlend weißen Zähne. Mit ihrem üblichen Ausdruck völliger Gleichgültigkeit richteten die beiden Leibwächter ihre Waffen auf den Brunnen. Vasco spannte seine beeindruckenden Muskeln und hob das Holzbrett etwa zehn Zentimeter hoch. Mit dem Finger am Abzug schob Diaz den Lauf seiner Pistole in den Zwischenraum. Schließlich gelang es Vasco, das Brett zur Seite zu kippen, während Luiz eine Stablampe einschaltete und den grellen Lichtstrahl ins Innere hielt. Ein richtiges Kommandounternehmen, dachte Dag.

»Keine Bewegung«, schrie Vasco auf englisch, »oder hier fliegt alles in die Luft!«

Keine Antwort. Vorsichtig beugte Dag sich nach vorne. Im Lichtkegel der Lampe war eine dreckige, blutverschmierte Matratze, auf der Louisa lag. Sie hatte die Augen geschlossen. Dag schwang sich auf die rostige Leiter und stieg hinunter.

Louisa atmete. Ihr Gesicht war fahl, ihre Lippen schimmerten bläulich, und um die verletzte Hand, die sie an die Hüfte gepreßt hielt, hatte sie ein Stück ihres zerfetzten Kleides gewickelt. Doch sie atmete! Mit Tränen in den Augen drückte Dag sie an sich.

»Was ist los?« fragte Vasco, dessen Stimme von den feuchten Wänden widerhallte.

»Alles in Ordnung. Ich bringe sie jetzt rauf«, erwiderte Dag und hob die besinnungslose Louisa von ihrem Lager auf.

Wie leicht sie war! Sie sah erschreckend abgemagert aus. Dag lud sie sich auf die Schultern und stieg den moosbedeckten Schacht nach oben, bis er schließlich ins Freie gelangte.

Und dort Frankie Voort gegenüberstand.

17. KAPITEL

»Na, du Arschloch!« rief Frankie Voort Dag herausfordernd zu.

Dag blinzelte. Nein, das war kein Alptraum. Er konnte Voorts sauren Atem deutlich riechen. Er senkte den Blick: Vasco, Diaz und Luiz lagen regungslos im Gras. Zuerst dachte er, sie seien nur niedergeschlagen worden, während er unten im Brunnen war, doch dann sah er ihre weit geöffneten Augen und die dunklen Flecken an ihrer Kleidung. Er wandte sich zu Voort, der gelassen seine Waffe in der Hand balancierte. Aber Voort hatte doch nicht drei Männer auf einen Schlag umbringen können! Ganz zu schweigen von Pfarrer Léger, der verschwunden war. Voort war folglich nicht allein.

»Wo ist Pfarrer Léger?«

»Um den brauchst du dir keine Sorgen zu machen«, antwortete Voort. »Sieh dir lieber an, was du hier wieder angerichtet hast! Ein wahres Massaker! Du wirst als einer der größten Serienkiller in die Geschichte der Karibik eingehen, mein Lieber! Sogar den Freund deiner eigenen Tochter hast du auf dem Gewissen! Deinen Schwiegersohn, Leroy, deinen eigenen Schwiegersohn! Du bist wirklich ein Pfundskerl!«

Vascos Haare bewegten sich im Wind, seine weißen, von einem makabren Grinsen entblößten Zähne glänzten im Mondlicht, eine Hand klammerte sich um den Griff der nutzlos gewordenen Maschinenpistole. Dann erst sah Dag Vascos zerfetzten Hals, die klaffende Wunde, über die bereits die Ameisen krabbelten.

»Und aus welchem Grund sollte ich das getan haben? Das ergibt doch keinen Sinn!«

»Doch, doch, hör mir nur gut zu: Vor zwanzig Jahren hast du eine ganze Reihe von Frauen abgemurkst. Dann bist du untergetaucht. Doch dieser Penner von Go ist dir auf die Schliche gekommen: du erschießt ihn und seine Alte, damit er definitiv das Maul hält. Du tötest auch den Jungen aus dem Delphin Klub, der von deiner Verbindung zu Anita Juarez, deiner Komplizin, wußte. Eine Komplizin, die du auf die Antillen zurückkommen läßt, um sie abzuknallen. Kannst du mir folgen? Dann entführst du Louisa und folterst sie nach Lust und Laune. Anschließend gehst du zum Pfarrhaus zurück, schaffst Francisque, der zufällig dort ist, aus dem Weg und entführst auch noch den Pfarrer. Du kommst hierher zurück, erledigst Vasco und seine Freunde, die hinter dir her sind, und bringst Louisa und den Pfarrer um, bevor du schließlich Selbstmord begehst. So sind alle glücklich und zufrieden. Und ich bekomme 100 000 Dollar Belohnung.«

»Einen feuchten Dreck wirst du bekommen!« schrie Dag, Louisa noch immer fest an sich gedrückt. »Oder glaubst du tatsächlich, daß der Kerl, der das alles ausgeheckt hat, dich am Leben lassen wird? Mein armer Frankie, wie naiv du bist!«

»Du kannst mich mal, verdammter Nigger! Übrigens: Habe ich dir schon verraten, wie du dein Leben beenden wirst? Nun, du wirst dich mit Benzin übergießen und dann ein Streichholz anzünden. Und dein Flittchen wirst du mit in den Tod nehmen. Schön, nicht wahr?« grinste Voort und hob den zu seinen Füßen stehenden Kanister hoch.

Er schüttelte ihn, und Dag konnte das Plätschern des Benzins hören. Voort kniff seine feuchten Lippen zusammen.

»Angeblich habt ihr Schwarzen ja Feuer im Blut... Das wird sich jetzt beweisen!«

Voort nahm den Kanister und schraubte mit seiner freien

Hand sorgfältig den Deckel ab. Seine Waffe hielt er nach wie vor auf Dag gerichtet. Als er den Deckel entfernt hatte, stellte er den Kanister erneut auf den Boden und zog ein Feuerzeug aus seiner Hosentasche. Dag versuchte zu überlegen. Dieser Mistkerl würde ihn und Louisa bei lebendigem Leib verbrennen. Mit einem gierigen Gesichtsausdruck ließ Voort den Daumen über das Rädchen des Feuerzeugs gleiten. Eine helle Flamme loderte auf.

Dag spannte die Muskeln und schleuderte Louisa mit aller Kraft auf Voort. Wie eine mit Sägemehl gefüllte Puppe prallte sie gegen Voorts Oberkörper. Er geriet ins Taumeln, das Feuerzeug erlosch. In diesem Moment hatte Dag sich bereits zu Boden geworfen und Voorts Knöchel umklammert. Voort kippte um, während sein Finger reflexartig auf den Abzug drückte. Die erste Kugel streifte Dags Ohr, die zweite bohrte sich in Vascos Unterleib und ließ ihn zusammenzucken, als habe er Schluckauf.

Aus den Augenwinkeln sah Dag, daß Louisa sich am Boden zusammengerollt hatte und sich mit beiden Händen den Kopf hielt, während Voort auf allen vieren herumkroch. Das Feuerzeug hatte er fallenlassen. Der Kanister war umgekippt. Voorts Kleider waren mit Benzin bespritzt. Dag warf sich auf ihn und versetzte ihm etliche Stöße mit dem Knie gegen die Kehle. Voort wurde feuerrot im Gesicht und rang verzweifelt nach Luft.

Unbändige Wut hatte Dag erfaßt. Mit einem Fußtritt schleuderte er die Pistole beiseite, zerrte Voort hoch, schleifte ihn an den Brunnenrand und warf ihn in die Tiefe. Das dumpfe Geräusch eines aufschlagenden Körpers. Ohne seinen verletzten Arm, der heftig zu bluten begonnen hatte, zu beachten, hob Dag den Kanister auf. Dann das Feuerzeug. Das Rädchen betätigen. Die Flamme anzüngeln sehen. Das Feuerzeug in den Kanister werfen und die Bombe sofort loslassen. Rasch wich Dag zurück, während ein gewaltiges *Wuuuf* durch die Nacht dröhnte und ein riesiger Feuerstrahl aus dem Brunnen schoß. Louisa hatte sich aufgerichtet und betrachtete das Schauspiel mit offenstehendem Mund. Schnell hob Dag sie hoch, brachte sie aus dem Gefahrenbereich des Brunnens. Louisa klammerte sich an Dags Hals, er spürte ihre warmen Tränen auf seiner Haut.

»Ach, Dag, Dag! Ich hatte solche Angst!«
»Es ist vorbei, er ist tot. Jetzt ist es überstanden«, sagte Dag und streichelte ihr über das Haar. Es fragte sich nur, wo die anderen waren und wo die nächste Gefahr auf sie lauerte.

Ein Funke fiel in das trockene Gras, das sogleich wie Stroh zu brennen begann. Die Flammen erhellten die Nacht. Das Feuer würde sich rasch ausbreiten. Man müßte die Feuerwehr rufen. Dag trug die völlig erschöpfte Louisa zu den Ruinen des Hofes, riß ihr das nach Benzin stinkende Kleid vom Leib und warf es weg. Das Rauschen der Wellen unterhalb von ihnen erinnerte ihn daran, daß sie immer noch ans Meer flüchten könnten, falls das Feuer ihnen gefährlich werden würde. Wenn sein Gedächtnis ihn nicht täuschte, waren sie etwa hundert Meter von Folle Anse entfernt – einem für seine Wasserröhren berühmten Strand, an dem er früher, als die Welt noch in Ordnung gewesen war, häufiger gesurft hatte.

Dag sah, wie die Flammen, einer Horde ausgehungerter Hyänen gleich, die Leichen von Luiz, Diaz und Vasco umzingelten, an ihnen leckten. Vasco... was würde Charlotte sagen... Wenn man bedenkt, daß Dag nur deshalb in diese ganze Geschichte geraten war, weil er nach Charlottes Vater suchen sollte! Welche Ironie! Er wandte sich an Louisa.

»Hast du Schmerzen?«
»Ein bißchen. Weniger als vorhin. Du sagtest, er sei tot. Wer ist tot?«
»Frankie Voort, der Kleine mit dem Schnurrbart.«
»Ach, der. Der war nicht der Schlimmste. Sie waren zu zweit. Es war der andere, der mir... der mir...«

Sie bewegte ihre Hand, ohne den Satz beenden zu können. Die Worte blieben ihr im Hals stecken.

»Beruhige dich, laß dir Zeit. Hast du den anderen, den zweiten Mann, erkannt?«

»Ich habe sein Gesicht nie gesehen, weil er stets eine weiße Mütze, eine Chirurgenmaske und Handschuhe trug, doch es war ein Weißer.«

»Ein Weißer?«

Einen Augenblick lang dachte Dag an den alten, angeblich verstorbenen Jones, der seinen Haß auf die Welt abreagierte. Aber nein, der greise Arzt hätte mit Sicherheit nicht das nötige Format, um eine solche Sache anzuzetteln. Wer dann?

Während Dag das wütende Feuer betrachtete, versuchte er, alle ihm bislang zur Verfügung stehenden Elemente zusammenzutragen. Der Mann, den er suchte, mußte etwa in seinem Alter sein. Er war weiß. Er konnte ein Schiff steuern. Er wußte genauestens darüber Bescheid, wo Dag sich wann aufhielt, und er wollte ihn bereits beseitigen, als Dag mit seinen Ermittlungen begonnen hatte... Zudem hatte er es für nötig befunden, Kommissar Go zu töten. Bei diesem Gedanken hielt Dag inne: Go hatte gewußt, wer der Frauenmörder war. Und da Go zu keinem Zeitpunkt eingegriffen hatte, um ihn hinter Schloß und Riegel zu bringen, mußte es sich um einen Freund von ihm handeln. Möglicherweise stand Go in dessen Schuld. In der Schuld eines weißen Mannes, der ihm geholfen hatte, Haiti zu verlassen und bei der Polizei auf Sainte-Marie Arbeit zu finden...

Trotz der Hitze des immer näher kommenden Feuers schauderte Dag. Der Geruch von verbranntem Fleisch wurde stärker, doch Dag nahm ihn nicht einmal wahr, so sehr entsetzten ihn die Gedanken, die ihm in diesem Moment durch den Kopf gingen. Plötzlich merkte er, daß Louisa mit ihm redete:

»Dag, das Feuer wird hierherkommen, der Wind hat sich gedreht, wir müssen weg.«

Dag überlegte. Zweifellos hielten sich irgendwo in der Nähe

ein paar Kerle versteckt, die nur darauf warteten, sie wie Kaninchen abzuknallen, sobald sie sich von der Stelle bewegen würden. Andererseits ließe eine von Kugeln durchsiebte Leiche die Selbstmordthese ziemlich unglaubwürdig erscheinen. Dag trug noch immer seine Taucherweste, sie könnten versuchen, über das Meer zu entkommen. Angesichts der gewaltigen Wellen, die sich am Strand von Folle Anse brachen, würden ihre Verfolger bestimmt zögern, sich ins Wasser zu begeben. Außerdem würde sich niemand mit dem Schiff hinauswagen. Sanft küßte Dag Louisas Lippen.

»Du hast recht, wir müssen von hier weg. Nimm das.«
Er reichte ihr Vascos Uzi. Sie protestierte:
»Aber ich kann doch gar nicht damit umgehen.«
»Du stemmst die Waffe gegen deine Hüfte, zielst einfach geradeaus und drückst ununterbrochen auf den Abzug. Das ist weitaus unkomplizierter, als außer Rand und Band geratenen Erstkläßlern Unterricht zu geben.«
Louisa lächelte schwach.
»Ich frage mich, ob du wirklich die Art von Mann bist, der mir Glück bringt. Jedesmal, wenn ich mit dir zusammen bin, muß ich um mein Leben bangen.«
»Es ist die Monotonie, die so viele Ehen zerstört. Los, gehen wir!«
Dag richtete sich halb auf. Das Feuer war jetzt ganz nah, brennende Flugasche wirbelte um ihre Köpfe, und allmählich wurde die Hitze unerträglich. Im dichten Rauch und mit gezückten Waffen liefen sie zur Rückseite des Gebäudes. Das Feuer folgte ihnen, züngelte bereits gierig an den Mauern hoch. Um an den Strand zu gelangen, brauchten sie nur über das brachliegende Zuckerrohrfeld zu laufen. Dag packte Louisa am Handgelenk, vermied es jedoch, mit ihrer verletzten Hand in Berührung zu kommen.

»Ich zähle bis drei, dann rennen wir los, im Zickzack, Richtung Meer.«

»In einer Ferienkolonie würdest du einen fabelhaften Animateur abgeben!«

»Eins, zwei...«

Sie rannten durch das hohe Gras, sie stolperten und taumelten, ihre Herzen pochten rasend schnell, doch nichts hielt sie auf. Schließlich erreichten sie den riesigen Strand, der in regelmäßigen Abständen von gewaltigen Wellen erschüttert wurde: zwei Stockwerke hohe, phosphoreszierende Gischtberge.

Louisa rang nach Luft. Ohne Dags Hilfe wäre sie zusammengebrochen. Der Mangel an Essen und Wasser und der Blutverlust hatten sie sehr geschwächt. Sie fühlte sich so müde... Sich in den Sand legen und schlafen. Schlafen, ganz tief schlafen... Doch Dag zerrte sie immer weiter. Zu ihrer Rechten waren nun Hütten zu sehen: Grand Morne Plage. Zu dieser späten Stunde war natürlich alles geschlossen, doch in einem der Schuppen wurden früher jede Menge Surfbretter gelagert.

Dag setzte Louisa an einer niedrigen Mauer ab. Sie hielt die Augen geschlossen, ihr Atem ging viel zu schnell. Dag schob ihr eine der ihm verbliebenen Tabletten zwischen die Lippen, die sie mühsam herunterschluckte.

Der Schuppen war mit einem einfachen Vorhängeschloß verriegelt. Diebstähle gab es auf der Insel selten. Als Dag mit dem Kolben seines Revolvers dagegenschlug, gab das Schloß sogleich nach. Im Schuppen waren tatsächlich Surfbretter, doch es waren viel modernere, als er in Erinnerung gehabt hatte. Er nahm ein grünes *Shortboard* und ging wieder hinaus.

»Was ist das?« fragte Louisa, die aus ihrer Benommenheit erwachte.

»Damit werden wir über die Brandung kommen. Dort drüben sind wir in Sicherheit. Wir müssen bloß bis morgen früh warten.«

Louisa runzelte die Stirn.

»Und die Nacht auf einem Surfbrett verbringen? Vielleicht ist der andere Kerl inzwischen abgehauen.«

»Das glaube ich nicht. Er hält sich bestimmt irgendwo versteckt und beobachtet uns.«

»Aber warum?«

»Ich vermute, er hat Pfarrer Léger in seiner Gewalt. Um besser mit uns verhandeln zu können.«

»Verhandeln? Worüber?«

»Über unser beider baldiges Ableben. Früher oder später wird er kommen. Und dann sind wir gezwungen, auf seine Forderungen einzugehen.«

Wie um Dags Worte zu bestätigen, blinkte am Rande des Zuckerrohrfeldes plötzlich ein Licht auf. Louisa deutete auf die Maschinenpistole und sah Dag fragend an.

»Die ideale Zielscheibe. Warum sollten wir eigentlich warten, bis er hier ist? Dieser Kerl hat mir einen Finger abgesägt! Wenn du nicht schießt, knalle ich ihn ab.«

Louisa hatte recht. Der Lichtkreis stellte eine perfekte Zielscheibe dar. Aber ihn einfach so erschießen, ohne sein Gesicht gesehen zu haben... Louisa warf Dag einen verächtlichen Blick zu, hob ihre Waffe und zielte auf das Licht. Im selben Augenblick ertönte eine schwache Stimme, die versuchte, die tosende Brandung zu übertönen:

»Dagobert! Ich bin's, Pfarrer Léger, nicht schießen!«

Rasch legte Dag einen Finger auf die trockenen Lippen der jungen Frau.

»Er steht mit seinem Gewehr hinter mir, ich kann nichts tun!« sagte der Pfarrer und kam näher.

Plötzlich glitt der Finger eines Halogenscheinwerfers den Strand entlang. Dag und Louisa kauerten sich hinter das Mäuerchen, so daß das Strahlenbündel über ihre Köpfe hinwegging. Dag gab Louisa das Zeichen, ihm zu folgen, und dann begannen beide, vorwärts zu kriechen, das Surfbrett im Schlepptau. In regelmäßigen Abständen kreiste der Scheinwerfer über den Strand – und drohte Louisa und Dag zu erfassen.

Endlich erreichten sie den schäumenden Uferstreifen. Als das salzige Wasser mit ihrer offenen Wunde in Berührung kam, hätte Louisa um ein Haar laut aufgeschrien. Dag zog seine Taucherweste aus, streifte sie der jungen Frau über und schnallte die Riemen fest. Er selbst verspürte keine Schmerzen und keine Müdigkeit mehr. Er befand sich in einem Zustand der völligen Klarheit und Konzentration. Jetzt ein Schritt nach dem anderen. Die Brandung überwinden. Die beste Welle abwarten. Eine Wasserröhre nutzen, um im Bauch der Welle ungesehen am Strand entlangzugleiten, und hinter dem Scheinwerfer erneut festen Boden unter die Füße bekommen. Sich hinter den Mörder stellen. Ihn zwingen, sich umzudrehen und sein widerliches Gesicht zu zeigen. Und den Kerl erschießen, wie man einen tollwütigen Hund erschießt.

Dag bat Louisa, sich flach auf das Surfbrett zu legen, und legte sich über sie. Die Maschinenpistole hing über seiner Schulter, während das Magazin in einer der wasserdichten Taschen der Weste steckte.

»Wir werden auf das offene Meer hinaus paddeln. Wenn die Welle auf uns zukommt, tauchen wir mit dem Brett unter und gleiten unter der Welle hindurch. Das nennt man ›eine Ente‹. Wenn ich dir auf die Schulter klopfe, hältst du die Luft an.«

»Eine Ente ... klasse! Das ist ja noch besser als der Zyklon.«

Dag begann, kräftig mit den Armen zu rudern, und Louisa half ihm, so gut sie konnte. Sie starrte in die Nacht hinaus, konnte außer schäumenden Wasserbergen jedoch nichts erkennen. Dann dieses ungeheuerliche Geräusch, genau vor ihnen. Plötzlich war kein Himmel mehr da. Nur noch diese dunkle Masse mit der weißen Krone, die ihr so gewaltig wie eine Felsklippe vorkam. Dag klopfte ihr auf die Schulter, und sie merkte, wie das Surfbrett mit der Spitze voran ins Wasser eindrang, während Dag beide Beine nach oben schleuderte, um das Abtauchen zu beschleunigen. Sie waren nun unter der Wasseroberfläche, völlige Dunkelheit um sie herum. Louisa hatte den Eindruck, über ihnen würde ein gewaltiger Sog entstehen, und fragte sich, ob sie in der Lage sein würde, den Atem noch eine einzige Sekunde länger anzuhalten. Im selben Augenblick drückte Dag jäh auf den hinteren Teil des Brettes, das unverzüglich emporschnellte. Hinter der Welle tauchten sie aus dem Wasser auf und schnappten gierig nach Luft. Dag hatte die Intervalle zwischen den einzelnen Wellen gezählt, es blieben ihnen nur wenige Sekunden Zeit. Er drückte Louisa die Lippen ans Ohr, damit sie ihn hören konnte:

»Erinnerst du dich? In der Zuckerfabrik? Als ich dir sagte, daß du dich auf mich verlassen kannst?«

»O ja, allerdings erinnere ich mich. Das war der Beginn einer langen Serie von Katastrophen«, erwiderte Louisa, die wünschte, dieser Alptraum würde endlich ein Ende nehmen.

»Das letzte Mal haben wir uns aneinandergefesselt. Das werden wir jetzt wieder tun.«

»Das ist wohl eine Manie von dir?«

»Louisa... Hör bitte auf... Dies ist wirklich nicht der richtige Moment für solche Diskussionen.«

»Okay, bringen wir's hinter uns!«

Dag streichelte ihre Wange, doch sie wandte den Kopf ab. Er löste die Bauchriemen der Weste, glitt hinein, drückte seinen Rücken an Louisas Bauch und zerrte die Riemen wieder fest zu. Er prüfte, ob die kurze Leine, die ihn mit dem Surfbrett verband, richtig an seinem Knöchel befestigt war. Jetzt oder nie. Sie richteten sich auf, Louisa stand hinter ihm, mit ihrem unversehrten Arm umklammerte sie seine Taille. Adrenalinschub im Bauch, maximale Anspannung der Muskeln. Das gierige Grollen. Die helle Lippe des Mundes, der sie verschlingen würde. Dag bezähmte seine Angst, indem er tief ausatmete. Er spürte, wie die Welle unter seinen Füßen anschwoll, ihn wie einen Strohhalm hochhob, zum Himmel emportrieb. Tief einatmen, sich nach vorne werfen. Eintauchen unter die riesige Lippe, mit dem hinteren Fuß bremsen, dem Antlitz der Welle entgegensehen, sich vornüberbeugen, um das Tempo zu beschleunigen, und beten, nicht unter der mehrere Tonnen schweren Welle begraben zu werden.

Als sie jäh untertauchten, glaubte Louisa, das Herz würde sich aus ihrer Brust lösen. Es war wie in einem Tunnel, einem dunklen, flüssigen Tunnel, der sie unerbittlich in sich saugte. Das Krachen der Welle, die sich am Sand brach, das Brodeln der Gischt. Sie zog den Kopf zwischen die Schultern, krallte sich mit den Nägeln an Dags Brust und biß sich auf die Lippen, um nicht zu schreien. Schreien, schreien, während die Sekunden im Bauch des schäumenden Monsters kein Ende zu nehmen schienen. Mit einem Mal verringerte sich ihre Geschwindigkeit, und Louisa spürte, daß Dags Muskeln sich entspannten. Sie öffnete die Augen. Das Brett glitt träge über das ruhige Wasser dahin, ungefähr dreißig Meter von dem Lichtkegel entfernt, der noch immer über den Strand streifte. Von fern hörte Louisa das Heulen einer Feuerwehrsirene. Feuerwehrmänner. Das Feuer. Leute. Die Stadt. Ein normales Leben. Ihre Mutter. Ihre Mutter, die außer sich sein mußte vor Sorge.

Dag legte sich flach hin, und Louisa blieb nichts anderes übrig, als das gleiche zu tun. Gemächlich paddelte er mit den Armen um eine Boje, welche die Badezone abgrenzte, befreite sich aus der Weste und nahm die trockene Munition aus der wasserdichten Tasche. Dann löste er die Leine von seinem Knöchel und befestigte das Surfbrett an der Boje.

»Warte hier auf mich. Rühr dich unter keinen Umständen von der Stelle. Die Polizei wird dich von hier wegholen.«

»Wenn du dann tot bist, oder was?«

»Nein, keine Sorge, damit habe ich keine Eile! Ist dir überhaupt bewußt, daß wir noch nicht einmal miteinander geschlafen haben? Und du glaubst, ich lasse es zu, daß jemand mich umbringt, bevor ich deine Reize kennengelernt habe!«

Er legte seine Hand in ihren Nacken und küßte sie ungestüm. Dann riß Dag sich los und sprang ins Wasser. Als er das Ufer

erreicht hatte, lud er mit einer abrupten Geste seine Waffe. Da waren sie, mit dem Rücken zu ihm. Zwei Männer. Ein großer und ein kleiner. Der kleinere der beiden war Pfarrer Léger. Er hielt den Scheinwerfer in der Hand. Der größere... Dag richtete seine Waffe auf den breiten Rücken und murmelte:
»Hallo, Lester.«
Der Mann zuckte zusammen, während seine Hand nach der Beretta griff, die er an seinem Bein befestigt hatte. Er drehte den Kopf ein wenig zur Seite, und Dag konnte sehen, daß er lächelte.
»Hallo, Dag. Welche Freude, dich gesund wiederzusehen.«
»Deine Fürsorge rührt mich. Ich hoffe, Go, Paquirri und alle anderen haben sie gleichermaßen zu schätzen gewußt.«
»Unbedeutende Mitspieler. Nicht nötig, ihr Schicksal zu beweinen.«
»Und was ist mit Louisa? Und den anderen Frauen? Mit Lorraine Dumas? Ebenfalls unbedeutende Mitspielerinnen? Welches Spiel wird hier eigentlich gespielt, Lester? Kannst du mir das erklären?«
»Du würdest es sowieso nicht verstehen – mit deiner Weltsicht, die einteilt in Gut und Böse. Die Moral ist ein Panzer, Dag, ein schweres Joch, dem sich nur Idioten unterwerfen. Die Welt hingegen ist in ständiger Weiterentwicklung, und du bist ein Dinosaurier geblieben. Und wie alle Dinosaurier mußt auch du verschwinden.«
»Ich verstehe... der Übermensch und dieser ganze Quatsch... Nicht ich, du bist aus der Mode gekommen, Lester!«
»Davon spreche ich doch gar nicht. Ich spreche von Bewußtseinsstufen. Die Veränderung von Bewußtseinszuständen unter der Wirkung des Schmerzes – das ist es, was mich interessiert. Was ist Ekstase, wenn nicht die Überwindung jeglichen Schmerzes, der Verlust des Ich? Wo liegt die Grenze, die köstliche Grenze? Auf dem Kamm der Welle reiten, das müßtest du doch begreifen, oder?«

»Dagobert«, unterbrach ihn Pfarrer Léger, »könnten wir nicht...«

»Halt den Mund!« schrie Lester und fuhr sich mit den Fingern durch sein dichtes rotes Haar.

Dag betrachtete den breiten Rücken des Mannes, der einmal sein Freund gewesen war. Die Hände, die mit Lust getötet hatten. Er schüttelte den Kopf.

»Lester, der Marquis de Sade hat sich die gleichen Fragen gestellt, ohne die Menschheit terrorisiert zu haben. Was ist bloß los mit dir, verfluchte Scheiße!«

»Immer noch so empfindsam, der gute Dag. Weshalb glaubst du, sind Go und ich Freunde geworden? Weißt du, womit er auf Haiti beschäftigt war? Er war der Handlanger von Duvalier. So lernten wir uns kennen. Ich arbeitete damals für den CIA, bis ich eines Tages entlassen wurde, wegen ›pathologischer Perversität‹. Diese Idioten! Ich hatte einen Gefängniswärter geschmiert, um bei Hinrichtungen anwesend sein zu dürfen. Ich mochte es, Menschen sterben zu sehen. Es ist so aufregend, in dem Moment fühlst du dich so lebendig. Später bekam ich Lust, auf eigene Faust verschiedene Experimente durchzuführen. Lernte, wie man jemanden so langsam wie möglich umbringt. Einen Menschen in einen Gegenstand verwandeln, in ein Stück Fleisch, das man nach Belieben formen kann, das ist... das ist einfach unbeschreiblich...«

Ungläubig starrte Dag ihn an.

»Hast du wirklich kein Mitleid? Keine Gefühle?«

»Wenn du mit Gefühl ›Liebe‹ meinst, muß ich deine Frage verneinen. Liebe habe ich nie empfunden. Ich wünschte mir, ich wäre dazu in der Lage, Dag. Du kannst dir nicht vorstellen, wie sehr ich mir das... Jedesmal dachte ich, diesmal müßte ich Mitleid haben, doch ich verspürte nichts als Freude. Aber völlig gefühlskalt bin ich nicht«, fuhr Lester lebhaft fort. »Dich zum Beispiel mag ich. Das heißt, du weckst keine zerstörerischen Gefühle in mir. Doch was das Töten betrifft... Das brauche ich einfach. Das ist eine einzigartige, transzendentale Erfahrung. Die absolute Macht. Kein anderer Genuß ist damit zu vergleichen.«

»Und warum hast du all die Jahre über nicht mehr getötet?«

»Wegen des Berichts von Rodriguez und Darras' feinem Gespür wäre es um ein Haar zur Katastrophe gekommen. Daher zogen wir es vor, unsere Vereinigung aufzulösen.«

»Eure Vereinigung?«

»Dagobert! Sehen Sie denn nicht, daß er nur Zeit gewinnen will!«

Lester achtete nicht auf den Pfarrer, sondern fuhr mit ruhiger Stimme fort:

»Longuet, Go und ich. Der Schutzschild, der Treiber und der Initiator – eine gute Mannschaft.«

»Longuet? Der Arzt?«

»Genau der. Er ist tot. Er hat heute abend Selbstmord begangen, ich hab's im Radio gehört. Er hatte nicht den Mut, auf meinen Besuch zu warten. Noch eine Leiche für den kleinen Dubois. Wo war ich stehengeblieben? Ach ja, wir haben unsere Vereinigung also aufgelöst, wie der Befehlshaber es wünschte...«

»Der Befehlshaber?«

»Sag jetzt nicht, du hättest es nicht begriffen! Du hast doch alle Puzzleteile in der Hand, Dag!«

Als Dag antworten wollte, schrie Pfarrer Léger plötzlich:

»Vorsicht!«

Instinktiv wollte Dag den Kopf drehen, doch im selben Moment nahm er Lesters Bewegung wahr, und noch bevor er bewußt eine Entscheidung treffen konnte, drückte er auf den Abzug. Lester hatte sich ihm zugewandt, stand ihm lächelnd gegenüber und hielt seine Beretta auf ihn gerichtet. Sein Körper zuckte mehrmals zusammen, als der Kugelhagel über ihn hereinbrach. Er ließ seine Waffe los, beugte die Knie wie ein Sumokämpfer, strauchelte und kippte mit ausgebreiteten Armen nach hinten. Dag war sicher, daß er lachte, als sein Kopf auf den Boden prallte, daß er lachte, als er das Blut aus seinen Adern spritzen sah, daß er lachte, als sein Blickfeld sich verengte und der letzte Stern an seinem letzten Abend immer winziger wurde und schließlich erlosch.

»Er ist tot«, sagte Pfarrer Léger, als Lester sich nicht mehr bewegte.

»Er wollte mich töten, er...«

»Sie brauchen sich nicht zu verteidigen. Er wollte sterben, Sie haben ihm bloß dabei geholfen. Es ist meine Schuld, ich dachte, hinter Ihnen hätte sich etwas bewegt.«

Dag sah sich nach Louisa um. Das Surfbrett schaukelte sanft auf dem Wasser. Er legte die Maschinenpistole nieder und rannte los.

Louisa war ohnmächtig geworden. Sie lag auf dem Rücken, mit herabhängenden Armen und weit geöffnetem Mund. Dag zog das Brett an den Strand und hob Louisa vorsichtig hoch. Die Flammen des Feuers waren erloschen. Ein konfuses Gewirr aus Geräuschen von Lastwagenmotoren, Wasserpumpen und verschiedenen Stimmen drang quer über das Feld zu ihnen herüber. Dag wandte sich wieder an Pfarrer Léger, der den Scheinwerfer auf ihn gerichtet hielt.

»Schalten Sie dieses Ding doch endlich aus!«

Dag hörte zu seiner Linken einen unterdrückten Schrei, dann Schritte. Männer in Uniform näherten sich ihnen.

»Hilfe!« schrie Pfarrer Léger. »Hier sind wir!«

Kaum hatte er seinen Satz beendet, zerriß das Rattern einer Maschinenpistole die Stille der Nacht. Dag warf sich auf den Boden. Diese Dreckskerle hatten sie nicht einmal aufgefordert, sich zu ergeben. Louisas Körper rollte über den feuchten Sand, und Dag entfernte sich so weit wie möglich von ihr. Schließlich war er die Zielscheibe. Er stieß gegen etwas Hartes. Ein Bein. In einer grauen Hose. Pfarrer Léger. Er schaute zum Pfarrer hoch, dessen Gesicht im Schatten lag.

»Mein Gott! Sagen Sie denen, daß ich nichts mit der ganzen Sache zu tun habe, sonst knallen sie mich ab wie einen Hund.«

»Ich glaube nicht, daß der Herr Ihr Gebet erhören wird, Dagobert«, erwiderte der Pfarrer.

»Was wollen Sie damit sa...«

Der kalte Lauf der Beretta an seiner Stirn brachte ihn zum Schweigen. Eine Sekunde lang, die tausend Jahre zu währen schien, glaubte Dag in ein bodenloses Loch zu fallen. Dann prallte er heftig auf – er hatte begriffen.

»Sie!«

»Der Befehlshaber, zu Ihren Diensten, mein Lieber. Ihr direkter Passierschein zum Paradies, wo Sie Zeit genug haben werden, die Gnade Gottes in Gesellschaft aller mit Ihnen verwandten guten Seelen in vollen Zügen auszukosten.«

»Aber...«

»Sie verlangen eine Erklärung? Gut, ich werde Ihnen eine Erklärung geben. Alle Frauen, die Lester getötet hat, waren Huren. Und sie wurden für ihre Sünden bestraft. Das müßte einen Moralapostel wie Sie doch zufriedenstellen.«

»Unsinn. Sagen Sie mir die Wahrheit.«

»Sie würden sie nicht begreifen.«

Dag spürte, wie Schweißperlen ihm zwischen die Augen traten. Die Polizisten kamen näher. Wenn sie ganz nah wären, würde der Pfarrer abdrücken. In Notwehr. Ende der Geschichte. Was blieb? Ihn zum Sprechen zu bringen. Weiterreden.

»Sie haben mich von Anfang an belogen.«

»Was hätte ich Ihnen erzählen sollen? Daß Sie in ein Psychopathennest getreten sind? Daß ich ein wollüstiger Mensch und zudem ein Sadist und Mörder bin? Im Ernst. Ich habe versucht, Ihnen zu helfen, so gut ich konnte, das müssen Sie zugeben, und ich habe Ihre Bemühungen ehrlich zu schätzen gewußt. Sie sind ein erstklassiger Gegner. Doch nun muß endlich Schluß damit sein.«

»Sie sind derjenige, der die Akte Jennifer Johnson gestohlen hat?«

»Natürlich. Diese Papiere durften unter keinen Umständen in Ihrem Besitz bleiben. Ich habe ein wenig zu fest mit dem Hammer zugeschlagen, das stimmt.«

»Und Sie waren derjenige, der versucht hat, Louisa in der Zuckerfabrik umzubringen.«

»Nein, das war Lester. Er sollte sich um Louisa kümmern und hat, nebenbei gesagt, die Sache ganz schön vermasselt.«

»Und was ist mit Francisque?«

»Ein armer Idiot. Eine unbedeutende Nebenrolle in unserem Drehbuch. Das Faktotum vom Dienst. Lester hatte ihn damit beauftragt, mich zu entführen, damit Sie einschreiten sollten, und ich hatte Paquirri gebeten, ins Pfarrhaus zu kommen. Alles lief wie am Schnürchen. Francisque hat geplaudert. Sie kamen hierher, beseitigten Voort... Ein perfekter Plan.«

»Nicht ganz...«, mischte sich eine nervöse Stimme ein.

»Louisa! Meine liebe Louisa!« erwiderte Pfarrer Léger.

Louisa kniete im nassen Sand, Vascos Waffe gegen ihre Hüfte gestemmt, und starrte den Pfarrer an.

»Aber, aber, Sie werden doch nicht auf einen alten Mann schießen, der im Sterben auf den Abzug dieses Revolvers drücken und den guten Dagobert auf diese Weise ins Jenseits befördern wird! Denken Sie darüber nach!«

Keine Antwort. Schrille Pfiffe. Schreie. Louisas Finger bog sich um den Abzug. Sie spürte, wie die Waffe in ihrer Hand zitterte. Sie wünschte sich, genügend Zeit zum Nachdenken zu haben. Doch sie hatte keine. Jetzt oder nie. Der Pfarrer würde sie beide mit derselben trägen, hochnäsigen Miene abknallen, die er beim Lesen der Messe aufzusetzen pflegte. Das Keuchen der Polizisten, eilige Schritte. Dubois' Stimme:

»Ist alles in Ordnung, Herr Pfarrer?«

»Alles in bester Ordnung«, murmelte Louisa mit müder Stimme.

Pfarrer Léger runzelte die Stirn. Der Feuerstoß dauerte nicht lange. Als Louisa zu sprechen begonnen hatte, war Dag seitlich weggerollt. Aus den Augenwinkeln sah er, wie die Schädeldecke des Pfarrers sich öffnete und sich inmitten einer Fontäne aus Blut vom Rest seines Gesichts löste. Ein brennender Schmerz am Bein: die Kugel aus der Beretta hatte seinen Kopf zwar verfehlt, sich aber in seinen Oberschenkel gebohrt.

Vergeblich versuchte Pfarrer Léger, ein zweites Mal abzudrücken. Er sank auf die Knie und starrte Dag mit weit aufgerissenen Augen an. Blut floß aus seiner Nase, seinen Ohren, seinem Mund. Er hob die Hand und deutete eine Bewegung an: ein Kreuzzeichen. Dann brach er zusammen und fiel zu Boden. In diesem Moment spürte Dag, wie er hochgehoben und geschüttelt wurde, und Dubois schrie: »Warten Sie!«, und Louisa schrie: »Warten Sie, er hat nichts getan!«, und das Meer grollte und schien sich nicht im geringsten um dieses armselige Schauspiel zu kümmern.

18. KAPITEL

Dag betrachtete die sich an der Decke drehenden Flügel des Ventilators. Auf dem Krankenhausflur waren Schritte zu hören. Louisa war soeben auf ihr Zimmer zurückgegangen. Demnächst würde die Krankenschwester kommen, um Dags Verband zu wechseln. Ob sich Charlotte gütigerweise in ein Flugzeug gesetzt hatte, um ihrem Vater einen Besuch abzustatten? Dubois hatte ihr über Telefon mitgeteilt, daß Vasco tot und Dag verletzt war, was sie jedoch nicht sonderlich zu berühren schien. Sie hatte sich damit begnügt, mit einem schlichten »Danke für Ihren Anruf« zu antworten. Dag würde sich im Institut für Genetik-Forschung erkundigen, ob die weiblichen Nachkommen der neuen Generation anstelle eines Herzens mit einem Eispickel in der Brust geboren werden. Vor der Tür seines Zimmers hielten die Schritte inne. Dag richtete sich in seinem Bett auf.

Es war weder die Krankenschwester noch Charlotte, sondern Camille Dubois, der es offensichtlich eilig hatte und ein dickes, gepolstertes Kuvert in der Hand hielt.

»Für Sie.«

Der Umschlag war geöffnet, und Dag schüttete den Inhalt auf das weiße Laken. Himmelblaue Klopapierblätter, die mit einer feinen, engen Schrift beschrieben waren. Ratlos strich Dag mit dem Finger darüber.

»Wir haben sie bei der Autopsie von Pfarrer Léger gefunden«,

erklärte Camille, der unruhig von einem Bein auf das andere trat. »Sie lagen zusammengerollt in einem Plastikröhrchen, das er sich in den... nun... äh... in den After gesteckt hatte.«
»Wie bitte?«
»Ein Plastikröhrchen. In seinem After. Offensichtlich sind die Blätter für Sie bestimmt. Ich muß jetzt gehen. Es gibt im Moment viel zu tun«, entschuldigte sich Dubois mit einem knappen Lächeln.
Und weg war er. Mit einem gewissen Ekelgefühl betrachtete Dag die vor ihm liegenden Zettel. Klopapier. Im After einer Leiche. Obwohl die Zettel von dem Plastikröhrchen geschützt worden waren, berührte Dag sie mit der irrationalen Angst, er könnte noch die Wärme des Mannes spüren, der sie in seinen Eingeweiden mit sich herumgetragen hatte. Natürlich spürte er nichts.
Es gab weder eine Überschrift noch eine Kapiteleinteilung, sondern nur diese hastig hingekritzelten Zeilen, die sich mal nach rechts, mal nach links neigten, als hätte eine unsichtbare Hand den Schreiber hin und her gezerrt.

Lieber Dagobert,
da ich ein Scheißleben geführt habe, halte ich es für angebracht, dessen große Linien auf Klopapier festzuhalten. Fassen Sie das unter keinen Umständen als persönliche Beleidigung auf.
Ich bin froh, Sie kennengelernt zu haben. Ihr Erscheinen hat meinem ziemlich monoton gewordenen Alltag etwas Würze verliehen, und es hat mich sehr gefreut, diese Ermittlungen in meiner eigenen Sache in Ihrer Gesellschaft durchführen zu können.
Da ich weiß, daß Sie immer alles bis ins letzte Detail wissen möchten, nehme ich an, daß Sie sich eine Reihe von Fragen stellen. Ich werde versuchen, sie Ihnen zu beantworten.

Lao-tse sagt, daß das Volle die Leere enthält und die Leere das Volle. Die Liebe enthält den Haß, und der Haß enthält die Liebe. Doch was enthält mein Herz? Nichts. Die vereiste Leere der Liebe. Die Liebe schaudert mich. Die Liebe läßt mich erglühen. Die Liebe ist ein anstößiges und für mich unerreichbares Gefühl. Ich will die Liebe in Haß verwandeln, ich will die Wut desjenigen spüren, der sich beschmutzt fühlt.
Ich bin beschmutzt. Lester glaubt, ich sei genauso pervers wie Go. Er glaubt, es würde mir Spaß bereiten, anderen Menschen Schmerzen zuzufügen. Aber das ist falsch. Im Gegensatz zu ihnen macht das Töten mir nicht wirklich Freude, und wenn ich mit all diesen vergangenen und gegenwärtigen Verbrechen zu tun habe, so nur, weil aus zufälligen Handlungen irgendwann notwendige Handlungen geworden sind.
Ich wollte mich stets von allen körperlichen Zwängen befreien, mich von meinem obszönen, lästigen Körper loslösen. Kasteiung. In Zeiten, in denen das Materielle regiert, hat dieses Wort keine große Bedeutung mehr. Doch als ich ein Kind war, bedeutete es Opfer, Keuschheit, Demut, Gehorsam ... Ich habe die Bücher der heiligen Theresia von Lisieux mit Begeisterung verschlungen, und genau wie sie strebte ich nach der spirituellen Ekstase durch die Verneinung des Fleisches.
Mit achtzehn Jahren, als ich im Priesterseminar war, beschloß ich, den Teil meines Körpers zu beseitigen, der mich auf unerbittliche Weise ans Reich der Sinne fesselte. Mit einer ordentlich geschärften und sterilisierten Rasierklinge kastrierte ich mich nach allen Regeln der Kunst. Ich kann sehen, wie Ihre Augen sich vor Entsetzen weiten und Sie sich instinktiv mit der Hand zwischen die Beine fassen.

Dag hielt in seiner Bewegung inne. Wie hatte dieser Dreckskerl seine Geste erahnen können?

An Schmerzen war ich gewöhnt. Wenn Sie diese Zeilen lesen, wird meine Seele endlich zu Gott zurückgekehrt sein. Sie werden all meine Narben sehen, wenn ich nackt auf dem Seziertisch vor Ihnen liege, und Sie werden sich angeekelt abwenden!
Wenn ich mich als Kind schlecht benahm, bestrafte ich mich mit einem Messer. Ich stellte mich vor den Spiegel und schnitt mir rücksichtslos ins Fleisch. Ganze Hautstücke zog ich mir vom Leib und bewahrte sie in einem zu diesem Zweck bestimmten Glasbehälter auf. Meiner Mutter gefiel es, daß ich mich selbst bestrafte. Sie hoffte, die nachwachsende Haut würde weiß sein, wie die der Heiligen auf den frommen Bildern. Sie beglückwünschte mich zu meinem guten Willen. Manchmal half sie mir mit Ätzlaugen oder kochend heißen Bädern. Wir wünschten uns, daß ich eines Tages heiliggesprochen würde. Meine Mutter war eine sehr fromme Frau. Heute, glaube ich, würde man sie als manisch-zwangsneurotisch und sadistisch bezeichnen. Doch es ist zu spät, ihr das Sorgerecht für mich zu entziehen. Sie starb, als ich sechzehn war. Ich schlief tagelang neben ihrer Leiche. Ich wollte nicht, daß man sie wegbringt. Schließlich holte man sie trotzdem, und mich steckte man in ein Kloster, wo ich mein Studium beendete. Dann trat ich ins Priesterseminar ein.
In Wirklichkeit war meine Mutter, diese fromme und hartherzige Frau aus guter Familie, eine verabscheuungswürdige Hure. Eine Nymphomanin mit den Allüren einer Äbtissin, wie sie in jedem mittelmäßigen Pornoroman vorkommt. Mein Vater war irgendein namenloses Gesicht aus der Schar ihrer zufälligen Liebhaber. Das erfuhr ich aller-

dings erst später von einem anderen Seminaristen, der sich einen Spaß daraus machte, mir das alles zu erzählen. In dem Moment begriff ich, warum es meiner Mutter stets solche Freude bereitet hatte, mich zu waschen. Mit Reinigung hatte das nichts zu tun.
Widere ich Sie an? Glauben Sie, ich hätte mir das alles nur ausgedacht? Glauben Sie, daß ich mich rechtfertigen möchte? Nein, ich bin ehrlich, Dagobert, und ich sage Ihnen die Wahrheit. Meine Mutter war nichts anderes als eine dreckige Schlampe, doch ich liebte sie über alles. Ich versuchte, sie durch Gott zu ersetzen, aber Gott ist nie zu mir gekommen, um mir beizustehen. Gott hat mich nie an sich gedrückt. Gott erlegte mir eine schwere Prüfung nach der anderen auf, nur um mir zu beweisen, daß ich ein Scheißkerl bin.
Als ich mir mit der Rasierklinge das Glied abgeschnitten hatte, wußte ich, daß ich endlich frei war. Kurze Zeit später wurde ich zum Priester geweiht, und zwanzig Jahre lang übte ich mein Amt gewissenhaft aus. Doch im Beichtstuhl wurde mir nach und nach bewußt, daß die häufigen Berichte über Brutalität und sexuelle Gewalt mich nicht kalt ließen. Während ich mir diese fürchterlichen Geständnisse anhörte, fühlte ich mich mit einem Mal sehr lebendig. Zu jener Zeit war es, daß ich Zuneigung zu der jungen Frau aus meiner Pfarrgemeinde verspürte, von der ich Ihnen neulich erzählt habe.

Ach ja, die Frau, die von ihrem Mann geschlagen wurde... Sie hatte keine Ahnung, was ihr erspart geblieben war!

Eines Tages erzählte Longuet mir von einem Klub in Port of Spain, den er besuchte, um sich dort mit... sagen wir... speziellen Partnern zu treffen. Ein Sado-Maso-Leder-Klub, wie sie in den siebziger und achtziger Jahren in Mode wa-

ren. Longuets Schilderungen hatten meine Aufmerksamkeit erregt. Als er eines Tages auf Europareise war, gab ich vor, meine Familie besuchen zu wollen, und ging inkognito hin.

Mehrere Abende hintereinander war ich dort, als einfacher Zuschauer, um ein oder zwei Gläser Rum zu trinken und mich davon zu überzeugen, daß ich in dieser Gesellschaft nichts verloren hatte. Die Gäste waren sowohl Frauen als auch Männer, und allmählich wurde mir klar, daß Frauen mich überhaupt nicht interessierten. Im Grunde genommen bestand das einzige Verlangen, das ich ihnen gegenüber empfand, darin, ein schneidend scharfes Glied zu besitzen und so lange in sie einzudringen, bis sie tot wären.

Diese und viele ähnliche Phantasien, in denen ich jedoch häufig auch die Rolle des Opfers spielte, beschäftigten mich in meinen einsamen Nächten. Und eines Abends – ich kann mich noch gut daran erinnern, es roch wunderbar nach Jasmin – tauchte Lester auf. Er kam gerade von Haiti zurück. Ein schöner Mann. Groß und schön. Ein keltischer Barbar aus dunkler Vorzeit. Kräftig. Und ohne jede Moral. Genau der Mann, der ich sein wollte. Ich verkroch mich in meine Ecke, doch er kam auf mich zu und sagte: »Erhebe dich.« Das war alles. Nur diese beiden Wörter. »Erhebe dich.« Als sei ich Lazarus. Ich erhob mich, folgte ihm und wurde neu geboren.

So ein Quatsch! »Erhebe dich«, dieses törichte Geschwätz, während jene Frauen tatsächlich umgebracht worden waren! Beruhige dich, Dag! Trink einen Schluck Wasser. Weiterlesen. Er wollte schließlich wissen, was passiert war. Jetzt wurde er bedient.

Er nahm mich mit ans Ende der Nacht, in jenes no man's land, *wo menschliche Existenz sich nur mehr in Schreien äußert. Ich hatte den Henker gefunden, der mich in den Himmel befördern konnte. Doch wie ein Vampir seine Geliebten nicht völlig ausbluten lassen kann, so konnte auch Lester mit mir nicht seine sämtlichen Phantasmen ausleben, andernfalls wäre ich tatsächlich gestorben.*
Ich nehme an, Ihr liebenswürdiges kleines Herz blutet bei dem Gedanken, daß Ihr großer Freund Lester in Wahrheit das ist, was man wohl oder übel als Monster bezeichnen muß. Doch infolge einer angeborenen Mißbildung des Rückenmarks leidet Lester an einer sehr seltenen Krankheit, die ihn weder Wärme noch Kälte noch Schmerz empfinden läßt. Machen Sie kein so ungläubiges Gesicht, versuchen Sie lieber zu verstehen. Da gewisse Phänomene nur selten vorkommen, glaubt man nicht, daß man ihnen jemals in seiner eigenen Umgebung begegnen könnte. Doch auch das dreiköpfige Ungeheuer oder das Kind mit dem Wasserkopf muß schließlich einen Vater, Vettern, Nachbarn haben.

Flüchtige Momentaufnahmen von Lester. Er betritt die kleine Küche neben dem Büro. Stößt die Kanne mit dem kochend heißen Wasser um, das sich auf seine nackten Füße ergießt, während er weiterspricht, als sei nichts geschehen. Dag: »Lester! Deine Füße!« – »Verflucht, stimmt, Scheiße tut das weh!« Lester, der bei einer Schlägerei verletzt wird und mit aufgeschlitztem Bauch in aller Ruhe weiterdiskutiert, während er auf den Krankenwagen wartet und eine Hand auf die klaffende Wunde preßt. Dag: wie mutig dieser Kerl ist! Ein hartgesottener Bursche, ein richtiger Mann. Der Große Lester. Lester, der Große Lügner. Der Große Freund. Der Große Verräter, der karibische Janus, der sich über den naiven Dagobert immer nur lustig gemacht hat.

Ich empfand keine Liebe, und Lester empfand keinen Schmerz. Wir ergänzten uns perfekt. Ich hätte mich mit seiner Freundschaft begnügt, doch er hatte sehr spezielle Bedürfnisse, die noch darauf warteten, befriedigt zu werden. Außerdem, ich weiß nicht warum, versteifte er sich darauf, sich für Frauen zu interessieren.
Und dann beschloß ich, ihm Frauen als Objekte für seine Erforschung des Schmerzes anzubieten.
Dank Lester und seiner Freunde vom Geheimdienst war es Francis Go gelungen, die Staatsangehörigkeit zu wechseln und auf Sainte-Marie Arbeit zu finden. Als wir erfuhren, daß er sich beruflich in die Karibik begeben würde, packten wir die Gelegenheit beim Schopf.
Damals war ich ein begeisterter Unterwassersportler. Ja, in diesem Punkt habe ich Ihnen nicht die ganze Wahrheit gesagt... Eigentlich war mein Können auf diesem Gebiet mehr als beachtlich. Es ist eine Welt, in der ich mich in Sicherheit fühle, in der ich mich von dieser flüssigen Masse beschützt fühle. Ich mochte es, mich in diesem geschmeidigen und endlosen Universum zu bewegen, in dem mein Taucheranzug mir die Elastizität eines Haifischs verlieh.
Doch kommen wir zu den Opfern zurück. Ich wählte sie unter jenen Frauen aus, denen ich in den Taucherklubs begegnete, und zwar aufgrund ihres hübschen Aussehens und ihrer Bereitschaft zu sexuellen Ausschweifungen. Einsame, unglückliche Frauen zwischen dreißig und vierzig Jahren, die unschuldig aussahen, im Innern jedoch zutiefst verrucht und verdorben waren... (Ja, ich weiß, an wen sie mich erinnerten. Und ich weiß ebenfalls, daß ich mich nicht irrte, wenn ich sage, daß sie wie meine Mutter waren.)
Ihnen ist aufgefallen, wie wenig wählerisch ich war, wenn es um ihre Hautfarbe ging. Nun, mich interessierte es, die

verschiedenen Verhaltensweisen gegenüber den »Prüfungen«, die Lester sich ausgedacht hatte, miteinander zu vergleichen, und auch Lester selbst war neugierig auf die unterschiedlichen Reaktionen. Doch, um ehrlich zu sein, es gab gar keine Unterschiede. Die Frauen schrien und starben alle auf die gleiche Art und Weise, unabhängig von ihrer Hautfarbe.
Ich gab die Namen der Frauen an Go weiter, der die Aufgabe hatte, sich über ihren Zivilstand, ihre Adresse und die Zugangsmöglichkeiten zu ihrer Wohnung zu informieren. Dann riefen wir Lester an. Go vergewaltigte die Frauen, und Lester führte sie in die überirdischen Sphären extremer Gefühle. Nach dem Ende dieser Vergnügungen ging es nur noch darum, die Verbrechen als Selbstmorde zu tarnen. Hier muß ich eine Klammer öffnen, denn soeben ist mir bei meiner Schilderung eine kleine Ungenauigkeit unterlaufen. Lorraine war keine Unterwassersportlerin. Ich hatte sie anläßlich meiner Besuche bei bedürftigen Familien kennengelernt. Sie trank, war unglücklich und hatte einen geschmeidigen Körper, der geradezu einlud zu unseren Spielen. (Ist es nicht faszinierend, daß dieser Waschlappen namens Loiseau mich bis in die Seele durchschaut hatte? Denn ich bin fest überzeugt, daß er in seinem Brief an Madame Martinet mich meinte; Lester hatte Lorraine vor der Nacht ihres Todes nie gesehen. Loiseau ahnte, daß ich das Instrument ihres Hinscheidens war. Aber wie war das möglich? Gibt es die gottgefällige Unschuld tatsächlich?)
Dank einem jener Zufälle, die teuflische Pläne so häufig begünstigen – und hier meine ich »teuflisch« im wahrsten Sinne des Wortes –, nahmen Longuet und Jones an einem wissenschaftlichen Austauschprogramm teil. In meiner Funktion als Longuets Beichtvater wußte ich, daß er ein völlig korrupter Mann war. Wir boten ihm Geld dafür an, in zweifelhaften Fällen für uns zu bürgen. Er war einver-

standen. Unser Team hatte zusammengefunden. Ein gutes Team.

»Unser Team. Ein gutes Team.« Sainte-Marie gegen Jack The Ripper, ein Spiel der ersten Liga. Das Match wird mit abgeschlagenen Köpfen gespielt, und zum Sieg gibt es einen klebrigen Pokal voller Blut. Dag hatte den Eindruck, die Blätter würden nach Abfall stinken. Er beugte sich über den riesigen, gelben Margeritenstrauß, den Louisa mitgebracht hatte, atmete tief ein, um seine Nase zu reinigen, und wandte sich angewidert ab. Es waren die Blumen, die derart stanken. Man hatte vergessen, frisches Wasser in die Vase zu geben. Das alte Wasser war faulig geworden und roch wie ein modriges Sumpfloch. Wütend setzte Dag seine Lektüre fort.

Wie Sie sehr richtig bemerkt haben, waren wir innerhalb von zwei Jahren etwa zehnmal aktiv, diskret und schnell. Doch dann übersah Lester den Blutfleck auf Jennifers Kleid, und Andrevon kam der Sache auf die Spur. Ein ausgezeichneter Arzt, dieser Andrevon, ein sehr kompetenter Mann. Als Darras daraufhin erste Schlußfolgerungen zu ziehen begann, hielt ich es für gescheiter, unsere Aktivitäten einzustellen.
Doch wie ein Wissenschaftler, der nicht von seinen Experimenten lassen kann, so war auch Lester unfähig, seine Triebe zu unterdrücken. Folglich suchte er im Umfeld der Pädophilen-Vereinigungen, deren Existenz man heute zu entdecken scheint, nach anderen Mitteln und Wegen, um seine Bedürfnisse zu befriedigen. Go hingegen verhielt sich ruhig. Da und dort vielleicht ein paar Vergewaltigungen, ohne daß der Täter jemals gefaßt wurde... Longuet zog sich in seine offiziellen Ämter zurück und bemühte sich redlich, das, woran er beteiligt gewesen war, schleunigst zu vergessen. Auch ich nahm meine Arbeit wieder auf. Ich

fühlte mich erschöpft, schlaff, gesättigt. Viele Jahre lang gab ich mich mit den unscharfen und flackernden Bildern jener Filme zufrieden, die in einer bestimmten Anzahl von Kopien heimlich zirkulierten und die uns ein nicht unbedeutendes Einkommen sicherten. Ach ja, ich habe vergessen zu erwähnen, daß Go Lesters Aktivitäten filmte, sowohl hinsichtlich meiner späteren privaten Verwendung als auch aus rein kommerziellen Gründen. Wir hatten nämlich sehr schnell begriffen, daß solche Produkte äußerst gefragt sind.
Sie sind schockiert? Ich sehe nicht ein, warum die Befriedigung aggressiver Triebe nur Selbstzweck sein soll. Ist es nicht beruhigender, wenn man, wenigstens teilweise, auch merkantile Gründe darin erkennt? Mit dem Geld aus diesem Geschäft legte sich Go ein schönes Sparbuch an, während Lester neue Verbrechen im Ausland damit finanzierte und ich meinen Anteil Wohltätigkeitseinrichtungen zukommen ließ. Ja, Hunderte von kleinen Waisenkindern wurden mit dem Geld, das die Ermordung einiger unglücklicher Frauen uns einbrachte, ernährt, gekleidet und untergebracht.

Widerlich und zynisch. Lust, den alten Affen aufzuspießen und ihn seinen eigenen Theorien entsprechend verrecken zu lassen. Dag merkte, daß er die Fäuste geballt hatte. Sogleich bemühte er sich, sich zu entspannen. Wie hatte er diesem Mann bloß Sympathie entgegenbringen können? Unmittelbare Sympathie, spontane Zuneigung, so als sei er einem sehr alten Freund wiederbegegnet. Warum hatte er nicht erkannt, wie pervers der Mann war, der ihm gegenüberstand? Warum hatte er Lesters gespaltene Persönlichkeit nie bemerkt? Wie war es möglich, daß die beiden Männer, für die er freundschaftliche Gefühle gehegt hatte, gefährliche Psychopathen waren? Hatte ihr Wahnsinn in seinem Inneren etwa einen Widerhall ausgelöst?

Glauben Sie, Dagobert, daß jeder von uns einen Zyklus durchleben muß, der zwangsläufig auf die eine oder andere Weise mit einem Gericht endet, sobald die Sanduhr abgelaufen ist? In diesem Moment unserer Geschichte sind die Hauptdarsteller nach wie vor am Leben. Doch die Würfel sind bereits gefallen. In wenigen Stunden werden wir wissen, ob Horaz recht hatte, als er sagte: »pede poena claudo...«: Die Strafe hinkt dem Verbrechen hinterher; auch wenn sie hin und wieder auf sich warten läßt, so trifft sie am Ende doch stets ein. Aber ich komme vom Thema ab, ich verzettele mich, während die Zeit drängt.
Zwanzig Jahre liegt das also alles zurück. Zwanzig Jahre sind eine lange Zeit, wenn man sich langweilt. Aber dann, eines Tages, ruft Lester an. Man hat Ihnen einen Auftrag gegeben, der Sie indirekt auf die Spur von Lorraine Dumas bringen wird. Lester weiß, daß Sie ein hervorragender Detektiv sind, und rät mir, auf der Hut zu sein. Und in der Tat, Sie kommen rasch voran. Kaum ist Anita Juarez Ihnen bei der alten Martinet zuvorgekommen, kaum hat sie Zeit gehabt, sich um den rechtschaffenen Rodriguez zu kümmern, da tauchen Sie mit Ihrer lästigen, überströmenden Begeisterung und Ihrer Vitalität auch schon bei mir auf. Übrigens möchte ich Sie ganz herzlich zu Ihrem traumhaften Gespür beglückwünschen. Ein Beweis dafür, daß ein gewisses Maß an Naivität einem durchstrukturierten Denken manchmal sehr wohl überlegen ist.

Das war doch wohl die Höhe: Pfarrer Léger hielt Dag für einen Schwachkopf!

Was Sie betrifft, so sollte Anita nur im Notfall eingreifen. Als Sie jedoch auf die Idee kamen, Go einen Besuch abzustatten, wurde sie aktiv. Ich möchte nicht weiter auf diesen ganz und gar lächerlichen Zwischenfall eingehen. Die

Seele dieser ungeschickten Kreatur ruhe in Frieden! Danach... nun, ich muß zugeben, daß wir danach nur noch das unbedingt Nötigste taten. Lester war im Lauf der Jahre bequem geworden. Sein Selbstvertrauen war zu groß. Und insgeheim machte es ihm Spaß, Sie an der Nase herumzuführen. Aus dem Grund ließ er Sie allzu lange gewähren. Er liebt es, mit dem Feuer zu spielen. Auch ich habe mir einige Unvorsichtigkeiten zuschulden kommen lassen. Ich erinnere mich an unser Gespräch über die Möglichkeit, daß Lorraine und ihr geheimnisvoller Liebhaber fotografiert worden sein könnten. Irgendwie hoffte ich, Ihre Ermittlungsgier wäre gestillt, wenn Sie Charlottes Vater gefunden hätten. Wenn ich geahnt hätte, daß Sie selbst Charlottes Vater sind! Lester fand das unglaublich lustig. Ich hingegen hatte das ungute Gefühl, daß wir wieder zum Ausgangspunkt zurückgekehrt waren.
Nach etlichen Fehlentscheidungen und langen Diskussionen darüber, wie wir am besten vorgehen sollten, setzte Lester sich mit Voort in Verbindung, der Sie definitiv unschädlich machen sollte. Allerdings habe ich, ehrlich gesagt, eher den Eindruck, daß wir mit diesem Beschluß für ein gehöriges Durcheinander sorgten.
Dem bleibt nicht mehr viel hinzuzufügen. Es ist schon spät. Die Bullen waren hier und stellten mir allerlei Fragen über Sie. Ich sagte ihnen, Sie seien mir von Anfang an ziemlich eigenartig vorgekommen...
Heute ist Sonntag. Der Tag des Herrn.
Heute abend hat Lester Louisa einen Finger abgeschnitten. Er behauptet, das sei das beste Mittel, um Sie dazu zu bringen, sich der Polizei zu stellen. Persönlich glaube ich, daß er Sie, Ihre Freude am Leben und Ihre heitere Unkompliziertheit im Lauf der Jahre zu hassen begonnen hat. Nein, ich will Sie nicht beleidigen, auch ich beneide Sie.
Heute abend sitze ich in dem winzigen Wohnzimmer, in

dem ich bereits so lange lebe, und betrachte Louisas Finger. Es hat ein Unwetter gegeben. Sie sind auf der Flucht. Werden Sie hierher zurückkommen? Wird es uns gelingen, Sie auf den verlassenen Hof zu locken, Sie und auch Louisa zu töten und Sie für alle diese Morde verantwortlich zu machen?
Was für ein Schlamassel! Ich weiß nicht, ob ich wirklich Lust habe, Sie umzubringen.
Doch ich werde tun, was von mir verlangt wird, wie immer, ich werde es tun, weil es getan werden muß.
Es ist sehr seltsam, daran zu denken, daß ich nicht weiß, wie diese Nacht enden wird, doch wenn Sie diese Zeilen lesen, bin ich zwangsläufig tot.
Ebenso seltsam ist es, nicht zu wissen, was aus Lester werden wird. Ist auch er bereits tot? Konnte er fliehen? Wird er den Rest seines Lebens in einer jener Zellen für gefährliche Geisteskranke verbringen, die nie wieder in die Freiheit entlassen werden? Mein armer Lester. Mein schöner und verruchter Lester. Wenn die Hölle bloß so aussehen würde wie er...
Sie lesen nun die letzten Zeilen. Währenddessen liege ich wahrscheinlich im eiskalten Untergeschoß eines Leichenschauhauses. Ich bedauere nichts. Peccavi, peccavi: *ja, ich habe gesündigt.*
Dagobert, Sie sind ein guter Mensch, beten Sie für mich.

Keine Unterschrift. Dag faltete die Blätter wieder zusammen. Legte sie auf den Nachttisch. Und schaltete den Fernseher ein.

Am nächsten Tag ließ Dag Inspektor Dubois wissen, daß er sich auf schnellstem Weg ins Leichenschauhaus von Grand-Bourg begeben wolle, wo die Leichen der »Nacht des Massakers«, wie es in den Zeitungen hieß, auf ihre Freigabe zur Bestattung warteten.

»Wenn Ihnen das Spaß macht«, antwortete Camille und polierte energisch seine Brillengläser.

Ein Taxi setzte ihn vor dem weißen, schmucklosen Gebäude mit dem Kupferschild »Gerichtsmedizinisches Institut« ab.

Auf Krücken gestützt und mit angespannter Miene humpelte Dag hinter einem jungen Mann in einem grünen Kittel her, der ihn durch lange, neonbeleuchtete Korridore zu einer geschlossenen Panzertür führte.

»Wir haben sie einstweilen in den ›Eisschrank‹ gelegt«, erklärte der junge Mann, »wir haben nicht genügend Platz für so viele Leute... Und dann noch die Frau, die beiden Kinder, der Junge aus dem Klub und all die anderen...«

Er öffnete die Tür, und Dag folgte ihm in einen fensterlosen, vom Fußboden bis unter die Decke mit weißen Fliesen ausgelegten Raum. Außer dem Surren eines Generators waren keinerlei Geräusche zu hören. Dag erblickte ein großes Spülbecken und ein paar Operationstische, auf denen steife Leichen ruhten. Dag fröstelte. Als er weiterging, hallte das Aufsetzen seiner Krücken auf dem nackten Boden wider.

Es war kalt, sehr kalt, und kein Atemhauch stieg aus den Mündern der auf dem Rücken liegenden Toten.

Alle waren sie da: Francis Go, Luiz, Diaz, Vasco, Frankie Voort, Francisque, Lester und Pfarrer Léger.

»Für Gos Frau war Platz in einem der Kästen«, erklärte der junge Mann, »das schien uns korrekter.«

Dag kniff die Augen zusammen. Korrekter. Die nackte Leiche einer Frau hatte neben den nackten Leichen von acht Männern nichts verloren. Dag machte noch ein paar Schritte nach vorne, klapp, klapp.

Wegen der Verbrennungen war die Hälfte der Leichen kaum wiederzuerkennen. Und trotz des starken Desinfektionsmittels hing in der eiskalten Luft ein Hauch von Verbranntem.

Dag ging von einem zum andern: Go, halb verbrannt, ein Koloß aus Holzkohle. Klapp, klapp, Luiz und Diaz, für alle

Zeiten entstellt. Wie bei gebratenen Fischen wölbten sich ihre hellen Augen aus den Höhlen. Klapp, klapp, Vasco. Die schwarze Haarmähne, auf die er so stolz gewesen war, war verschwunden und hatte einen geröteten, völlig kahlen Schädel freigegeben. Der Mann, der ihn »Schwiegervater« genannt hatte, war nur mehr eine schwarzglänzende Maske. Sein lippenloser Mund entblößte gewaltige gelbe Zähne. Mit einer vertraulichen Geste tätschelte der junge Mann im Kittel den geschwärzten Arm der Leiche.

»Morgen werden wir ihn nach Barbuda heimführen. In einem gepolsterten Sarg aus Eichenholz, mit allem Drum und Dran. Die Witwe hat das teuerste Modell bestellt. Wir werden den Sarg versiegeln, damit sie nicht in Versuchung kommt, ihn zu öffnen.«

Die Witwe. Charlotte. Seine verwitwete Tochter. Ein schöner Sarg für Vasco. Hatte sie ihn auf ihre Art geliebt?

Klapp, klapp. Francisque. Die klaffende Wunde an seinem Hals war mit großen Stichen genäht worden. Die Haut war grau geworden. Klapp, klapp. Lester, der nichts Großartiges mehr an sich hatte. Der Tod hatte sein Fleisch verzehrt, und er wirkte viel schmaler. Seine roten Haare glichen der Perücke eines Clowns. Seine weiße Haut hatte sich wachsgelb verfärbt, bis auf die Löcher, welche die Pistolenkugeln in seine Brust und seinen Hals gebohrt hatten und die aussahen, als hätte der Maskenbildner eines Horrorfilms sie aufgemalt. »Lester, Lester, warum hast du mich im Stich gelassen...?« Dag war traurig. Klapp, klapp. Pfarrer Léger.

Einen Sekundenbruchteil lang hatte Dag den Eindruck, der Pfarrer würde sich aufrichten und ihn mit seiner melodiösen und zugleich spöttischen Stimme begrüßen. Doch er blieb unbeweglich liegen, eine braune Holzpuppe mit den zusammengekniffenen Lippen einer alten Jungfer. Mit einer abrupten Handbewegung entfernte Dag das Laken. Der junge Mann hatte sich neben ihn gestellt.

»Gräßlich, nicht wahr? Aber es gibt solche Wahnsinnigen!«
Die Brust des Pfarrers war ein einziges Narbengewirr. Weitere Spuren, tiefe Male und geschwollene Wundränder, entstellten seine sehnigen Beine.
»Auf dem Rücken sieht er nicht besser aus. Ein wahres Massaker. Und erst die Leiche auf dem Nebentisch«, fuhr der junge Mann fort und deutete auf Lester, »Hunderte von Zigarettenverbrennungen am Unterleib. Da müssen wirklich Verrückte am Werk gewesen sein.«
Der Pfarrer, der sich selbst verstümmelt hatte, um ein Heiliger zu werden. Lester, der verzweifelt versucht hatte, seine gefühllosen Nerven mit glühenden Zigaretten zu einer Reaktion zu zwingen. Langsam zog Dag das Laken wieder über die Leiche. Tot. Alle tot. Sämtliche krankhaften Leidenschaften, die in ihnen gewütet hatten, waren nun in ihren leblosen Körpern zur Ruhe gekommen, vergeblicher Staub der Begierde. Es war vorbei.
Dag kehrte dem keimfreien Reich der Toten den Rücken zu und ging in die Welt der Lebenden zurück.

EPILOG

Während das kleine Flugzeug dröhnte, schaute Dag zum runden Kabinenfenster hinaus und lächelte Charlotte zu, die ihm Kußhände zuwarf.

»Sie sieht großartig aus in ihrem Seidenkostüm«, murmelte Louisa und beugte sich über Dags Schulter.

»Das kleine Luder sieht immer großartig aus«, meinte Dag, »doch dir kann sie das Wasser trotzdem nicht reichen.«

»Diese Meinung scheint Dubois allerdings nicht zu teilen...«

Camille war soeben auf der Piste aufgetaucht und ging lässig auf Charlotte zu. Seit Vascos Tod hatte er die untröstliche junge Frau mehrmals besucht, wegen der Ermittlungen selbstverständlich. Obwohl die ganze Sache Charlotte anfangs sehr mitgenommen hatte, war sie schnell wieder auf die Beine gekommen – zumal Vasco als Gentleman dafür gesorgt hatte, daß seine Papiere in tadelloser Ordnung waren und Charlotte nun über ein kleines Immobilienimperium herrschte und überdies natürlich Eigentümerin der Yacht geworden war.

Nie würde Dag das triumphierende Leuchten in ihren Augen vergessen, als sie ihm auf der Feier, die sie zu Ehren seiner und Louisas Abreise nach Maui gegeben hatte, von ihren Plänen berichtete. Es war ein alter Traum von Dag: einen *air-rollspin* in den sagenhaftesten Wellen des Planeten zu vollführen. Er hatte Charlotte vorgeschlagen, sie zu begleiten, auch um einander besser kennenzulernen, doch sie hatte sein Angebot abgelehnt und ihm statt dessen zu verstehen gegeben, daß sie sich auf seine Rückkehr freuen würde. Um dann eine Tasse Tee mit ihm zu trinken, hatte Dag mit gequältem Lächeln erwidert. Und um anschließend Arm in Arm mit ihm spazierenzugehen, hatte Charlotte hinzugefügt.

Charlotte und Camille... Der arme Junge würde sich gehörig anstrengen müssen, um sie zu erobern. Er machte nicht eben den Eindruck eines hartgesottenen Burschen, doch Louisa behauptete, er sei beharrlicher und robuster als alle Vascos dieser Welt. Das würde sich dann ja herausstellen...

Lester McGregor und Pfarrer Léger waren ohne Zeremonie auf dem Gemeindefriedhof von Grand-Bourg beigesetzt worden. Keiner der beiden hatte Familienangehörige, und so gab es weder Blumen noch eine Predigt. Lediglich Dag stand, auf seine Krücken gestützt, am Grab, blickte in die tiefen Gruben und beobachtete die pfeifenden Totengräber, die sich im strahlenden Sonnenschein beeilten, um endlich ein kaltes Bier trinken gehen zu können. Wie hatte schon Lao-tse gesagt: »Wer immer sich der Welt bemächtigen und sich ihrer bedienen will, ist zum Scheitern verurteilt.«

Der Wind wehte fettiges Papier durch die Luft, das von einem räudigen Hund ausgiebig beschnuppert wurde. Ein erbärmlicher Abgang für zwei Männer, die ihren unstillbaren Machtgelüsten alle Menschlichkeit geopfert hatten, dachte Dag. »Beten Sie für mich«, hatte Pfarrer Léger geschrieben. Nein, er würde nicht für ihn beten. Er würde es nicht zulassen, daß der Pfarrer auf diese Weise über den Tod hinaus weiter existierte. Er verspürte keinerlei Mitleid, nur Wut. Wut und Verbitterung. Léger war gegangen, ohne das Ende abzuwarten.

Louisa zupfte Dag am Arm und riß ihn aus seinen Gedanken.

»Wir starten, Großer Chef!«

Dag winkte dem auf der Piste stehenden Paar zu, während das Flugzeug sich langsam in Bewegung setzte und von Charlottes Lippen ein »Gute Reise, Dad!« zu erraten war.

Dad ... Ein eleganter Kompromiß zwischen Dag und Vater. Vielleicht würde es ihnen eines Tages gelingen, eine Brücke über den Abgrund der zwanzigjährigen Abwesenheit zu schlagen, der zwischen ihnen lag.

Dag machte es sich in seinem Sitz bequem und hielt Louisas Hand.

Das Flugzeug stieg hoch, der Sonne entgegen, und glitt wie ein großes, silbernes Surfbrett durch die blaue Luft.

Fly Out.